外国文艺理论丛书

德国的文学与艺术

〔法〕德·斯太尔夫人 著

丁世中 译

人民文学出版社
PEOPLE'S LITERATURE PUBLISHING HOUSE

Madame de Staël
DE L'ALLEMAGNE, seconde partie, La littérature et les arts
根据 Librairie Hachette, Paris, 1958 年版译出。

图书在版编目（CIP）数据

德国的文学与艺术／（法）德·斯太尔夫人著；丁世中译．--北京：人民文学出版社，2024
（外国文艺理论丛书）
ISBN 978-7-02-018468-2

Ⅰ.①德… Ⅱ.①德…②丁… Ⅲ.①文学评论-德国-近代-文集 Ⅳ.①I516.064-53

中国国家版本馆 CIP 数据核字（2024）第 016990 号

责任编辑　刘　彦
装帧设计　黄云香
责任印制　王重艺

出版发行　人民文学出版社
社　　址　北京市朝内大街 166 号
邮政编码　100705

印　　刷　三河市宏盛印务有限公司
经　　销　全国新华书店等

字　　数　247 千字
开　　本　880 毫米×1230 毫米　1/32
印　　张　10.75　插页 1
印　　数　1—3000
版　　次　1981 年 8 月北京第 1 版
印　　次　2024 年 5 月第 1 次印刷

书　　号　978-7-02-018468-2
定　　价　56.00 元

如有印装质量问题，请与本社图书销售中心调换。电话：010-65233595

出 版 说 明

"外国文艺理论丛书"的选题为上世纪五十年代末由当时的中国科学院文学研究所组织全国外国文学专家数十人共同研究和制定,所选收的作品,上自古希腊、古罗马和古印度,下至二十世纪初,系各历史时期及流派最具代表性的文艺理论著作,是二十世纪以前文艺理论作品的精华,曾对世界文学的发展产生过重大影响。该丛书曾列入国家"七五""八五"出版计划,受到我国文化界的普遍关注和欢迎。

进入新世纪以来,随着各学科学术研究的深入发展,为满足文艺理论界的迫切需求,人民文学出版社决定对这套丛书的选题进行调整和充实,并将选收作品的下限移至二十世纪末,予以继续出版。

人民文学出版社编辑部
二〇二二年一月

目　次

前言 …………………………………… 刘半九　1

第 一 章　为什么法国人不能公正地对待德国文学 ……… 1
第 二 章　论英国人对德国文学的评价 ……………… 6
第 三 章　论德国文学的主要时期 …………………… 9
第 四 章　维兰 ……………………………………… 12
第 五 章　克罗卜史托克 …………………………… 15
第 六 章　莱辛与温克尔曼 ………………………… 22
第 七 章　歌德 ……………………………………… 28
第 八 章　席勒 ……………………………………… 32
第 九 章　论德语的风格与作诗法 ………………… 35
第 十 章　论诗 ……………………………………… 42
第十一章　论古典诗与浪漫诗 ……………………… 47
第十二章　论德国的诗作 …………………………… 51
第十三章　论德国的诗篇 …………………………… 67
第十四章　论趣味 …………………………………… 84
第十五章　论戏剧艺术 ……………………………… 87
第十六章　论莱辛的戏剧 …………………………… 97
第十七章　席勒的《强盗》与《唐·卡洛斯》 ……… 103

第十八章	《华伦斯坦》与《玛丽·斯图亚特》	113
第十九章	《贞德》与《麦新纳的未婚妻》	140
第二十章	《威廉·退尔》	154
第二十一章	《葛慈·封·伯里欣根》与《哀格蒙伯爵》	164
第二十二章	《在陶里斯的伊菲格尼》《托卡托·塔索》及其他	178
第二十三章	《浮士德》	187
第二十四章	魏尔纳的《路德》《阿提拉》《山谷的孩子》《波罗的海的十字架》《二月二十四日》	229
第二十五章	德国戏剧及丹麦戏剧的其他作品	243
第二十六章	论喜剧	254
第二十七章	论朗诵	265
第二十八章	论小说	281
第二十九章	论德国的历史学家,特别是约·封·米勒	298
第三十章	赫尔德	305
第三十一章	论德国文学的宝藏及其最负盛名的批评家奥·威·施莱格尔和弗·施莱格尔	309
第三十二章	论德国的艺术	320

前　言

　　一个国家的文学艺术，由本国的专家来评论，自不难有恰到好处的效果。但有时也并不尽然：它的精神面貌的一些细微特征，本国人未必不因司空见惯而有所忽略，而在善于比较、分辨的外国人的眼光中，反倒往往毫芒毕现。海涅评论法国的文化，是一个例子；德·斯太尔夫人评论德国的精神生活，又是一个例子。

　　本书作者德·斯太尔夫人（1766—1817），全称为安妮·路易丝·日尔曼妮·内克·斯太尔-霍尔斯坦男爵夫人，系日内瓦银行家兼法国财政大臣内克之女，名重一时的法国女作家，欧洲浪漫主义文学的先驱，当时少数左右政界和文化界的沙龙主人之一，拿破仑意志的强项的对抗者。

　　她的主要著作《德意志论》（1810），欧洲浪漫主义运动的经典著作之一，是她晚年流亡期间游历德国后对自己的文化思想的一个总结。当时法国正经历着一七八九年开始的资产阶级革命的风浪，拿破仑已经把革命的成果推向了国外，在欧洲大陆向封建势力提出了挑战；十八世纪启蒙思想家们（如百科全书派）的唯物主义正在社会生活中逐步取得胜利，《拿破仑法典》已奠定了资产阶级在国家中的统治地位。当时的德国恰巧相反，弗里德里希二世的黩武主义并没有打破封建小邦林立的局面，政治上散漫而沉寂，对于近在咫尺的法国大革命，只能由一些哲学家从理论上发出微弱的回声;而在文学方面,影响深远的狂飙突进运动刚刚过去,古典主义正借异教希腊的宁静形象抒发着泛神论的艺术感情,同时又兴起了具有浓厚的民族色彩的浪漫主义文学。德·斯太尔夫人站在法国流亡者的立场上,在这样的德国找到了一个牧歌式的理想世界,她的《德意志论》不可能没有鲜明的政治倾向和思想倾向。

《德意志论》共分四部分:第一部分漫谈德国的风土人情,第二部分专论德国的文学艺术,第三部分概述德国的哲学、伦理学,第四部分探讨德国的宗教热情。本书就是其中的第二部分,作者在这里细致地分析了德国文学艺术的特点,评述了德国作家的性格和倾向,考察了德国特有的形而上学气质的根源。一些重要的古典作家如维兰、克罗卜史托克、温克尔曼、莱辛、赫尔德、歌德、席勒等人和他们的代表作,都在本书中分别得到了鉴赏和评价;同时,德国浪漫主义文学的先驱人物,如施莱格尔兄弟、历史学家米勒等人,更受到作者热烈的推崇。在各个不同的论题下,作者通过同法国文学艺术的比较,不断发表了一些独到的言德国人之所不言的见解。

在德·斯太尔夫人的眼光中,德国人性格纯厚、诚实、热情,但缺乏法国特有的机智和风雅;德国人谈话冗长乏味,她认为应归咎于德语本身的框形结构。她敏感地指出,在法国是读者指挥作家,因此作家写作不得不兢兢业业,不敢越社会法规的雷池一步;而在德国,作家却置读者于度外,我行我素,充分发挥自我。她不理解因而厌弃法国的唯物主义学说,于是击节叹赏康德、费希特、席勒等人作品中的精神性和理想主义,并从中发现以精神反抗物质统治的勇气。她称颂德国人道德上的真挚和智力上的独立性,谴责当时法国作家迎合社会的低级趣味。她赞美德国作家强烈的浪漫主义的个人主义,抨击她认为当时法国压抑和禁锢天才的政治环境。她努力抬高德国式的热情在创作活动中的地位,非难法国作家惯于挑剔和排外的冷淡态度,鼓舞天才勇于表现自己的本色……

总的说来,这是一个法国贵族女作家通过德国浪漫派的导游,对德国的精神现象所作的观察和分析。作者出身名门望族,并不一般地反对革命,而是温和的吉伦特派的同情者,但她的贵族式的自由主义思想,却使她长期不能见容于拿破仑。她流亡德国期间,从德国固有的精神文化中发现了反对拿破仑的精神武器,这是不足为怪的。正是这样,《德意志论》既反映了她作为一个文化修养高深的法国女性对于德国文化的独特见解,同时处处流露了她对拿破仑治下的法国现状的不满和期望。作者严肃认真地对比了德、法两国的文化传统、社会生活和客观环境,她所得出的结论虽然免不了种种偏见,却包含了一定的不可抹杀的学术价值。她所敏感地观察到的两国一些彼此差异的精神现象,尽管她本人还不能从两国不同的物质生活条件去寻找更深刻的原因,却为后人准备了进一步研究的丰富材料。由于作者独特的立场、观点和方法,《德意志论》当时在欧洲文艺界产生过很大的影响。特别是她对德国浪漫主义的热情推荐,先后启发了法国作家拉马丁、贝朗瑞、德文尼、雨果等人,从而促进了浪漫主义在法国及其他国家的壮大和发展。

值得一提的是,作者除了《德意志论》,还有一部同样重要的理论著作,即《从文学与社会制度的关系论文学》(1800)。这部著作不同于以往流行的文艺观,不主张按照一个固定的、绝对的客观标准来评判文学作品;反之,它提出了一个崭新的批评方法,即评判一部作品,必须考虑到作品写作期间的社会、政治、哲学、宗教等方面的环境;它要求文学作品必须反映一个民族的精神上和历史上的真实。这种认为文学取决于社会和政治生活的文学观，同孟德斯鸠关于法的观点十分近似，所以作者曾被一些文学史家称为"文学批评上的孟德斯鸠"。须知在十八世纪以前，西欧文学一般还没有显著的民族特点，以致歌德后来提出了统一的"世界文学"的观念。斯太尔夫人的这部著作及其后的《德意志论》，却努力从人类社会和民族环境来探讨决定文学艺术面貌的内在因素，可以说正是后来圣伯夫、泰纳等人所正式开创的比较文学的萌芽。

关于《德意志论》，德国大诗人海涅曾在他的名著《论浪漫派》中作出了公允的评价：

"我要奉劝诸位，使用该书时必须相当谨慎，这完全是一本同人书籍。值得怀念的德·斯太尔夫人仿佛在这里用书本的形式打开了一个沙龙，她在这个沙龙里接待德国作家，并且趁此机会把他们介绍给富有教养的法国人士；这本书里人声鼎沸，纷乱嘈杂，可是奥·威·施莱格尔先生优美的高音听起来总是最为清晰。凡是这位胸襟开阔的女士以她整个光辉的心灵、全部智力的火花和辉煌的狂想直接现身说法时，这本书便异常出色，无与伦比。可是她一旦受到别人的影响，效忠于一个对她而言格格不入、难以理解的流派，并且由于赞美这个流派而助长了某些和她新教的明朗倾向针锋相对的教皇派的倾向时，她的书便显得极端贫乏，不堪卒读。"

海涅的《论浪漫派》，如作者在初版序言中明确宣称，正是针对德·斯太尔夫人的《德意志论》而写的。作者站在革命民主主义和无神论的立场上（虽然他本人在序言中郑重地否认这一点），力图通过对德国浪漫派的分析批判，矫正德·斯太尔夫人在她的著作中对于德国的一些偏见和曲解。《论浪漫派》的中译本已于一九七九年由人民文学出版社出版，《德意志论》第二卷现在单独译印出来，我们可以利用这两方面的资料，对德国的浪漫主义文学有个比较全面的了解。德·斯太尔夫人跟着德国浪漫派贬低歌德和他的《浮士德》，吹捧魏尔纳的戏剧，一味颂扬精神至上以及天主教，这些都是本书中一目了然的糟粕；但是，她的另一些关于文艺创作的观点，如主张扩大古典主义的题材范围，关心现代生活，提倡反映本国的特色，欣赏现代各国的文学成就，以及戏剧、音乐、绘画等方面的新颖见解，都未始不值得后世的作家和批评家们思考。特别是《论喜剧》《论朗诵》两章，作者根据自己对于表演艺术的实践和理解，比较了欧洲当时几位名演员（如伽里克、塔尔马、伊夫兰、施罗德等）的演技，其中不乏精湛不磨之论，对我国戏剧家亦当颇有启发。

德·斯太尔夫人一生经历了路易十六末世、法国大革命、拿破仑执政和波旁王朝复辟等几个历史时期，她的文艺思想是同她的政治思想交织在一起的。幼年在母亲苏珊娜·屈绍的沙龙里即开始接触政界和文化界名人，耳濡目染，才调过人，应对敏捷，声惊四座，后遂有"穿裙子的风暴"之称。一七八六年（二十岁）嫁瑞典外交官斯太尔-霍尔斯坦男爵。一七八八年出版成名作《论卢梭的性格与作品》。一七九二年革命专政时期逃离法国。一七九四年回巴黎，其沙龙成为政治、文化中心。一七九六年出版《激情对个人与民族之幸福的影响》。一七九七年与丈夫分居。一八〇〇年出版《从文学与社会制度的关系论文学》。一八〇二年出版小说《黛菲妮》。一八〇三年因强烈反对拿破仑再度流亡；在德国魏玛会见歌德与席勒，在柏林与奥·威·施莱格尔一见如故。一八〇七年去意大利，写小说《柯莉娜》。一八〇九年写《德意志论》，巴黎第一版为拿破仑销毁，一八一三年在英国重印。她因此书获"非法兰西"罪名，被逐出法国。一八一五年定居日内瓦湖畔高培别墅，吸引不少欧洲名人，英国大诗人拜伦常为其座上宾。路易十八复辟后回巴黎，对政局失望,一八一七年卒。遗著《十年流亡》于一八二一年出版。经过时间的考验,她在文艺创作上的成绩,不及在理论著作上重要。她的出身、经历和才学使她在从十八到十九世纪的过渡时期充分发挥了承先启后的作用,为晨光熹微的十九世纪整理了遗产,扫清了道路,这就是她的历史功绩。

关于德·斯太尔夫人的生平、作品及其在文学史上的地位,详见丹麦勃兰兑斯著《十九世纪文学主流》第一卷《流亡文学》。

刘半九
一九八〇年七月

第一章 为什么法国人不能公正地对待德国文学

我可以非常简单地回答这个问题，说在法国懂德文的人很少，说德语的妙处、特别是诗歌的妙处不可能移译成法文。条顿语言相互移译是容易的；拉丁系语言相互之间也是如此。但拉丁语却不能表达日耳曼民族的诗意。为一种乐器谱写的乐曲，换成另一种乐器演奏就不成功。何况德国文学作为完全独特的文学，其历史充其量也不过四五十年；而最近二十年来①，法国人忙于政治事件，对文学的研究已完全中止。

然而，如果说法国人对德国文学不公正仅仅是因为不了解，那么，对这个问题的探讨就不免肤浅了。法国人对德国文学确实抱有成见；但这种成见却起源于一种模糊的感觉——即感到法、德两个民族观察、感受事物的方式迥然不同。

在德国，对任何东西都没有固定的趣味，一切都是独立自主的，都是富于个性的。对一部作品的评判是根据个人的印象，而不是根据什么规律，因为也根本不存在任何普遍承认的规律：每个作者都有自由创立新的活动范围。法国大多数读者的激动感

---

① 这里提到"最近二十年来"的政治事件，表明本章定稿是在一八〇九年，即一七八九年法国大革命爆发之后整整二十年。（原编注。本书注释大部分借自法文版原著编注，少数为中译者注，除作者若干简注外，均不另注明。）

奋,甚或娱乐消遣,都不能损害自己的文学良知:他们在这方面有良心苛责感。德国作者自己造就读者;在法国,则是读者指挥作者。因为法国有才智的人远比德国多,所以读者的势力大得多;而德国作家则高踞于评判者之上,对之进行统治而不是听命于他们。正因为如此,这些作家很少从批评中求得长进:读者或观众不耐烦的心情并没有迫使他们削掉作品中冗长的章节;他们很少能做到适可而止,因为每个作者总是将自己的观点不厌其详地娓娓叙来。要他们知道从什么时候起,这些观点已引不起兴趣,这只能靠别人。法国人是通过别人的存在来思考、生活的,至少在自尊心这方面是如此。他们的多数作品使人感到:主要的旨趣并不在于讨论的题目,而在于自己能产生怎样的效果。法国作家总是处于社会联系中,甚至于创作时也是如此,因为他们并没有忽略别人的评判、嘲笑,以及正在时兴的趣味,换句话说,他们并没有忽略所处的特定时代的文学权威力量。

　　写作的首要条件,乃是具备生动活泼而又强劲有力的感觉方式。从别人身上来研究自己应当感受些什么、自己获准说些什么,这样的人就文学观点而言是根本不存在的。① 无疑,我们天才的作家们(哪个国家比法国有更多这样的人才!)只服从无损于自身特点的那些约束;但只有对这两个国家进行集体性的、现实的比较,才能弄清楚为什么它们难于相互了解。

　　在法国,阅读一部作品大抵是为了议论它;在德国,大家几乎是孤独地生活着,因而要求作品本身给读者做伴;作品本身只是社会的反映,却又要求作品同人的灵魂搞"社交",这又如何行得通!在僻静的隐居之地,没有比社会上的思想显得更单调

---

① 整个这句话以及类似语句,都是影射拿破仑帝国政权强加给法国思想运动的约束。

凄凉的了。孤寂的人由于缺乏外部运动,便需要内心的激情来代替这种运动。

在法国,清晰被认为是作家首要的长处之一。因为当法国人上午阅读的时候,要紧的是不能有佶屈聱牙之感,要能抓住那些在晚上谈话时足以自我炫耀的东西。但德国人却知道:清晰只能是一种相对的长处;一本书是否清晰取决于它的题材和它的读者。孟德斯鸠不可能像伏尔泰那样易于为人理解,但就他所思考的问题能达到的程度而论,孟德斯鸠也是颇为清晰的。无疑,一旦涉足深邃之地,就必须以火光来照耀;但那些以思想优雅、言语俏皮为知足者,当然更有把握为他人所理解:他们并不接触任何奥秘,又怎能使自己幽暗晦涩呢?德国人恰恰相反,他们觉得晦暗是一种乐趣;他们常常要把本来已在光天化日之下的东西,重新送进黑夜,而绝不愿意走别人走过的道路。他们对一般平庸的见解深恶痛绝,而当他们不得不复述此类见解时,总要镀上抽象的纯哲理色彩,使人误以为是什么新鲜思想,直到识破之日为止。德国作家丝毫也不替读者设想;既然他们的作品被当成神谕来接受、评论,那么,他们愿给这些作品绕多少层云雾,就绕上多少层。好在读者有的是耐心,足以慢慢驱散这些云雾。但在烟消云散之际,必须瞥见神仙的面貌,因为德国人最不能容忍大失所望。他们努力奋斗,他们坚持不懈,这本身就要求必定得出伟大成果。一本书只要没有强劲新鲜的思想,便立即会遭到鄙夷;才气虽然可以令人原谅一切短处,但人们不大欣赏试图用来弥补才气不足的种种技巧。

德国人的散文常常写得过于漫不经心。法国人较之德国人远为重视文风。这是重视言语的必然结果,也是言语在一个以社交为主的国家受到优待的必然结果。一切多少有点才智的人都能判断一句话是否正确、恰当;而要抓住一部著作的全部内容及其前后的关联,则必须聚精会神、深入研究。而且,表达方式比思想本身远适于风趣的对话;凡是涉及用词的场合,人们总是不假思索就发噱。然而应当同意:文风之美并不纯粹是外在的优点;因为真实的感情几乎总是启迪出最高尚、最正确的表达方式。虽然对一篇哲学论文的文风可以取宽容态度,但对一篇文学作品却不应如此。在艺术方面,形式同主题本身一样,都是从属于灵魂的。

戏剧艺术是一个突出的例子,说明两国人民的智能有显著的区别。一切有关行动、情节、事件的兴趣方面的因素,法国人的构思、设计要优越得多;一切有关内心感受的展开、炽热感情的秘密爆发,德国人的描写则深刻得多。

为了使两国的出类拔萃之士都能达到至善尽美的境界,法国人就必须有宗教感情,而德国人则必须稍为合群一些。虔诚同灵魂的自由放任正相对照,而后者是法兰西民族的缺点,也是它的优雅之所在;对人与社会的了解将赋予德国人以他们所欠缺的文学趣味和灵活的技巧。两国的作家彼此都不能公正相待;但在这方面,法国人比德国人过失更大:他们一无所知就下判断,或者只是死抱着成见去研究一切。德国人则比较不带偏见。由于知识渊博,他们见识过各种观点,所以思想上有一种容忍精神,那恰是境界宽广的产物。

法国人如果培植德国人的禀赋,其收获比德国人俯就法国人的优雅情趣要大。现在,每当人们能在法国式的规则中掺进一些外国精华时,法国人就热情洋溢地表示欢迎。让-雅克·卢梭、贝纳丁·德·圣-皮埃尔、夏多布里昂等人的某些作品都属于日耳曼流派,有时连作者本人也未意识到;这意思是说,他们是从自己灵魂深处汲取才情的。但是,如果对德国作家绳之以法国文学的清规戒律,他们就会感到无法在已指明的暗礁间航行；他们会怀念那浩瀚无际的海洋，他们的头脑不会清醒起来，只会更加糊涂。当然不是说他们理应听天由命，也不是说他们某些时候对自己有所约束就未始不是好事，而是说他们须注意按自己的观点来建立此种约束。为了使他们接受某些必要的限制，就应当追溯到这类限制的本源，而不应以是否可笑做标准——对这种标准他们是完全抱着反感的。

各国的天才生来就应当相互理解、相互敬重；但是德法两国作家和读者中的凡夫俗子，却使人想起了拉封丹的寓言，讲的是鹭鸶不会在盘里用餐，而狐狸也无法在瓶中就食。一种头脑是在孤独之中发展起来的，而另一种思想则是在社交的相互砥砺中造就，两者的对照是再鲜明也不过了。一方面是外来的感受，另一方面是灵魂的沉思默想；一方面是同人的交际接触，另一方面是对抽象概念的深入钻研；一方面是行动，另一方面是理论。两者所产生的结果就截然相反了。两个民族的文学艺术、哲学宗教，都证明了这种区别的存在；莱茵河这垛永恒的屏障划分出了两个精神上的范围，两者如同这两片土地一样，是互为异域的。

第二章 论英国人对德国文学的评价

德国文学在英国，远比在法国为人所知晓。英国人学习外国语言的比较多，而德国人同英国人的自然关系比同法国人要多。然而即使在英国，对德国哲学、文学也是有偏见的。研究一下其中的原委，或许饶有兴味。

在英国，造就人们思想的并不是对社交的爱好，也不是彼此交谈中的乐趣和兴致：做生意、议会活动、行政管理充塞了所有人的头脑；政治利益是思考的主要题材。英国人要求一切都能产生立即可行的结果，于是便对那种以美而不是以实用为主要宗旨的哲学产生了偏见。

诚然，英国人并不将体面同实用分割开来；他们时刻准备在必要的时候为了体面而牺牲实用。但他们不大愿意参与——如《哈姆莱特》剧中所说——那种同空气的谈话①，而那正是德国人所热衷的。英国人的哲学旨在给造福人类的事业争取有益的成果。德国人为追求真理而追求真理，不考虑人类能从中谋取什么利益。他们政府的本性不曾为他们提供伟大崇高的机会来获得荣誉并为祖国服务，所以他们在一切问题上都专心致志于沉思默想，向苍天寻找他们狭窄的命运在地面没有满足他们的空间。他们沉湎于理想，因为现实生活中没有任何东西合乎他

---

① 见莎士比亚：《哈姆莱特》，第三幕第四场。

们的想象。英国人不无根据地以其所占有的、以其现在的身份和可能得到的身份为自豪;他们把想象力与热情建立在法律、道德与信仰之上。这类崇高的感情使灵魂格外充满活力;但思想如果没有疆界,甚至没有特定的目标,也许就可以向着更遥远的境界驰骋;当思想一直同广袤无垠的空间相联系时,没有任何利益能把它拉回到现实世界的事物上来。

每当一种思想获得巩固,即转化为制度的时候,最好的办法就是仔细研究它的成就和后果,确定它的范围与定义:但如果涉及的是一种理论,那就应当考察这理论本身。这里就不复存在实践的问题,不复存在实用的问题;在哲学中追求真理犹如在诗歌中追求想象一样,必须摆脱任何羁绊。

德国人犹如人类思想这支军队的侦察兵。他们探索着新路,他们试验着不曾与闻的方法。当他们从无垠的境界遨游归来之际,谁不怀着好奇的心情,希望知道他们说些什么呢?英国人的性格有许多独特之处,但他们相当普遍地害怕新制度。在处理现实生活的事务时,思想的明智给他们带来极大的好处,所以他们在研究学术的时候也希望有这种明智;但在这里,勇气同天才是不可分离的。天才只要尊重宗教与道德,便应当朝尽可能深远的方向发展:它所扩大的正是思想的王国。

德国文学深受占统治地位的哲学影响。疏远两者之一,也就必然会影响到另一方面。但若干时期以来,英国人很愿意翻译德国诗人的作品,并不否认由于文学渊源相同所产生的共同点。在英国诗歌中,感觉的成分较多;而德国诗歌中想象的成分较多。家庭感情对英国人的心灵深有影响,所以他们的诗歌中具有这种感情的纤细、执着色彩;德国人在各方面都更具独立性,因为他们不那么自由;他们描绘感情犹如描绘思想一样,是隔着云雾的。可以说,世界在他们眼前是左右摇摆的;正因为所见的东西模糊不清,所以物体变得丰富多彩,而他们的才能便可从中得到发挥。

恐怖是德国诗歌的重要手段之一;它对如今英国人的想象力已经不大有影响了。他们描写大自然时带着魅力,但大自然之于他们已不再是一种可怕的力量:它包含着幢幢鬼影、卜吉兆凶的预言,对现代人犹如命运之对古代人那样重要。在英国,想象几乎总是由感觉启迪的;德国人的想象有时是粗糙的、怪诞的;英国的宗教比较严格,而德国的宗教比较松泛。各民族的诗歌必然带有各自宗教感情的烙印。在英国,艺术中礼仪是否合度不像在法国那样起决定作用;但是舆论的影响比在德国要大,原因在于这两个国家是统一的。英国人要在各方面使行动与原则一致;他们是明智、有秩序的民族,认为荣誉就在于明智,而自由就在于秩序井然。德国人只是梦想过荣誉和自由,他们研究思想是不管如何实施的,这样他们就必然要在理论方面达到更高的境界。

现今的德国文学家(看起来很奇怪)表现得比英国人更反对把哲学思想引进诗歌。的确,英国文学最早的几位天才,如莎士比亚、密尔顿、屈莱顿,在其抒情短歌等作品中是不进行推理思维的;但蒲伯和另外几位诗人则应被认为是有说教训诫色彩的。德国人返老还童了,而英国人却变得更加老成。德国人宣扬一种理论,认为在艺术和哲学中都应恢复热情;如果他们能够坚持这种理论,则理应受到赞扬。因为他们也受到时代的压力,现在还没有到人们更倾向于鄙视唯美作品的时候;也还没有到这样的时候:人们将更经常地提出那最庸俗的问题——到底有什么用处?

第三章 论德国文学的主要时期

德国文学从来没有经历过通常所谓的黄金时代,亦即由国家元首来鼓励文艺进步的时代。意大利的莱昂十世、法国的路易十四,以及古代的伯理克莱斯和奥古斯都,莫不为时代留下了自己的名字。也可以认为安娜女王治下是英国文学最辉煌的时代;然而在这个自生自灭的国家,其伟人的出现历来不是帝王的功劳。德国一直是分裂的;而在奥地利,无法找到任何对文艺的爱好;腓特烈二世独自代表着整个普鲁士,但他对德国作家没有任何兴趣。因此,德国的文艺从来没有集中到一个中心点,也从来没有得到过国家的支持。或许正由于这种孤立与独立,文学才更有独特风格,更加强劲有力。

席勒说:

"我们看见诗歌遭到祖国最伟大的儿子——腓特烈的鄙夷,看见它远离那不愿保护它的强大无比的王位。然而它却敢于自称是德国的诗歌;然而它却为自己创立荣誉而感到骄傲。日耳曼英雄诗人的歌声在山巅回荡,像奔泉一样涌向山谷。独立的诗人只承认灵魂的感受为法则;只承认自己的才华是权威。"①

但是,由于德国文学家丝毫得不到政府的鼓励,他们长期以

---

① 见席勒:《德国的诗神》,写于一八〇〇年。此处所引与原文不尽相符。

来孤军奋战、各行其是,很晚才达到文学真正鼎盛的阶段。

一千年来培育着德语的,首先是僧侣,然后是骑士,是汉斯·萨克斯、塞巴斯蒂安·布兰特等手工业者;到接近宗教改革时期又是另一些人;最近则是那些饱学之士,他们使德语能够表达思想的一切精微奥妙之处。

看一看德国文学作品,就可以按作者各自的禀赋,发现上述各种文化的痕迹,犹如在山里可以发现地球运转所形成的各种矿层。因为作家不同,文风几乎完全异样,外国人要想读懂一本新书,每每需要从头学起。

如同骑士时代大多数欧洲国家一样,德国人也有过行吟诗人和武士,他们歌唱的是爱情和战斗。最近刚发现一部十三世纪创作的史诗,即《尼伯龙根之歌》。从中可以看到当时人物的特点:英武、忠实——因为一切都是率真的、强烈的、决断的,正如同大自然的原始色彩一样。这部史诗里的德语比现在的清楚、简洁;这里面还没有那种普遍性的思想,而只是表述若干具有个性的人物。那时的日耳曼民族可以看作是欧洲最好战的民族;它那古老的传统所津津乐道的便是古堡和美丽的女主人,人们可以为她们献出生命。后来马克西米利安想复兴骑士精神,但已非人心所向;宗教论争已经发端,把人的思想引向形而上学,开始以见解之高低而不以武功之大小来评判人是否高尚。

马丁·路德拿德语来进行神学论争,使之大为完善:他所翻译的赞美诗和《圣经》,至今仍是范本。他赋予其文风的那种率真,那种诗意盎然的简洁,是完全符合德语特质的;连他用的词汇,也都声调铿锵,有一种说不出来的、强劲有力的坦率,使你听了觉得可以充分信赖。政治和宗教战争使德国人陷入自相残杀的不幸遭遇,把人们的思想完全引得远离了文学。后来当德国人再次顾及文学的时候,已是路易十四时代,那时欧洲大多数宫廷和作家都一心一意想模仿法国人。

哈格顿、格勒特、魏斯等人的作品只是用了一种冗长累赘的法语；没有任何特色，没有任何符合民族天然禀赋的东西。这些作者想达到法国式的优雅，但他们的生活方式、他们的风俗习惯却没有给他们这方面的启发。他们屈从于戒律，但却没有那种能使这种专制略放异彩的优雅与情趣。不久之后，另一个流派崛起，取代了仿效法国的这一派。这个新派别在瑞士德语区起家，始则以模仿英国作家为张本。波特玛以伟大的哈勒为例，力图证明英国文学比法国文学更适应德国人的天赋。高特舍特是一位既无趣味又无才华的学者，他反对这种意见。这两派的争论使人们的智慧大开。少数人靠自己的力量在开辟道路。克罗卜史托克在英国派里占据首席，犹如维兰在法国派里的地位。但克罗卜史托克为后继者开创了新的局面，而维兰既是十八世纪法国派的首屈一指者，也是最后一名：说他是首屈一指，因为在这方面没有任何人能与他匹比；说他是最后一名，是因为在他之后，德国作家走着一条迥然不同的道路。

在所有的条顿民族中，都闪烁着被时代盖上了灰烬的那神圣之火的火星；这样，克罗卜史托克通过先向英国人模仿，竟唤醒了德国人的想象及其特殊性格。几乎在同时，温克尔曼在艺术中，莱辛在评论中，歌德在诗歌中，都建立了真正的德意志流派——如果我们可以这样称呼它的话，因为这个流派所包容的人物与才具都各不相同。我在本书里将分别研究诗歌、戏剧艺术、小说和历史。但因为在德国，可以说每个天才都自成一派，我觉得有必要在分析作品之前，先介绍一下每个作家的主要特点，并逐个描述一下那些最有名望的作家。

第四章 维兰*

  在所有照法国方式写作的德国人中,只有维兰在作品中表现出了天才。虽然他几乎一直在模仿外国文学,但无可否认的是,他对德国文学作出了巨大的贡献。他改进了德语,使其诗歌的写法更畅达、更和谐了。

  在德国,有一大批作家紧跟路易十四时代的法国文学,力图亦步亦趋。维兰第一个成功地把十八世纪的法国文学介绍到德国来。他的散文作品与伏尔泰有某种姻缘,他的诗作则受阿里奥斯托①的启示。然而这种姻缘是人为的,并不妨碍他的本质完全是德国式的。维兰的教养远较伏尔泰为好;他对古代作家进行了如此精深渊博的研究,那是任何一个法国诗人都不曾做到的。维兰的缺点和优点都不允许他使自己的作品具有法国式的优雅轻巧。

  在他的哲理小说《阿伽堂》《贝雷格里努斯·普罗台》中,维兰开卷明义便进行分析、论争、纯哲学的探讨;他全力以赴地把通常所说的文字点缀掺和了进去,但读者可以感到,他的自然倾向是深入探讨所有那些他只是涉猎了一下的题目。维兰小说中的严肃性同快乐气氛都很突出,以致两者不可能结合在一起;因

---

* 又译维兰德。
① 鲁道维诃·阿里奥斯托(1474—1533):意大利诗人。

为同一切事物一样,有对照是饶有兴味的;但如果两个极端相抗衡则不免读之生厌了。

要模仿伏尔泰,就得有那种漫不经心的性格,冷嘲热讽,充满哲理,对一切都毫不在乎,唯一在乎的是要把这漫不经心津津有味地表达出来。一个德国人永远也不可能有如此精彩的风趣,他太看重真理了,他想知道并且解释现实世界是怎么回事;即使他接受了什么异端邪说,也会不由自主地感到内疚并因而步履维艰。风雅的享乐哲学不适合于德国人的性格;他们赋予这种哲学以一种教条性质,而它之所以诱惑人,正是要表现得轻松活泼:一给这种哲学加上定理,就会使所有的人都望而生厌。

维兰的诗作较之他的散文作品远为优雅独到;《欧布朗》以及后文中将另议的其他诗歌都充满了魅力与想象。然而却有人责备维兰对待爱情太不严肃;就那些仍然像先辈那样多少尊重妇女的德国人来说,维兰应当受到这样的批评。但是不管他如何纵容自己的想象力偏出轨道,我们不禁要承认他的感受是真实的;他常常出于好意或恶意拿爱情来开玩笑,但由于天性严肃,也不敢在这方面过于放肆;他就像一位先知,不是诅咒,而是祝福;他始之以嘲讽,到后来却身不由己,变得心慈手软起来。

维兰的谈话很吸引人,这正是因为他的天然优点同他的哲学主张恰成对照。这种不协调对于他这个作家可能是有害的,但却使得同他的交往变得趣味横生:他很活跃,热情洋溢,如同一切天才一样老当益壮、青春常驻;但他却竭力要表示自己的怀疑态度,当人们应用他那优美的想象——即使是为了使他有所虔信——时,他便显得急躁不安了。他天性与人为善,但也可能发脾气,有时是因为对自己不满,有时则是因为对别人不满:他对自己不满意,是因为想在表达思想方面做得尽善尽美一些,但事物与词汇却不肯从命;他不愿意停留在那些"差不离"的说法上面,因为这些说法较之寻章摘句所得更适于谈话的艺术罢了。他也偶尔对别人不满,因为他那略呈松散的理论与他那高昂的情绪,两者颇不易调和。他集德国诗人与法国哲人于一身,两者互有愤懑之时,于是交替发作;但他的怒火颇轻浅,易于忍受;他的谈话思潮蜂拥、知识渊博,足以同时接待许多具有各种才智的人物,充作会见的主要谈资。

新派作家排除对于德国文学的任何外来影响,他们对维兰常常是不公正的:正是他的作品,即使是译作,引起了全欧的关注;正是他使有关古代的学识为美妙的文学服务;正是他在诗作中,为他那丰富多彩但略嫌粗犷的语言增添了富于音乐感的、优雅动人的灵活性。然而这倒是千真万确的:他的作品有人效尤,这对他的祖国是不利的。具有民族特色要好得多;我们在承认维兰为大师的同时,倒应当祈望他并无后继的门徒。

第五章　克罗卜史托克

在德国,英国派的杰出人物远较法国派为多。在英国文学造就的作家中,首推令人置叹不已的哈勒①,他的诗才为此有效地替学者哈勒服务,使他对大自然格外热心,对大自然的种种现象有更广泛的见解;其次有格斯纳②,他在法国比在德国还更受赏识;还有格莱姆③、拉姆勒④;高踞所有这些人之上的是克罗卜史托克。

他的天才是在读了密尔顿和杨格的作品之后得到启迪的;但也正是从他,开始了真正的德意志派文学。他在一首短歌中相当巧妙地表现了两国诗神的争奇斗艳:

"我看见了……哦,请告诉我:这究竟是眼前的现实,还是未来的场面呢?我看见日耳曼诗神同英国诗神相争斗,看见她豪情满怀向着胜利奔驰。

"在跑道之尾隐隐可见两块终点牌,一块掩映着橡树的枝蔓,一块环绕着棕榈树叶。

---

① 阿尔培·德·哈勒(1708—1777):瑞士生理学家、植物学家、诗人。
② 所罗门·格斯纳(1730—1788):苏黎世画家兼诗人。他的仿古《田园诗》虽极负盛名,但实际价值不大。
③ 约·威·格莱姆(1719—1803):德国诗人,著有大量寓言及小诗。
④ 卡尔·维廉·拉姆勒(1725—1798):柏林士官生学校教授,仿贺拉斯体,写诗歌颂腓特烈二世。

"阿尔比昂①的诗神早已惯于这一类竞争,她骄傲地走进了比赛场,一眼就认出了这地方:当年她同米昂之子,同卡皮托尔的歌手决战时,便跑遍了这个场所。

"她看见了对手:那对手很年轻,战栗着,但那是高尚的战栗;胜利的热情使她的容颜泛着赤红,她的金发在两肩上飘拂。

"她的胸脯激动地起伏着,她无法屏止那急促的呼吸,以为听见了号角声,便使出了吞没整个竞赛场的力气,接近了终局。

"高贵的英国女神为有这样的对手而骄傲,但她更为自己而骄傲;她用眼神打量了一下那退易斯康的女儿,喃喃道:是呀,我还记得,在橡树林子里,在古代英雄诗人的身旁,我们当年是一同诞生的。

"但是人家却告诉我你已经不在人世。哦,诗神呀,倘使你复生并且不朽,就请原谅我,原谅我直到现在才得到这个讯息……然而等到达终点时,我将知道得更清晰。

"它在那里……你在远方瞥见了它吗?在橡树之上,你看见棕榈叶了吗?你能分辨出那胜利的桂冠吗?你沉默了……啊!这骄傲的沉默,这蕴藉的英武,这凝视大地的火一般的眼神……我是认识它的。

"然而……请你三思,请在那危险的信号发出之前三思……不正是我,已同那温泉关诗神②、七山诗神③决过胜负吗?

"她喊道:决定的时刻来到了,那号手已走过来!日耳曼诗神这时叫道:哦,阿尔比昂之女呀,我爱你,我由赞佩而至钟情于你……但比起你来,不朽的地位与棕榈树叶弥足珍贵!拿走这桂冠吧,如果你的才华要求它:但请允许我同你将它分享!

---

① 阿尔比昂是英国的古称。
②③ 指希腊诗神、罗马诗神。

"我的心房在激烈地跳动……不朽的诗神呀……即使我先到达那崇高的终点……啊!你一定紧紧地跟着我……你的呼吸将吹动我那飘拂着的金发!

"突然号角吹响了,两位诗神以鹰隼飞翔的快速向前奔驰。宽阔的跑道上高高扬起了灰尘;我看见她们接近了橡树;但那尘土的烟雾愈发浓烈了;不一会儿,她们便在我的视野里消失。"

这首短歌就这样结束了。不写出谁赢得了胜利,这是非常美妙动人的一着。

我将在德国诗歌一章里从文学角度研究克罗卜史托克的著作,现在只把这些著作作为他一生的活动逐一指出。他的所有作品都有一定的目的性,或为唤醒本国的爱国主义,或为歌颂宗教;如果诗也有圣,那么克罗卜史托克应当在诗圣中名列前茅。

他的大部分短歌可以看成是基督教的赞美诗,克罗卜史托克是《新约》中的大卫;但最能反映他的性格(且不说才华)的,是史诗形式的宗教赞歌,他呕心沥血写作《救世主》达二十年之久。基督教徒本来有两部诗作,一部是但丁的《地狱篇》,一部是密尔顿的《失乐园》:前者充满了形象与鬼影,如同意大利人外部的宗教一样。密尔顿经历了内战,特别善于描绘人物性格,他的撒旦是一位反叛的巨人,全副武装反抗天国的朝廷。克罗卜史托克则培育着最纯粹的基督徒感情,他的灵魂奉献给了那个神奇的人类救世主。天主教早期教父启示了但丁;《圣经》启示了密尔顿。而克罗卜史托克诗集最优美的地方来源于《新约》;他善于从《圣经》天国般的纯朴中汲取诗的魅力,而又无损于《圣经》的纯洁。

一开始阅读这部诗集,就仿佛走进一座大教堂,那里正奏鸣着管风琴;读着《救世主》,上帝的殿堂激起的柔情与肃穆感,立刻充满你的灵魂。

克罗卜史托克自青年时代起,就以这部诗集为他毕生的宗旨:我认为,人们无论在哪一类活动中,只要能以一种高尚的目的、一种伟大的思想来为他的一生留下踪迹,那么他就没有虚度年华;能够将自己智能零散的光芒、将劳动的成果集中到一个事业上来,这已是具有可敬性格的明证。无论人们怎样评价《救世主》的得失,总还应当不时阅读其中的一些诗句:读完全书未免令人感到疲倦;但每次重读一下,总可以嗅到一种灵魂的芬芳,感受到天国的一切对你的吸引力。

经过长期的辛勤劳动,经过漫长的岁月之后,克罗卜史托克终于完成了他的诗集。贺拉斯、奥维德等人都用不同的方式,表达了他们保证其作品流芳百世的那种高尚的自豪感:"我所完成的纪念碑将比青铜更持久"①;或"我的青名将永垂史册"②。写完《救世主》的时候,克罗卜史托克灵魂里却充满了完全不同的一种感情。在古诗集末尾献给救世主的颂歌中③,他这样写道:

"哦,天上的基督啊!我寄希望于你。我唱了新的联合的赞歌。可怕的道路已经走过,你原谅了我的步履蹒跚。

"感恩啊,你这永恒的、炽热的、激动的感情,请你拨动我那竖琴的琴弦吧!快些吧,我的心灵充满了欢愉,我流下了快乐的热泪。

"我不要求任何报偿;我不是已经尝到了天使的乐趣吗,既

---

① 贺拉斯《短歌集》第三部第三十首(即最后一首)短歌的第一行诗句。诗人在写完头三部短歌时,便确信自己的作品将永垂史册。
② 奥维德:《变形记》,第十五部第八七六行诗。
③ 《献给救世主的颂歌》,一七七三年三月九日写成,也就是写完《救世主》第二十首即最后一首歌的同日。作者热泪盈眶,用几分钟时间完成了这首感恩的赞美诗。

然我已经歌颂了我的上帝？激情浸入我灵魂深处,我身躯里最内在的东西已在摇动。

"天与地在我眼前俱灭;但风暴不久便平息了:我生命的气息就像春天里纯净晴朗的空气。

"啊,我已得到了报偿! 我不是看见了基督教徒在流泪吗? 在彼岸世界,或许他们也会用这天国的眼泪来将我迎迓!

"我也尝到了人类的欢乐;我曾妄图向你隐讳,我的心在追求荣誉:我年轻的时候,这颗心就是为了荣誉而跳动;现在它还在为此跳动,但那节奏已经比较克制。

"你的使者不是向基督徒说过吗？ 愿一切有道德的、值得颂扬的东西,都成为你思考的内容! ……我正是选择了这天上的火来作向导,它在我的步履前头开导,向我那雄心勃勃的眼睛指示着更神圣的道路。

"正是由于这火,人世的种种乐趣才没有将我诓骗:当我快要迷途的时候,我想起了我的灵魂得以度过的神圣时刻,想起了天使温柔的声音、她们的竖琴、她们演奏的乐曲,这一切帮助我恢复了理智。

"我到达了目的地,是的,我到达了目的地,我因感到幸福而战栗;于是——这是用尘世的语言来说天上的事情——当我们有朝一日来到那为我们而捐躯又为我们而复活者的身旁,我们会感到万分激动。

"是我主、我的上帝强有力的手,使我穿越坟地走到了这个目的地;他给我力量与勇气,同渐次逼近我的死亡相抗争;那无名的、可怕的危险,被从诗人近旁排遣;天国的盾甲正保护着诗人。

"我唱完了新的联合的赞歌;可怕的路已走完。哦,天上的基督哟,我寄希望于你。"

这里将诗的热情与宗教信仰结合在一起,同时唤起我们的钦佩与感动。过去,有才能的人是向寓言里的神讲话。克罗卜史托克把才干奉献给了上帝自身。他巧妙地使基督教与诗歌相结合,向德国人表明:他们可以有属于自己的艺术,而不是仅仅机械地模仿,亦步亦趋地跟着古典文学走。

曾经结识过克罗卜史托克的人对他又尊敬又钦佩。宗教、自由、爱情占据了他整个的身心;他传播宗教,方式是克尽己责;当无辜的鲜血玷污了自由的事业时,当他已完成自己对内心感情忠诚的表示时,他甚至连这事业也放弃了。他从来不依仗自己的想象来为任何偏离正道的事辩护①;他的想象激发着他的灵魂,却不曾使之迷途。

据说他的谈话充满了智慧,甚至趣味也很高尚;据说他喜欢同女人,特别是同法国女人交谈,并且善于品评学究们所不齿的这类乐趣。对于此说我抱着宁信的态度,因为凡是天才总有共通之处;或许天才同优雅还有什么隐秘的姻缘——至少是同自然赋予的优雅有缘。

这个人同嫉妒、自私、狂热的虚荣,相去又是何其遥远呀!然而有些作家正是以自己的才能为借口,来替这些缺点辩护。如果他们的才气更大一些,就不会受这些缺点的影响了。当平庸的性格掺进了些许才智的时候,人就容易变得骄傲、易怒、自以为了不起。但真正的天才唤起的是感激,是谦逊;因为他知道天才是谁赋予的,也知道赋予者对这种才能加了哪些限制。

在《救世主》的第二部分,有一段很优美的文字,描写玛特

---

① 克罗卜史托克曾经热情歌颂法国大革命,认为它能够给整个欧洲带来自由。他同拉斐特通信,认为三级议会的召开是十八世纪最伟大的事件。立法议会于一七九二年四月二十六日授予他法国荣誉公民的称号。但克罗卜史托克听到九月屠杀的消息感到愤慨,后来激烈反对雅各宾派。

和拉萨尔的妹妹玛丽亚之死;在《圣经》里,玛丽亚被说成是静观默想这种品质的化身。拉萨尔从耶稣基督那里获得了第二次生命;他怀着深切的悲戚与信赖的心情,来向妹妹告别。克罗卜史托克将玛丽亚最终的时刻写成了安眠的场景。到他自己临终之际,他用奄奄一息的声音复诵自己所写关于玛丽亚的诗句。在遥遥望见棺木的阴影时,他忽然记起了这几句诗,低低默念着勉励自己安然离别人世:于此可见,他在青年时期表达的感情即已如此纯洁,能用来安慰老迈的克罗卜史托克。

啊,如果才能从来没有被玷污,如果才能仅仅是通过动人的艺术形式,用以向人们显示崇高的感情以及心灵深处朦胧的宗教希望,那么,它该是多么美好的东西啊!

在克罗卜史托克的葬礼上,就朗读了《玛丽亚之死》这段歌。诗人逝世的时候年事已高[①];但这位德高望重的长者已经得到了象征不朽的棕榈叶——它使人生永远年轻,在他的墓前茁壮地生长着。汉堡城的所有居民都向这位文艺界的泰斗致敬,而这样的荣誉若在别处是只属于权贵之辈的。克罗卜史托克的灵魂,得到了无愧于他那美好一生的报偿。

---

① 克罗卜史托克于一八〇三年三月十四日逝世,终年六十九岁。

第六章　莱辛与温克尔曼

德国文学或许是唯一始发于评论的文学；在任何其他地方，评论总是出现在杰作之后；但在德国却是评论导致杰作的产生。这种差别是由于德国文学达到顶峰较晚。不少国家在写作艺术方面超群拔俗已有数百年之久，而德国人比他们都晚，以为除了亦步亦趋之外似乎并无他法。这样就必须先有评论，将照抄照搬的做法摒弃，才能为具有独特风格的作品扫清道路。莱辛的散文清晰准确，为前人所不及；思想的深刻常常使新派作家的文风臃赘不堪。莱辛在深刻方面并不居人之后，但他生性锐敏，常能找到最确切、最泼辣的话语。莱辛对自己所抨击的观点总是疾恶如仇，而愤怒却使他的思想益发鲜明。

他先后从事过的事业有戏剧、哲学、考古、神学，到处追求真理；正如一个猎人，他对到处奔走比对猎物本身更有兴趣。他的文风同法国人的隽永活泼颇有近似之处；他致力于使德语古典化；新派的作家包容了更多的思想，但莱辛却理应受到更广泛的赞赏。他的思想新颖、大胆，却仍然是雅俗共赏的；他的观点是德国式的，但表达方式却是欧洲式的。他是智趣横生的辩证论者，立论严谨，而对于美的热情把他的内心深处完全占据。他虽有热情却并不奔放，他有始终饱满的哲学家劲头，因为花了双份的力气，便产生了更持久的效果。

莱辛分析了当时在德国普遍时兴的法国戏剧，认为英国戏剧更符合德国人的天性。当他评论《墨洛普》《柴依尔》《塞米拉米斯》《罗多古纳》等剧作时,他不是指出某个个别地方不真实,而是怀疑感情、性格是否真实,像攻击真人一样攻击这些虚构的人物:他的评论既是对人类心灵的研究,也是文学方面的诗学。为了正确估价莱辛对一般戏剧体系的意见,应当(如我们在后几章里要做的那样)研究法国人同德国人就此有哪些不同的主要观点。但就文学史而言,重要的是一个德国人竟敢于批评一位伟大的法国作家,并且巧妙地同讽刺之王——伏尔泰本人开起玩笑来。

对于一个深受歧视、被认定不会有欣赏能力和优雅风格的国家来说,听说各国都有民族趣味,都有天生的优雅,听说文学上的荣誉可以通过不同道路获得,这真是喜出望外的事情!莱辛的作品提供了新的动力:人们阅读起莎士比亚的作品来,人们在德国敢于自称为德国人了;确立了创造独特风格的权利,代替了循规蹈矩造成的束缚。

莱辛写过剧本和哲学著作,这应当另行探讨。德国作家总要从好几方面来观察。由于他们的思考能力高于他们的才华,他们总是不甘于仅仅从事一种样式的活动;思考把他们先后引向不同的事业。

莱辛著作最杰出的篇目之一,便是《拉奥孔》。他在这篇文章里指出了哪些题材适于诗歌,哪些适于绘画;讲原理时富于哲理,举实例时中肯得体。但是,在对艺术——以及由此而及于文学——的看法上引起真正革命的人,还要数温克尔曼。我在别处还要就他对艺术的影响谈到他;但他的文风是如此优美,自应将他列入第一流德国作家之中。

他起初是通过书本来认识古代的,后来便想亲自看一看古代遗留下来的宝贵文物。他感到南方对自己有巨大的吸引力。

现在仍然可以从德国作家的想象中发现这种向往南国灿烂阳光、厌倦阴森寒冷的北国的残痕，这种思绪引导北方民族心向南国。晴朗的天空可以激发一种类似爱国的情感。当温克尔曼在意大利居住一段时间①以后回到德国时，看到雪景、白雪覆盖的尖顶、烟雾缭绕的房屋，心中便觉得郁闷不乐。他觉得一旦不能呼吸那诞生了艺术的南国空气，似乎连欣赏艺术也不可能了。他对《亭子里的阿波罗》和对《拉奥孔》的描绘，在观赏方面是多么雄辩有力啊！他的文风是宁静而庄严的，正如他所欣赏的艺术作品一样。他赋予写作艺术一种纪念碑式令人肃然起敬的尊严，而他的描写产生同雕像一样的效果。在他以前，还没有人在如此生动地欣赏之余搜集过这样准确深刻的见解；也只有这样做才能理解艺术。艺术所引起的注意必须来自对作品的热爱；要在艺术杰作中发现才华，正如由于爱情的激发，能在亲爱的人的面容上发现无限的魅力一样。

温克尔曼之前已经有诗人研究过希腊悲剧，以便改编为现代戏剧。确有这样的饱学之士，可以拿他们当活字典来查；但却没有任何人愿意降尊纡贵使自己成为某种"异教徒"②，来深入认识古代文化。温克尔曼具有一位爱好艺术的希腊人的全部长处和短处。在他的作品中，可以感觉到有一种对美的崇拜，如同那常常给美以最高崇拜的民族所做的那样。

想象与博学将它们的智慧之光都赋予了温克尔曼；在温克

---

① 温克尔曼于一七五五年赴意大利，那是在他的处女作《谈绘画与雕塑中对希腊作品的模仿》发表之后。他在罗马撰写了《古代艺术史》，一七六四年出版，几乎立即译成了意文、法文。一七六八年返德，但回国后感到不快，决定重返意大利，途中被一个旅伴（意大利人）杀害。他的伟大著作都是在这前后十二年中完成的。

② 这是作者以基督教徒的口气说话。在基督教传播之后，仍信多神论的多为"村野之民"，即基督教徒心目中的"异教徒"。

尔曼之前，人们确信这两者是相互排斥的。他证明了：为了理解古典艺术，两者是同样必备的。只有深入了解有关国家，以及艺术品产生的时代，才能给这些作品以生命力。笼统的描绘不能引起任何兴趣。为了使有关既往岁月的叙事与想象生动活泼起来，应当以博学来辅佐想象；并借助博学，使想象要描绘的事物尽可能历历在目，使描绘者变成这些事物的同代人。

萨第格仅仅依靠几块乱糟糟的残迹，依靠断言片简，就判断出了复杂的情况；他的全部判断所凭借的都是最微不足道的迹象。在考察古代的时候，正是要像这样，以博学多闻来作为启导。所隐隐感觉到的残迹是不完整的、印迹模糊的、难于辨认的，但正是借助于想象与研究这两个方面，才能再现出历史，使当时的生活复苏。

当法庭需要确定一件事实存在与否时，有时是某个最轻微的情节启发了法官。在这方面，想象好比一位审判官；在古代作品中捕捉到的一个字、一点风俗习惯、一点暗示，都可以成为一线光明，借以达到对当时的情况大彻大悟、真相大白。

温克尔曼在研究艺术品时，善于把那种用以认识人的判断精神加以应用；他研究一座雕像的面孔就像研究活人的容颜一样。他能够非常准确地抓住最细小的观感，然后从中得出给人深刻印象的结论。某个容貌、某个附件、某件衣衫，也许会突然给长期停滞不前的探索以意想不到的启示。塞雷斯的头发飘拂得很蓬乱，这就不适于明纳娃；普罗塞宾娜的失踪永远扰乱了她母亲的心灵。米诺斯是周比特的儿子和学生，在奖章的塑像上，他同他父亲的面容一模一样；但这位天神之王同人类的判官，其区别就在于前者有一种安详的威严，而后者却有一种严厉的表情。神化了的赫古力士雕像留下了一个局部，即上身像；这个赫古力士即是从赫贝那里接受了不朽之杯的那个人；而法尔奈兹的赫古力士却只有凡人的属性。这个上体的每个轮廓仍然显示出孔武有力，但却较为圆浑，它表示这位英雄的强壮，但又说明自从升天之后，这位英雄已经豁免了人间的种种苦役。艺术里一切都是有象征意义的；大自然在这些雕像、油画、诗歌里表现得千姿万态；在那里，羽化成仙应表现在动作上，外表应揭示内心世界，一分钟的存在应获得永恒的价值。

温克尔曼在欧洲排除了艺术中古典趣味与现代趣味的混合。在德国，他的影响在文学中比在艺术中表现得更明显。我们在后文还将研究一心一意模仿古人是否与自然的特性相协调，或者说：我们是否要牺牲这种自然的特性，迫使自己选择这样的题材——使绘画与诗歌都不以任何生动活泼的东西为范本，而只能再现那些雕像。但这个争论与温克尔曼的功绩无关：他介绍了艺术中的古典趣味是什么；需要由现代人来区分哪些应吸收，哪些应扬弃。当一个有才能的人将古代或外国作品的秘密揭示出来时，他以自己的促进作用做出了贡献，所受到的感奋应当转化为我们自身，这种感奋越真实，就越不至于产生机械的模仿。

温克尔曼发展了现已被接受的、关于艺术理想的原理，即关于完美天性的原理；这种理想的原型是在我们的想象中，而不是在我们身外。将这些原理运用于文学，其成果是极为丰硕的。

温克尔曼的著作将一切艺术的诗学搜集于同一观点之下，于是大家都从中获得教益。借着雕塑，大家更好地理解了诗歌；借着诗歌，更好地理解了雕塑；借着希腊人的艺术，我们又被引导到他们的哲学上去。对德国人犹如对希腊人一样，唯心主义形而上学的根源首先在于对美的崇拜；而这种美只有靠我们的灵魂才能理解与识别。这种奇妙绝伦的美，乃是我们旧时的乡土——天国所留下的纪念；菲迪亚斯的杰作、索福克勒斯的悲剧,以及柏拉图的理论,通过不同的形式,把关于美的同一种观念告诉了我们。

第七章　歌德

　　克罗卜史托克所欠缺的,是创造性的想象力;他把伟大的思想和崇高的感情变成了美丽的诗句,但他并不成其为通常所说的艺术家。他的创新部分很薄弱,而他赋予这部分的色彩又缺乏充分的力量——人们正希望在诗歌和其他艺术中得到这种力量,因为诗歌应当赋予想象以大自然的威力和奇妙。克罗卜史托克沉溺在理想境界中而迷途失径,歌德却永远是脚踏实地,但仍然达到了最崇高的境地。他的思想有一股新鲜活泼劲儿,并不因为情感丰富而减退。歌德可以代表整个德国文学,这倒并不是因为在某些方面没有比他更高明的作家。但他是唯一能把全部德意志精神的特点汇聚于一身的人。没有人能像他在这一类想象力上做到如此出类拔萃,而意大利人、英国人甚至法国人,在这方面竟无涉足的余地。

　　歌德写过各种各样的作品,以下的篇章将有一大部分用来研究他的作品。但我以为,先来认识这位对本国文学产生着最大影响的人,将有助于更好地理解德国文学。

　　歌德在谈话时表现为一个奇才;不用说,有才具的人应当善于谈吐。可以举出几个例子,说明天才也可以沉默寡言:究其原因,大抵是生性胆怯、身世不幸、孤高自傲,或者烦躁不安。但一般说来,思路广阔、灵魂炽热,就必然产生沟通思想的要求。而那些不愿别人通过言谈评价自己的人,其思想也未必能引起更大的兴趣。如果你能使歌德启口,那么他就才华横溢。他的辩才里充满了丰富的思想,他的玩笑同时充满了优雅与哲理。他的想象力因外界事物的启示而油然触发,这就同古代的艺术家一样;然而他的理智却达到甚至超过了当代最高的成熟程度。任何东西都不能干扰他的思想力量,甚至他自己性格上的弱点,脾气不好、困窘、拘束等等,都像过眼烟云一样在山脚下飘过,而他的天才却巍然屹立在山巅之上。

关于狄德罗谈话的故事,能使我们对歌德的谈话约略有所了解。但根据狄德罗的作品,两人似有天壤之别。狄德罗受到自己思想的羁绊,而歌德却能驾驭自己的才智;狄德罗着意追求效果而不免做作,而歌德对于功名成败不屑一顾,竟使别人在感奋之余对那种潇洒作风颇感不耐。狄德罗处处要显示博爱精神,便不得不添油加醋地补足自己所欠缺的宗教感情。歌德却宁可尖酸刻薄而绝不自作多情,但他最突出的一点,还是自然质朴。如果没有这一点,那么一个人又如何能使别人对他发生兴趣呢?

歌德已没有当年写维特时的奔放热情了。但他思想的热烈仍然堪使一切充满了生机。他似乎并没有受到生活的打击,而悉心要用画笔来描绘生活:他现在更重视拿来给我们看的画幅,而不大重视自己感受的激情。时间使他变成了一个观众。当他自己还积极参与激情场面的时候,当他自己还以整个身心来备尝苦难时,他的作品给人的感受更加强烈。

人们总是要为自己的才能杜撰诗学。歌德现在主张作家必须冷静,甚至写作一部热情洋溢的作品时也是如此;艺术家必须保持冷静,才能对读者的想象力发挥更大的影响。或许他自己青春年少的时候并没有这种见解;或许那时他还受制于自己的天才,而没有能君临其上加以驾驭。要不然就是他那时感到:崇高与神圣在人们心灵中是稍纵即逝的现象;诗人自身低于他的灵感;他不可能不失却其中一部分,如果他想对之进行评判的话。

乍一接触,这位《少年维特之烦恼》的作者竟然是冷淡甚至有些僵硬的,这未免使人感到惊异。但一旦你能令他泰然自处的时候,他的想象力便畅行无阻,那初遇时的窘态便倏然化为乌有。这个人的思想是包罗万象的,在他公正不阿的态度中并无丝毫的淡漠:他有双重的生命、双重的力量、双重的智慧,照亮着一切事物的正反两面。一旦需要思考的时候,任何东西都不能阻挡他,不管是他所处的时代、他的积习或者是他的亲朋故人;他如果要观察一件事物,便以那鹰隼般的目光直愣愣地凝视着它。倘若他当初在政界谋生,倘若他的灵魂通过行动来展现,那么他的性格一定更坚毅、更强硬、更富于爱国热忱;但如果那样,他的思想就不会如此自由,凌驾于各种见解之上展翅飞翔,而激情或利害关系就会为他指出一条建设性的道路。

无论在作品或言谈中,歌德都乐于将自己罗织的经纬一根根拆除,将自己激发的热情驱散,将自己塑就的偶像推倒。在他虚构的故事中,一旦他已引起读者对某个人物的兴趣,不久他便要说明这个人物怎样前后不一贯。他对诗的世界运用自如,如同一位征服者玩弄现实世界于股掌之上一样。他自认为足够强大,可以将破坏之神请进作品,如同大自然所做的那样。假如他不是一位值得敬重的人物,那么大家一定会害怕这种目空一切的性格:它傲视一切,对之随意褒贬;使人感动而又嘲笑挖苦;忽而肯定一件事,忽而对之表示怀疑;而且他总是干得同样出色。

如前所述,歌德独自便具备了德国天才的主要特征,而且所有特征在他身上都发展到了高峰:例如思想非常深刻;由想象力所产生的优雅——是比社交精神培育的更独特的一种优雅;以及有时是奇妙无比的多愁善感——正因为如此,它更能吸引这样一些读者,他们想在书里寻找一点东西,来丰富自己呆板的命运,为此竟宁愿把诗歌看成实际生活。假如歌德是法国人,一定会有人引得他从早到晚喋喋不休:所有狄德罗的同代作家,都从他的谈话中汲取思想,而且对他肃然起敬,使他从中得到习以为常的乐趣。在德国,一般人不善于在谈话中发挥才智,很少有人(即使知名人士也是这样)习惯于相互问答。所以在德国,社交活动几乎没有什么作用。但歌德的影响仍然非同凡响。德国有一大批人,如果听说某信封上的地址是歌德的书法,也一定会认为其中奥妙无穷。对歌德的崇拜好像一种帮会,信徒相互之间有一种暗号,通了暗号才彼此认识。外国人如果也要崇拜他,便会遭到鄙夷地斥退,假如他们竟然研究过某些作品的话(附带说一句,本来这种研究对作品是大有好处的)。一个人如果不具备干好事或干坏事的高超本领,就绝不会有这么大的吸引力。因为只有在这一方面或那一方面具有巨大的威力,才足以使大家十分敬畏,从而对之怀有如此深刻的爱戴。①

---

① 这里可能暗指拿破仑。

第八章 席勒

席勒是一位才智非凡而又非常诚实的人。这两种品质至少在文人身上应该是不可分离的。思想只有在唤起我们向往真理时,才能与行为等量齐观;谎言在著作中比在行动中更可恶。行动,即使是欺骗性的,也仍然不失为行动,而要判断或憎恶它们,人们也知道从何入手。但著作若不是从诚挚的信念出发,就只是一堆令人生厌的废话。

没有比文学更美好的事业了,如果是像席勒那样从事这项事业的话。的确,在德国的一切事情中,有那么多严肃和诚实的因素,因而也就只有在文学事业中才能了解每种天赋的性质与由此产生的义务。然而席勒之所以在众人中可敬可叹,是由于他的品德高尚,也是由于他的才华出众。良知便是他的缪斯:缪斯是用不着人们呼唤的,只要听从了她一次,以后便总会听见她的声音。席勒热爱诗歌、戏剧艺术,热爱历史和文学,并且对文学是为热爱而热爱。他即使决心不发表作品,也同样会这么认真地写作。任何其他考虑,不论出自功名成就、风尚习俗,或先人之见,总之任何来自他人的因素,都不能使他损害自己的作品。因为他的作品就是他本人,它们表现着他的灵魂。假如当初给他以灵感的感情不曾改变,那么他根本不会考虑修改一个字。当然,席勒也不免有自尊心。追求荣誉固然需要自尊心,恐怕做任何事情都需要它的。但从结果来看,任何东西都不像虚荣同爱护名誉之间的差别那么大。前者力图剽窃功名,后者却努力去争取它;前者自我顾盼,对于舆论卖乖弄巧;后者却听其自然,靠自然发展来得到一切。此外,在爱惜名誉之上还有一种更纯粹的情感,那就是热爱真理,它使文人同神父一样,成为高尚事业的斗士。他们应当护佑那神圣的火焰:因为现在同过去不同,纤弱的女性已不足以捍卫它。

天才的无邪、力量的赤诚,这都是美好的事物。对于善良有一种有害的看法,以为善良即软弱。当它同高度的智慧和力量结合的时候,就明白为什么《圣经》这样说:上帝是按照自己的形象来创造人类。席勒踏入社会之始,由于想象的漂泊无定而遭到损失;但进入中年之后,他却重新获得崇高的思想所产生的高尚的纯洁。他从来也不姑息邪恶的感情。他生活着,他的言谈举止好像表示恶势力并不存在。当他在作品中描写坏人时,往往夸张而欠深度,仿佛他并没有真正结识过坏人。坏人出现在他的想象中像一种障碍、一种具体的灾难。也许真的,坏人不具有智慧的素质,因为惯于干坏事,他们的灵魂已变成一种腐朽的本能。

席勒是个好父亲、好丈夫、好朋友。他秉性平和温柔,各种好品质无不兼备,只有才华能使他热情洋溢。对自由的热爱、对妇女的尊重、对艺术的热忱、对神的崇拜,这一切都使他的天才活跃生动。只要分析一下他的全部作品,就可看出他的每一部杰作是同什么好品质相呼应的。人们常说,智慧可以弥补任何不足。在常识行为占上风的作品中,我认为是这样的。但若要在人性的激烈变化及其深渊中描绘人性,单靠想象力就不够了。得有一个经过暴风雨激荡的灵魂,但要恢复那里的宁静,上天还得下凡。

我第一次看见席勒是在魏玛大公和公爵夫人的客厅里,那是一个充满智慧和庄严的社交场合。那时,他的法语阅读能力很强,但却从来没有开口讲过法语。我热烈赞扬法国的戏剧体系,认为比别国都强。他毫不客气,对我严加驳斥;他并不怕他的法语说得不流利,也不顾忌其他听众的意见——其看法与之相左——本着内心的信念,他竟滔滔不绝地谈论起来。为了驳倒他,我首先使用了法国式武器,即活泼的辩才与玩笑相交织,但不久我就发现,虽然有语言的障碍,在席勒的言谈中却有那么丰富的思想。我不禁为他那纯朴的性格所感动,这种性格把一位天才投入了一场词不达意的论争,我感到他是如此谦逊,对自己的功名成败又是这般不介意,然而在捍卫自认为是真理的事物时,又是如此自豪,如此活跃,所以从那时起,我就对他充满了友谊与敬意。①

席勒正值年富力强时得了不治之症,他的孩子和夫人(她具有种种美德,因而无愧于席勒对她的爱情)使他在弥留之际得到了慰藉。他的一位知心朋友德·沃尔佐根夫人在他去世前几小时问他觉得怎样。席勒答道:"觉得越来越宁静。"可不是吗?难道他没有理由信赖苍天吗?他不是辅佐了苍天对人世的治理吗?他不是已经接近天国了吗?他不是处于亲人之间,不是已经同那些久已期待我们的故友重逢了吗?

---

① 令斯太尔夫人十分感动的是,席勒在一八〇四年四月二十六日,即他去世前一年,给她写了一封信(那也是唯一的一封),其中写道:

"尊敬的朋友:我写给您的第一封信竟是一份诀别书,这是多么令人悲伤!但您的形象已经深深印在我心里,我将永远铭记不忘……不幸的是,语言的障碍把我们分离开来;但我窃以为自信的是,感情又把我们越来越紧密地联结在一起。在这种不幸中聊可告慰的是,您所表达的思想我并非没有理解。我将永远敬仰您的思想,尤其敬仰您的善良、崇高的感情、对真理的高度敏感,以及您所特有的感受事物的严肃态度。别了……"

第九章　论德语的风格与作诗法

　　学习一种语言的韵律学,比学习任何别的东西,都更能深入到该国的精神世界中去。所以学外国字的发音是很有趣的:你听着自己发音就如同听另一个人讲话;但没有任何东西像音调这样微妙、这样难于掌握了:学习最复杂的乐曲比学习外国语的一个音节也要容易一千倍。只有作经年累月的努力,或者靠童年时代最初的直觉,才能模仿好这种发音——因为它属于想象与民族性格中最精细、最无以名状的范畴。

　　日耳曼的方言都发源于同一母语,各种方言都从中汲取养料。这一共同的源泉,使表达方式的更新与丰富始终符合各国人民的物质。拉丁民族可以说仅仅靠外界来丰富自己;它们不得不借助于死的语言,借助于凝固了的宝藏,来扩大自己的天地。所以,它们自然不那么喜欢词汇的翻新,不同于从始终富有生机的枝干上培育新芽的民族。但法国作家需要穷尽那自然感情可能产生的一切大胆尝试,来使自己的风格生动活泼、丰富多彩;而德国人却恰恰相反,他们对自己加以约束是颇有裨益的。含蓄绝不会摧毁他们的特性;而只有过于富丽堂皇才使他们冒失去独特色彩的危险。

　　人们呼吸什么空气,对于发出的声音是很有影响的:在同一种语言里,土地和气候的多样性可以产生极不相同的发音方式。越接近海洋,字音就越温文尔雅;那里的气候温和;也许因为经常面对着浩瀚无际的海洋，便倾向于沉思遐想，也就使发音格外柔和悠长；但越接近山区，音调就越铿锵，简直可以说这些高山峻岭的居民是从那天然的讲坛上发出声音，好让全世界都听得一清二楚。我所指出的这种种影响，在日耳曼的各种方言里都有踪迹可寻。

德语本身是同希腊语一样古朴的语言，结构也几乎同希腊语一样奥妙。有人曾对各民族的大派系进行过研究，他们发现了这种相似的历史渊源：毕竟可靠的是德语同希腊语的语法有关联，它有希腊语之难而无其美；因为每个字包含许多子音，听起来嘈杂而非铿锵。可以说这些字本身比所要表达的思想还更有力量，这就使得文风常常有力而单调。然而要防止过于软化德语的语音，由此会产生一种装腔作势的、完全令人不快的优雅；虽然竭力想做出温文尔雅的样子，实际上声音仍然是刺耳的；这一类的矫揉造作特别惹人生厌。

让-雅克·卢梭说过：南方的语言是欢快的产物，而北方的语言则是需要的产物。意大利语和西班牙语抑扬顿挫如一曲曼妙的轻歌；法语特别适用于交谈；而议会辩论以及本民族的精力旺盛使英语富于表现力，补充着英语的韵律学。德语远较意大利语适用于哲理，以其无畏无惧而论又比法语富于诗意，比英语更便于诗歌的节奏；但德语总保留着一种死板的色彩，恐怕是由于在社交和公众场合不大使用的缘故。

语法简单是近代语言的一大优点。这种简单的基础是各民族共同的逻辑原理，它使得各民族相互了解变得很容易了；只要稍加努力就能学会意大利语和英语，但德语却是整整一门学问。德语的整个句子把思想包起来，就像是利爪时张时合，以便把它抓住。像古代人那样说话的句子结构若要纳入德语，比任何其他欧洲方言方便得多；但倒装句不太适合现代语言。希腊语和拉丁语响亮的词尾使人感到那些字本来应当连在一起,即使后来分开了;德语变格的标志是如此喑哑,以致在这样单调的色彩下,很难发现哪些语音本来是相互依存的。

当外国人抱怨学德语怎样吃力时,人们回答说:以法语简单的语法习惯来从事德语写作是很容易的;但在法语中采用德语的复合句型却根本不可能,因此应当把德语的句型看成一种补充手段。然而这手段对作家颇有诱惑力,他们用得太多了。德语可能是韵文比散文好懂的唯一语言,因为诗句必须按诗的节拍切断而不得延长。

由于德语句型是一个整体,并将同一主题的各个侧面汇集于同一观点下,因此整句所包含的思想之间无疑有更多的细别、更多的联系。但如果遵循各种思想之间的自然联系,其结果必然是要把所有的思想放到同一句话里去。人的脑子需要将事物分割方能理解;如果语言本身的形式是含糊不清的,那么便有可能将朦胧之见误当成可靠的真理。

德语里的翻译艺术较任何其他欧洲语言都发达。伏斯将希腊、拉丁诗人的作品移译为本国语言,其精确程度令人惊讶。威廉·施莱格尔将英国、意大利和西班牙的诗歌翻成德语,其色彩之逼真为前人所不及。德语用来翻译英国作品时,并不会失去其本色,因为两者均属于日耳曼语系。但不管伏斯所译荷马史诗有什么长处,总还只是把《伊利亚特》《奥德赛》变成了文字是德语、风格仍属希腊的诗歌。这对认识古代是有好处的;但各民族的特殊语言风格必然受到损失。看起来,同时责备德语过分灵活而又过于生硬,好像这是相互矛盾的,但人们性格里能够糅合在一起的东西,在语言里也能相互协调。常常在同一个人身上,生硬的缺点并不妨碍过于灵活的缺点并存。

这些缺点在诗歌里远不及在散文里显得那么突出；在原作也不及在译品中显眼。我可以断言，今日的诗歌没有像德国人的诗歌那样动人、那样丰富多彩的。

　　作诗方法是一种特殊的艺术，可以对之进行永无止境的考察。在日常的生活联系中，词汇对思想只起符号的作用，它们通过和谐音的节奏传到我们头脑里，由感觉与思考相结合，产生出一种双重的享受；但如果说各国语言都能表达人们的思想，那么并不是所有的语言都能同样传达人们的感觉。诗歌的效果与其说在它所表达的思想，毋宁说在语言的旋律。

　　德文是像希腊、拉丁语那样唯一有长、短音节的现代语言；所有其他欧洲方言都或多或少有重音，但它们的诗歌节奏不像古代那样根据音节长短来衡量：重音使短语和单词都产生了统一感，这关系到想要表达的意义；人们总是强调决定含义的那些部分；语音一旦突出了某一句话，就把一切都引导到主要思想上来。但语言中每个音的音乐性长度并非如此；这种长度比重音更有助于诗歌。因为它没有确切的目的；就像一切漫无目标的享受一样，它只给人一种高尚而朦胧的快感。古代音节的分切是根据母音的特性以及各个音之间的关系确定的，唯一起决定作用的是和谐入耳：在德语里，所有的辅助词汇都是短音，由语法的威严即词根音节的重要性来决定其数量；这种韵律学不像古代韵律学那样优美动人，因为它主要是根据抽象的组合，而不是根据下意识的感觉。但在一种语言的韵律学中有能补足音韵的成分，这是一大优点。

　　韵脚是近代的发现，它是艺术整体的一部分；如果放弃押韵，便等于排斥了极重要的效果。韵乃是希望和记忆的象征。一个音吸引我们期待相押的另一个音；当这第二个音发出的时候，又使我们回想起方始消逝的那个音。然而这种令人愉快的严整却必然损害戏剧艺术的自然,影响史诗的大胆创新。在韵律学不甚发达的语言中,押韵几乎是不可缺少的;但在某些语言中结构上的障碍很大,以至大胆的、有思想的诗人需要越过韵脚的束缚,让读者品尝到诗句和谐的意趣。克罗卜史托克把十二音节亚历山大体排除在德国诗歌之外,代之以六音节诗和不押韵的抑扬格,这两者在英国也使用,并给想象力以广阔的自由天地。十二音节亚历山大体很不适宜于德语;只要看一看伟大的哈勒本人的作品(不管它们有多少优点),便可明白这一点。像德语这样发音很重的语言,半句切分的反复及单调,会使人感到昏昏欲睡。而且,这种形式的诗句要求语言精辟,喜用对偶反语;但德国人的头脑过于认真、过于实在,并不精于此道;对偶反语表现的思想和形象永远不会是完全真诚的,也不会是精微恰当的。至于六音节,特别是无韵抑扬格的和谐,则是感情激起的自然和谐:这犹如一种有谱的朗读;而十二音节亚历山大体则强行要求一定体裁的表达方法与陈述方法,很难突破它的框框。写这种诗是一种甚至与诗的才气也毫不相干的技巧。可以毫无才气而掌握这技巧;也可以恰恰相反,做一个伟大的诗人而觉得自己无法就范于这种写诗的形式。

我们法国最早的抒情诗人,可能恰恰是我们那几位伟大的散文作家,如鲍胥埃、帕斯卡尔、费纳龙、布封、让-雅克·卢梭等。由于十二音节亚历山大体独霸诗坛,常常迫使那些可以真正成为诗歌的东西反而不采取诗的形式。而在外国,作诗法要容易得多、自然得多,所以一切富于诗意的思想都可以成为写诗的灵感,而散文所剩下的天地不过是说理性的作品罢了。甚至可以向拉辛本人提出挑战,看他能不能将品达、彼特拉克或克罗卜史托克的作品译成法国式的诗歌,而不至于将其特点弄得面目全非。这些诗人有一种敢字当头的精神,但此种精神也只有在这样的语言中才可能存在——即它们有可能将作诗法的全部妙处同诗人的独特风格融为一体;而在法语里,却只有散文才能容许独特风格的发扬。

日耳曼方言在诗歌中的突出优点之一,是形容词的丰富多彩与优美动人。在这方面,德语也可以与希腊语媲美;在同一个字里可以感受到好几个形象,犹如在一个谐音的基本音符中,我们仍然可以听见组成谐音的其他音;或者犹如某些色彩能唤起我们对有关的派生色彩的感应。法语只能说出我们想要说的东西,而不会在话语的周围看见千姿百态的彩云,那是北方语言的诗歌所特有的光环,足以唤起对于往事的许多回忆。除了有自由能将两三个形容词组合成一个而外,还可以把动词直接变作名词,使语言富有生气,如:活着,愿望着,在感觉,等等,这些说法就不像生活、意志、情感这些词那么抽象空洞;凡是能将思想变为动作的成分,总是使文风格外生动活泼。句型易于随意颠倒,这也对诗歌非常有利,而且通过作诗的种种技巧,可以产生如绘画或音乐一般的印象。最后还应指出,条顿民族语言总的精神便是独立性。作家首先力图传达的是他所感觉到的一切。他们很愿意对诗歌说爱洛绮思对情人说的那句话:如果有一个更真切、更温柔、更深刻的字眼,来表达我感受到的一切,那么我就选择那个字眼。在法国,对于社交礼仪的记忆,一直追随着有才之士的踪迹,直至他最亲切的激情之中;而对于自己会变成笑柄的恐惧情绪,犹如一把达摩克利斯利剑,那是任何放浪的想象都无法使人忘怀的。

在艺术中,人们常常谈到战胜困难的乐趣。但也有人不无道理地指出:或者这种困难还没有被感觉到,那么这困难便等于零;或者它能够被感受到,那么它就没有被战胜。障碍可以显示人们的才干;但在真正的天才身上常常表现出一种笨拙;这在某些方面正像老实人常上当一样。因此,不应当硬要天才迁就人为的障碍;因为他克服这种障碍的能力远比只有二流才华的人要差。

第十章　论诗

　　人们心灵中真正神圣的东西是无法表述的；即使有词汇来表达某些特点，却没有任何东西能表达它的整体，特别是表达各种真实的美的秘密。要说出什么不是诗，那很容易；但要懂得什么是诗，那就必须借助于一个风景如画的地方、一阕优美动听的乐曲或见到一件宝物时的印象，特别是要借助那自成一体的宗教感情来说明；这种宗教感情使我们感到自己身上就有神圣的东西。诗是一切偶像崇拜的自然语言。《圣经》充满了诗意，而荷马充满了宗教色彩；这并不是说《圣经》里有种种虚构，也不是说荷马作品里有宗教信条。但热情把喜怒哀乐汇集到了一个中心点，热情好比是尘世向着天国焚烧的一炷香，把尘世与天国撮合到了一处。

　　用语言表达出内心感受的才具是罕见的；但凡是能感受强烈深刻的爱情的人，在他们身上都存在着诗意。没有锻炼过表达能力的人无力表达自己的感受。可以说，诗人只是把心灵深处被囚禁的感情解放出来；诗的天才是一种内在的禀赋，它同令人们作出英勇牺牲的禀赋属于同一种性质：写一首壮丽的颂歌无异于做一场英雄主义的梦。如果才能是可靠的，那么它就会像发出动人的话语一样，经常导致壮丽的行为。因为两者的出发点相同，即我们从内心感觉到了的美的意识。

　　一位才思出众的人说过：散文是人为的，诗是自然的。的确,未开化的民族总是先会作诗;只要有一种激情在内心激荡,连最平庸的人也会不知不觉地用形象比喻说话。他们借助外界的自然景象来表达内心发生的无以名状的东西。普通人比有社会地位的人更容易成为诗人,因为礼仪和玩笑只能起限制作用,而不能产生任何作品。

在这个世界上,散文与诗歌进行着无休无止的斗争。而玩笑总是属于散文这一边;因为所谓玩笑便是贬低别人。但社交精神有利于优雅快乐的诗歌发展,这类诗歌最光辉的榜样便是阿里奥斯托、拉封丹、伏尔泰。我国早期作家写的戏剧诗歌令人赞叹;描写性质的诗,特别是说教诗在法国发展到了完美的程度。但看来在古人和外国人所谓的抒情诗与史诗方面,法国人至今尚无超群拔俗的趋势。

抒情诗抒发的是作者自身的感受;作者不再是把自身移植到别人身上,而是在自身寻获各种支配自己的行动:让-巴蒂斯特·卢梭在宗教短歌中,拉辛在悲剧《阿塔丽》中,都表明自己是抒情诗人。他们熟读赞美诗,充满了强烈的宗教信念。然而法国语言和格律上的困难,几乎总是阻挠着热情的奔腾洋溢。我们的某几段短歌写得令人叹服,是可以举为例证的;但难道有一首完整的短歌,其间上帝没有抛弃诗人的吗?漂亮的诗句并不等于诗;艺术中的灵感像一条永不枯竭的清泉,它哺育着通篇作品,从第一句到最后一句:爱情、祖国、信仰,在颂歌中一切都应得到咏诵,那是对感情至高无上的礼赞。为了真正理解抒情诗的伟大,就须在渺茫的境界里神驰梦游,就须忘却尘世间的噪音以倾听天国的妙曲,就应该把整个寰宇看作心灵激情的象征。

人类命运之谜对大多数人来说不足介意;但诗人却始终将它置于想象之中。死的观念会使庸夫俗子失魂落魄,却能使天才格外大胆无畏。大自然的美与破坏力的恐怖相交织,引起一种无以名状的幸福与惧怕的梦呓，而没有这，就无法理解、描绘世间的景象。抒情诗并不叙述任何情节，它在任何方面都不迁就时间的连续或空间的局限；它翱翔于万国的上空，跨越了千秋万代的历史。它延续了那崇高的瞬间——在这瞬间里，人们超脱了人生的悲欢。人们觉得自己在人间奇迹中是造物者又是被造者，应当而又不能弃世他去，他那战栗而强有力的心灵既感到自豪，又在上帝面前匍匐跪拜。

德国人既具备了想象力，又能凝神静观——这是难能可贵的——所以他们比大多数其他民族更善于作抒情诗。近代人免不了在思想方面具有一定深度，这是一种唯灵的宗教造成的习惯；如果这种思想深度不是借形象来表现，那么也还不是诗：应当使大自然在人的心目中变得崇高伟大，人才能利用它作自己思想的象征。灌木林、花朵、溪水对泛神论诗人已经足够；孤寂的森林、无垠的海洋、灿烂的星空，差堪表达充满基督徒心灵的永恒感与无限感。

德国人的史诗也不比我们多；这种美妙的创作似乎不是赋予现代人的；也许只有《伊利亚特》能完全符合人们为这类作品建立的观念。为了写史诗，就必须有一种不可多得的各种条件的汇聚，这只有在希腊人的时代才具备：也就是说既要有英雄时代的想象，又要有文明时代完善的语言。在中世纪，想象是很旺盛的，但语言却不完善；及至今日，语言倒很纯净了，但想象却未免欠缺。德国人在思想与文风方面颇有勇气；但在主题的实质方面却极少创新。他们的史诗尝试几乎总近乎抒情的体裁。至于法国人的史诗尝试，则毋宁归入戏剧类，其中短暂的兴味多于雄伟的气魄！至于在戏剧中取胜，那么其部分原因是限定范围、估量观众的趣味，并巧妙地加以顺应等技巧；而在创作史诗的时候，完全不能从外在、暂时的因素出发。史诗要求绝对的美，能够打动单个读者的美,而单个读者的感情比较自然,想象比较大胆。谁要是想在史诗中作过分大胆的尝试,就很可能受到法国"得体的趣味"的严厉谴责;而不冒任何风险的人也会同样遭到鄙夷。

布瓦洛一方面使趣味和语言都臻于完善,另一方面无疑使法国人的思想极不利于诗的发展。他只说了一大通应当防止什么,他所强调的只是理应如何和讲究分寸的教义,将某种学究习气引进文学,而这对艺术崇高的激情是很有害的。我们有许多法语写诗技术上的杰作;但怎么能把写诗技术称为"诗"呢?把本应保持散文面貌的作品硬译成诗,如蒲伯那样,用十个音节来叙述如何打扑克牌及有关的种种细节,或者像我国最新的诗作那样,写掷骰子、写下棋、写化学,这简直是语言的魔术;这是名为写诗,实为玩弄文字,犹如玩弄音符编写"奏鸣曲"一样。①

要把那些最不宜于运用想象的东西,用高贵的笔调描绘出来,这自然须要精通诗的语言。因此,有人赞赏这诗歌画廊中的某一两件作品,也是不无道理的。但每篇作品之间的过渡,必然如作家头脑里的情况一样,是散文式的。作家心里想:"我要就这个题材写几句诗,然后就那个题材或另外什么题材写几句。"这样,他就在无意之中,把他的工作方式透露了给我们。真正的诗人可以说是在自己内心深处一次构思他的全部诗作的:如果没有语言上的困难,他会像女巫或先知那样,随时随地吟咏出天才的圣歌来。他受到自身观念的激动,犹如一生中的重大事件能使作家激动一样。一个新的世界展现在他眼前:每种情景、每个性格、每个美丽景色的崇高形象,都引起他注目;他的心为一

---

① 这是暗讽夏多布里昂的一些门徒专事玩弄音韵,写一些无聊的"诗",犹如"奏鸣曲"的主题,往往并无明确的内容。

种天国的幸福而跳动,这种幸福如同闪电一般穿过命运的黑夜。诗,是在刹那间获得了我们的灵魂所祈愿的一切。才能消除了生存的疆界,把凡人朦胧的希望变为光辉夺目的形象。①

描写才华的特征,比为才华规定若干教条要容易一些。天才如同爱情一样,是以感受者激情的深度来衡量的。但如果敢给这位天才提什么建议(天才是只听命于大自然的),那么就不应当只提纯粹文学性的建议;对诗人讲话就应当像对公民、对英雄讲话一样,应当告诉他们:

"你们要有道德,有信仰,要不受拘束;尊重你们所爱的一切,在爱情中追求不朽,在大自然中追求神圣;使你们的灵魂变成神圣的殿堂;那么,高贵思想的天使就将不惜降尊纡贵,在这殿堂里显灵。"

---

① 这里零零碎碎陈述的是德国新派诗人所热衷的理论观点,反映了施莱格尔兄弟及其好友斯特芬斯、诺瓦里斯、蒂克等人谈话的内容,那时正是他们在耶拿共同主编《雅典娜神殿》杂志的全盛时代。

第十一章　论古典诗与浪漫诗

"浪漫"这个词是新近传入德国的,是指以行吟诗人的歌唱为源头的诗,也就是骑士制度和基督教所产生的诗。如果不承认分享文学王国领地的有多神教与基督教,有北方与南方,有古代与中世纪,有骑士制度与希腊罗马体制,那么就永远不可能从哲学观点来评判古代趣味与现代趣味。

人们有时把"古典"当作完美的同义字。我在这里取另一含义,即把古典诗看成古代的诗歌,而把浪漫诗看成某种意义上发源于骑士传统的诗歌。这种划分同世界分成两个时代也是有关的:一个是基督教确立之前的时代,另一个是基督教确立之后。

在各种德国作品中,人们将古代诗歌同雕塑相比拟,将浪漫诗歌同绘画相提并论;此外,还以各种方式描述过人类思想的发展过程:从唯物主义的宗教到唯灵主义的宗教,从大自然到神。

法兰西民族是拉丁民族中最有教养的,倾向于从希腊罗马人那里学来的古典诗。英格兰民族是日耳曼民族中最出色的,喜爱浪漫诗和骑士诗,并以珍藏的这一类杰作为自豪。在这里,我不想研究两者哪一个更好,而只是说明,这方面趣味的多样性不仅是由于偶然原因,而且发端于想象与思想的本源。

在史诗以及古代悲剧中,有一种纯朴的风格,其来源是这时的人被认为同自然界一体,并自认为从属于命运,犹如自然界从属于必然性一样。那时的人很少思考,总是将心灵的活动流露出来;意识本身也通过外在的物体表现出来,复仇三女神①的火炬在罪犯的头上摇动,表示要他们忏悔。在古代,情节就是一切,到了近代,性格的地位则更重要了。那种像咬普罗米修斯的鹰一样经常折磨我们的纷乱的思绪,若是在古代公民与社会极其分明的关系中,会被当成精神失常的。

在初期希腊艺术中,只有孤立的雕像;群像创作是后来的事。也可以如实说:在所有艺术中都没有群像。如在浮雕中表现的那样,事物按先后顺序出现,没有任何纠葛交缠的地方。人体现着大自然;山林水泽女神住在水里,树木的精灵寓于森林之中;但反过来,大自然也占据了人,可以说人像奔流、像雷电、像火山,他通过无意识的冲动来发挥作用,而不致因思考对行为的动机与后果产生任何影响。古人可以说有一个肉体化的灵魂,其一切行动都是强有力的、直接的、有始有终的;受基督教熏陶过的人心就不是这样了:近代人从基督教的忏悔中学得了不断反躬自省的习惯。

但是,为了表现这种完全内在的存在,就需要大量变化多端的情节,以各种形式表现心灵活动的精微之处。如果迫使今日的艺术也如古代那样简单纯朴,那么我们既得不到古人那种原始的力量,又会失去我们的心灵所能达到的深刻丰富的激情。现代人的艺术简单化,就很容易转化为冷淡和抽象,而古人的简朴是生机勃勃的。荣誉和爱情、勇敢和怜悯,这是骑士基督教所特别富有的感情。这种内心状态只有通过惊险、武功、谈情说爱、不幸的遭遇,总之是通过浪漫情趣才能充分表露,而浪漫情趣能使场景发生丰富多彩的变幻。因此,在古典诗和浪漫诗中,

---

① 指埃斯库勒的悲剧《捧持祭品的人》。

艺术效果的源泉在许多方面是不同的。在古典诗中,主宰一切的是命运;在浪漫诗中,则是神意。命运视人类感情如草芥,而神意则仅根据感情判断行动。诗歌得描绘那专门同凡人作对,叫不应看不见的命运所干的勾当,或者要描绘至高无上的造物者,和我们心灵相呼应的造物者所主持的有条不紊的秩序;既然如此,那么诗歌怎么能够不另辟蹊径,创立一个独特的世界呢?

多神论的诗歌应当如外在的事物一样简单,一样棱角分明。基督教诗歌却需要天空彩虹千变万化的色泽,以免在高高的云端里迷途失径。古人的诗作为艺术更纯净一些,而今人的诗歌却使读者挥洒了更多的热泪。但对我们来说,问题并不是要在古典诗与浪漫诗之间作抉择,而是在机械模仿和自然启示之间作抉择。古代文学对今人而言是一种移植的文学;浪漫文学或曰骑士文学却是在我们自己家里土生土长的,使浪漫文学桃李竞放的乃是我们自己的宗教与制度。拟古的作家顺从趣味方面最严厉的戒律。因为他们既不能凭据天性,也靠不上自己的记忆,便不得不受制于若干戒律;根据此等戒律,古人的杰作便可顺应我们今日的意趣,虽然产生这些杰作的政治、宗教环境俱已变迁。但这些拟古诗,无论如何完美精湛,却不甚得人心,因为它们在当今毫无民族特色。

法国诗歌在一切现代诗歌中最富于古典色彩,但却是唯一没有在民间普及的。威尼斯的"共渡乐"船工能吟唱塔索的诗篇;西、葡人民不论高低贵贱,莫不熟读牢记卡尔德隆与卡蒙斯的诗句。莎士比亚在英国更是雅俗共赏。歌德和毕尔格尔的诗谱成了曲,从莱茵河畔到波罗的海海岸,随处可以听到反复唱诵。法国诗人的作品受到法国和欧洲一切有教养的人的欣赏;但普通民众甚至城市的市民却一无所知,因为法国艺术同其他国家不同,它不是诞生在得以繁荣滋长的本国土地上。

有少数法国评论家硬说日耳曼民族的文学还处在艺术的童年阶段；这个见解是完全错误的：精通古代语言和作品的大学者当然不会不知道自己或取或舍的作品的利弊得失；但他们的性格、习惯和推理使他们宁要以骑士回忆、以中世纪的传奇为基础的那种文学，而不要根据希腊神话建立的文学。浪漫文学是唯一犹有改善余地的文学，因为它植根于我们自己的土壤上，是唯一能够成长并再度蓬勃发展的文学；它表达我们的宗教；它追忆我们的历史；它的源头是久远的，但绝非古旧的。

古典诗需要经历多神论的记忆才传至今日；日耳曼人的诗歌却是艺术里的基督教时代。它运用我们的切身感受来感动我们；使它产生灵感的天才直接诉诸我们的心灵，仿佛把我们自身的一生都召唤出来，像召唤一个最强大、最可怖的鬼怪一般。

第十二章　论德国的诗作[*]

从上一章的种种见解，我们似乎可以得出这样的结论：即在德国几乎没有古典诗歌——无论就拟古仿古作品的意义而言，或者仅就作品的尽善尽美而言。德国人想象力的丰富使他们长于创作，而不长于修改；因此，在德国文学中，很难举出公认为典范的作品。语言也还没有固定下来：趣味随着有才之士的每部新作而不断变迁；一切都在变化、前进，而尽善尽美的静止点还远未达到。但这是否就是什么弊病呢？在自诩已达到这个水平的国家，可以看到几乎接踵而来的便是开始没落；还可以看到对古典大家的模仿蜂拥而起，好像存心使人厌弃古典大家的作品似的。

德国的诗人之多，堪与意大利相比：不管在哪一种文学样式中，试笔者人数众多，说明了一个国家的自然倾向。在那里，对于艺术的爱好具有普遍性，人心自发地朝着诗歌方面努力，犹如在别国朝着政治或商业利益努力一样①。在古希腊，曾经有一大批诗人。周围有一大批从事同一事业的人，这对天才是最有利的。艺术家对错误是宽厚的判官，因为他们知道个中的难处；

---

*　本章题为 des poèmes allemands，乍看似乎指个别的诗篇，但从后文实际内容看，是评述部分长诗作品；下一章题为 de la poésie allemande，但实际内容是评述单篇诗（多为短诗）。大休上可以说第十二章是论长诗，十三章是论短诗。

① 这大概是指英国。

但他们也是很苛刻的嘉许者;要写得非常美,而且是一种新颖的美,才能在他们心目中与他们经常关心的杰作相比。德国人写作差不多可以说是一挥而就;这种驾轻就熟的本领是艺术上有才华的真正标志;因为艺术品应当像南国的花卉一样,不经栽培而自生自长;劳动使它们长得更艳美;但当慷慨的大自然赋予人以想象力时,这想象力是异常丰富的。不可能一一列举值得单独称赞的德国诗人;前面我在指出德国文学的历史进程时,曾举出三个流派,这里仅限于一般地探讨一下这三个派别。

维兰的小说是模仿伏尔泰的;有时候是模仿吕西恩,他在哲学方面便是古代的伏尔泰;还有时模仿阿里奥斯托,而令人遗憾的是,还模仿过克莱比雍。他将好几个骑士故事,如《甘达琳》《斯文的格里昂》《欧布朗》等,改写成了诗歌;在这些作品中,他表现得比阿里奥斯托更为敏感,但总不及他优雅欢快。德语不像意大利语那样能在一切题材中都应用得那么轻松活泼。这种语言的辅音稍嫌过多,适于它的玩笑多半是着力刻画的一类,而不是含蓄蕴藉的一类。《伊德里》和《新亚玛迪斯》是两部童话,其中每一页都拿女人的道德来开老一套的玩笑,这类玩笑因其令人厌倦反而不显得有伤风化了。我觉得维兰的骑士故事远较他那些仿古希腊的诗(如《姆萨里翁》《恩迪米翁》《伽尼美德》《巴丽的审判》等)写得好。在德国,骑士故事是全民性的。语言及诗人的自然禀赋,都特别适于描绘这些英雄美人的武功和爱情;而这些人物的感情既强烈又天真,既充满了善良又坚定不移;但由于维兰硬要把近代的优雅放进古希腊的题材里,所以就必然搞得矫揉造作。凡是想以现代趣味改变古代趣味或者以古代趣味改变现代趣味的,几乎总要装腔作势。为了防止这种危险,就应当完全让它们自然发展、各得其所。

《欧布朗》在德国几乎被当作史诗看待。它是根据一个法国骑士故事《波尔多的胡昂》创作的,德·特雷桑先生曾为这个故事写过一个梗概。如莎士比亚在《仲夏夜之梦》中描写的怪物欧布朗和仙女提坦尼娅,就成了这部诗集的神话基础。这个题材是我国古代小说家提供的;但维兰以诗歌丰富了它,这个贡献怎样称赞也是不过分的。取材于神话的玩笑在这里被表现得优雅而富有特色。由于种种冒险的结果,胡昂被派到巴勒斯坦,去向苏丹的女儿求婚。当他吹起那奇怪的号角,使反对这桩婚事的最仪表堂堂的人物都翩翩起舞时,人们对这种巧妙安排的喜剧效果毫不感到厌倦。诗人将阿訇和大臣迂腐的丑态描写得绘声绘色,而他们情不自禁的手舞足蹈就格外令读者发笑。当欧布朗把一对情侣驾上飞车送入空中的时候,人们不免对这奇迹虚惊一场,但这种感觉立即为爱情所产生的可靠感所驱散。诗人写道:"大地在他们眼前消失也罢,黑夜用那幽暗的翅膀遮盖住了天空也罢;一线天国的光明照亮了他们含情脉脉的眼睛:他们的灵魂相互映照;他们觉得黑夜不再是黑夜;环绕他们的是极乐仙境,阳光照亮了他们的内心深处;而爱情使他们无时无刻不看见美妙新鲜的事物。"①

一般说来,感情同神话是不大能结合的:内心的爱包含某种严肃的东西,人们不希望它在变幻无穷的想象中受到损害;但维兰的艺术正在于把想入非非的虚构同真实的感情交织在一起,只有他才有这种本领。

苏丹的女儿为了嫁给胡昂而改信基督教;她受洗礼的场景也是极其优美的一幕:为了爱情而改变宗教信仰,这未免有些世俗气;但基督教的确是一种心灵的宗教,因此要全心全意而又纯洁无瑕地爱,就等于皈依了基督教。欧布朗从这对情侣那里得

---

① 《欧布朗》,第五章第八五节。

到了诺言——在到达罗马之前不要完婚;但他们现在远离人世,在一叶孤舟中漂泊,爱情使他们违背了当初的诺言。于是风暴大作,飓风呼啸,波涛汹涌,船帆破裂,雷殛桅杆;乘客惊慌,水手呼号求援。终于,孤舟穿了洞,海浪似乎要将一切都吞没;虽然面临死亡的威胁,这对新婚夫妇仍然留恋着人生的幸福。他们被抛进了大海:一种不可捉摸的力量拯救了他们,把他们卷上一片无人居住的孤岛,他们在那里只遇见了一个孤独者,他由于遭逢不幸和宗教信仰而漂泊到这个荒无人烟的角落。

胡昂的爱妻亚曼达,在历经横逆曲折之后,终于生下一个男孩;再没有比沙漠里的母爱更动人的场面了:这使得孤岛生机盎然的新生命,这儿童的茫然的目光,而母亲又出于一腔疼爱之心想教孩子注视自己……一切都充满了感情,充满了真实感。欧布朗和提坦妮亚却想继续考验这对情人;但终于,他们坚贞不渝的爱情得到了报偿。虽然这部诗集有冗长之处,但不可能不把它看作一部动人之作;如果法译本也译成优秀的韵文,读者是会得出这种看法的。

在维兰之前和之后,都曾有诗人想按照法国和意大利方式写作;但他们的作品几乎不值一提。如果德国文学不是具有自己的特性,它肯定不会在艺术史上占有地位。德国诗歌应当自克罗卜史托克的《救世主》算起。

用我们凡夫俗子的语言来说,《救世主》的主要人物既令人钦佩,又令人同情,而这两种感情谁也冲淡不了谁。一位豁达的诗人在谈到路易十六时,曾写道:

> 从来没有如此受尊敬的人,又能得到如许的怜悯。

这句如此动人、如此言微意深的诗句,可以借以表达克罗卜史托克的《救世主》唤起的情绪。也许这个题材远远高于天才的一切发明创新;但的确需要有许多创新,才能借托神仙把人表现得如此感情充沛,又通过凡人把神仙烘托得这等强劲有力。故事情节是至高无上的意志事先安排好的;而在叙述这类情节时能引起这么大的兴趣,唤起深切的忧虑,就必须很有才华。克罗卜史托克非常巧妙地将古人的宿命思想同基督教的敬神观念所能激起的恐怖、希望结合到了一起。

我在另外一本书里①谈到了阿巴多纳的性格;他是一个改恶从善的魔鬼,想为人类造福。一种深切的悔过心情同他那鬼神的天性结合在一起;他的追悔心情是以天国为对象的,那是他熟悉的曾经居住过的天国:当命运无法变更的时候,这种改邪归正的场景是多么动人啊!专事折磨人的地狱里住了这么一个重新变得有情有义的灵魂,这是多么难得啊!诗歌不常写我们所信仰的宗教;克罗卜史托克通过性质相近的场景,将基督教的灵性人物化了;在这方面,他是近代诗人中最有成绩的一个。

整部作品中只有一个爱情插曲,即两个复活者——昔德利与塞米达之间的爱情;耶稣基督把生命重新赋予他俩,他们热烈地相爱,那爱情是纯洁的、天国的爱情,就如他们的新生命一样;他们不认为自己还会死亡。他们希望能双双从人间升向天国,而不要有一人尝到离别的辛酸。在一部宗教诗中想象出这样的爱情,这又是多么动人啊!只有这样构思才能同整个作品相协调。然而必须承认,由于题材表现得总是那么激昂,结果就不免有些单调:过多的静观默想使人们头脑疲乏,作者有时需要使读者复活,如同书中人昔德利、塞米达那样。

我认为本来可以避免这个缺点,而又不必将任何世俗的东西塞到《救世主》中去:也许,以耶稣基督整个一生做题材更好

---

① 见斯太尔夫人:《论文学》,第一部分第十七章。

些，而不是从他的敌人要求处死他开始写。也许可以更巧妙地用东方色彩来描写叙利亚，并且把罗马帝国下人们的境遇写得更有笔力。《救世主》中的说教太多、太长；情节、性格、场景总是给我们留下一些思考想象的余地，而说教则不如这三者能打动我们的心灵。言辞，或曰神言在创世之前即已存在；但对诗人来说，创造应当先于言辞。

　　人们还批评克罗卜史托克将他笔下的天使写得不够丰富多彩；诚然，在完美之中差别是很难抓住的；一般情况下，区别凡人的是他们各自的缺点。但是，总是可以给这幅伟大的画卷增加一些变化。还有，在结束了主要情节——即救世主之死——的那一章之后，不应当再另加十章。这十章诗歌无疑包含着许多抒情妙句；但当一部作品已引起戏剧性的兴趣，这种兴趣终止时，作品也应当终止。前面既已有更强烈的情节，那么在别的作品中读来津津有味的见解、感情，在这里就不免令人生厌。人们对书的要求大体也同对人一样，总是要它们达到我们已习惯了的期望。

　　在克罗卜史托克这整部作品里，无往而不在的是一颗高洁而善感的灵魂；然而它所产生的印象过于单一，阴森森的形象在书里过多。生命能够前进就是因为我们忘记了死亡；或许正因为如此，当关于死亡的思想再现时，会产生一种令人不寒而栗的恐怖感。在《救世主》中，犹如在杨格的作品中一样，作者过于经常地把我们带入坟场；如果我们终日浸沉在这一类默想中，那么艺术就完蛋了。因为正是需要对生存有强烈的感受，才能体验生动活泼的诗的世界。异教徒在诗歌里、在墓地的浮雕上，总是表现多种多样的场面，从而将死亡变成了生命的行动；但基督徒生命最后一息朦胧而深沉的思绪，所导致的与其说是色彩绚丽的想象，不如说是一种缠绵的意绪。

克罗卜史托克写过宗教颂歌、爱国主义颂歌,以及其他各类题材的优美动人的颂歌。在宗教颂歌中,他善于给广阔无垠的思想以肉眼可见的形象;但也有时这类诗歌由于想包罗万象却迷失了方向。

在他的宗教颂歌中,很难举出一句两句诗,当作单独的警句来记诵。这类诗歌的美在于所产生的总的观感。譬如有一个人在观赏大海,看见那汹涌的波涛滚滚卷来,无休无止,不可穷竭,那广漠的怀抱似乎同时囊括了古往今来的一切时代,包容了一切在同一时刻进行的轮回更替;他在海边浮想联翩,感受到不尽的乐趣。这时难道我们能够要求他按着波涛一次又一次的起伏,来计算他的乐趣究竟有几何吗?经过诗歌加工的宗教默想亦莫不如是。如果它们能不断引起新的激情,使人们向往越来越崇高的运命,如果在熟读默念之余觉得自己变得更高尚了,那么这作品便值得赞扬:这也就是对这类作品应作的文学评价。

在克罗卜史托克的颂歌中,以法国大革命为题材的那几篇是不值一提的:当前的时事给诗人的灵感几乎总是效果不好;他们应当保持历史时期的差距,以便作出正确的判断,甚至只有这样才能正确地描述。但克罗卜史托克的巨大功绩,是努力振奋德国人的爱国主义。在为这一可敬的目的而创作的诗歌中,我有意推荐赫尔曼死后的行吟诗人之歌:赫尔曼即罗马人所称的阿尔密纽斯,日耳曼君主由于嫉妒他的成就和权力而将他杀害。

行吟诗人魏多玛、克尔丁和达尔蒙
所歌颂的赫尔曼

"魏多玛:哦,行吟诗人们,让我们在覆盖着苔藓的苍苍山石上就座,咏唱那葬礼的曲调。谁也不要再往前走,谁也不要把目光射向这里的枝叶之下——那是祖国最高尚的儿子的安息之地。

"他在那里,躺卧在血泊当中;罗马人对他望而生畏、内心恐惧。在武士的舞步和凯旋的歌声中,他们把他的图斯内尔达,被俘的图斯内尔达带了过来;不,不要看吧!谁能眼见而不泪流满面?七弦琴不应奏那哀怨之音,而应为不朽的死者奏出颂歌。

"克尔丁:我还长着一头金黄的童发,我佩带利剑不过从今日始;我的双手第一次举起长矛,怀抱七弦琴,我怎样才能歌颂赫尔曼呢?

"哦,诸位父老兄弟啊,请不要对少年寄托过高的希望。我要用金黄的童发拭去满脸泪痕,然后才敢于放声歌唱马纳①最伟大的儿子。

"达尔蒙:我也流下了哀恸的泪水;不,我不愿意将热泪吞下:流吧,这热泪,这愤怒的泪水,你们并不是默默无声的,你们在召唤,在号召对那些阴险的武士复仇;哦,伙伴们,请听我毫不容情的诅咒:让祖国的叛徒、那些杀害了英雄的坏家伙,都不能够战死在疆场上!

"魏:你们看见了从山顶奔流而下,向着这些山石倾泻的清泉吗?它将松树连根拔起,将树干卷进波澜,为赫尔曼的樵夫送来了木柴。英雄不久将化为灰烬,英雄不久将安眠在黏土筑成的墓地里;但愿在他神圣的骨灰上安放那柄利剑——他曾用它起誓,用以消灭那征服者。

"死者的英魂啊,请留步——在你会见父亲塞格马尔之前!请稍息片刻,看看你的人民心里充满了你的形象!

"克:啊,让我们默默无言吧,让我们不要告诉图斯内尔达,

---

① 日耳曼民族公认的英雄之一。(作者注)

她的赫尔曼躺在这里的血泊中。不要告诉这位高贵的妇人,这位哀痛欲绝的母亲:孩子杜美利柯的父亲已经离别人世。

"她已戴着镣铐,在骄横的胜利者的战车前行走,谁要是把消息告诉这不幸的妇人,谁就跟罗马人的心肠一样狠毒!

"达:不幸的姑娘,谁是生育你的父亲?塞格斯特①,他是一个叛贼,曾躲在阴影里磨那杀人的利剑。啊,用不着诅咒他。赫拉②已经给他烙上了标记。

"魏:不要让塞格斯特的罪行玷污我们的颂歌;让永世的遗忘在他的骨灰上展翅吧!七弦琴的琴弦是为赫尔曼而鸣奏;若让它们的哀吟变成对罪人的控诉,那反倒是亵渎琴弦。赫尔曼哟赫尔曼!你是高尚心灵的宠臣,骁勇者的首领,祖国的救星,我们行吟诗人齐声歌颂你,在神秘的森林里荡起了低沉的回音!

"啊,温菲尔德之役③,你夏纳大捷血淋淋的姐妹啊!我看见你披头散发,眼里燃烧着怒火,两手沾满鲜血,在瓦尔哈拉的竖琴间出现;为了擦去你的痕迹,德卢苏斯妄想将战败者的白骨藏匿在死亡谷里。我们不允许这样做,我们挖了他们的坟墓,要用他们的残骸遗骨做伟大节日的见证;它们将世世代代在春天的节日里听到胜利者的欢呼!

"我们的英雄还想给瓦鲁斯送上几个死亡的伴侣;于是,凯西纳毫不摆王公贵族慢条斯理的架子,立即去同他的头目汇合。

"一种更崇高的思想在赫尔曼炽热的灵魂里酝酿:午夜时分,在托尔神④的神殿前,在许多祭品间,他悄悄自言自语:'我一定要这样做!'

---

① 杀害赫尔曼的阴谋的主谋者。
② 地狱之神。
③ 德国人战胜罗马将军瓦鲁斯之役,后用此名称。
④ 战神。(以上均为作者注)

"这个计划一直表现在你们的娱乐嬉戏之中,当年轻的武士们翩翩起舞的时候:他们越过闪光的宝剑,以克服艰险来使娱乐变得生气勃勃。

"船长是一位制服风暴的胜利者。他告诉我们,在一个遥远的孤岛①上,火山早早升起滚滚的乌云,预报要从它的胸臆喷射出可怕的火焰和岩浆。因此,赫尔曼早年的战斗向我们预示:终有一天,他将跨越阿尔卑斯山,驰骋在罗马平原之上。

"在那里,我们的英雄要么战死,要么将登上卡皮托尔山②,走到那执掌着命运之秤的朱庇特宝座旁,质问提伯尔大王③及其祖先的魂灵:他们进行的战争何义之有?

"但是为了实现他那大胆的计谋,就必须越过一切王公贵族,执掌指挥一切战斗的宝剑;于是他的竞争对手策划了阴谋将他杀害。现在他已离开了人世,那位以全部身心构筑了伟大爱国思想的人,他离开了人世。

"达:嚯!主掌惩罚的赫拉女神哟,你是否曾搜集我的热泪?你是否听见了我那愤怒的声音?

"克:你看,在瓦尔哈拉英烈祠④里,在神圣的树荫掩映下,在群英荟萃之中,塞格马尔举着胜利的棕榈叶,前来迎接他的孩子赫尔曼:这位返老还童的长者向年轻的英雄致敬;但一绺愁云使欢迎的仪式微微失色,因为赫尔曼不能去了——他不能来到卡皮托尔山,在众神莅临的法庭上审问提伯尔大王了!"

---

① 冰岛。(作者注)
② 罗马神话中天神朱庇特圣殿所在地。
③ 即提伯利乌斯(公元前42—公元37),罗马皇帝。
④ 北欧神话中阵亡烈士祠。

* * *

克罗卜史托克还有几部诗,如同在上述诗集中一样,向德国人追忆其祖先日耳曼人的武功;但这些回忆几乎同现代德国毫无关系。在这些诗里可以感觉到一种朦胧的热忱,一种不能遂意的愿望;而一个自由民族①的任何民族诗歌所唤起的激情都会更加真实。日耳曼古代史留下的遗迹不多了;而近代史反映了四分五裂混乱的局面,不可能由此产生民众的感情:德国人只有在自己的内心才能找到真正爱国诗歌的源泉。

在处理不这样严肃的题材时,克罗卜史托克常常是十分优雅的:他的优雅发自想象,发自他的多愁善感;因为在他的诗歌中没有很多我们谓之才智的东西;抒情诗里不包括才智。在一首关于夜莺的颂歌里,这位德国诗人把一个陈旧的题材翻了翻新,把夜莺写得这样温柔,这样活泼,对大自然,对人莫不如此,以致成了两者之间在空中飞翔的信使,将两者之间称颂和爱情的信息来回传递。关于莱茵河葡萄酒的一首颂诗很有特色:莱茵河两岸对于德国人来说,是真正的民族形象;他们全国没有比这更美丽的地方。在进行过那么多战争的地方,葡萄藤却仍然不断繁衍生长;而那些百年陈酒,便成了昔日光荣岁月的见证,似乎还蕴藏着当年弥足珍贵的温暖。

克罗卜史托克不仅从基督教中汲取了其宗教作品中最优美的成分;更有甚者,由于他想使德国文学完全脱离古希腊罗马文学,便尽量赋予德国诗歌以新的神话,即从斯堪的纳维亚来的神话。有时,他把这些神话运用得过于深奥;但有时也能巧用,而他的想象力感受到了北国之神与其所主宰的自然景色间的

---

① 指英国。

关系。

他有一首非常妩媚动人的颂歌,题名为《提尔夫的艺术》,是讲溜冰艺术的,据传溜冰是巨人提尔夫的发明。这首诗描写一位美丽的少妇,身着轻裘,乘着形如战车的雪橇;旁边的年轻人轻轻推着雪橇,使它如闪电般向前疾驰。所选择的道路是冰冻的溪流,这在冬季是最安全的通道。青年人的发间飘扬着亮晶晶的雪花;年轻姑娘尾随雪橇,在她们纤细的小脚上装上了钢翼,一瞬间她们就滑向远方:行吟诗人的歌唱伴随着北国的轻舞;这愉快的行列通过榆树林下,榆树的花儿也变成了雪花;只听见脚下冰晶嚓嚓的破裂声,短暂的恐惧一时影响了欢乐的场面,但不一会儿,愉快的呼喊,激烈的运动——它抵御住了寒冷,使血液沸腾温暖——对冰天雪地战斗的豪情,使所有的人都兴高采烈,终于到达比赛的终点:那是一间明亮的大厅;人们对严酷的大自然进行了斗争并赢得了欢乐;此后,在那里又迎来了炉火、舞会、宴饮等更为轻松的乐趣。

《致艾伯特》是一首怀念故人的颂歌,也值得在此一提。克罗卜史托克在写爱情时没有这样成功;他像法国诗人多拉一样,写过《致未来的情侣》一类的诗,而这类矫揉造作的题材并没有给他多少灵感:要想拿感情做游戏,就须没有尝受过痛苦;而当一个严肃的人试着做这种游戏时,总有一种说不出来的拘束,使他无法表现得自然逼真。在克罗卜史托克一派里——不是作为他的弟子,而是作为他写诗的同道——应当列入伟大的哈勒(提到他不能不肃然起敬)、盖斯纳,以及另外几位诗人。他们以感情的真切而接近英国的素质,但他们还不具备德国文学真正独特的标志。

克罗卜史托克本人也没有能完全给德国既崇高又大众化的史诗,而像这类作品应当同时具备这两条。伏斯所译《伊利亚特》与《奥德赛》介绍了荷马,达到了抄本介绍原作力所能及的最佳水平。在译文里保持了每个形容词,每个词都放在原来的位置上。给读者的总印象是深刻的,尽管在德文本里找不到希腊语的全部精美之处;而希腊语是南方最出色的语言。德国文人贪婪地抓住一切新样式,于是便试着写荷马风格的诗歌;由于《奥德赛》含有许多私生活的细节,看起来比《伊利亚特》容易模仿。

这方面的第一次尝试是伏斯本人写的一首田园诗,共三节,题为《鲁意莎》,是用六步韵写的,大家一致认为是佳作;但六步韵诗的夸张铺陈常常同题材本身极为纯朴不协调。如果不是全诗有一种纯洁的宗教激情,读者就不会对可敬的格鲁诺牧师的女儿那平静无波的婚姻感兴趣。荷马总是忠实地把称呼同名词放在一起,例如,凡是提到明纳娃的地方,总要在前头加上"朱庇特的蓝眼睛的女儿";同样,伏斯也不住地重复"可敬的牧师格鲁诺"。但荷马的纯朴之所以产生巨大的效果,是因为同主人公的庄严伟大及其遭遇相比,这纯朴构成了一种崇高的对比。而当有关人物是一位乡村牧师同他那位贤妻良母式的妻子,故事内容又是把他们的女儿嫁给她的心上人,那么,纯朴就不那么值得称道了。德国人很欣赏伏斯《鲁意莎》一诗中关于煮咖啡、点烟斗的描绘;这些细节写得很有才情、很真切;这首诗是一幅很成功的弗兰德尔油画:但我觉得,要将起居习俗写进我们的诗,或者写进古代诗歌,似乎很困难。因为在法国,这类习俗是毫无诗意的,我国的文明有某些市民色彩。至于古希腊罗马人,他们始终在露天生活,同大自然直接接触,他们的生活方式是田园式的,但却从来也不庸俗。

德国人太不重视诗歌题材的选择了,他们以为一切都取决于对题材怎样处理。首先,诗歌采取的形式几乎从来也不能转移到一种外国语中去,而欧洲的声誉是不容蔑视的。而且,如果最有兴味的细节不是同想象力能掌握的故事相关,那么这细节是会被遗忘的。伏斯的诗美妙之处主要在那动人的纯洁性;我认为这纯洁主要表现在牧师嫁女的祝福中,他用激动的语调对女儿说:

"女儿哟,愿上帝保佑你。可爱而有德行的孩子哟,愿上帝在尘世和天国都保佑你。我也曾年轻过,现在却衰老了;在这坎坷的一生中,至高无上的主给了我许多欢乐,也给了我许多痛苦。愿他为两者而得到感激!我不久就要让这颗白发苍苍的头颅在父辈的墓葬里安息,但我死而无怨,因为我的女儿得到了幸福。她之所以幸福,是因为她知道天父有意用痛苦与欢乐来培育我们的灵魂。没有比这年轻貌美的新娘更令人感动的了!她怀着一颗纯朴的心,她倚着终身伴侣的手臂:正是他要在生活的蹊径上指引她前进;她将同他一起,在神圣的情谊中,同甘共苦、一同生活;如果这是上帝的旨意,那么正是她将拭去这位世俗伴侣额上的最后一滴汗珠。当我结婚的那一天,将我腼腆的伴侣带到这里来时,我的灵魂也充满了预感;我怀着满意的心情,但却十分严肃地将我们土地的界石、教堂的钟楼,还有牧师的住所——我们曾在那里享受幸福,也在那里备尝艰辛——远远地指给她看。你是我的独生女,因为我所生育的其他子女已长眠在公墓的草地下;我的独生女啊,你将沿着我所走过的道路前进。女儿的闺阁从今将空无人居;她在娘家餐桌上的座位也将无人占据;我想倾听她的步声、她的话语,但都将徒劳无益。是呀,当你的夫婿将你从我身边带向远方,我会放声痛哭的,我那噙满泪水的老眼将追随着你远去的身影;因为我是男子汉又兼父亲,我疼爱女儿,她也对我怀着一腔孝心;但不久以后,我将吞下泪水,把祈求的双手伸向天空,我将服从上帝的旨意,他要求女子离开双亲,跟着丈夫远去。孩子,放心去吧,丢开你的家庭,丢开父亲的寓所;跟随这位年轻人吧,他将代替那赋予你生命的老人;希望你在他家里像一株硕果累累的葡萄,在藤蔓上生长出珍贵的新叶。宗教的婚姻是尘世间最美好的福祉;但如果我主不亲自建造人类的广厦,那他徒劳的辛苦又有何益呢?"

这是真正的纯朴,是灵魂的纯朴,真是雅俗共赏,贫富同当,只要是上帝的子民莫不相宜。当描写性质的诗歌用于本身毫无雄伟可言的事物时,我们很快就会厌倦;但情感是从天而降的,无论它的光焰照向什么微不足道的角落,它总保持着自身的美。

歌德在德国所享有的极大的尊敬,使他关于赫尔曼与窦绿苔的诗荣膺史诗的美名;德国最超凡脱俗的人物之一,冯·洪堡先生,即那位著名旅行家的兄弟,为这首诗写了整整一部著作,其中包括最富于哲理、最有兴味的见解。《赫尔曼与窦绿苔》被译成了法语和英语;然而通过翻译,却感受不到原作的美妙:一种温柔的、缠绵不断的激情从头一句到末一句诗都流露出来;而在最微末的细节上,都有一种天生的尊严,比之荷马的英雄毫不逊色。然而应当承认,人物与情节都太无关紧要了;当你读原作时,题材本身就足以引起兴趣;而在译文里,这种兴趣便烟消云散了。在史诗方面,我觉得似乎可以要求某种程度的"文学贵族风";其中人物与历史事件的高贵,即足以将想象提高到这类作品所要求的高度。

十三世纪有一部古诗《尼伯龙根之歌》,我在前面已经提到过。在那时它仿佛具备了一部真正史诗的全部特征。这部诗写的是北德英雄齐格飞的事迹;他后来被勃艮第的一位国王杀害,他手下的人在阿提拉兵营对此进行了报复,并进而结束了第一个勃艮第王国。一部史诗几乎从来也不是某一个人的作品①，可以说，历史的演进也对作品作出了贡献：只有极其重大的事件才能将爱国主义、宗教以及整个民族的生存演化为具体的行动；这些事件并不是诗人杜撰出来的，而是与蒙昧时代相对而言，在诗人心目中显得分外伟大的事件：史诗的人物应当反映民族的原始性格。他们应当成为坚强不屈的典型，而整个历史就是由这种典型发展起来的。

在德国，美体现为古代的骑士制度、它的力量、忠诚、善良、北方严峻的自然条件以及与之相结合的高尚而多情的性格。同样也很美的是同斯堪的纳维亚神话相结合的基督教：宗教信念使粗犷的荣誉感变得纯净神圣；对妇女的尊重，由于保护一切弱者的教义而变得分外动人；那种对于殉身的热忱；那武士的天堂——世上最富于人情色彩的宗教就在那里确立。这些都是德国史诗的要素。天才应当占有这些要素，并且像传说中的女巫美狄亚一样，善于给古老的回忆灌输新鲜血液，使之重新产生活力。

---

① 这种理论在当时很新颖，认为史诗、史诗性诗歌、骑士诗歌的作者都不是某一个人；这是德国新文学流派见解的自然发展。在"天才时代"，个人只能反映自然直接产生的灵感。因此，真正杰作的完成是与特定的时间和特定的诗人无关的。

第十三章　论德国的诗篇

我以为,德国的单篇诗比长诗还要出色;在这类作品中,民族特色尤为突出:确实,在这方面最经常提到的作家,如歌德、席勒、毕尔格尔①,都是属于现代这一派的,也只有这一派真正具备了民族特色。歌德的想象力更丰富些,席勒的感觉更灵敏些,而毕尔格尔则是所有人当中最有民间艺术才华的一位。在研究这三位作家的若干诗篇之后,我们对于他们各自的特点可以有更清楚的了解。席勒同法国趣味有相似之处;然而在他的单篇诗中却找不到任何同伏尔泰即兴短诗类似的东西。那种谈吐优雅,以及几乎是举止动作的优雅转入了诗歌;但这是法国所特有的,而伏尔泰就优雅而言又在法国作家中首屈一指。席勒写过一首关于青春消逝的诗,题名《理想》,可以拿来与伏尔泰同一主题的诗相比较。

　　倘若你要我再钟情,
　　　　就请把那谈情说爱的青春召回……

法国诗人表达了一种可爱的惋惜心情——惋惜的是爱情的

---

① 高特夫里特·奥古斯特·毕尔格尔(1747—1794):德国名诗人,生于玛默尔斯沃克,其父为牧师。他曾在哥廷根求学,同格雷姆以及《诗神年鉴》派诗人相交。一生经历动荡复杂,曾多次离婚、结婚,后死于贫病交困之中。作品卷帙浩繁,至今仍在德国广泛流传。

乐趣与生活的欢悦,德国诗人所哀诉的,是失去了青春的热情,失去了青年时代思想的纯洁和无瑕,而且还幻想以诗和思想来美化垂暮之年。在席勒的诗中,没有那种浅显出色的明晰,足以使这富有才智的篇章传诵到妇孺皆知;但却可以从中得到感人肺腑的慰藉。席勒只是在为深刻的思想找到华贵形象的服饰时,才将它和盘托出:他对读者的倾诉犹如大自然对人类的倾诉;因为大自然是集思想家与诗人于一身的。为了描绘时间这个概念,大自然将滔滔不绝、滚滚不尽的长江大河展示给我们;为了使我们从它永恒的青春联想到人生的须臾短暂,大自然披戴上了万紫千红、然而终将凋谢的花朵;到了秋天,它又把那在春天里欣欣向荣、繁华一时的绿叶扫尽荡绝:诗应当是一面尘世的明镜,用以映照天意;它应当通过色彩、音响与节奏,表现出宇宙间全部的美。

《钟》这首诗分成截然不同的两部分:叠句部分描写铁匠铺里的劳动,而在每一诗段里,都有精美的诗句,叙述钟声所宣告的庄严场面或重大事件:如婴儿诞生、婚礼、死亡、火灾、叛乱等等。可以翻译成法文的,是人类命运的重大时刻向席勒唤起的深刻思想和优美动人的形象;但却无法成功地模仿那些短小精干的诗句,其中席勒使用了一些发音奇特短促的字眼,使你仿佛亲临其境,耳闻铁匠在通红的铸铜前忙忙碌碌,不停地敲出叮叮当当的声响。你能够想象这样一首诗翻成散文是什么样子吗?那就变成了读音乐,而不是听音乐了;当然通过想象,比较容易意会到所熟悉的工具发出的声响,而要借助一种陌生的语言的节奏、谐音或对照来理解则比较困难。有时候,诗的节奏规律而短促,使你如亲见铁匠在劳动,体验到物质生产中那种费力虽有限却须持之以恒的活计;有时候,就在听见这艰难有力的声音时,又听见热情而忧郁的天国歌声。

这首诗的节奏经过了巧妙的选择,韵脚也随着思想的变化而巧妙地相互呼应;如果将这首诗同由上述技巧产生的效果分离开来,那么便会失去它的特色。然而在法语里追求别出心裁的音的效果,那是冒风险的。我们始终受到鄙陋的威胁:几乎所有其他民族都有两种语言,一种散文语言,一种诗的语言;但我们却没有。文字同人一样,把不同的等级加以混淆,而又表示亲昵随便,那是很危险的。

席勒的另一首诗《卡桑德尔》,比较容易移译为法文,虽然那里诗的语言运用得更加大胆。波丽克姗娜同亚契琉斯的婚礼即将开始,卡桑德尔却预感到这次庆典将产生不幸的事:她郁郁不乐地在阿波罗的树林里散步,叙说她知道未来的不幸将破坏一切乐趣。在这首短歌里可以看到,神的预言能给凡人造成多么大的痛苦。而这位女预言者的悲哀不也是所有思想高超、性格炽热者的悲哀吗?席勒用诗意盎然的形式表现了一个伟大的伦理思想:即真正的天才,感情丰富的天才,不是成为别人的牺牲品,就是成为自己的牺牲品。卡桑德尔没有婚姻,这并不是因为她生就一副铁石心肠,也不是因为她无人怜爱,而是因为她那深邃的灵魂在短促的刹那间超越了生命和死亡,只有到了天国才能安息。

如果我要把席勒诗中的新鲜思想与美妙之笔都讲一遍,那就会欲罢不能了。他以希腊人在特洛伊城陷落之后离去为题材,写了一首颂歌;读者看了,还会以为是出自当时的诗人之笔,因为这里对时代色彩作了忠实的观察。等谈到戏剧艺术时,我再研究德国人令人惊叹的才能:他们善于深入同自己迥然不同的时代、国家与性格。这是一种了不起的本领,倘非如此,所表现的人物就会像一批玩偶,由同一根线操纵,用同样的声音,即作者的声音讲话。席勒作为戏剧诗人是尤堪赞佩的。在创作哀歌、抒情诗、诗歌片段方面,歌德的技艺是不可匹及的;他的单篇诗同伏尔泰相比真是各有千秋。这位法国诗人将最出色的社交精神变成了诗句;而德国诗人却用简括精练的速写手法在读者心灵上唤起孤独深沉的感触。

歌德在这一类作品中达到了舒展自如的最高境界;不仅当他谈论自己的感受时十分自然;当他置身于迥然相异的国度、习俗、境遇时,他的诗歌也极易染上异域色彩:他善于以独特的才能,掌握各民族的民族歌谣中的最动人之处;他能够随意把自己变成希腊人、印度人、莫尔拉齐人①。我们常常谈到北国诗人的特点,即忧郁与沉思;歌德却像所有的天才一样,身上集合了许多对照极为鲜明的因素;在他的诗歌里可以发现许多南国居民性格上的痕迹;他比一般北方人更富于生活情趣;他感受起大自然来更为宁静有力;他的才思并不因此而欠深邃,但他的技巧却益发生动活泼。这里有某种纯朴天真的东西,使人想起上古的粗犷与中世纪的质朴:这种天真并非来自幼稚无邪,而是源于刚劲有力。可以看出,在歌德的诗歌中,他藐视了一系列障碍、规矩、批评、见解,而这些是别人很可以拿来对付他的。他跟着自己的想象遨游;他有某种俯览全局的傲气,因而可以不顾由自尊心产生的种种忌讳;歌德在诗歌方面是能够有力地掌握大自然的艺术家,当他的作品处于未完成稿阶段时尤其令人叹绝;因为他的草图无不包含着美好构想的萌芽;但他那些已竣工的构想却并不总意味着背后的草图也很成功。

他在罗马写了一些哀歌,但休想从中找到对于意大利景色的描写。歌德几乎从来也不做别人期待他做的事情。一种思想

---

① 达尔马提亚的一个民族,是斯拉夫、罗马尼亚血统的混合,居于亚德里亚海海滨。

如果有些浮夸,歌德便不喜欢它。他愿意通过曲径幽途,产生作者读者都始料莫及的效果。他的哀歌描写意大利对他整个生命所产生的效果,描写晴朗的碧空赐予他醉人的幸福。他叙述他怎样快乐,甚至那些最为庸俗的乐趣,如同拉丁诗人普罗斯贝尔所做的那样。间或这座世界首要城府也给他某些美好印象,这给他的想象以新的鼓舞;唯其新颖,鼓舞也就分外有力。

有一次,他叙述他在罗马乡间遇见一位少妇,正坐在一根古代圆柱的遗迹上给孩子哺乳。他想问一问这农舍周围古迹的历史沿革,那少妇却不理睬他。她全神贯注于对孩子的爱,她的心灵已不能旁顾;对于她来说,只有现实的时光方始存在。①

一位希腊作家描写过一个善于编织花朵的姑娘怎样同情人波齐亚斯竞争——因为后者长于画花卉。歌德取此题材写了一首动人的田园诗。这首田园诗的作者就是《少年维特之烦恼》的作者。从产生优雅的情感,到鼓舞天才的绝望心情,歌德将恋人心理的各种精微之处都涉猎无余了。

歌德在波齐亚斯一诗中使自己变成了希腊人,现在又带着我们到了亚洲,写的是一首充满魅力的情诗:《印度舞女》。一位印度神仙(马哈多赫)乔装成凡人,在考验尘世的众生之后,来评判他们的苦乐。这位印度神走遍亚洲大陆,观察着达官贵人和普通民众。一天,他走出城门,来到了恒河岸边;这时一位印度舞女拦住了他,请他到自己家里休息。这位舞女的轻歌曼舞,她所佩戴的鲜花以及她周身的芬芳四溢,这一切描写得极富诗意而又有东方色彩,我们绝不能按照自己的习俗,来判断这种纯属异域的场面。这位印度神激起那位误入歧途的少女的一往

---

① 这部用诗写成的对话题名《旅行者》,并未收入《罗马哀歌集》,而载于《杂咏集》中。

情深，由于真情实意必能引人向善，印度神对少女改恶从善的愿望也至为感动，决意以苦难来考验她，使她的灵魂恢复纯洁明净。

等她醒来时，发现恋人已死在枕旁。婆罗门僧侣来搬走了那毫无生息的躯体，要行以火葬之礼。印度舞女正欲扑向火堆与爱人同归于尽，但被僧侣劝止，因为她还不是死者的妻室，竟无权与他同死。但印度舞女在遍尝爱情与羞辱的痛苦之余，不顾婆罗门僧侣的拦阻，纵身跳进了柴堆。神张开双臂迎接了少女，他冲出火海，将爱人携向天国，因为他已经使这位印度舞女能够同他匹配而毫无愧色。

一位独特的音乐家柴尔特给这首恋诗配上了曲子，乐曲写得时而婉艳，时而肃穆，同原诗极为合拍。一听到这曲子，就好像到了印度和她的奇迹之中。不要说一首恋歌太短，似乎不足以产生如此的效果。一支乐曲的头几个音符、一首诗的头几行诗句，就可以把人们的想象带到所描绘的地方与时代；但如果说几个字有这等的力量，那么，几个字也足以毁坏这种幻觉。从前的巫士就是靠了几句魔语，可以创造奇迹，也可以阻止奇迹发生。诗人的情形也是如此，他是否能再现过去的事情，能否描绘出当代的故事，要看他能否使用与他歌唱的国家、时代相符合的表达方式；要看他是尊重还是忽视地方色彩，以及那些精心设计的小情节——它有助于锻炼人们在虚构的故事或现实中自行发现真理。

歌德还有一首恋歌，用最简朴的手法产生了优美的效果，这就是《渔夫》。某个夏日的夜晚，一个穷人来到河边坐下，他一面垂下钓竿，一面凝视着晶莹明净的水波——那水波正向岸边涌来，轻轻洗濯着他光赤的双脚。河水女神这时出现在水面，邀请穷汉到水里来游玩，向他描绘着酷暑之下水宫里的乐趣；描述太阳趁着黑夜到大海里沐浴又是多么愉快;当月光在波涛之中憩息安睡的时候,月亮是多么静谧;终于,那渔夫被吸引,被诱惑,情不自禁地向着女神走去,接着便永不复返了。这首恋歌的内容是有限的;但它之极为动人,是由于以高超的艺术,表现了自然现象蕴藏的神秘力量。听说有人能够发现地下的隐秘源泉,就因为那些源泉在他们身上引起了神经性的激动:在德国诗歌里常常可以发现这种由人与自然界的相互感应所产生的奇迹。德国诗人了解大自然,不仅是作为诗人,而且是作为大自然的弟兄;甚至可以说,空气、水、花草树木,总之,一切创世之初的原始美,都同德国诗人有着亲如家人的密切关系。

没有人会感觉不到水波所产生的那种无法形容的吸引力;人们或者感受到凉爽的魅力;或者感叹于人生的须臾,而波涛那种永不停息的、单调重复的运动无形中对人生发挥着影响。歌德的恋歌所表现的是静观河水晶明的波涛,以及由此产生的越来越大的乐趣;诗的节奏与音韵起伏变化,正是模仿着波涛的起落,并对人的想象产生类似的效果。大自然的灵魂以千变万化的形式,从四面八方呈现在我们眼前。富饶的田野、荒凉的沙漠、海洋、星辰,都听从同样的法则;而人身上也有种种感觉和神秘的力量,与白昼、黑夜、暴风雨相通达;正是我们自身同宇宙奇迹之间的这种秘密结合,赋予诗歌以真正的气概。诗人善于重建物质世界与精神世界的统一;诗人的想象成为联结两者的纽带。

歌德有好几首诗充满了欢快;但其中很少有我们所习以为常的那种玩笑。歌德诗中的玩笑主要表现为形象,而不是其可笑的性质;他以独特的本能抓住了动物的特点,那又新颖又保持一贯的特性。《莉莉的饲养场》《古堡里的欢唱》描写了动物,但不是像拉封丹那样把动物写成人,而是写成一些大自然借以作乐的奇怪生物。歌德也善于将神话变为笑话的源泉；而这类笑话由于没有明显的严肃目标，就显得格外可爱。

还有一首歌，即《魔术师的徒弟》，也值得一提。一个魔术师的徒弟听见师傅口中念念有词，于是扫帚柄就替他干活：他记住了那句咒词，命令扫帚上河边取水，好让他打扫房屋。扫帚去了，提回一桶水，又一桶，再一桶，如此连续不断。徒弟想制止它，但却忘记了该说些什么；那扫帚柄忠于自己的职守，仍然不停地跑到河边汲水；房屋上浇了许多水，最后竟完全被淹没。徒弟大怒之下，竟抡起斧头将帚柄砍成两截；于是它一变而为两个仆人，都到河边汲水，竞相朝房屋倾水，真是劲头十足。那徒弟破口大骂这两条帚柄愚蠢至极，但帚柄却继续干活。房屋就要完全淹毁了，幸好师傅及时赶来援救了徒弟，并且嘲讽他狂妄可笑。这首小诗说的是有些人怎样笨拙地抄袭绝妙的技艺。

现在谈一谈德国诗歌效果取之不尽的源泉，即恐怖：人民和有文化教养的人都喜欢魔鬼和巫师一类的故事；这是北方神话的反映；北国气候严寒，漫长的冬夜自然培养了这种情绪。此外，虽然基督教反对一切没有根据的恐惧，但民间迷信总是与占统治地位的宗教有共通之处。几乎任何真知灼见都带着一个谬误的尾巴；谬误在想象中占有一席，犹如实际生活里的物体都有阴影一样：这是过分的信仰，通常总是与宗教、历史相伴随的；为什么不屑加以利用呢？莎士比亚从鬼怪与魔术中取得了惊人的戏剧效果，而诗歌如果轻视对想象产生无形影响的因素，便无法在民间传播。天才与趣味可以掌握如何运用这些传说：内容越是通俗，处理它就越要有才能。但一首诗的巨大威力或许正在于两者的结合。《伊利亚特》与《奥德赛》中的情节，可能正是先由奶娘们在口头传诵，然后才由荷马写成了艺术杰作。

在所有德国人之中，毕尔格尔最善于抓住这种迷信灵感，使之深入人心。所以他的恋歌在德国脍炙人口、妇孺皆知。其中最著名的一首,《莱诺尔》,大概还没有译成法文,至少很难用法语散文或韵文来表达它的全部细节。一位姑娘的情人去打仗了,她因为听不到任何消息而忧心忡忡;终于和平来临,所有的士兵都重返家园。母与子、姊与弟、夫与妇都团聚一堂;军号为和平的颂歌伴奏,人们心里充满了欢乐。莱诺尔枉然在士兵的行列间奔波,却始终没找到心上人;谁也不知道他的下落。她已经感到绝望;母亲想安慰她,但莱诺尔那颗充满青春激情的心却对自己遭到这样的痛苦感到一腔愤怒。在彷徨苦闷之中,她竟背弃了上帝。当她说出亵渎神明的话语时,读者预感到故事里含有某种阴森可怖的东西,从这时起,他们的心灵便不住地受到震撼。

午夜,那失踪的骑士在莱诺尔门前勒住了缰辔;姑娘听见了萧萧的战马声和马刺的撞击声:骑士敲着门,姑娘走下楼来,认出是自己的情人。他要求她立刻跟他走,因为他必须马上回营,一分钟也不容耽误。她投入他的怀抱;于是骑士将她扶上马,安置在自己身后,如风驰电掣般出发了。在黑夜中,他们纵马越过干旱荒凉的原野;姑娘心里充满了恐怖,老是问骑士为什么走得那么快。骑士却以阴沉含糊的声音催马前行,并且喃喃念叨:"死者行路快,死者行路快!"莱诺尔回答他:"啊!你就让死者安息吧!"但每当她惴惴不安提出疑问时,骑士总是重复那句愁惨的话语。

他把她带到教堂门前,说要在那里同她结婚;这时,冬夜和雪花似乎将自然景色也变成了一种可怕的征兆:神父们抬着一具棺材出殡;他们黑色的长袍缓缓拖在洁白的雪地——那是大地的尸布——之上;姑娘的恐惧愈发加剧,但她的情人总是安慰她,语气间既有漫不经心,也略带讥讽,听来不觉浑身战栗。他所说的话都是那么匆忙而单调，似乎在他的言语间已经没有生命的踪迹；他允诺她，要把她带到那狭小而安静的寓所，就在那里完婚。远远地，只见教堂门旁就是公墓所在：骑士敲敲教堂的门，门开了；他纵马而入，走过两旁为死者树立的碑石；这时，骑士逐渐失去活人的容貌；他变成了枯骨，地面也突然裂开，吞噬了他和他的情眷。

我当然不敢自诩通过这简短的梗概就表现了这首恋歌的精彩处；所有的形象，所有的音响，都根据灵魂发展的情景，以诗的形式作了美妙的处理：音节、韵脚，整个语言和音韵艺术都用上了，为的是创造恐怖情绪。马蹄疾驰的嘚嘚声，似乎比殡葬的缓慢行进更庄严肃穆、阴森可怖。骑士催马的执着劲儿，死神的活跃欢腾产生了一种无法表达的惶恐；读者仿佛觉得自己也被鬼怪裹胁，正如那被骑士带进深渊的不幸姑娘一样。

莱诺尔的恋歌有四种英译本。但无与伦比的最佳译本当然是英国诗人斯宾塞的大作，他通晓数种外语，最善领略其中的精髓。英语与德语相似，便于将毕尔格尔独特的文风与诗艺充分表达出来；因此在译文中不仅全部反映了原作的思想，而且同原作产生一样的感觉，而后者对于了解艺术作品是最不可少的。法语就很难获得同样的效果，因为在法语里没有任何稀奇古怪的东西能够自然而然地表现。

毕尔格尔还写过一首名气稍逊，但也富于独创性的诗歌，即《凶暴的猎人》。某星期日，这位猎人带着仆役和大队猎犬外出打猎；这时村里正响起礼拜的钟声。一位身着白色铠甲的骑士走到他跟前，祈求他不要亵渎上帝安息的日子；另一位着黑色铠甲的骑士却故意刺激他不要服从只有老人与孩童才相信的偏见：猎人向坏思想低头，仍然出发了，来到了一位穷寡妇的田边。她跪倒在猎人面前，祈求他不要率众越过麦田，破坏她的收成：

白甲骑士劝猎人发善心,而黑甲骑士却嘲讽这种幼稚可笑的感情。猎人以为凶暴便是孔武有力的表现,便纵马践踏了孤儿寡妇殷殷期待的好收成。后来,被追猎的牝鹿逃到了一位年迈的隐士屋里;猎人想放火烧小屋,将那牝鹿驱赶出来。隐士吻着猎人的双膝,想感动他,使他息怒,不要威胁他简陋的居室。这最后一次,善神又借白衣骑士之口说了话;但仍然是化装成黑衣骑士的恶神占了上风。猎人杀了隐士;突然间,他自己变成了鬼怪,而他原先的猎犬却要将他吞食。这首传奇诗歌是根据民间迷信写的:据说一年中的某个季节,在发生这件事的森林上空,一个猎人在云端里遭到猎犬群的穷追猛攻。①

毕尔格尔这首诗里真正美妙的地方,是对猎人炽热意志的描写:起始,这种意志像心灵的一切智能一样,是清白无辜的;但随着猎人一次复一次地违背自己的良知,屈服于欲望,他的灵魂就越来越堕落。开头他不过是陶醉于强力,结果却走向犯罪,为天地所不容。人的从善、从恶两种倾向,通过黑白骑士得到充分刻画。白衣骑士劝阻猎人的话始终是那么几句,但编撰得非常工巧。古人和中世纪的诗人充分了解在某些情况下,某些话的反复出现能产生恐怖感;这样似乎能造成在劫难逃的感觉。阴影、神的预言、一切神力的表现,都应当是单调的;永恒不变的东西总是单一的;在某些虚构的故事中,高超的技巧就在于:通过语言来模仿那庄严坚实的性质——那是人的想象在黑暗、死亡的王国里体验到的东西。

在毕尔格尔的作品里,还可以看到某种表达方式上的随和亲切,它对诗歌的尊严毫无损害,反倒更能增进诗的效果。作者能使恐怖与敬仰感毫无削弱地降临到我们眼前;此时,这两种感

---

① 关于凶恶猎人的传说迄今仍在枫丹白露森林一带盛传不衰。

觉就必然变得分外强烈:这是在描写技巧中将我们司空见惯的东西与永远看不见的东西加以混合,而我们熟悉的东西促成我们对那些完全生疏的东西深信不疑。

歌德也就这些既能使孩子,也能使成人害怕的题材作了尝试;但他在其中羼入了深刻的见解,足以久久发人深思。我将试着复述一下他那首鬼怪诗,在德国最为人熟知的《科林斯的未婚妻》。我当然既不想为这虚构故事的宗旨,也不想为故事本身辩护;但我觉得难于不为它所包含的想象力所打动。

希腊有两位朋友,一个是雅典人,一个是科林斯人,他们决定将儿女相互许配,结成亲家。小伙子出发到科林斯去看已许配给他但还不相识的姑娘:这时正是基督教方始确立的时代。雅典人一家保持着原来的宗教信仰;但科林斯一家却皈依了新教。这一家的母亲在久病之后,将女儿奉献给了教会;长女既成修女,便决定由妹妹顶替姊姊出嫁。

小伙子到达科林斯时天色已晚,阖家俱已入寝。只有仆人给他把晚餐送到屋里,接着便告辞退出。不久之后,一位不速之客潜入了他房里:他瞥见一位头戴面纱、全身缟素的姑娘径直走到房间正中;她头上还缠着一根金黄间黑色的飘带。当她看见那小伙子时,似乎颇为惊恐地倒退一步,将洁白的双手伸向苍天,呼喊道:

"我被囚禁在那狭小的幽室里,难道对自己的家已完全生疏,连来了客人也一无所知吗?"

她想逃走,但小伙子却使她留步。这时他才明白原来姑娘就是他的未婚妻。既然双方的父亲早已发誓将他俩结为亲眷,他对任何其他誓言就概不承认,便对那姑娘说:

"请留下吧,亲爱的,不要因惧怕而脸色苍白;请与我一同分享五谷之神和酒神的馈赠吧。你带来了爱情,过一会儿我们就会体验到:我们的神祇是多么赞同人间的欢乐。"

说着,小伙子就请姑娘委身于他。姑娘却回答:

"我已经不属于欢乐之神的司辖;那永劫不复的一步已经迈出。我们那群光焰照人的神祇已经失去了踪迹;在这间幽静的屋子里,人们只敬奉一位居住在天上而无法看见的神仙,一位被钉在十字架上的神。再也不拿牛羊作祭品;却选中了我作牺牲:我的青春与天性被牺牲在祭坛上。走开吧,年轻人,走开吧。你的心灵所选中的爱人,她像雪一样洁白,也像雪一样冰冷!"

到了半夜,也就是所谓鬼怪时分,姑娘似乎感到稍为舒适了一些;她贪婪地痛饮一种红得像血一般的美酒——就像《奥德赛》里的鬼怪,为了恢复记忆而饮的那种酒浆一样①;但她却坚决拒绝哪怕一片面包,她送给她未婚夫一条金链子,并要求他还送一绺头发;年轻人为姑娘的美貌所倾倒,便激动不已地将她搂在怀里。但他却感觉不到姑娘的胸膛里有跳动的心脏;姑娘的四肢也是冰凉的。他叫嚷起来:"不要紧,即使是坟墓把你送到这里,我也要叫你复苏!"

于是开始了奇异的一幕:那是狂放的想象力前所未及的;那是爱情与恐怖的混合,是死与生可怕的联姻。这场面似乎包含着一种阴惨的享乐,爱情与坟墓在那里结伴,连美自身似乎也变成了突然显灵的妖怪。

后来母亲来了。她以为准是家里的一个女奴钻进了客人的住房,正待严加申斥一番;突然间,姑娘却变成了头顶屋梁的庞然大物,怒责母亲让她修行造成了她夭亡。她用愁惨凄凉的声音高喊:

---

① 见《奥德赛》第十一章。

"哦,母亲呀,母亲!您为什么要来干扰这美好的新婚之夜?您把我年纪轻轻就裹上尸布,送进了坟墓,这难道还不够?一种阴间的诅咒把我推出了那冷清的住所;您的神父低声吟诵的经文并没有宽解我的心灵;盐与水也不能平息我青春的火焰:啊,即使是大地也没能使爱情的欲火冷却!

"这个年轻人许配给我的时候,那维纳斯宁静的神殿还矗立着。母亲啊!您竟会为了听命于疯狂的意志而失言?当您发誓拒绝为女儿订婚时,没有任何神祇接受您的誓言。你呀,年轻人哟,你现在活不下去啦。你是在这里接受我那金链的,我也是在这里取走你那绺头发的,你就将在这里慢慢死去:明天你的头发就要变成银白,只有在黑暗的王国里你才能青春复得!

"母亲呀,请至少聆听一下我最终的祈祷:请您命人准备好篝火;打开那关闭我的狭窄的棺木;让我们这对情侣通过火的洗礼走向安息的处所。当火星燃起、炭灰灼人的一刻,也就是我俩奔寻昔日神祇之时!"

从纯粹而严格的趣旨出发,或许会觉得这首诗颇值非议。但倘一读原著,便不得不赞叹它的技巧:简直是字字珠玑,令人越读越觉毛骨悚然:每个字都在无言中倾吐着此情此景中可怖而神妙的滋味。一篇无法形容的故事,叙述得滴水不漏,不但绘声绘色而且毫无雕琢,赫然如确曾发生过的真事!读者觉得趣味无穷,却不愿丢却任何细节,犹恐疑团释之过早!

然而,在德国名家的单篇诗中,本篇或为唯一以法国趣味而论颇可商榷的:在其他各篇中,德法之间似乎尚能取得协调。诗人雅各比①的作品几乎像格莱塞②一样奇警有趣,兼而轻快活

---

① 乔治·雅各比(1740—1814):德国诗人,生于杜塞尔多夫。
② 格莱塞(1709—1777):法国诗人,所写《绿呀,绿》,当时是名作。

泼。马提松①致力于风景诗的创作,其笔法虽常嫌朦胧,但却常具有油画特色,以色彩丰富与酷似真景而感动读者。沙里②的诗妩媚动人,使读者对作者油生爱戴之情,并引以为知己。提治③是纯粹的诗人,专写道德诗,其作品将读者引向最深沉的宗教情感。还有许许多多诗人应当提及,如果有可能提及所有值得称赞的名字的话;在这个国家,诗歌对于一切有教养的人来说,都是自然生成的事情。

奥·威·施莱格尔的文艺见解在德国极负盛名,他不允许自己的诗作有任何用词或细节存在可挑剔之处;纵然是最严格的文艺趣味观也无可奈何。他写过关于一个少女之死的哀歌,关于教会同艺术结合的诗篇,关于罗马的哀歌;这些作品都以最细腻高雅的笔触写成。下文将举两个实例,读者也只能对此略有体会;但至少有助于了解这位诗人的特点。我觉得十四行诗《对大地的爱》的主题思想是很优美动人的。

"心灵由于久久凝望天上的事物,便想展翅飞往天国。她只能在一个狭小的圈子里活动,于是感叹于自己的工作是徒然伤神,自己的学识也不过是胡言乱语。一种不可抑制的欲望催促她飞向高空,飞向更能自由舒展的境界;她以为,在路途的尽端,将升起一幅帷幔,把光华璀璨的场面展现于眼前:但当死神能摸到她那并非万世不朽的躯壳时,她不禁翘首回望,留恋着尘世间的乐趣与凡人中的伴侣。这就像从前普罗塞宾娜④被普鲁同⑤从西西里草原劫向远方一样,姑娘发出孩稚般的哀吟,看见

---

① 马提松(1761—1831):德国诗人,曾参加克罗卜史托克一派,但又为席勒所赏识。
② 沙里男爵(1762—1834):瑞士德语诗人。
③ 提治(1752—1841):德国哲理诗人,当时很出名。
④⑤ 罗马神话,普罗塞宾娜被地狱之神普鲁同劫走为地狱之王后。

方才采摘的花朵从怀里簌簌落下,不禁泪流满面!"

下面这首诗,经过翻译就比这首十四行诗损失更大了。诗的题目是:《生命的旋律》,这里以天鹅与雄鹰相对照,一个象征静观默想的生活,另一个则代表积极活跃的生活。天鹅讲话与雄鹰应答时,诗歌采用不同的节奏;但两者的歌唱都包含在同一诗节里,靠韵律把两者结合在一起:这首诗中也有真正和谐的美,那不是模仿的和谐,而是灵魂内在的音乐。激情用不着思考便可发现这种内在的音乐,而善于思考的才能则将这音乐变成了诗。

*　　*　　*

"天鹅:我平静的生活是在碧波里度过的;它只在水面上划出轻轻的波纹,这波纹消失在远方。那轻摇微荡的水面宛若一面洁净的镜子,映照出我的容貌而无损于它的光彩。

"雄鹰:险陡的岩石是我的宅邸,我在暴风雨中仍然翱翔在长空;无论是打猎、战斗,还是遇到了险情,我都信赖我那大胆无畏的翱翔。

"天鹅:当着日落时分,我在淡红的波涛上轻拍洁白的双翼时,清朗蔚蓝的天空使我欣慰,花草树木的芬芳吸引着我轻轻靠向岸边。

"雄鹰:当暴风雨将森林里的橡树连根拔起,我将夸耀胜利;我要诘问雷电之神,当它歼殄人世时是否感到称心如意。

"天鹅:阿波罗的目光向我示意,我也不揣冒昧来到和谐之波里沐洗;我在他的足下憩息,聆听着回荡在坦佩山谷①里的歌曲。

---

① 坦佩山谷在希腊境内,据说有阿波罗圣庙遗址。

"雄鹰:我就在朱庇特的宝座上落户。众神之王向我示意,我便为他前去寻找雷电;我即使在沉睡之时,也不忘用疲惫的双翼保护宇宙之王的王笏。

"天鹅:我那未卜先知的目光凝视着星辰,观照着映在湖水中的碧空。最深沉的乡愁召唤我回到故国,回到天空的乐园。

"雄鹰:从我的青年时代,我就在翱翔中甜蜜地凝望不朽的太阳;我不能向尘世俯就,我感到自己是天上神仙的盟友。

"天鹅:恬静的生活逊位给长眠安息本也容易;当死神来解脱我的羁绊,并将优美的旋律还原于我的歌喉,我的歌声将在那最后一息纪念这庄严的时刻。

"雄鹰:灵魂像燃烧的凤凰从火堆上高高升起,落落大方,袒露着胸怀;她向她神圣的命运致敬;死神的火炬反使她永远年轻。"①

值得注意的是:一般说来,各国趣味的不同在戏剧艺术中比在任何其他文学领域中都要明显得多。我们将在以后几章分析产生这些区别的原因。但在研究德国戏剧之前,我以为有必要就趣味问题提出若干一般性的见解。我不把趣味抽象地看成一种智慧上的能力;有好几位作家,特别是孟德斯鸠,已经把这个问题说透。我只是指出:为什么法国人对文学趣味的理解同日耳曼民族相比竟如此大相径庭。

---

① 作者引完第六段之后,就没有再引其后四个诗段,然后却从十一段译至十四段。从那里起,开始了鸽子的歌声;鸽子所象征的是宁静与温柔。

第十四章 论趣味

　　自以为趣味高尚的人，比自以为有天才的人还要自豪。文学上的趣味就像社交中的分寸得当：人们把它当作一种见证，说明财富、门第，或至少和这两者有关的习惯。而天才却不同，它也可以产生在一个与上流社会素无瓜葛的手工匠人的头脑里。在一切讲究虚荣的国家，都把趣味放在首要地位，因为它区分各个不同的阶级，它是头等阶级一切成员之间联络的标志。在一切把"可笑"看成强大力量的国家，趣味被当作首要的优点之一，因为它特别有助于认识应当回避什么。得体不得体的感觉是趣味的一个组成部分，它还是一种绝妙的武器，可以抵挡由不同的自尊心产生的攻击；还有，可能会发生这样的情况：即整整一个民族自认为是趣味上的贵族阶级，倨傲于其他民族；它会成为或自以为是欧洲唯一的上流社会。这种情形正适于法国，在那里社交精神突出地起着主导作用；因此，法国如此地傲慢也多少情有可原。

　　但趣味之运用于艺术同趣味之运用于社会规范，是大不相同的：当需要迫使别人对我们表示短暂的（如人生那么短暂）敬意时，不做什么至少和做些什么是同样必要的；因为上流社会很容易产生敌意，得有特别令人愉快的地方，才能换取别人对自己的重视甚过对另一些人的重视；但诗的趣味来源于大自然，因此也应当像大自然一样富于创造性；这种趣味的原理同取决于社会关系的趣味原理当然是迥然不同的。

这两类趣味的混同,造成了文学上的判断如此之泾渭分明。法国人以社会礼仪来看待艺术,而德国人却以艺术来看待社会礼仪:在同社会的关系中应当站在防守的地位,而在同诗的关系中则应敞开思想。如果你以交际家的眼光观察一切,那你就感觉不到大自然;如果你以艺术家的眼光观察一切,那你就会缺乏分寸——那只有社交才能造就的分寸。如果只能将对上流社会的模仿移入艺术,那么真正能做到这一点的,便只有法国人。但在创作中却需要有更多的自由,才能使想象与心灵充分活跃起来。我知道人们可以不无道理地驳斥我:我们三位伟大的悲剧作家并没有违背成规,但都达到了最崇高的境界。另外有少数几位天才,他们在完全不同的原野上收获,终能使自己扬名于世,虽然他们曾不得不克服若干困难;但在他们之后艺术便停止了进步,这岂不证明:在他们所走的道路上,障碍实在太多了吗?

"文学上的高雅趣味从某些方面看,有如专制政体下的秩序,要紧的是研究以什么代价来换取它。"①在政治方面,内克先生②说过:"需要有能同秩序协调的一切自由。"这句话反其意而用之,可以这样说:在文学方面,需要有能同天才协调的一切趣味:如果说对社会而言,重要的是静止,对文学而言,重要的恰恰是兴趣、运动、激情——单纯的趣味常常与这些是背道而驰的。

关于德国人同法国人之间的艺术观、社交观,似乎可以建议签订一项"和约"。法国人应当力戒指责别人,即使发生了礼仪上的错误——如果这种错误是强有力的思想或真实感情造成的。德国人应当禁讳一切违反自然趣味的东西,凡是感觉所拒

---

① 此段引语被书刊检查当局删去。(作者注)
② 内克是作者之父,他的《论大国的行政权》在一七九二年出版。

绝接受的形象,都不要再现;任何哲学理论,无论怎样高明,都不能违背感觉上的抵触,犹如任何关于是否合乎规矩的诗学,都不能阻止油然而生的激情一样。德国最有才智的作家不必指出:为了理解李尔王的女儿对父亲的行为,就必须说明当时的风尚是多么野蛮,就必须容忍康瓦尔公爵受吕甘的挑唆,在舞台上用鞋子践踏葛罗斯脱的眼睛①;我们的想象对这样的场面总不免产生反感,并要求以其他的手法来达到壮观的效果。然而法国人也会提出种种指责,从文学角度责难麦克佩斯巫女们的预言,责难班柯鬼影的出现;但他们仍然会受到这种自己企图禁绝的宏伟效果的深刻震动。

艺术中的高雅趣味不能像社交中的恰当分寸那样,采取包教包学的办法;因为社交中的分寸旨在掩盖我们所欠缺的东西,而艺术所需要的首先是创造性:在文学上高雅的趣味不能代替才华;因为如果你没有才华,那么趣味高尚的最好证明,便是根本不要去写作。如果敢于直言不讳,或许就要觉得:现在法国是马儿并不怎么剽悍,但缰辔的约束倒过于严厉了;而在德国,文学是很有独立性的,但成果却不够辉煌。

---

① 《李尔王》第三幕第七场。

第十五章　论戏剧艺术

　　戏剧对人类有很大的影响：一出使灵魂高尚的悲剧、一出描绘世态人情的喜剧，对一个国家的人民所发生的影响，几乎不亚于一个真实的事件。但是为了在舞台上取得伟大的成就，就必须先研究作者面对怎样的观众，并研究观众的各种见解是出于怎样的动机。对于一位剧作家来说，熟悉人同想象力这两者是同样必不可少的：他必须达到具有普遍意义的感情，而又不忽略对观众发生影响的个别关系。一出剧本就是一种在行动发展中的文学，它所要求的才智是罕有的，其原因仅仅在于它是巧妙的场景与诗的灵感两者奇妙的结合。在这方面，最荒谬的莫过于要求所有的国家都采纳同样的戏剧体系。既要使普遍性的艺术适应于各个国家人民的趣味，使不朽的艺术适应于当代习俗，那么作重大的修改乃是不可避免的。正因为如此，关于什么是戏剧才能就众说纷纭了：在文学的其他任何领域，人们却比较容易取得一致的意见。

　　我认为，似乎无可否认，在世界各国中，法国人最善于制造戏剧效果；在场景的尊严与戏剧风格方面，他们也比别的国家高一筹。在承认这两大优点的同时，也应指出：如果作品不是写得那么秩序井然，也许观众的激情反而更深刻一些。外国剧本的设计往往更大胆、更出其不意，其中包含着一种无以名状的力量，仿佛跟我们更加知己，更接近我们亲身经历过的喜怒哀乐。

法国人是非常容易产生厌倦感的,因此无论干什么他们都力避冗长。德国人上剧院看戏,一般只牺牲情节中的忧伤部分,而有关的单调场景也占用不了多少时间。他们求之不得的就是在剧场里安顿下来,给剧作者以充分的时间,将事件娓娓叙来,让人物性格缓缓展开;而法国人生性急躁,容不得这等的闲适。

德国的剧本往往像古代画家的画幅:人物容貌姣好,富有表情,端庄贞静;但所有的面容都处于同一个景上,有时是杂乱无章的,也有时是彼此并列的,如同在浮雕中一样,在观众看来,就没有层次与组合。法国人则不无道理地认为,戏剧如同绘画一样,应当服从透视律。假如德国人在戏剧方面是有技巧的,那么在所有其他方面也应当如此。但在任何方面他们都不会耍一点花招,哪怕是纯属无害的花招:他们的思想是沿着直线方向深入的,所谓绝对美好的事情是他们擅长的领域;而一切需要认识相对性质以及需要快速手法的东西,一般来说就不是他们力所能及的了。

奇怪的是,在这两个民族之间,倒是法国人在悲剧的格调方面要求最完整的严肃性。或许正是因为法国人比较乐于开玩笑,所以他们力戒此病;至于德国人,反正任何东西都干扰不了他们那种正襟危坐的严肃态度:他们评判一出剧本,总是从整体上来看,因此无论是褒是贬,总要等到剧终才表态。法国人的观感则来得比较快。即使你事先向他们打招呼,说某个喜剧场面是为了衬托悲剧情节,他们也不加理会,照样会不等下文就对前面的事嗤之以鼻。他们要求每个细节都必须同整体一样兴味盎然。他们要求从艺术中得到乐趣,为此竟寸步不让。

法国戏剧同德国戏剧的差别可以用两个民族性格不同来解释。但同这些自然差别相关的还有一些系统的见解,而了解这些见解产生的原委就很重要了。我在前面关于古典派诗歌同浪漫派诗歌所说的意见,同样也适用于戏剧。以神话为题材的悲剧同历史题材的悲剧性质完全不同。从寓言中汲取的题材是家喻户晓的故事,引起极为普遍的兴趣,因而只要一提到,就可以在事先触动人们的想象力。希腊悲剧中尤其富于诗意的部分,即神祇的参与和宿命的作用,使剧情的发展顺利得多了。当事件依靠超自然的威力而获得解释的时候,动机的细部、性格的展现、事实的丰富多彩等等,都变得不是那么不可缺少了。天神显灵把一切都简化了。因此,希腊人的悲剧情节简单得出奇,大部分的事件从剧本一开始就可以预见,甚至公开挑明:所以希腊的悲剧实在是一种宗教仪式。演出戏剧是为了向神明表示敬意,由对话和朗诵所间隔的颂歌时而描绘宽厚的神祇,时而再现可怕的神祇;但命运总是凌驾于人的生命之上。当这些同样的题材移植到法国戏剧中时,我国伟大的诗人们则赋予较多的变化。他们使偶发事件层出不穷,让意外的情节脱颖而出,并使戏剧冲突变得更紧凑些。确实,希腊人对这些剧本有一种民族的、宗教的兴趣,而这是我们无从感受的,因此必须用某种方式予以补充。我们不满足于使希腊戏剧变得生动活泼,而要进一步赋予人物以我们的风俗习惯、我们的喜怒哀乐,并羼入近代的政治和对妇女的殷勤劲儿。正因为如此,许多外国人不能理解我们对法国的戏剧杰作为何如此叹赏不已。的确,当你听见用另一种语言朗读这些剧本时,当它们除却语言风格所特有的奇迹般的美时,你就会为它们不能激发观众的情绪,甚至为其中颇不得体的地方感到惊异。同所表现的人物的时代、民族习俗不符合,这难道不也是一种不得体的现象吗?难道只有与我们不相像的东西才是可笑的吗?

　　希腊题材的剧本并不因为我们戏剧戒律的严格而受到损伤。但我们如果要像英国人那样,尝一尝历史剧的乐趣,对我们的过去发生兴趣,为我们的宗教信仰而激动,那么怎能一方面严格遵循三一律,一方面又符合我国悲剧业已形成的规则,即场面宏伟呢?

三一律的问题已经是老生常谈了,人们几乎已经没有勇气旧话重提了。然而这三条一致当中,只有一条是重要的,即行动的一致,另外两条只能认为是从属于行动一致的。但是,如果为了幼稚地照顾地点不得改变、时间必须限于二十四小时之内的规则,从而损害行动的真实性,那么,强行实施这一条,就无异于把戏剧天才打进如同离合体诗句①一类的框框里,也就是说,要牺牲艺术的内容来迁就艺术的形式。

伏尔泰是我国伟大的悲剧诗人中最常接触近代题材的。为了打动人心,他利用了基督教,利用了游侠精神。如果你说实话,那么我认为你一定会同意:《阿尔齐尔》《柴依尔》《唐克莱德》比我国戏剧中的全部希腊、罗马题材的杰作加在一起教观众流的眼泪还要多。杜别罗依②的才能远较伏尔泰为逊色,但他还是做到了在法国舞台上再现法国历史。虽然他根本不会写作,但通过他的剧作,观众仍然会感到一种兴趣,大体同希腊人看见自己眼前再现希腊历史的感受相似。这样的布局,天才不是可以充分加以利用吗?然而几乎没有任何一件当代的事件,其情节可以在一天、一地发生。由于社会秩序格外复杂了,事情也就丰富多彩起来;宗教信仰更趋温和也造成情感比较微妙;此外,由于场景更接近我们的生活,就必须使风俗习惯富于真实

---

① 一种近乎文字游戏的诗体,每行第一个字母和最后一个字母可以拼成一个字。
② 皮埃尔-洛朗·布依雷特·杜别罗依(1727—1775):演员、剧作家,法兰西学士院会员。他的某些悲剧,如《加莱之围》(1765)和《加斯东与巴耶尔》(1771)当时极受欢迎。

感。这一切都要求戏剧的结构更为自由。

可以举一个最近的例子,来说明在近代史题材中,为迁就正统戏剧规则需要付出多么昂贵的代价。雷努阿①先生的《圣堂骑士团员》无疑是若干时期以来最值得称颂的一个剧本,但是作者为什么竟认为必须把骑士团被告、受审、遭火刑都限定在二十四小时之内呢?革命法庭行事无疑是仓促的:但是无论法官们那铁面无私的好意如何隆盛,他们却怎样也追赶不上法国悲剧的高速。我还可以指出,在几乎所有关于近代史的悲剧中,时间一致是多么显而易见地不适合。为了说明问题,我只举了这一出最优秀的悲剧为例。

在剧场中所能听见的最崇高的一句话,正在这出高尚的悲剧中。在最后一幕中,有人说骑士团员正在柴堆上面唱圣歌。一位使者奉命去把已获宽释的消息告诉他们,并说这是王上的御旨。

但已经太迟了,圣歌已经唱完了。

诗人就是用这句话告诉我们,这些高尚的殉道者终于葬身于火焰之中。在什么世俗悲剧中能找到这样一种对感情的表达方式呢?为什么法国人在剧场里就要被剥夺掉那一切同他们、同他们的祖先与宗教信仰水乳交融的东西呢?

法国人认为时间一致和地点一致是戏剧幻觉所必不可少的条件。外国人却使这种幻觉寓于性格的描绘、语言的真实,以及所要表现的时代和国家风俗习惯的准确性。关于什么是艺术中的幻觉,必须取得一致的意见:既然我们愿意相信同我们相隔数

---

① 弗朗索瓦·居斯特·玛丽·雷努阿(1761—1836):哲学家、诗人,法兰西学士院会员。其剧本《圣堂骑士团员》于一八〇五年第一次在巴黎上演,极为叫座,但同时也受到严厉的批评。

英尺的演员是已经去世三千年的古代希腊英雄,那么可以肯定的是,所谓幻觉,绝不是说把自己看到的事物想象为确实存在着;我们觉得一出悲剧是真实的,只能借助于它所唤起的激情。因是之故,由于所表现的景况性质所致,改变地点以及延长假设的时间倘若能够增进这种激情,所造成的幻觉则必定格外强烈。

　　人们抱怨:伏尔泰最优美的悲剧《柴依尔》和《唐克莱德》,竟然是建立在误解的基础上。但如果认定情节的发展是在如此短暂的时间内完成的,那又如何能不乞灵于虚构的手法呢?这样,戏剧艺术就变成了一种法术,要使最伟大的事件闯过这种种难关,就得有类乎江湖艺人那样纯熟的技艺,可以在大庭广众之下,将出示的物件隐没。

　　历史题材比虚构的题材更不适于强加给剧作者的种种条件:我国戏剧所必须遵循的悲剧礼仪往往同近代历史剧所能达到的新式美好境界相矛盾。

　　在游侠风俗中有一种纯朴的语言,一种非常可爱的天真感情。但无论是这种魅力,还是一般场景与强烈感受对照所产生的悲壮感,都不能纳入我国的悲剧:因为我国悲剧要求在任何情况下都有壮观的场面;然而中世纪的别致情趣正在于场面与性格的多样性,而行吟诗人的歌吟却据此表现出了动人的效果。

　　亚历山大体的格律诗比起因循守旧的趣味,是一个更重大的障碍,妨碍着法国悲剧在形式和内容上的任何变革:要用亚历山大体格律诗来表示"进来""出去""睡觉""睁着眼",就不得不寻找富有诗意的说法。而许多种感情与效果被排斥在戏剧之外,并非为悲剧规则所限,而是作诗方法本身就这样要求。拉辛是这样一位独一无二的法国作家,竟能在若阿斯同阿塔丽对话的那一场里,终于绕过了这种困难:他赋予一个孩童的语言以高尚而又自然的纯朴;尽管这位举世无双的天才令人赞叹地绞尽脑汁,但由于在这种艺术中层出不穷的困难,那些最巧妙的创新仍然不免受到阻碍。

本杰明·贡斯当先生在他的悲剧《华伦斯坦》那篇得到了应有赞赏的序言中指出:德国人在剧本中描写性格,而法国人却只描写激情。为了写性格,就必然要离开那种法国悲剧唯一采纳的庄严格调。因为只有从各方面来表现一个人,才能刻画出他的缺点与优点。在性格中,庸俗常常同崇高相交融,有时还有助于增强那崇高一面的效果。而且,只有在较长的时间里,才能想象一个性格的行为,而二十四小时的时间只能派来做一出剧的收场。有人或许要说:戏剧高峰比细致入微的场景更适合于戏剧;大多数的观众喜欢强烈的情欲激起的行动,而不怎么喜欢为了观察人心所要求的聚精会神。只有民族趣味才能决定这各种各样的戏剧体系。但正确无误的是,应当承认:外国人之所以对戏剧同我们抱着不同的观念,这并不是由于无知,也不是由于野蛮,而是根据深刻的、值得探讨的思考。

莎士比亚,那是有人要称为"蛮子"的,他的思想或许过分富于哲理,他的深刻性或许过于纤细,以致从舞台的观点来看颇不适合;他以一个高超的人所具有的公正态度来评判性格,有时用一种近乎狡黠的嘲讽来表现性格。他的作品是如此深刻,以致剧情的急速发展使观众丢失了其中所包含的大部分思想,从这个角度来说,他的剧本与其拿来观赏,倒不如用于阅读。莎士比亚才智过多,有时反使情节冷落下来;而法国人却更善于描写人物与环境,因为他们落笔大方,远远看来,效果尤佳。有人会问:怎么能责怪莎士比亚在总观方面过于细腻呢?他不是把情景写得赫赫有威吗?须知莎翁往往是长处短处兼备;就艺术范畴而言,他时有过之,时有不及;但他在掌握人的心理知识方面,超过他对戏剧知识的掌握。

在正剧、滑稽歌剧和喜剧方面,法国人表现出的智巧和优雅是只有他们才能达到的。从欧洲的一端到另一端,几乎到处上演的都是法国戏剧的译本。但悲剧的情况却不一样。由于制约悲剧的规则过于严格,它或多或少地被限定在一个范围里。为了欣赏它,就不得不要求在文字风格方面完美无缺。如果谁要想在法国悲剧方面作什么革新,马上就会有人叫嚷:这不是搞成通俗剧了吗?可通俗剧如此受欢迎,其原因难道不值得深思吗?在英国,各个阶级都被莎士比亚的剧本所吸引。在法国,即使最优秀的悲剧也引不起一般民众的兴趣。法国人借口要有纯粹的趣味和细致的感情,才能承受某些激情,于是将艺术一分为二:拙劣的剧本里包含着写得很坏但颇动人的场面;而优秀的剧本以令人赞叹的手笔描绘那些由于过分庄严而变得冷冷清清的场面。我们很少有悲剧能打动各阶层人民的想象力。

这些见解当然不是对我国的大师们有丝毫求全责备之意。某些场景在外国剧本里产生的效果更强烈;但就肃穆庄严、结构严谨的整体来说,任何外国剧作都不能与我国的杰作同日而语。问题在于,如果像现在所做的那样,仅仅满足于抄袭这些杰作,是否能产生出新意?生活中的任何东西都不应当是静止的,而艺术一停止了变革,就会变得僵死。二十年的法国大革命使观众产生了新的需要,这需要同克雷比雍描写当年的爱情与社会时有所不同。古希腊的题材已经枯竭。于今只有一个人,就是勒迈尔西埃①,还能在使用一个古代题材即阿伽门农的时候,赢得了新的荣誉。但本世纪的自然趋向却是历史悲剧。

任何关系到民族的事件都可以构成悲剧。而人类已上演了

---

① 让-路易-耐波姆山·勒迈尔西埃(1771—1840):作家兼诗人,共和派。《阿伽门农》于一七九七年八月上演。

一出六千年的宏大无比的正剧,它可以为剧院提供无数题材——只要给予戏剧艺术更多的自由。规则只是天才所走过的道路,它们只是告诉我们:高乃依、拉辛和伏尔泰是这么走过来的;但如果别人也同样到达了目的地,那又为什么要就所走的路争论不休呢?目的不正是要打动人们的灵魂,并使之变得更加高尚吗?

好奇心是戏剧的重要动力之一;然而只有情感深刻所引起的兴趣才是唯一取用不尽的源泉。人们爱好诗歌,因为它向人类揭示了人类自身;人们也乐于看见同我们相类似的人物如何在命运的威力之下,同苦难搏斗,向苦难屈服,或者战胜了它,然后自己颓然倒下,又重新站了起来。在我国少数几个悲剧中,也有同英国、德国悲剧一样强烈的场面。但这些场面的力量没有充分表现出来,有时由于装腔作势而减弱了效果,或者不如说是抹杀了效果。人们很少走出某些约定俗成的框框,总是用同样的色彩来写古代与近代的习俗,来写罪恶与美德、谋杀与调情。这种框框是美丽而又巧加打扮了的,但积以时日,就不免使人生厌。而只要真是天才,就必不可免地产生投入更深刻的奥秘中去的心愿。

因此,最好能突破格律诗为艺术定下的框框。应当允许更大胆的尝试,应当要求对历史有更丰富的知识。如果人们停留于抄袭同一批杰作,而且这种抄本越来越苍白无力,那么到头来我们在剧场舞台上看见的,将只是一些英雄的木偶,他们为尽职责而牺牲爱情,为挣脱奴役而宁死不屈,在行动中与对白中都受相反相成说的影响,而同被称为"人"的这种令人惊讶的生物永世不发生关系,同那种牵引着人、追逼着人的可怕命运不发生关系!

德国戏剧的缺点是很容易看出来的:无论在艺术中还是在

现实交往中,一切不合规矩的东西,都首先会引起那些最浅薄的人的注意;但为了能感受发自灵魂深处的美,就必须在评价别人的作品时具有一种善良的心愿,而这同高度的优越感完全是可以协调的。嘲讽的态度往往只不过是把庸俗的感情转化为玩世不恭的言辞罢了。在文学上,正如在生活中一样,只有越过趣味上的缺陷而又能品味出真正的伟大——只有这种能力,才能给评判者增光。

我把同我国戏剧原则极不相同的一种戏剧介绍过来,当然并不认为他们的原则就是最好的,更不是说在法国也必须如法炮制,但从外国戏剧的构思中能产生新意;当人们看见我国文学面临着日益荒芜的危险时,我不能不期望我国作家把职业的疆界扩大几步:他们如果也能够成为想象王国的征服者,那岂不是更好吗?法国人接受这样的劝告,照说是不费踌躇的呀。

第十六章　论莱辛的戏剧

　　在莱辛之前，不存在什么德国戏剧，上演的剧本不是译本，便是模仿外国的剧本。戏剧较之其他文学领域更需要一个首都，能够将物质与艺术财富都集中起来。而在德国，却是一片零散的局面。某个城市有演员，另一个城市有剧作家，再一个城市有观众；而在任何地方都没有一个将各种手段汇聚起来的中心。莱辛开展符合自己天性的活动，来为德国人创造民族戏剧；他写了一部名为《剧评》的日记，研究了在德国上演的大部分译自法文的剧本：他在评论中表现得思路精确，使人感到他的哲学水平高于艺术知识。关于戏剧艺术，莱辛的想法通常同狄德罗一致。他认为，法国悲剧严整的规则妨碍人们探讨许多纯朴动人的题材，应当写一些剧本来弥补这方面的不足。但狄德罗的剧本是以天性的矫揉造作代替了传统的矫揉造作，而莱辛的才华才是真正纯朴率真的。他第一个卓有成效地推动了德国人根据自己的禀赋来从事戏剧。他的独特性格反映在他的剧本里。但他的剧本所从属的原理同我们一样；它们的形式并无特殊之处；尽管他不大受时间、地点一致的规律约束，却不像歌德、席勒那样起而设计新的体系。莱辛值得一提的三大剧本是《明娜·封·巴尔赫姆》《爱米丽亚·迦洛蒂》和《智者纳旦》。①

一位生性高尚的军官在服役期间曾多次负伤;突然,在一起冤案中,他的名誉受到了威胁。他正同一个女人相爱,但为了不使她因这桩婚事而遭到不幸的牵连,军官决定不向对方披露自己的爱情。这就是《明娜·封·巴尔赫姆》的故事内容。莱辛用如此简朴的手段,即引起了巨大的兴趣;剧本的对话充满了智慧与魅力,风格异常纯净,每个人物表现得如此清楚明了,以致他们的每一细微的感想都使读者发生兴趣,如同友人倾诉衷肠那样。剧中有一位年迈的军曹,他全心全意忠于受迫害的年轻军官;他的性格是欢愉快乐同看重感情这两者的巧妙结合。这一类角色在戏剧中总是成功的;当人们确知快乐并不等于漫不经心时,这种快乐就分外讨人喜欢;而重感情的性格如果只是断断续续表现出来时,则显得更加自然。剧本里还有一个法国冒险家的角色,写得完全失败;要在法国人身上找到足以供讥讽的东西,那就必须有轻松的手笔,而大部分外国人仅以浓墨渲染,结果总是不细致,也不大真实。

爱米丽亚·迦洛蒂的题材并不是把弗吉尼亚的故事搬到现代的特定条件下来。这里的感情对这种环境是过于强烈了,而行动则过于强有力,不能将它归于无名小卒。莱辛对朝臣无疑具有一种共和党色彩的感情,他乐于刻画那自愿帮助主人侮辱无辜少女的奴才;这个朝臣马蒂奈利卑劣到令人难以置信的程度,而他的卑劣没有突出的个性:可以感到莱辛是为了敌对的目的而把他表现成这样的;但对一个虚构故事的美损害最大的,莫

---

① 《明娜·封·巴尔赫姆》写于一七六四年,与《拉奥孔》同时发表。《爱米丽亚·迦洛蒂》发表于一七七二年。《智者纳旦》写于一七七九年,在莱辛逝世后,即一七八一年才上演。斯太尔夫人研究这三个剧本约在一八〇九年十二月。

过于恰恰不是以这种美为目标的某种意图。作者对公爵这个人物的处理则比较细腻；强烈的情欲与轻佻的性格在他的行为中处处流露，而当这两方面在一个有势力的人物身上结合起来时，其后果则不堪设想。一位老臣给他送来一些文件，其中有一份死刑判决书；由于急着去看一看心上的人儿，公爵已准备不看文件就签字；大臣找了个借口没有把这份判决书呈上，他担心公爵会如此鲁莽地使用手中的大权。奥尔齐娜伯爵夫人本是公爵的年轻情妇，他为了爱米丽亚而将她抛弃，对伯爵夫人的刻画很有才华：她是一种轻薄与暴烈的混合物，在那种替某个朝廷服务的意大利女人身上很可能遇见这样的性格。在这个女人身上可以看见这个社会造成了什么，却又没有能够毁坏什么。南方的天性与上流社会最虚假的东西相结合；恶习与傲慢奇怪地相交织；虚荣与多愁善感融成了一片。这样的描画不能写进法国诗歌，也不能收入约定俗成的文艺形式；但它却是富于悲剧性的。

最为壮美的一场，是写奥尔齐娜伯爵夫人引逗爱米丽亚的父亲去谋杀公爵，使女儿免遭迫在眉睫的侮辱。在这里，罪恶在武装道德，情欲在说着最冷酷严峻的人才会说的话，旨在煽动起一个老人为保全荣誉而产生的妒恨。这是在独到的场面中表现人的心灵，而真正的戏剧天才就在于此。老人举起了匕首；因为他不能谋杀公爵，便用这匕首牺牲了亲生女儿。奥尔齐娜在无意中成了这一可怕行动的主谋者：她将自己一时的愤怒烙进了别人深沉的心灵；她那罪恶爱情的疯狂哀诉却使无辜者的鲜血横流。

在莱辛戏剧的主角中可以看到某种家庭气氛，似乎他在人物身上刻画的便是他自己。《明娜》一剧中的台尔海姆少校，爱米丽亚的父亲欧托阿多，《纳旦》一剧中的神庙骑士，这三个人物都有一种自豪的敏感，其中又有一种愤世嫉俗的色彩。

莱辛最优秀的作品是《智者纳旦》:没有任何剧本能将宗教问题上的容忍精神表现得如此自然,如此富于尊严。这个剧本的主要人物是一个土耳其人、一位神庙骑士和一个犹太人。剧情最早的思想取材于薄伽丘《三个戒指》的故事①;但情节先后的安排则完全是莱辛的。土耳其人即萨拉丁苏丹,故事里表现为一个非常有气派的人物;年轻的神庙骑士性格中则包含了他所宣传的宗教所特有的严肃性;犹太人是一个多年经商、家有万贯的老人,由于他的教养和性格善良而惯于慷慨大度。他对任何真诚的信仰都能谅解,在一切有道德的人的身上都看得见神的光辉。这个人物的性格是非常纯朴的。他所引起的同情未免有些出人意料,因为他既不受激烈的情欲左右,也不受有力的场景制约。只有一次,有人想夺走他的养女——那姑娘自出生时起就是他的掌上明珠;同她离别会使老人悲不自胜;为了反抗企图拐走她的不义之举,老人便从头叙述姑娘是怎样落到他户下的。

基督教徒杀害了加沙所有的犹太人;同一夜,纳旦失去了他的老婆和七个孩子。他跪倒在尘土中有整整三天之久,对基督徒充满了深仇大恨。但是,他渐渐恢复了理智,脱口喊出:"毕竟有上帝在,愿他的意志主宰一切!"就在这时候,一个神父要他负责赡养一个自诞生之日起即丧失父母的基督教孤儿,这位希伯来老人当下就接受她为义女。纳旦在叙述这一段故事时的激情特别动人,因为他竭力控制着自己,而且由于老年人特有的顾忌,想将自己的感情掩盖起来。他那高尚的耐性果然名不虚传——虽然别人伤害了他的信仰和自尊,责怪他按照犹太教的习俗将莱霞这个孩子抚养成人;他为自己辩解也只有一个目的,就是得以继续为这收容下的孩子造福。

---

① 《三个戒指》是薄伽丘著名的故事,在《十日谈》的第一日谈中。

《纳旦》一剧的性格描绘比它的场景更为动人。神庙骑士身上有某种凶暴之处,那是因为他唯恐自己变得多愁善感。萨拉丁那种东方式的挥霍无度,同纳旦的俭朴而慷慨恰成对照。苏丹的司库,那位年迈而严厉的回教教士,前来通知苏丹:由于他的挥霍浪费,国库已告空虚。萨拉丁这时说:"我很悲伤,因为我将不得不减少我的封赠;至于我自己,我将始终拥有我的全部财产:一匹马、一柄剑和唯一的真主。"纳旦是一位人类之友①;但由于犹太人的身份而在社会上遭到歧视,使他在善良中掺和着某种对人类天性的蔑视。每一场戏都为这些人物的发展增加了几笔饶有兴味而又风趣的特色;但人物之间的相互关系不十分紧凑,尚不足以引起强烈的激情。

在剧本收尾处,观众发现原来那神庙骑士同犹太人的义女是兄妹,而苏丹是他们的叔父。作者的意图显然是要在其戏剧作品群中提供一个实例,来表现更广泛的宗教上的博爱。整个剧本所追求的哲学目标减少了它在戏剧方面的意义:一个剧本如果是为了发挥一种一般性的思想——不管这思想多么美好——那么在剧本里就不可能没有某种程度的冷淡气氛。这就如寓言一样,可以说人物并不是独立的存在,而是为了说明一定的道理。当然,凡是虚构的故事,甚至凡是真实事件都可以引出一种思想;但应当是事件产生思想,而不是有了思想再制造事件:在艺术中,始终应当由想象首先发挥作用。

自莱辛始,德国出现了无数的正剧剧本②:现在人们开始感

---

① 此处暗指演说家之父、经济学家、慈善家米拉波,他自称为"人类之友"。他与本书作者的父亲内克常有书信往还。
② 这里原文为 drames,一般译作"正剧"。因欧洲许多文字中悲剧、喜剧另有专词,故此字有时指悲、喜剧以外的其他戏剧。这里从后文看,实际上是指莱辛提倡的"市民戏剧"。

到有些厌倦了。戏剧这种混合的体裁之所以产生,多半是由于悲剧中的约束太多;它是艺术中的一种走私品。但当得到完全自由写作的许可后,就没有必要再靠这种戏剧来运用简单而自然的情景。如此,戏剧就只剩下了一条优点,就是像小说一样,描写我们自己生活里的情景,描写我们生活的时代的习俗。然而,如果在剧场里只能听见一些不见经传的人名,我们就会失去悲剧所赋予的最大乐趣之一——即悲剧所复述的历史故事。因为戏剧表现我们每日每时所见所闻,人们就以为戏剧更有兴味;但是过于机械地抄袭生活的真实,这并不是我们在艺术中所追求的。戏剧之于悲剧犹如蜡人之于雕像:真实性过多,理想的成分不足;作为艺术则太过;作为自然物则远为不足。

不能把莱辛看成第一流的戏剧作家;他的涉猎面过广,就任何单项而论,便不可能有突出的才华。人的才智是普遍性的;但对某一种艺术的自然禀赋又必然是排他性的。莱辛首先是一位极为有力的辩证法家,这对戏剧方面的辩才是一个障碍:因为感情无视过渡、层次,不容许追究原委;那是一种源源不断的自发的灵感,它不可能是自觉的。莱辛无疑还远不像哲学家那样枯燥,但他的性格活泼多于敏感;戏剧天才更奇特、更忧郁、更善于出奇制胜——那是一位把大半生奉献给说理的人所不及的。

第十七章　席勒的《强盗》与《唐·卡洛斯》

席勒在青年时代的初期才华横溢、思潮澎湃，但发展方向不妥。在法国剧场上演过的《费埃斯克叛乱》《阴谋与爱情》以及《强盗》等剧，在艺术原理、道德规范方面并非无懈可击；但自二十五岁以后，席勒的作品都是纯粹而严峻的了。生活经历会使轻浮的人堕落，但却使思考问题的人日益成熟。

《强盗》被译成了法文，但译文很不忠实——首先是没有表现出使剧本富有历史意义的那个时代。剧情发生在十五世纪，那时帝国颁发了永久和平敕令，禁止个人决斗。这道敕令无疑对德国的安宁十分有利。但那些贵族青年已习惯于在危险中度日，习惯于依靠自己个人的力量；他们认为，若要受法律制约，似乎就陷入了无所作为的耻辱。这种看法是极其荒谬的；然而由于所有的人通常都受习惯的支配，那么理所当然的是：即令最好的事情也会使他们不胜愤慨，因为好事便是一种变迁。席勒笔下的强盗头子不像现代强盗那么可恶，因为那时封建社会的混乱状态同他所踏入的强盗生涯，这两者也相差无几。但正是作者给人物找的这类理由，更使这个剧本具有很大的危险性。应当承认，它在德国产生了不好的效果。有些年轻人热衷于强盗头子的性格与生活，试图起而效尤。他们把自己所喜爱的那种放荡生活加以美化，称之为热爱自由；他们自以为是反对社会制度的弊端,实际上不过是对个人的处境感到腻味而已。他们那种造反的尝试不过是无理取闹罢了。然而悲剧与小说在德国比在任何其他国家都重要得多。在德国,无论干什么事情都挺认真;读一部书,看一出剧,就能影响一生的命运。本来是艺术欣赏,却偏偏要拉到现实生活中来。维特比世界上最美貌的女人所引起的自杀还要多。诗、哲学,以及理想,常常比大自然甚至情欲对德国人产生的影响还要大。

像许多虚构的故事一样,《强盗》取材于浪子回头的传说。一个伪善的儿子表面上表现很好。另一个儿子有罪过,但思想高尚。这种对比从宗教角度来看是很优美的,因为它说明上帝能看透我们的心灵。但若想引起对离家外出的那个孩子过多的兴趣,那便有很大的弊病了。这样,凡是思想不好的年轻人都硬说自己的心肠是好的;而因为明知自己有缺点就硬要假想自己有某种优点,这是最荒唐的事情。这种反保证是很靠不住的;因为缺乏理智绝不等于感情充沛;狂乱行为常常不过是一种来势凶猛的利己主义。

席勒刻画的那个假仁假义的儿子,实在卑劣得过分。很年轻的作家所犯通病之一,便是笔墨过于粗放唐突;有人竟以为绘画中讲究色调是作者生性柔弱的表现,实际上却是才技圆熟的标志。席勒这部剧中的次要人物刻画不够真实,但强盗头子的五情六欲却得到了绝妙的描绘。这个人物性格的力量先后表现为多疑、虔诚、爱情与野蛮;在社会秩序中他找不到地位,便以犯罪来崭露头角。生活之于他犹如一种梦呓,时而迸发为愤怒,时而又转化为悔恨。

剧中的姑娘本应嫁给强盗头子,他们之间的爱情场面非常热烈而又极富感染力。没有比这更动人的情景了:这个非常有德行的女人,在内心深处仍然对那个还没有当绿林好汉的情人怀着一腔热情。这个女人久已习于对自己的心上人抱着一种景仰心情,现在却化作一种恐惧,一种怜悯心。那意思似乎是:这个不幸的女人既不能在尘世做那男人幸福的终身伴侣,便自以为能在天国为这罪孽深重的情人充当保护天使。

不能根据法译本来评判席勒的原作。可以说,法译本只保留了哑剧式的情节;人物性格的特点荡然无存,而只有这个才能使故事生动活泼。如果除去感情与欲火的生动描写,那么最优美的悲剧也会变成通俗闹剧。情节的力量还不足以使观众与人物结下缘分;他们相亲相爱也罢,彼此杀戮也罢,这同我们都没关系——除非作者能唤起我们对人物的同情。

《唐·卡洛斯》也是席勒青年时代的作品,但被认为是第一流的创作。唐·卡洛斯的故事是历史上最富于戏剧性的题材之一。一位年轻的公主,亨利二世的女儿离开法国,告别了父王富于骑士色彩的华丽宫廷,嫁给一个年迈而阴沉的暴君——由于他的统治,甚至西班牙人民的性格都受到影响,在很长一段时间里,西班牙民族都打上了这位君主的烙印。唐·卡洛斯本已同伊丽莎白订婚;虽然她后来成了他的继母,唐·卡洛斯仍然对她一往情深。宗教改革、荷兰革命等重大政治事件同这出悲剧的结局交织在一起,儿子终于被父亲判处了死刑。在这个剧本中,个人利害同公共利害最大限度地交融到了一起。

法国有好几位作家写过这个题材,但在大革命前的制度下不可能上演,当时认为上演西班牙的这段历史是对这个国家的大不敬。那时的西班牙驻法国大使达朗达先生以性格倔强、胸襟狭隘著称;人们请求他允准上演关于唐·卡洛斯的悲剧——因为该剧方始脱稿,作者对之寄予厚望。但达朗达先生却答称:"他为什么不另选一个题材?"于是有人告诉他:"大使先生,请注意剧本已经竣稿,作者为此花了整整三年工夫呢!"大使又说:"可上帝呀,难道历史上只有这个事件吗？请他另选一个题材吧。"大使的性格顽强,认准了这条高明的论据便不肯罢休。

历史题材对于才智的锻炼与虚构的题材完全不同。但在悲剧中表现历史,或许比随意创造场景与人物更需要想象。将历史事实大加砍伐然后搬上舞台,这样产生的观感总是令人不快的;观众本来期待看到历史的真实面貌,而作者却代之以信手拈来的虚妄情节,于是观众便感到难受而又惊异。但另一方面,历史事实若要产生戏剧效果,又必须作艺术加工。因此,在悲剧中必须兼顾两头,既要有描绘真实的能力,又要有创造诗意的才情。当戏剧艺术奔腾在虚构创新的原野上时,又会遇到另一种困难:看起来似乎十分自由,但要把许多不知名的人物写出性格来,其坚实性足以与已经扬名的人物比美,却实在是难能可贵的。李尔王、奥瑟罗、奥罗斯曼、唐克莱德都不是真实的历史人物,但却从莎士比亚、伏尔泰笔下获得了永恒的生命。然而,创新题材虽给予诗人以活动余地,却实在成了诗人的绊脚石。历史题材看上去碍手碍脚,但只要能掌握某些界限之内的一个基点,掌握一定的轨道与适度的激情,那么这些界限本身对才华是有利的。忠于史实的诗才能烘托出历史真相,犹如阳光能将五颜六色照耀得更加光彩夺目;这样的诗才能赋予史实以岁月的阴影已夺去的光华。

在德国,人们偏爱有艺术性的历史悲剧,认为这是"关于既往岁月的预言家"①。欲写这种作品的作家应当将自己完全置身于所写人物的时代和习俗中去;别人对于时间上的误差失实不必苛求,对感情与思想上的今古混淆则有理由严加挑剔。

---

① 弗·施莱格尔在论及一位伟大的历史学家的深刻见解时曾用此语。(作者注)

正是根据这些原理,便有少数人责备席勒杜撰了一个波萨侯爵:这是一位高尚的西班牙人,主张自由、宽容,对在欧洲酝酿的一切新鲜思想都抱着一腔热情。我认为可以责备席勒的是,他借波萨侯爵之口发表他自己的见解;但他所赋予侯爵的,并不像有人说的那样,是什么十八世纪的哲学思想。席勒笔下的波萨侯爵是一个热心肠的德国人;这个人物同我们的时代竟如此格格不入,所以说他是当代还是十六世纪的人物都无关紧要。也许更大的错误是假设菲力普二世会高高兴兴地听取这么一个人物的意见,甚至一度对他言听计从。波萨在谈到菲力普二世时,曾言之有理地指出:"我努力想唤起他心灵的激情,却枉费了这番心机;在这块冷却了的土地上,我的思想之花是不可能盛开怒放的。"但菲力普二世永远也不会同波萨男爵这样的青年促膝而谈。在这位查理五世年迈的王子的心目中,青春与热情不过是大自然的过失与宗教改革的罪恶。如果硬要说他忽然会同一位高尚的人谈话,那真是违背了他本人的性格,反而理应得到历史的宽恕了。

　　任何人的性格都有前后不一致的地方,即使暴君也是如此;但这些不一致同他们的本性有着不知不觉的联系。在席勒的剧本中,有一次很好地利用了这类不一致的现象。美迪纳-西多尼亚公爵是一位年事颇高的将领,他所指挥的所向无敌的西班牙军队被英国舰队和暴风雨所驱散;他终于只身逃回,大家都以为菲力普二世在盛怒之下会将他处决。朝臣们都同他保持距离,谁也不敢接近他。他扑倒在菲力普脚下喊道:"陛下,您托付给我的舰队和英勇的军队,现在剩下的残部就是我一人了!"菲力普答道:"上帝在上,我派你们是去对付人,而不是对付暴风雨的;愿你仍旧是我忠实的仆人!"这是多么宽宏大量啊!但这又是从何而来的呢?是出于对老年人的某种尊重,因为这位君主自己也对大自然慨允他如此长寿而啧啧称奇;是出于一种倨傲的态度,这种态度不允许菲力普承认自己用人不当而对失败引咎自责;是出于对一个受到命运打击的人的宽容——然而也正是他菲力普二世希望有某种枷锁,能折服所有骄傲的人,除了他自己;还有,这也是出于一个专制暴君的性格,他所恼怒的与其说是大自然的障碍,倒不如说是任何微小的自觉抵抗。这场戏深刻地揭示了菲力普二世的性格。①

或许可以认为:波萨侯爵这个人物只是一位年轻诗人笔底的创造,因为这位年轻诗人需要把自己的心灵附着在自己最心爱的人物身上;但这个人物纯洁而激昂的性格,就其本身而言是一件好事,因为他所在的朝廷万马齐喑、一片恐怖,唯有幕后策划阴谋诡计的窸窣声才打破这死一般的沉寂。唐·卡洛斯不可能成为一个伟大的人物,他父亲自幼即对他倍加迫害;波萨侯爵似乎是菲力普及其王子之间必不可少的中介。唐·卡洛斯具有内心热情所燃起的火焰,波萨却有热心公益的道德品质;他们两人一个本应成为国王,而另一个却应当是国王的亲信。剧本里角色与性格相错落,这本身便是一个天才的构想:因为一个阴沉凶残的暴君的儿子,难道能成为公民兼英雄吗?他从哪里能学会对人的尊重呢?难道是从他那蔑视众人的父王那里?抑或从父王的朝臣——他们遭到这种蔑视真是当之无愧——那里?

---

① 斯太尔夫人如此突出菲力普二世的宽宏大量,其缘由在于损害拿破仑的威望。当时盛传维尔纳夫海军上将的惨败,亦即通常所谓特拉法尔加尔战役,实际上那只是这次交锋的第一个回合;后来仅仅是由于起了风暴,才使战机无法转而有利于维尔纳夫海军上将。海军上将本来是被派去同人作战的,实际上却为大自然所挫,他备受拿破仑的迫害,终于不得不于一八〇六年在雷恩自杀,以逃避对他的侮辱性判决。斯太尔夫人通过与西班牙国王的雍容大度相对比,抓住一切机会充分暴露拿破仑是多么卑鄙龌龊、多么不公平、多么残暴和专断。

唐·卡洛斯唯其软弱才如此善良；而他在自己生活中赋予爱情如此重要的位置，这就将一切政治思想都从他的心灵里排除出去了。我再说一遍：我觉得创造波萨侯爵这个人物是必要的，因为他在剧本里代表着各民族的重大利益，代表着那种骑士风格的力量——在时代光芒的照耀下，这种力量突然变成了对自由的热爱。无论怎样润饰这种感情，它都不适合于国王的身份；在国王身上，它就会具有慷慨施舍的性质；而在任何时候，不应将自由表现为权力的馈赠品。

在伊丽莎白王后同宫女相处的一场中，菲力普二世朝廷那种矫揉造作的严肃气氛表现得很突出。王后问宫女，她究竟更喜欢住在阿兰胡埃斯还是马德里；宫女却回答，自从远古以来，西班牙王后习惯于在马德里住三个月，然后在阿兰胡埃斯住三个月。宫女不得有丝毫偏爱哪个地方的表示；她觉得无论在什么问题上，自己生来就不应有任何感觉，除非是别人叫她表示的那种感觉。伊丽莎白要求看看自己的女儿，左右却回答说：规定王后看公主的时刻还没有来到。最后，国王出现了：他决定把前面说的这位如此柔顺的宫女流放十年，因为她让王后独自一人耽搁了半个钟头。

菲力普二世同唐·卡洛斯和解了一段时间。他用一句亲切的话，就对王子恢复了父王的威严。卡洛斯于是对他说："连苍天也屈尊垂顾父子言归于好。"

还有一个场面是很美好的：波萨侯爵对于逃避菲力普二世的报复已告绝望，便请伊丽莎白代为嘱咐唐·卡洛斯，一定要实现他们为了西班牙民族的荣誉而共同订下的计谋。他对王后说："当他成人以后，请提醒他：他应当尊重自己青少年时代的美好理想。"的确，随着年龄的增长，谨小慎微就超乎其他品质而跃居首位，到那时，就会将火热的青春年代的一切视若狂痴；

然而，如果人们能够保持青春的热情而以丰富的经验来引导它，如果能在岁月递嬗中吸取营养而不是向那增高的年事屈服低头，那么人们就绝不会非难那激越冲动的品质——因为这类品质首先要求勇于自我献身的精神。

由于一系列错综复杂的因素，波萨侯爵自以为是在菲力普面前助唐·卡洛斯一臂之力，实际上却表现为在父王盛怒之下牺牲了王子。他的计划未能奏效；王子被投入狱，波萨侯爵到狱中会见了他，向他解释了自己行为的动机；正当他说明缘由之时，菲力普二世却派刺客向他开了一枪，于是侯爵顿时倒毙在他的挚友面前。唐·卡洛斯的悲痛表现得异常壮美：他要求父王将他少年时代的这位伴侣还他——似乎杀害他的凶手还有使受害者起死回生的能耐！唐·卡洛斯两眼发直，紧盯着那已不能动弹的躯体——而在往昔的岁月里，那么多美好的思想激荡着这同一具躯体！这时唐·卡洛斯自己也已命中注定，在挚友的容颜中瞥见了死神的阴影。

在这出悲剧中有两个僧侣，他们的性格与生活方式都适成对比：一个是国王的忏悔神父多明各；另一个是隐退到马德里城门口孤寂的修道院中去的一位神父。多明各乃是一个阴险狡诈、工于权术的神父，是达尔勃公爵的心腹——公爵的性格在菲力普面前必不可免地相形失色。因为菲力普一人独掠了全部恐怖之美。那位孤僧在修道院中接待了他并不认识的唐·卡洛斯与波萨，这两人在极端彷徨苦闷之中相约在修道院幽会。修士接待他们的那沉静、隐忍的态度产生了动人的效果。这位虔诚的隐士说："这里的四壁，便是尘世的终极了。"

但在整个剧本中，最有特色的莫过于第五幕倒数第二场，即国王同大判官会见的一场。菲力普正为对亲生儿子的妒恨所苦闷，也因自己将要犯下的罪恶而感到恐怖。菲力普羡慕自己的扈从,他们正安详地静卧在他床前,而他自己内心的深痛巨创却使他不得一刻安宁。他派人去找宗教裁判官,以便商量怎样判处唐·卡洛斯。这位红衣僧侣已满九十高寿,如果查理五世还活着,他比先王还要年长,曾做过先王的家庭教师;他已双目失明,完全过着隐退的生活;只有宗教裁判所的暗探不时来向他报告人世间的事情:他只问是否有需要惩处的罪恶、过失和思想。在他看来,六十岁的菲力普二世还很年轻。最阴沉、最世故的暴君在他看来是一位轻率的君主,这位君主的宽容态度会引起欧洲的宗教革命;他是一位虔诚的老人,但岁月已使他形容枯槁,看上去就像活在人世的鬼怪,死神误以为他早已进了坟墓,所以忘记了登门造访。

他就波萨侯爵之死向菲力普二世提出诘问:他责怪国王把他处死,因为这原是宗教裁判所的本分;他之所以对被害者感到惋惜,是因为别人剥夺了他把侯爵充作宗教祭品的权利。菲力普二世询问他关于判决王子的事:"您能不能使我产生一种信仰,使谋杀亲生儿子不成为一桩可怖的行为?"宗教裁判官回答:"为了伸张不朽的正义,上帝的儿子就死在十字架上。"这是一句什么样的回答!最感人的教义在这里作了多么血腥的运用!

这位双目失明的老人所呈现给观众的是整整一个时代。宗教裁判的恐怖统治以及那个时代的宗教狂热笼罩着西班牙;一切都在这短促而匆忙的一幕中得到了表现;没有任何辩才能如此显现这么丰富的思想,而且是通过巧妙设计的情节来显现!

我知道可以在《唐·卡洛斯》一剧中挑出许多不妥帖的地方;但我没有承担这项工作——因为它已经很有一批竞争对手。最平庸的文人也能在莎士比亚、席勒、歌德的作品中发现趣味方面的错误。但如果在艺术作品中仅仅是要大加砍伐,那并没有什么困难;任何批评所不能给予的,却是心灵与才干;不管在哪里,都应当尊重这两者,无论这天上的光芒笼罩着怎样的乌云。对于天才所犯的错误不要幸灾乐祸,而应感到这减少了人类的精神遗产,有损于人类引以为自豪的荣誉。英国作家斯特恩所刻画的优美的保护天使最好能为美好作品的缺点或高尚人物的过错洒下一滴热泪,以使人们将它从自己的记忆中一笔勾销。

关于席勒青年时代的剧作,我就不再赘言。首先是因为它们都有了法译本;其次,这些作品中还没有表现出那种历史上罕见的天才——这种天才在席勒中壮年时代的悲剧中,才使他得到了当之无愧的赞叹。即以唐·卡洛斯而论,虽然有史实为据,它也差不多是一部虚构的作品。剧情是如此地复杂;纯属臆造的人物波萨侯爵又在其中起了如此突出的作用;可以说这部悲剧介乎历史与诗歌之间,既不能满足一方,又不能满足另一方:下面我试图介绍的其他悲剧显然不属于这种情况。

第十八章 《华伦斯坦》与《玛丽·斯图亚特》

《华伦斯坦》是德国舞台上演过的最富于民族色彩的悲剧。诗句优美,题材雄伟,使魏玛的所有观众都兴高采烈、神采飞扬。首次演出便是在魏玛举行的①,自此德国自诩有了新的莎士比亚。莱辛责难法国趣味,并在戏剧艺术观方面同狄德罗采取同一观点②,从而禁绝在舞台上使用韵文。于是人们在剧院里所见所闻不过是对白的小说,剧场里不过在继续日常的生活;只是舞台上发生的事件在现实里比较少见罢了。

席勒设想将三十年战争的光辉的一幕搬上舞台。那是一场内战兼宗教战争,将德国基督教、天主教双方势均力敌的局面维持了一个多世纪之久。那时德意志民族是如此地分裂,真不知道其中半数人的功绩对于另一半人来说是不幸还是光荣。然而席勒的《华伦斯坦》使所有的德国人感到高兴。这同一题材分成了三个不同的部分:《华伦斯坦的阵营》为第一部分,描写战

---

① 《华伦斯坦》于一七九八年十二月在魏玛首次演出,地点是歌德所领导的剧院。演出这出三部曲时,充分注意如实设计了三十年战争士兵的武器和制服。演出获得成功之后不久,席勒便移居到魏玛来。
② 莱辛于一七五九至一七六五年间发表了《关于现代文学的通信》,自此他与通常所谓"法国趣味"正式决裂。他的心目中只有狄德罗才是优雅的,他将狄氏好几部小说译成了德文。

争对人民群众和军队的影响;第二部分《皮柯乐米尼父子》,表现了造成首领之间分歧的政治原因;第三部分结局,即《华伦斯坦之死》,表现华伦斯坦的声名激起的热情和妒忌。

我看了第一部分《华伦斯坦的阵营》的演出。你会觉得自己好像是在军队的行列中,而这支军队是由拥护者组成的,比起正规部队要活泼得多,不那样拘泥于军纪。农民、新老士兵、卖酒女郎,都参与表演,增进戏剧效果。所造成的观感是如此富于战争气氛,等到在柏林为即将从军担任军官的人演出时,四面八方迸发了热烈的欢呼。作为一个文人,必须有非常旺盛的想象力,才能构想出军营的生活、士兵们毫不拘束的心情以及由战争的危险本身激起的无限欢畅。当人们摆脱一切羁绊之后,既不追悔过去也不幻想未来,他可以将几年当一天过,又将几天当作一个瞬间过;他将自己所有的一切都化为赌注,表面上听命于将领,实际上是听任命运:死神无往而不在,反使他兴高采烈地抛弃了日常生活的种种忧虑。最奇特的是,在华伦斯坦兵营里,在士兵们吵吵闹闹的人群中来了一个圣弗朗索瓦派的托钵僧,而士兵们却自以为是在维护天主教。这位托钵僧向他们宣扬温良与正气,言语之间充满了戏谑与双关语,同兵营里的日常对话几无差别——除掉故意使用了几句拉丁文。僧侣稀奇古怪而又颇带兵营气息的雄辩,听众所信奉的粗俗宗教,这一切造成了一场凌乱得颇为出色的戏。当时还处在酝酿中的社会性质,反将人的特殊面貌表现了出来:人身上粗野的一面又浮现了,而文明社会的残迹却像难船的余骸一样在汹涌的波涛之上荡漾。

《华伦斯坦的阵营》对于后来那两部分是一个绝妙的引子:士兵们在娱乐嬉戏时,在面临艰险时,都不停地谈论着他们的将领,这就使人们对他不胜敬仰;当悲剧正式开场时,观众心里还留着前一场序幕所造成的印象,那意思仿佛是教你先做历史的见证,再看看诗怎样将历史表现得英武壮美。

悲剧的第二部分叫作《皮柯乐米尼父子》,说的是皇帝与将军之间、将军与伙伴之间发生了分歧;原因是军队的首领想以个人野心取代他所象征的权威,取代他所拥戴的事业。华伦斯坦以奥地利的名义同企图将宗教改革推进到德国的国家作战;然而他觉得似乎有希望为自己建立独立的权力,在这种诱惑下,他想将本应用来为公共利益服务的一切手段都据为己有。反对他这种欲望的将军们并非崇尚道德,而是出于妒忌;在这场残酷的斗争中真是无奇不有,唯一欠缺的就是对自己的主张竭尽忠诚之士,以及为自己的良知而战的人。应当对哪个人物感兴趣呢?也许有人会问。应当对真实的场面感兴趣。或许艺术会要求按照戏剧效果来改写这个场面;但将历史搬上舞台毕竟是美好的事情。

然而席勒创造了能引起读小说那种兴趣的人物。他刻画了麦克司、皮柯乐米尼和台克拉,把他们写成天国般的人物,经历了政治激情的一切风暴,但心灵中仍然蕴藏着爱情与真理。台克拉是华伦斯坦的女儿;麦克司是那个行将出卖华伦斯坦的亲随的儿子。这一对情侣倾心相爱,不顾双方的父亲阻挠,不顾命运,不顾一切——只听命于自己的感情;他们相互追求,离别又重逢,真可谓生死与共。这两个人物如同命定的那样,在野心泛滥的狂涛中出场;他们是天意选定的令人感动的牺牲品。形成对照的是最纯洁的忠诚与某些人在人世(似乎是将人世当作唯一待分配的财产)的疯狂争夺,这两者的对照之美是任何东西都不可企及的。《皮柯乐米尼父子》这一出剧没有终局;它像突然中断的谈话一样不了了之。法国人很难忍受这两个序幕,一场是滑稽可笑的,一场是古板严肃的,都是为了给真正的悲剧,即华伦斯坦之死作铺垫。

一位才华出众的法国作家将席勒的三部曲按照法国的规则和形式压缩成一部悲剧。对这部作品有人赞扬，有人批评，这为我们提供了一个天然的机会，以便充分介绍德、法两国戏剧体系的区别。有人责怪那位法国作家的韵文诗意不足。神话题材能够容许五色缤纷的形象与充沛的抒情；但在一部以近代史为题材的作品中，怎么能接受塞拉门尼斯①故事式的诗意呢？这一整套雕琢的文风适合于古代米诺斯、阿伽门农一类的故事，在其他种类的剧本中只不过是可笑的矫揉造作。在历史悲剧中也有这样的时刻，其间心灵的激越自然而然地促成了更为高雅的诗意：例如华伦斯坦产生幻觉的一段，他在叛乱后演讲的一场戏以及他面对死神的独白，等等。然而德文剧本和法文剧本一样，其结构及剧情发展都要求简朴的文风，语言是纯净的，但却并不富丽堂皇。我们法国人不仅要求每场戏，而且要求每句诗都产生效果，这同真实性是难以调和的。写上几句所谓光彩夺目的诗句是最容易不过的；为此有现成的模型；难就难在使每个细节服从整体，并在整体中能发现各个局部，在局部中又能反映出整体。法国人活跃的性格使剧情发展迅速流畅，使人感到舒适；但如果这种性格要求时时刻刻有成就而不顾整体的印象，那么就有损于艺术的美。

与这种不能容忍任何耽误的急躁相并存，对于任何礼仪所要求的东西却有一种奇特的耐心。当按照艺术规范而有一段沉闷的场面时，同一批对任何迁延都怒不可遏的法国人，却为了尊重习惯而可以容忍一切。例如，在法国悲剧中，叙事的铺陈是不可缺少的，但这比起情节的展开来说当然要枯燥得多。据说有

---

① 塞拉门尼斯（？—公元前404）：雅典政治人物，在伯罗奔尼撒战争的最后十年中声名显赫。

一次在叙述一场战役的时候,剧场里的意大利观众突然大喊大叫起来,要求拉开底幕,以便亲眼看见战役是怎样进行的。看法国悲剧时常常产生这种愿望。观众想亲眼看见舞台上叙述的事情。法文《华伦斯坦》的作者不得不以《军营序幕》来把原作独特的展现融化在他自己的本子里。头几幕的崇高同法国悲剧庄重肃穆的调子完全吻合;但在德国人的破格中却有一种运动,那是无论如何也无法替补的。

还有人责怪法国作者为剧情设计了双重兴趣,一方面是阿尔弗莱德(即皮柯乐米尼)①对台克拉的爱情,另一方面是华伦斯坦的阴谋。法国人要求一个剧本要么完全讲爱情,要么完全讲政治,而不喜欢将不同的题材混合在一起。一个时期以来,特别是涉及国家大事的时候,人们不能想象心灵中怎么还能给别的思想留下一席地位。然而关于华伦斯坦阴谋的宏幅巨制中,只有将由此产生的其家庭的不幸也包括进去,才是完整无缺的。应当提醒我们:公共性质的事件可以彻底撕破私人感情②;将政治说成另一个天地,那里没有感情可言,这种方法是不道德的,冷酷无情而毫无戏剧效果的。

在法国剧本中还有一个细节受到责难。谁也不否认阿尔弗莱德(即麦克司·皮柯乐米尼)告别华伦斯坦与台克拉的场面是十分美妙的,但对这个时刻在悲剧里听到了音乐却有人大惊小怪。要删掉这一段音乐当然是很容易的,但为什么要拒绝利

---

① 本杰明·贡斯当在他的《华伦斯坦》译本中,保留了主要人物,但把许多人的名字改了。麦克司·皮柯乐米尼成了加拉斯伯爵的儿子阿尔弗莱德·加拉斯,如此等等。
② 斯太尔夫人对这种不幸有切身的体验:她自己的家族与家庭不断受到外来事件的打击。整个这一大段是针对拿破仑统治下文学作品的特点,即将枯燥无味与多愁善感奇怪地混合在一起的心理状态。

用音乐产生的效果呢？当观众听到这段号召参加战斗的军乐时，他们也感受到了情侣的惜别之情——因为他们感受到一种威胁，似乎再也不能重逢了：音乐将此时此景充分烘托了出来；一种新的艺术加强了另一种艺术所酝酿的印象；音乐与语言先后震荡着我们的想象和我们的心灵。

还有对于法国舞台是崭新的两个场面使读者称奇不已：当阿尔弗莱德（即麦克司）战死以后，台克拉要求捎信的萨克森军官把这一惨死的所有细节告诉她；在她使自己的心灵充满痛苦之后，她宣布自己已下定决心要到爱人的墓旁生活，并在那里终其一生。在这两场戏中，每个表情、每个字都含有深刻的感情；但有人硬说，一旦失去了捉摸不定的因素，就不再有戏剧兴趣。在法国，在各类作品中，作者都是匆匆忙忙将无可挽回的事情赶快写完。德国人恰恰相反，他们对人物的感受比对他们的遭遇还更有兴趣；他们不怕在作为事件已经结束，而作为痛苦却依然存在的场景上流连徘徊。在剧情静止的时候要感动观众，就需要有更多的诗意，更浓烈的感情，更准确的表达方法；这是当剧情激起越来越强烈的不安情绪时所不及的：当情节使我们屏息止气时，我们几乎不注意对白讲些什么；但当一切都沉静下来，剩下的只有哀伤时，当外界不再有什么变化，而注意力集中于心灵深处的发展时，那么稍有矫揉造作，一个字用得不得当，都会使观众有刺耳之感，犹如一支纯朴而哀怨的曲子里夹杂着一个错误的音符一样。这时候，任何声音都不会轻轻滑过，一切都直截了当地诉诸心灵。

此外，对法文《华伦斯坦》最常见的批评，就是华伦斯坦本人的性格写成了迷信、优柔寡断、捉摸不定，因而与这类角色已公认的英雄范本不能协调。法国人把悲剧性格归纳成几条特性，而且总是那么几条，犹如音乐里的音符和三棱镜的色彩一样,这样,他们就自我剥夺了无限丰富的效果与激情之源。于是每个人物都必须符合公认的主要类型中的一个。简直可以说:在我国,逻辑是艺术的基础;而蒙田①所说的"起伏性"是排除在我国悲剧之外的;我们只容许要么全好要么全坏的感情;然而在人类灵魂里,没有什么不是相互交织在一起的。

在法国,大家对一个悲剧人物就像对一位国务部长那样评头品足,抱怨他干了什么或者没有干什么,犹如手里捧着报纸对他进行评判。在法国舞台上,激情的不连贯是可以允许的,但性格不连贯却不行。所有的人都或多或少有过激情,所以对它的迷途失径有所准备,甚至在某种意义上可以事先看准它有哪些矛盾;但性格总是有一些出人意料的成分,不能将它禁锢在什么规则里面。性格有时朝着自己的目标前进,有时却远远离开它。如果在法国说某个人物:"他不知道自己要干什么",就表示对这个人物失去了兴趣;实际上却正是"不知道自己要干什么"的那种人,其天性才富于悲剧色彩,并以强有力的、独立的方式表现出来。

莎士比亚的某些人物有时在同一剧本里使观众得到完全不同的印象。理查二世在同名悲剧的头三幕里使人反感和鄙弃;但当他遭遇到不幸,别人竟在议会里要求他将王位逊让给他的宿敌,这时他的处境和勇气却不禁令人泫然涕下。人们喜欢国王在逆境中再现的这种高贵性格,那王冠仿佛还在将被剥夺者的头上飘浮。莎士比亚只要用几句台词就足以掌握听众的心灵,叫他们由仇恨转向怜悯。人类心灵的千变万化不断地更新着那一泓清泉,而才华正是可以从这股泉流中汲取养分。

---

① 蒙田(1533—1592):法国著名散文作家,其《随笔集》第一部第一章:"人是一种奇特而虚荣、复杂并有起伏性的物体……"

可以这样说,在现实生活中,人们是前后不连贯的、古怪的;而最优秀的品质同卑劣的毛病常常混合在一起;但这样的性格不宜用于戏剧;戏剧艺术要求情节发展迅速;在这个范围内只能以强烈的特点与感人的情景来刻画人物。但是否因此就理应局限于那些善恶分明的人物,使之成为我国大多数悲剧中永恒不变的因素呢?如果只让观众看到约定俗成的性格,那么对他们的道德面貌又能发挥什么戏剧影响呢?确实,在这块人为的土壤上,道德总是得胜,而罪恶总是受到惩处。然而这些又怎么能运用到实际生活中发生的事情上去,既然舞台所表现的人并不是实际生活里的人?

看到《华伦斯坦》一剧在我国舞台演出将是饶有兴味的;而如果法国作家没有如此严格地屈从于法国式的清规戒律,那就更有兴味了:但是,为了很好地判断创新,对艺术就要有一颗年轻的心,要随时追求新的乐趣。对于古代的杰作谨奉不违,这对趣味来说倒是极好的制度,但就才华而言却不然:须有意外的印象方能激发才情;而我们自童年起就背得滚瓜烂熟的那些作品已经变成了习惯,对我们的想象力也就不能有多少触动了。

我觉得《玛丽·斯图亚特》在德国所有悲剧中是最动人的,构思也是最好的。① 这位女王降世之初一帆风顺,后来却因为许多过错而失去了幸福,终于在监禁十九年之后被送上了断头台;她的命运如俄狄浦斯、俄瑞斯忒斯或尼俄伯一样引起非常恐怖和不胜怜悯的感觉。这个故事本身的壮美对发挥才华极为有利,这就足以战胜一切平庸。

幕启时地点在福施林盖古堡,即玛丽·斯图亚特的囚禁地。十九年的铁窗生活已经过去,伊丽莎白设立的法庭正要就这位

---

① 《玛丽·斯图亚特》于一八〇〇年六月十四日首次在魏玛上演。

不幸的苏格兰女王的命运作出判决。玛丽的乳母正在向典狱长抱怨他对这位囚犯的虐待。典狱长完全忠于伊丽莎白,他严厉而冷酷地谈论着玛丽:可以看出他是个正派人,但他是以玛丽的敌人的眼光来看待她。他宣布她的死期已近,并认为处死她是正确的,因为他确信玛丽曾密谋反对伊丽莎白。

在说到华伦斯坦的时候我已经提及情节铺陈的好处。人们试用过各种办法,如序幕、合唱、心腹人的吐露等等,想既能解释剧情而又不至于令人生厌;而我觉得最好的办法便是立即进入剧情,通过主要人物对周围人物所产生的影响来介绍前者,也就是教会观众应以什么观点看待即将展现在他们面前的事情。但这是不言之教,因为在剧本中哪怕只要有一句话看来是对观众而发的,那就会摧毁戏剧的幻觉。当玛丽·斯图亚特出场时,观众已经对她发生兴趣并已受到感动。观众对她已有所了解,不是通过一张画像,而是通过她对自己的敌与友的影响。观众不再是听故事,而是变成了历史事件的同代人。

玛丽·斯图亚特的性格非常突出,在整个剧本中自始至终吸引着观众。她的容貌显得纤弱、热情而又傲慢,对自己的一生充满悔恨之情,观众一见便又喜欢又责怪她。她的过失和悔恨引起了怜悯。从各方面都可以看到她那倾城倾国的美貌所产生的巨大影响。一个企图援救她的男人竟当面吐露只是因为拜倒于她的姿色,所以才对她如此忠诚。伊丽莎白对此满怀妒意;甚至伊丽莎白的情夫莱斯特也爱上了玛丽,并私下应允帮助她。这个不幸的女人魅人的姿容吸引着人们,激起了妒恨,这一切又使她的死格外令人感动。

她爱莱斯特。这个不幸的女人还能感受到曾经多次使她遭逢厄运的那种感情。她那宛若天人的美容是那种习惯性的内心陶醉的原因和口实,而这正是她无可逃遁的命运之所在。

伊丽莎白的性格所引起的关注完全属于另一种类型。刻画一位女性专制暴君,这还是崭新的努力。一般妇女的狭隘胸襟,她们的虚荣心,她们讨人喜爱的欲望,总之一切奴性的反映,在伊丽莎白身上都被用来为专制暴政服务。由软弱而产生的虚伪也成了她那专制政权的一种工具。毫无疑问,凡暴君皆虚伪。为了奴役别人,就得先欺骗他们。但在这种情况下,至少得先向别人彬彬有礼地编造谎言。然而伊丽莎白的特点,则是将取悦他人的愿望同最专制的意志结合在一起;用君主权力最凶暴的行动来表现一个女人最细微的自尊心。朝臣在一位女王面前的低三下四也类乎骑士式的献殷勤。为了更加高贵地从属于女王,他们硬要自己相信是一心热爱她的,同时硬把朝臣奴性十足的恐惧隐藏在骑士的驯服态度之下。

伊丽莎白是一位非常有才干的女人,她的政绩辉煌足以佐证。然而在一出表现玛丽·斯图亚特之死的悲剧中,伊丽莎白只能充作她的情敌,而且正是她杀害了被囚禁的对手;她的罪行残暴无比,以致抹掉了她那颇堪一提的政治才华。席勒的技巧本可以更高明一些:既不要把伊丽莎白写得这么可恶,但同时又不减弱对玛丽·斯图亚特的兴趣——在细致的对照而不是绝对化的对立中,可以显示出更多的真实才华;如果剧情中的任何人物不为主要人物而牺牲,那么主要人物反能因此获益不浅。

莱斯特恳求伊丽莎白同玛丽相见一面;他建议女王在一次出猎途中,在福斯林盖古堡的花园里稍作逗留,并允许玛丽来此放风。伊丽莎白应允了这个建议,于是第三幕开始时出现了一个感人至深的场面:玛丽在十九年的铁窗生活之后能呼吸自由的空气,感到无限欣悦。她所冒的一切风险在她心目中都已消失;她的奶娘虽极力提醒,要她别过于兴奋,但也是徒然;玛丽一旦重见阳光、重返大自然,便将一切都置诸脑后。当她目睹花木葱茏、耳闻鸟语婉转之际,不禁心旷神怡,童心复来,又尝到了儿时的幸福。这些外界的胜景,在阔别良久之后,给她的感触实非笔墨所能形容,这位不幸的囚徒一时竟情不自胜,达到了如醉如痴的境界。

这时她怀念起法国来,看见天上的白云在北风驱赶下仿佛飘向这个国度——她一心向往的自由祖国,她便喃喃嘱托起白云来,请它们将心中的怀念与愿望带给远方的友人:"飘吧,飘吧!我唯一的使者哟!自由的空间属于你们,你们不是伊丽莎白的子民!"她望见朦胧的远方有位渔翁驾着一叶扁舟,便暗自高兴,满以为可以得救:自从她重见天日,便将一切都当作了希望。

她还一点不知道放她出来是为了让伊丽莎白能遇见她。她听见了行猎的号声,于是又回想起自己青年时代的欢乐。她真想骑上一匹烈马,以风驰电掣的速度飞越崇山峻岭和富饶的山谷。幸福的感觉在她身上复苏了,毫无原因,毫无道理——仅仅是由于当最大的不幸益发临近的时刻,心灵有时需要呼吸,需要突发的苏醒。这情形犹如在人死之前通常都会出现的那种回光返照。

有人来通知玛丽:伊丽莎白就要来了。她本来希望能有这次会见;但当这一刻就要来临的时候,她整个的身心都在颤动。莱斯特与伊丽莎白同行。于是,玛丽的种种激情都兴奋起来:她一度努力克制自己;但傲慢的伊丽莎白以蔑视的态度向她挑衅。这两位互相敌视的女王终于尽情发泄起对另一方的仇恨来。伊丽莎白责备玛丽所犯的过失;玛丽提醒伊丽莎白:亨利八世曾经怀疑过她的母亲,外间也谣传她的身世来路不明。这一场戏真是美不胜收——唯其那种愤激之情使两位女王都越过了她们天生的尊严设下的防线。她们现在只是两个女人:与其说是权力之争的对手,莫若说是粉黛相妒的情敌;在这里,分不清楚谁是至高无上的君主,谁是身陷囹圄的囚徒。虽然其中的一个可以随时将另一个送上断头台,但她们两人中容貌更美的那一个,心里明白自己才是最讨人喜爱的那一个,仍然享受着这等的乐趣——她能在莱斯特面前,在这位对于两个女人同样亲切可爱的情人面前,叫至高无上的伊丽莎白备尝屈辱、丢尽颜面!

使这场戏效果倍增的还有一点,就是每当玛丽发泄出一句怨愤之词,观众就不禁为她担心一次;而当她尽情怒斥,说出百般污辱的话语时,观众感觉到那后果不堪设想,顿时周身战栗,仿佛已亲眼看见她怎样被处死!

天主教党的党徒企图趁伊丽莎白回伦敦时杀掉她。女王最忠实的随从托波夺下了刺客手里的匕首,人民大声疾呼要处死玛丽。这时有一场戏非常动人:伯烈首相催促伊丽莎白签署玛丽的判决书;但托波——就是他在不久前拯救了女王的生命——现在却跪倒在女王面前乞求她宽恕那个宿敌。他说:

"有人再三对您讲人民要求判处她死刑;人们以为装出这样凶暴的面目就可以讨好您;人们以为在促使您下决心做您一心想做的事情。然而您却宣布愿意饶她一命,于是您会发现处死她的所谓必要性立即烟消云散;人们以为是正义的事情就会被认作不义,而责难她的那些人就会振振有词地为她辩解。您现在是怕她活着;啊!当她不在人世的时候,您会更加害怕她!到那时候,她将变得真正可惧可畏!她会从坟墓中苏醒,变成散播不和的女神,变成复仇雪恨的幽灵,使您的臣民对您离心离德。到那时候,他们就不再会把她看作自己宗教信仰的敌人,而会看作先王的后裔。人民现在正激昂慷慨地呼吁进行血腥的清算;但他们只有在事后才会对她进行真正的评判。请您到伦敦的街上走一走,您就会发现那里笼罩着一种静悄悄的恐怖。您在那里会发现另一种人民,另一个英吉利;那里没有从前庆祝您的圣明的那种兴高采烈的气氛;那里有的是担惊受怕——这专制暴政的伴侣将跟着您形影不离;您所过之处将是空无一人的街道;因为您将最激烈、最可怕的事已经做绝。连玛丽这颗王家成员的头颅也保不住,那怎么能没有人人自危的感觉呢?"①

伊丽莎白对这番演说的回答是极为巧妙的。如果一个男人处在这种地位一定会乞灵于谎言,来为自己的不义开脱;但伊丽莎白的做法却更胜一筹,她在泄私愤时却要引起别人对她自己的兴趣;她在犯下最凶残的暴行时,几乎是想获得怜悯。如果可以这样表达——就应当说她有一种血腥味十足的娇媚;女人的天性通过暴君的性格表现了出来。伊丽莎白大声回答:

"啊,托波,你今天救了我一命,将匕首从我身边推开!你当初何不让它直刺我的心窝呢?我所进行的战斗本已结束;我已摆脱了一切怀疑,抵偿了我所犯下的一切过失,我可以问心无愧地走进坟墓:相信我吧,我对王位、对人生都已感到厌倦。如果两位女王中必须有一个死,才能使另一个生(我相信实际情形正是这样),那么为什么我就不能放弃人生呢?我的子民可以自由选择,我把权利交还给他们。上帝可以做证:我不是为了自己,而仅仅是为了国家的幸福才活着。如果人们希望从这位迷人的斯图亚特、从这位更年轻的女王那里得到更幸福的日子,那么我就可以离开王位,回伍德斯托克独居:我正是在那里度过了我微贱平凡的青年时期,正是在那个远离人世虚荣的地方,我在自己身上找到了荣华。不,我天生不是充当君主的材料;人主的心应当冷酷无情,而我的心却慈悲软弱。只要关系到使别人幸福的事情,我都在本岛悉心治理,使之井井有条;但现在面临

---

① 第四幕第九场,斯太尔夫人的法译文为意译。

的是君王的义务所要求的残酷任务,我觉得自己已经力不从心。"

这时伯烈打断了伊丽莎白的话,责备她一心想遭到谴责的弱点:什么过于慈悲呀,什么软弱无力呀,什么宽大无边呀。这位首相看上去似乎很勇敢,实际上他极力向王上要求的,正是王上心里比他更迫切要求的东西。突如其来的奉承通常比低三下四的奉承更能应验奏效。对于臣民来说,如果能在深思熟虑的时候,伪装成慷慨陈词、脱口而出,那总是屡见奇效的。

伊丽莎白签署了死刑判决书。她单独同宣奉命令的秘书待在一起。由于女人的胆怯同暴君的固执相交织,她竟希望这个下级官员能替她承担起方才那行为的责任:文书要求有正式的命令方能发出这项判决;女王拒不发令,并再三对文书说,他应当尽自己的责任。这样,她就使这个不幸的人神魂不安、不知所措;幸好伯烈首相出面,从他手里夺下了女王交给他的那份文件。

莱斯特受到玛丽支持者极大的牵连,他们纷纷要求他出面营救。他发现有人在伊丽莎白面前告了他一状,并突然拿定了那可怕的主意,即弃玛丽于不顾,并大胆而狡黠地向英国女王告发,泄露那不幸的女友向他倾诉的部分机密。他尽管像个胆小鬼那样做出了这些牺牲,也只不过使伊丽莎白对他将信将疑。女王要求他亲自把玛丽送上断头台,以证明他并不爱她。伊丽莎白明明是发作了女人的妒恨,却偏要以君主的身份命令莱斯特接受这等煎熬,这必然引起莱斯特对她的怨愤。女王倒使他浑身战栗,而从自然规律来说他本应主宰她的一切。这种奇特的对照产生了一种独一无二的高潮:没有比第五幕更曲尽其妙的了。我是在魏玛看《玛丽·斯图亚特》演出的;直到现在,我一想到最后几场的效果,就不能不深深为之动情。

首先看到出场的,是全身着黑色丧服、悲痛欲绝的玛丽随身女仆;这位年迈的奶娘手捧女王的珠宝首饰,原来玛丽曾命老人将首饰收集起来,然后分赠众女仆。典狱长后面跟着几名仆人,也一律黑服,使整个舞台充满悲哀。过去曾在玛丽宫廷任职的贵族迈威尔此时也从罗马赶来。女王的奶娘安娜高兴地接待了他,向他描述了玛丽有多么勇敢:她突然忍受了自己的厄运,一心顾及的只是灵魂得救,而唯一遗憾的是临终没有她所信奉的宗教的神父,以便从他那里得到对自身过失的宽恕,并领受圣体。

奶娘叙述那天夜里女王和她怎样听见叮叮当当的声音,还一厢情愿地希望那是自己人来劫狱了。后来才明白,原来是楼下大厅里的工人在吊起断头机。迈威尔问及玛丽怎样忍受判决她的噩讯;安娜说,最艰难的考验是听说莱斯特伯爵出卖了她;但在这一巨创深痛之后,她便恢复了她作为女王的平静与尊严。

玛丽的女侍从们进进出出执行主人的旨意,其中一人手持一杯酒入场,那是玛丽所请求的,为的是更坚定地走向断头台。还有一个女佣趔趔趄趄走了进来,因为她从门缝里已瞥见充作刑场的大厅四壁挂满了黑色帷幕,瞥见了断头机、机槽和铡刀。正当观众的恐怖心理就要达到顶点的时候,玛丽身着辉煌的女王服,在一片黑色丧服之中,仅有她一人穿戴缟素,手持十字架,头顶王冠,容光焕发——仿佛已因她身世多磨而赢得了上帝的宽宥。

女侍从失声痛哭,玛丽深为感动,还亲自劝慰她们:"为什么为我狱门洞开而悲恸不已呢?死神这位严峻的朋友降临到了我身上,她用那黑色的翅膀,遮掩着我平生的过失:命运的最后结局能使忍辱负重的人抬头;我又感到王冠已回到我头上。正义的自豪感已回到了我那净化了的心灵。"

玛丽瞥见了迈威尔,很高兴在这个庄严的时刻见到他。她问他自己的法国亲戚近况怎样,又问及过去的随从,并请他向一切亲爱的人代为诀别。她说:

"我祝福我的姐夫,虔诚的基督教徒法国国王及整个王室;我祝福我的叔父红衣大主教以及我尊贵的堂兄亨利·德·居斯;我还要祝福教皇陛下,为了他也能替我祝福,也因为他宽宏大量自荐要援救我,要替我报仇雪恨。他们在我的遗嘱里都能找到自己的名字。无论我的薄礼多么微不足道,希望他们能赏光接纳,也就不负我的一番心意了。"

然后玛丽转向身边侍从,对他们说:

"我向我的姐夫法国国王引荐了诸位;他会照应你们,会赐给你们一个崭新的祖国。如果你们认为我最后的祈祷是神圣的,就请你们不要在英国逗留下去。愿英国人骄傲的心灵不要再亲睹你们遭逢不幸的惨象;愿曾经侍候过我的人不要横遭凌辱。请以基督圣像的名义对我起誓:一旦我不在人世,你们就启程永远离开这阴森可怖的岛国!"

(迈威尔代表所有的人起誓。)

于是女王将她的珠宝首饰分赠给随身女仆。感人至深的是她那么细致入微地谈到每个人的性格,以及她对每个人未来的命运提出的忠告。有一位女随从的丈夫是一名逆臣叛贼,竟郑重其事地在伊丽莎白面前告发了她玛丽·斯图亚特;此时玛丽对这位女仆却分外宽宏大度:她竭力劝说这个女人对这桩坏事不要耿耿于怀,并表示她本人对此毫不介意。①

她又对那奶娘说:

---

① 第五幕第六、七、八场。

"你呀,我忠实的安娜,金银财宝不能吸引你。我能够留给你的最珍贵的礼物便是对我的回忆。把这块手绢拿去,这是我在悲哀的时刻为你绣的,上面洒满了我的热泪。等到那时刻来临,就请用这块手绢蒙住我的眼睛,我等着你最后一次的侍候!"然后她向侍从们伸出双臂,说:"过来吧,请都过来接受我的诀别:玛格丽特、艾丽思、罗莎蒙,还有你,格曲德,我感到了你那热情的嘴唇紧贴着我的手。我遭遇到了刻骨的恨,但也领略到了深沉的爱!愿一位灵魂高洁的夫婿给我亲爱的格曲德以幸福,一颗如此多愁善感的心灵需要爱情!贝丝,你选择了最好的对象,你愿意成为天国忠贞的伴侣,那就尽快实现你的心愿吧!尘世的财富是靠不住的,你的女王的命运说明了这一点。我已经说了不少,永别了,我向大家永远告别了!"

接着是玛丽同迈威尔独处的一场戏。戏剧效果很好,虽然也有好几处可能遭到责难。在对尘世诸事一一关照之后,玛丽唯一感到伤心的是没有天主教神父来为她作临终祈祷。迈威尔在倾听她诉述衷肠、表示了虔诚的抱憾心情之后,告诉她:他去了一趟罗马,并已领受教廷的谕旨,有权为她赎罪并慰安她的灵魂:他脱帽让她看到了自己的剃度,并从怀里掏出教皇本人亲自为她祝福过的一片圣体。

女王兴奋地说:

"在这临终时刻,还为我备下了天国的幸福!上帝的使臣如同神仙下凡一般来到我身旁:从前使徒就是这样被派到人间来的。尘世间的一切支持者都使我失望;然而无论是门禁还是利剑,都没有能阻止上天对我的驰援。您过去是为我效劳的,现在您为上帝效劳,就请做他神圣的代言人吧。如同从前您曾在我面前屈膝躬身一样,我现在就在这片尘土之上,跪倒在你面前!"

于是美丽的女王玛丽跪倒在迈威尔面前,而她的臣属现在穿着一身教会礼服,任她这样跪着并一句一句地发问。

(不要忘记:迈威尔本人也相信玛丽主使了最近这次谋杀伊丽莎白的阴谋;我应当指出:下一场戏只能供阅读之用;德国大多数剧场在上演这出悲剧时,都删去了领圣体这一幕。)

迈威尔

我以圣父、圣子、圣灵的名义问你,女王玛丽,你是否已扪心自问,宣誓在上帝面前完全坦白?

玛　丽

我的内心丝毫无保留地在你面前敞开,犹如在他面前敞开一样。

迈威尔

自从你上一次走近圣坛之后,你犯下了什么罪过,足以使你的良心自责?

玛　丽

我的灵魂里充满了妒恨,报仇雪恨的思想在我心中激荡。作为罪人,我请求上帝饶恕;但我却不能饶恕我的敌人。

迈威尔

你对这个过失感到悔恨吗?你是否有诚恳的决心,在离开人世之前宽恕所有的人?

玛　丽

正如我希望得到上帝的宽恕那样。

迈威尔

你还有没有其他的过失足以自责?

玛　丽

啊呀!使我犯罪的不仅是仇恨;我对善良的上帝更大的触犯是一桩罪恶的爱情:我这虚荣的心灵受到一个鄙陋的人的诱惑,他欺骗了我并且将我抛弃。

迈威尔

你对这个过失感到悔恨吗?你的心灵是否已经摆脱这脆弱的偶像,转向了上帝?

玛　丽

这曾是我最严酷的一战,但我终于同这最后一丝尘缘一刀两断!

迈威尔

你还有什么别的过失?

玛　丽

啊!那是久已忏悔过的一桩血腥过失。我的灵魂,在接近庄严的最后审判时正在战栗,我觉得天国的大门披上了丧服。当我答应将身心委与那诱惑我的男人,也就是谋害他的人时,我等于假手别人谋杀了国王——我的丈夫。我已强迫自己接受了教会所要求的各种赎罪行为;但悔恨像一条爬虫噬咬着我,不让我得到一刻安宁。

迈威尔

在你灵魂深处,就不再有任何应当忏悔的东西了吗?

玛　丽

不,你现在已经知道了郁积在我心中的一切。

迈威尔

想想洞察一切思想的主,想想作假忏悔将遭到教会的诅咒:这种罪过将使你永劫不复,圣灵已经谴责过这种行为。

玛　丽

在这庄严的时刻,我没有对你作任何隐瞒,因此我希望在这场最后斗争中能得到上天的宽赦!

迈威尔

怎么?你竟向上帝隐讳大家要求对你进行惩罚的那桩罪行:你对怎样参与谋杀伊丽莎白的叛逆罪,竟敢绝口不提!你被判处尘世间的死刑,正是因为这一行为;难道你想使你的灵魂也遭受永远的惩罚吗?

玛　丽

我准备在来世度过漫长的岁月:在时针没有转完周圈

之前,我会来到判官的座前。我再重复一遍,我的忏悔是完整无缺的。

迈威尔

仔细想一想吧。我们的心灵对我们自己常常是骗人的倾诉者:虽然你也同样具有犯罪的愿望,但你或许巧妙地避开了使你犯罪的那个字眼。但要记住:任何人类的技巧,都不能骗过那洞察灵魂的火眼金睛。

玛　丽

我曾吁请所有的王公集会,俾使我能重见天日;但我从来没有通过计划或者行动来威胁对手的生命。

迈威尔

什么?难道你的秘书诬告了你?

玛　丽

祈上帝明察!我说的是真话。

迈威尔

那么,你是确信自己清白无辜,尔后走上断头台啰?

玛　丽

我的死虽然无辜,但上帝赋予我这样的机会,使我能借以赎回我青年时代犯下的罪孽。

迈威尔（一边祝福她一边说）

愿事如人愿,愿你的死能赎免你的罪过！做一件逆来顺受的祭品,在祭坛上倒下吧！血所玷污的一切,可以用血来涤荡:你现在所犯下的不过是一个女人的罪过,而人类的那些弱点不会跟随幸福的灵魂直到天国。根据所赋予我的权力,我可以保留或解脱尘世对灵魂的束缚;现在谨向你郑重宣布:可以赎回你认为你犯过的罪过！（他将圣体递交给她）把这圣体拿去吧,它是为你而牺牲的。（他拿起放在桌上的酒杯,默祷了一番为杯子祝圣,然后交给女王;玛丽似乎仍在犹疑不决,不敢贸然接受）这杯子注满了为你流洒的鲜血,请将这杯酒收下吧。收下吧,教皇在你临终的时刻给予你这样的恩赐。你享有了君主的最高权力。（玛丽接过了酒杯）现在,你在这人世间已经神秘地同你的上帝相联结,你的穿戴如天使般辉煌;在那极乐的天堂里你也将会是这样,那里将不再有过失和悲伤。（他把酒杯交给了她,听见外面有脚步声;他戴上帽子,朝门口走去;玛丽仍然跪着,沉浸在静思默想之中。）

迈威尔

夫人,您还要经受一项严峻的考验:您感到有足够的力量,来战胜一切苦恼与怨愤的表现吗？

玛　丽（站起来）

我并不担心会再堕落;我已将爱与恨都牺牲,交付与了上帝。

迈威尔

那么就请你准备接待莱斯特伯爵和伯烈首相:他们来

了。(莱斯特远远站着,不敢抬起眼睛;伯烈处于他与玛丽之间,朝女王走来。)

伯 烈

斯图亚特夫人,我来接受您最终的命令。

玛 丽

谢谢您,伯爵。

伯 烈

那是女王的愿望:不要拒绝您任何公正的要求。

玛 丽

我的遗嘱已经写明我的最终愿望;我已将这遗嘱交给了波莱爵士,相信会得到忠实的执行。

波 莱

会是这样的。

玛 丽

由于我的躯体不能在圣地安息,我希望准许这位忠实的侍从将我的心捧送到法国我的家人身旁。真令人遗憾哪!我的心从来就是留在法国的呀。

伯 烈

一定照办。您不想提出其他要求吗?

玛 丽

请向英国女王转致姐妹般的敬意;请告诉她:我从灵魂深处原谅她处死我。我悔恨昨天同她的谈话过于激烈。愿上帝保佑她,使她的治下国运昌隆!(这时司法官来了;安娜及玛丽的女侍从同上)安娜,请安静下来。时候到了,司法官已经来了,他将把我带上断头台。一切都已成定局。永别了,永别了!(转向伯烈)我希望我忠实的奶娘陪伴我到断头台前,阁下;请允准我这个权利。

伯 烈

我没有这权力。

玛 丽

怎么?居然拒绝我这微不足道的请求!那么谁来为我作最后的服务?这样损害对我这个妇女的尊重,看来不是我那位大姐的心愿吧。

伯 烈

任何女人不得同你一起登上断头台。她的尖叫声,她的哭号……

玛 丽

她不会让别人听见她的哀诉,我保证我的安娜有极强的自持能力。阁下,希望你做一个善良的人,当我临终之际,请不要把我同奶娘分离。她在生命之门的门口将我接进了怀抱;但愿她那温柔的双手把我带到死神面前。

波　莱

应当同意这个要求。

伯　烈

那就这么办吧。

玛　丽

我再没有什么要向你们提出的要求了。(她举起十字架轻吻着)我的救世主呀,我的救星,请张开您的臂抱将我收容!(她正转过身来准备向前走,就在这时碰见了莱斯特伯爵;她颤抖着,两腿发软了,差一点没跌倒,这时莱斯特伯爵扶了她一把;他侧过头来,不愿遇见她的目光)莱斯特伯爵呀,您倒是实践了向我许下的诺言;您答应帮助我走出这牢笼,现在您真的来帮助我啦!(莱斯特伯爵无地自容;她继续以极其温和的语调说)是啊,莱斯特,我本来想从您那里获得的不仅是一般的自由,而且是那种由于得自于您便格外弥足珍贵的自由! 现在,我正行走在从尘世通向天国的路途上,我就要成为一个幸福的魂灵,就要从尘世的感情中得到解脱,我胆敢面无愧色地承认我已经战胜了自己的软弱。永别了,如果您能够幸福,但愿您幸福地生活。您曾想得到两个女王的欢心;您出卖了那颗充满爱情的心,换取了那颗高傲的心。那么您就跪倒在伊丽莎白脚下吧,愿您得到的报偿不致成为对您的责罚! 永别了,我已不再同尘世有什么干系。

莱斯特在玛丽走后兀自一人立着,绝望与羞辱的心情无法以言辞表达。他倾听着,他听见了行刑大厅里正在发生的事情;

当执行完毕时,他立即昏倒在地上。后来听说他到法国去了;伊丽莎白则由于失去心上人而感到悲伤,这也便是她那罪恶受到惩罚的开端。

——本剧诗句优美动人,使其他种种长处生色不少,但对以上不完整的分析我还有几点补充。我不知道在法国可不可以为已经定下的剧情写上整整一幕;但这一阵哀伤的停顿是由于失却一切希望而产生的,可以唤起最真实、最深刻的激情。这种庄严的停顿使观众与牺牲者都能深入自己的内心,体察不幸造成的酸甜苦辣滋味。

忏悔一场,特别是领圣体一场,可以不无道理地完全被否定;但无论如何总不能说它们缺乏效果:以国教为基础的激情非常感人,有甚于其他题材;天主教色彩最浓的国家西班牙及其最富宗教色彩的诗人卡尔德隆——他本人也做了神父——曾经将基督教的题材与仪式引进了戏剧。

我认为,可以将基督教写进诗歌、艺术,写进一切足以使心灵高尚、使生活美好的东西,而不至于对该宗教失敬。如果排除在外,就无异于孩童误认为在家里只能做严肃而愁闷的事情。凡是使我们产生无私激情的地方,都有宗教存在。无论人们怎样力图将它们分开,诗歌、爱情、大自然与神意在我们心中是结合在一起的。如果禁止天才同时弹拨所有这些琴弦,那么就永远不可能感受到心灵完整的和谐。

这位玛丽女王,在法国被认为十分杰出,在英国显得极为不幸,已经有千百首诗篇描写她的美貌与厄运。历史记载说她相当轻佻,席勒把她的性格刻画得比较严肃,他所选定刻画的时间是促成这种变化的原因。二十年的监禁或者二十年任何其他方式的生活,差不多总是一种严厉的教训吧。

玛丽与莱斯特伯爵的诀别,似乎是戏中最优美的场景之一。

玛丽在这时表现出一些温情。她怜悯莱斯特,虽然他是有罪的;她感觉到自己将给伯爵留下怎样的记忆,而这种心灵上的报复是许可的。尤有甚者,到了被处死的时刻——之所以如此是因为莱斯特不肯救她——她还告诉伯爵她爱他。如果世上有什么东西可以慰安这种可怕的生离死别,那便是这场合使我们的话语蒙上庄严的色彩:这时候说的话不掺杂任何既定的目标、任何对未来的希望;最纯净的真情同生命一起从我们的胸臆中逸出、迸发!

第十九章 《贞德》与《麦新纳的未婚妻》

在一首写得很动人的诗中,席勒责怪法国人对贞德没有表现出感激之情。法国及其国王查理七世从外患中解放出来,这是历史上最美好的时期之一;但还没有一个作家能写出作品来取代伏尔泰那首长诗①。倒是一个外国人竭尽全力来恢复这位法国女英雄的荣誉;即使这位英雄的功绩不能激起正确的热情,她那不幸的命运也会引起对她的关切。莎士比亚对贞德的评价是偏颇的,因为他是英国人。然而他在历史剧《亨利六世》中表现了她,把她写成一个先受上天启迪,然后却被野心的魔鬼所腐蚀的女人。这样,便只有法国人使得对她的记忆淡漠下去:法兰西民族的一大毛病就在于抵挡不住嘲讽,特别是当嘲讽表现得很有趣味时。然而这个世界上空间却有的是,既容得下一本正经的东西;也容得下欢欢喜喜的东西,所以应当规定一条,既不得侮辱值得尊敬的一切,又不要因此自行剥夺开开玩笑的自由。

贞德的故事既是历史题材,又是神话题材。于是席勒便在剧本中掺杂了抒情成分;这种配置产生了极好的效果,即使在演出时也是如此。法语作品中,可以使我们体会到类似效果的,只有波里幼克特的独白,或阿塔丽及埃斯特尔的合唱。剧体诗与所要描写的情景是不可分割的,它是进展中的叙事,是人与命运

---

① 《贞德》,伏尔泰的英雄喜剧诗,共二十一诗章(写于一七六二年)。

的搏斗。抒情诗几乎总是适合于宗教题材;它能将灵魂向着天国超拔,它表现某种崇高的隐忍,这隐忍常常在最激烈的情欲中控制住了我们,把我们从个人的忧虑不安中解放出来,使我们尝到片刻天国的宁静。

但应当注意不要使兴趣的逐步发展受到影响。然而戏剧艺术的宗旨并不仅仅是告诉我们主人公是否被杀了,或跟谁结了婚;表演事件的主要目的,是帮助感情与性格的展开。诗人因此有理由在必要时中止剧情的发展,使观众听到心灵的天籁。就像在实际生活中一样,我们在艺术中也可以静默一下,超脱于内心和周围发生的一切,进行片刻的沉思内省。

贞德所生活的历史时期特别适于突出法国性格的美好:那时候,坚定的宗教信念、对妇女的无限尊重、战争时期几乎变为麻痹大意的宽宏大量,都使法国在欧洲占有独特的地位。

这是一位十六岁的姑娘,体态端庄,但仍然一脸稚气;外表很细弱,除了上天赋予她的力气以外没有别的力量:她有宗教的灵感,她的行动富于诗意;而当天意鼓动她的时候,她的言语也富于诗意。她在谈吐中有时表现出了不起的天才,有时又好像对上天不曾启示她的事物全然无知。席勒构思的贞德这个人物便是这样的。她首先出现在伏古娄老家的田舍中,正听说法国节节败退,感到义愤填膺。她那年迈的父亲责怪她忧心忡忡,责怪她想入非非、过于激动。他不懂得异常现象所包含的奥秘,认为凡是自己不常见的总是坏事情。一位农民送来一顶帽子,那是一个波希米女郎非常神秘地交给他的。贞德把帽子接下,戴在头上,家里人对她目光中流露的表情也颇感惊诧。

她预言法国将胜利,法国的敌人必败。一位善于动脑筋的农民告诉她:这个世界上已不会再有奇迹出现。于是她大声嚷道:

"还会有一次奇迹:一只白鸽将要出现,它将像雄鹰一样勇敢,去同贪婪地噬食祖国的兀鹰战斗。那法兰西的叛徒,傲慢的勃艮第公爵,将会被推翻,这三头六臂、天上的灾祸托波,这亵渎天神的索尔兹伯里,这批岛国的乌合之众,将像羊群一样被驱散。上帝、战斗之神,始终同白鸽站在一起。他将不吝选中一个战栗的小人物,借助一位细弱的姑娘来取得胜利,因为他是万物之主。"①

贞德的姐姐都走开了;她的父亲关照她去照料田间的活计,而不要去管国家大事——穷羊倌儿本不应参与这类事情。老人出去了,贞德独自一人在家;她准备离开童年故居,于是一种惜别的心情油然而生。她喃喃地说:

"永别啦,这片对我曾经是那么亲切的土地!山啊,宁静而忠实的平原啊!统统永别啦!贞德不会再在你们那妩媚的草地上漫步。我亲手培植的花卉啊,愿你们在远离我的故乡怒放。我离开你们啦,黑沉沉的山洞,清凉的山泉啊!你山谷纯净的回响啊,从前你回荡着我的歌声,但你们再也不会见到我的身影了。你们这些曾经包容我天真乐趣的场所啊,我将永远离开你们。让我的羊队在灌木林里散失吧,另一种队伍正在向我招手:圣灵在召唤我参加那危险而血腥的行列!

"吸引我的绝不是虚荣和尘世的欲念,而是那个声音在召唤我:他曾在贺尔巴山燃烧的荆棘中出现在摩西面前,并指挥他抵抗法老。他始终支持牧羊人,号召年轻的大卫起来反对那巨人。他对我也这样说:'去吧,到尘世间去,以证实我的存在。你的四肢应当披上坚硬的青铜,你那柔弱的胸脯应当覆盖上铁甲。任何男人都不应当使你的心里燃烧起爱情的火焰。婚姻之

---

① 此为序幕第三、四场的意译。

神的花冠永远也不会拿来装饰你的头发。也不会有可爱的小宝贝在你怀抱里安睡。但在全世界的妇女中,只有你分得了战斗的桂枝。当最骁勇者感到疲惫,当法兰西灭亡的时刻似乎已迫在眉睫时,将由你举起我的大旗:你将砍倒那些骄傲的征服者,使他们如收获时节的麦穗般纷纷倒落。你的战功将逆转命运女神的车轮,你将拯救法兰西英勇的战士,在解放了的莱姆斯将王冠送回国王的头上。

"上天就是这样让我听到他那声音的。他将这战盔馈赠给我,作为其意志的象征。这钢铁神奇的铸造将它的力量传导给我,战争天使的热忱鼓舞着我;我将勇猛地冲进战斗的狂飙,它却以暴风雨的疾迅之势将我卷走。我听见了英雄们呼唤我的声音;斗志方酣的战马正踏着大地,军号已在嘹亮地吹响。"

这第一场是一个序幕,但它同整个剧本是不可分割的。必须将贞德下定庄严决心的时刻变成情节;如果仅仅满足于叙述,就等于取消了运动与推进,不能把观众带进奇迹式的布局,而观众又必须相信这的确是一个奇迹。

贞德这出剧不断根据史实展开,直至莱姆士加冕的时刻。阿妮·索雷尔的性格得到高超而细致的刻画,它突出了贞德的纯洁无瑕;因为人世间的任何优秀品质在宗教德行面前都相形失色、不堪一比。还有第三个女性,本可以完全废弃不用,即巴伐利亚的伊莎波。这是一个粗鄙的女人,对照过分强烈了,所以不可能产生效果。应当将贞德与阿妮·索雷尔,亦即天上的爱情与尘世的爱情,对照起来描写;而一个女人身上的怨恨与堕落,那是与艺术不可同日而语的;艺术如果来描写这些恶行,就等于自我贬损。

关于贞德劝导勃艮第公爵恢复对国王的忠诚这场戏,莎士比亚曾描绘了一个大致的轮廓。但席勒却以绝妙的技巧使之变为现实。这位奥尔良的姑娘要在公爵心灵中唤起对于法兰西的依恋；而在这片美丽国土的全体高尚居民的心里，这种爱国的感情都是很强烈的。

她对公爵说：

"你想干什么？你那凶神恶煞般的目光在寻找什么样的敌人？你想攻打的王公同你一样是王家亲族；你曾是他的战友。他的祖国就是你的祖国。我自己不也是你祖国的一个女儿吗？我们这些人都是你想斩尽杀绝的，然而我们不都是你的朋友吗？我们准备张开臂抱来欢迎你，我们的双膝准备谦卑地跪在你面前。我们的宝剑没有用来刺向你的心窝的剑尖；你的音容使我们敬畏；尽管你戴着敌人的头盔，但我们仍然尊重你的容貌，因为它与我国的帝王是如此相像。"

勃艮第公爵拒绝了贞德的吁请；他害怕她那超人的魅力。于是贞德又说：

"我跪在你面前绝不是因为迫不得已，绝不是那样！我不是作为乞求者上这里来的。请举目环顾四周吧。英国人的兵营已烧成灰烬，你们方面已经尸横遍野；你听见法国人的冲锋号从四面吹起：上帝已经作了裁决，胜利是属于我们的。我们只是想同一位朋友分享胜利的桂枝。哦，你高贵的逃亡者哟，和我们同往吧；来吧，和我们同在，就能得到正义与胜利：我，作为上帝的使臣，向你伸出姐妹的手。我想救你，把你吸引到我们这边来。上天是支持法国的。你所看不见的天使正在为我们的国王而战。他们都佩戴着百合花。我们高贵事业的大旗也像百合花一样洁白无瑕，而纯洁的圣母便是它贞净的象征。"

勃艮第公爵说：

"欺骗的谎言编织得天衣无缝。但这个女人的言语像孩童般幼稚；虽然鼓动她的是凶神，但教她说的话语却是天真无邪：

不,我不想再听她啰唆了。拿起武器来吧,同她战斗比听她说话是更好的自卫。"

贞德说:

"你责难我在用巫术:你以为从我身上看到了地狱的阴谋诡计!建立和平、调解怨恨,这难道是地狱的勾当?太平盛世难道会从地狱里诞生?除了献身祖国,还有什么更无邪、更神圣、更充满人性善良的事情?从什么时候开始,自然的力量如此强烈地自我搏斗,以致上天抛弃了正义事业,转而由魔鬼来保卫它?如果我说的是真话,那么我是从什么源泉里将它汲取的呢?是谁做了我田园生活的伴侣,谁把王室的事情教会了我这牧人的普通女儿?我从来没有到君主面前去过,言辞的艺术对我来说是陌生的,但我现在需要使你动心,一种深刻的洞察力在给我指路;我觉得自己提高到了最崇高的思想境界;帝国与国王们的命运在我眼中显示得一清二楚;虽然我童年方过,却能引来天上的雷霆歼殪你的心肝!"

勃艮第公爵听到这一席话语感到激动、惶惑。贞德看出了这一点,大声嚷道:

"他哭了,他被战胜了!他现在跟我们站在一起了!"那些法国人在公爵面前垂下了剑与旗。查理七世出现了,于是勃艮第公爵扑倒在他脚前。

我为法国人而深感遗憾:为什么竟不是由法国人构思出这部戏剧?能同各国古往今来一切美与真的东西如此水乳交融,这需要有多么伟大的天才,尤其需要有多少自然的情感啊!

席勒将托波刻画成一个不信神的战将;他即使对上天作战也是勇敢的,他对死无所畏惧,虽然也认为死是恐怖的。托波被贞德打伤后,在舞台上临死时还破口大骂天神。或许按照传统的说法更好些——即贞德从没有使人类流过血,她是在不曾杀人的情况下大获全胜的。有一位批评家主张纯净严格的趣味，他责备席勒为什么把贞德表现得对爱情有点动心，而不是让她像英烈那样死去，即写成任何感情都不能使她从上天的使命分神；如果是在一部长诗中，本应是这样描写的；但我不知道，完全圣化的灵魂在一部剧作中会不会产生奇迹般或寓言式人物的同样效果。这类人物的一切行为都可以事先预见；同时由于这种人物不受人的情欲影响，就不会向我们表现出战斗，也没有戏剧兴趣。

在法国宫廷高贵的骑士中，勇敢的杜诺瓦第一个提出要贞德嫁给他；但她却忠于自己的誓言，拒绝了骑士的要求。在一次战斗中，一个叫作蒙哥马利的年轻人乞求她饶命，并向她描述他如果阵亡将引起年迈的父亲怎样痛苦。贞德拒绝了他的请求，在这种场合表现出的坚定性超过了她的义务要求的程度。但又有一次，正要杀死一个名叫利昂纳的英国青年时，她突然感到被那青年的容貌打动，爱情浸入了她的心扉。于是她的全部力量都被摧毁了。一位黑色骑士像命运之神一样在战斗中出现，并建议她不要到莱姆斯去。她仍然去了。严肃辉煌的加冕仪式搬上了舞台。贞德走在行列最前面，但她的步履艰难；她战栗着举起圣旗，观众可以感到圣灵不再保护她了。

在走进教堂之前，她停下了脚步，独自兀立在舞台上。听得见远处节日的乐器鸣奏，那正是加冕典礼的伴奏。当笛子和双簧管轻柔的声音划过空间时，贞德用悦耳的声音发出了哀诉：

"武器已经放下，战争的风暴已告平息；随着血腥战争而来的是载歌载舞。街上听得见愉快的歌声反复回荡；祭坛和教堂无不披上了节日的盛装；建筑的圆柱上悬挂着一个又一个花环；这座大城市只有少量外国客人，他们跑到街上，亲眼看看人民有多么欢乐；现在是人同此心、举国欢庆；过去势不两立的人，此刻都在普天同庆中欢聚一堂；能以法兰西人自居的人都为这称号而感到自豪；古代王冠上增添了新辉，法兰西光荣地听命于昔日国王的子孙。

"这光辉的日子是经我的手到来的，然而我却不能与举国同欢。我变心啦，我那有罪的心灵远离这神圣的庆典；我的思念向着英军的阵营，向着我们的仇敌。我不得不从周围欢乐的圈子里逃脱，向所有人遮掩使我感到压抑的过失。是谁？竟是我，祖国的解放者；是天国的光辉鼓舞着我，难道我应当感受到尘世的情火吗？我，上帝的战士，竟为法兰西的敌人燃烧着炽热的爱情！我怎能再面对太阳圣洁的光辉而无愧色？

"啊，这音乐是多么令人心醉！最柔和的声音使我想起了他的话音；它们的迷惑力使我想到了他的容貌。我宁愿战争的风暴再起，让刀剑的撞击声在我身旁复响；在战斗的热情中，我将恢复自己的勇气；但这和谐的音乐渗透到我心中，并将我心灵的全部力量变成了忧郁。

"啊！为什么我会看见这高贵的面容呢？自那个时刻起，我就成了有罪的人。不幸的人儿啊！上帝需要的是盲目的工具，你本应用盲眼去服从他的意志。你看了他一眼，这就完啦！上帝的宁静已从你那里撤离，地狱的陷阱已将你罗入。啊！牧羊人普通的牧鞭啊，我为什么将你换成了利剑？天后啊，你为什么曾向我显灵？为什么我在橡树林子里听到了你的声音？拿回你的桂冠吧，我没有戴它的资格！是的，我曾眼见天国的大门敞开，我曾见到幸运的人儿，我的希望朝向了尘世！啊，圣母哟，你将这冷酷的事业硬加在我头上，但我的心灵生来是为了爱情，又怎能将它磨炼得铁石般坚硬？如果你想显现自己的威力，请到那已摆脱罪恶、成为那永恒天国臣民的人当中找寻工具。把你那些不朽而又纯净的精灵派来人世，因为他们既不会动情，更不会落泪。但请你不要选中一个弱不禁风的姑娘，不要选中一个牧羊女无力的心灵。战斗的命运，国王的争吵，这同我又有何干系？你扰乱了我的生活，你把我带进了王公的宫殿，我在那里找到的是诱惑与过失。啊，这样的命运可不是我当初的衷情！"

这段独白是诗的杰作；同一类的感情自然导向相同的话语。因此，诗句同心灵的爱情结合得非常好，它们将在普通散文语言中或许显得单调的东西，变成了优美和谐的篇章。贞德的惶惑心情越来越增长。众人向她致敬，对她表示感激，没有任何东西能使她恢复平静，因为她觉得那只培养了她的强大无比的手，现在已抛弃了她。她那些不祥的预感终于实现了，何况是怎样实现的啊！

指控某人搞巫术，这样做的后果在当时是可怕的；为了理解这一点，就得回到那个时代，那时对任何异乎寻常的东西，都怀疑是这种神秘的罪过作祟。那时相信有一种向恶的原理，于是就假设会对地狱有一种令人毛骨悚然的崇拜。大自然里可怕的东西便是这种崇拜的象征，而稀奇古怪的手势便是这种崇拜使用的语言。人世间欣欣向荣的事物，凡是来历不明的，便一律被归于这种同魔鬼的勾结。巫术这个词便是指那无边无际的恶的王国，正如同上天的护佑意味着无穷无尽的幸福一样。骂人家一句："她是个巫婆！"或："他是个巫师！"这在今天听起来很可笑，在几百年前却会使人闻之丧胆。一旦做了这样的宣判，一切最神圣的联系便会中断，没有任何勇敢的人敢于反抗，而所造成的思想混乱非常严重，几乎可以说：当人们以为看见地狱里的魔鬼出现时，这些魔鬼便真的出现了！

贞德的父亲便是一个狂热的教徒，是当时迷信的俘虏。他对女儿的荣誉非但不感到自豪，反而主动地跑到宫廷骑士和贵族中间，指控贞德搞了巫术。于是，当时所有人的心都冷却了下来,被吓得魂不附体。贞德的战友,那些骑士都催促她赶快为自己辩解,但她却一声不吭。国王亲自讯问她,她也不说话。大主教恳请她对十字架起誓,说明自己清白无辜,但她仍然保持沉默。她不愿为一桩被诬告的罪过辩解,因为她觉得自己犯下了另一桩不能原谅的罪过。于是天上雷声大作,人民胆战心惊,贞德被宣布逐出她不久前拯救的帝国。谁也不敢走到她身旁。人群散开了;不幸的姑娘走出了城门,在田野里流浪。当她浑身疲惫不堪,接受了一杯清凉的饮水时,一个孩子认出了她是谁,便将这小小的安慰从她手中夺去。可以说,人们以为她四周有一股地狱的魔气,足以玷污她触摸的一切;谁要是敢来援救她,便会被推进永劫不复的深渊。终于,这位法兰西的解放者被从一个藏身地赶到另一个地方,竟至于落入敌人手里。

席勒称这出戏为"浪漫悲剧";剧本的发展至此一直充满了第一流的美:当然有的地方略嫌冗长(德国作家总难免有这个缺点);但观众看见舞台上如此雄伟的事件,想象力也就随之奔驰,甚至会忘记这是艺术作品,而把舞台上美妙的场面当作贞德神圣灵感的新反映。这出抒情戏中唯一可以指责的严重缺点是戏的结尾:席勒没有采用历史事实提供的结局,而是假想贞德在被英国人俘获之后,竟奇迹般地粉碎了手铐脚镣,跑回法军兵营,决定了法军最终的胜利,而在这时受了致命的创伤。在史实的神话色彩之外,又加上了人为的神话色彩,便使这个题材的严肃性遭到削弱。何况,后来贞德在鲁昂被英国大贵族与诺曼底主教判处死刑,她的表现与应答都是大义凛然;还有什么能比这本身更壮美动人的呢?

据史载,这个姑娘兼有不可动摇的勇气与最动人的悲哀;她像一个普通女人那样号啕大哭;但她的行为却像一个英雄。对她的指控是进行了迷信活动,但她驳斥了这种诬陷,她的辩词充分有力,就像很有教养的现代人可能做的那样;但她同时坚持:她受到了独到的启示,使她选定了自己的事业。虽然她受到判处火刑的威胁而感到可怖,但在英国人面前却始终表现出法国人的意志坚强,表现出忠于法国国王的品质,尽管这个国王已将她抛弃。她的死既不是战士的死,也不是为宗教献身者的死。但透过女性的温柔与腼腆,她在最后时刻表现出一种灵感力量,其惊人程度真不亚于指控她的所谓巫术的力量。不管怎样说吧,如实叙述她的结局,比现在席勒设计的终场要有感染力得多。如果想用诗来为历史人物增添光辉,那么至少要小心翼翼地保存成为历史人物特征的面貌。因为雄伟壮丽只有在被赋予自然的外表时,才能激动人心。然而,在贞德这个题材中,史实比虚构不但更自然,而且更雄伟壮丽。

《麦新纳的未婚妻》的创作是根据不同的戏剧体系,与席勒前此遵循的大不相同,而他回到这套方法是值得庆幸的。他选择这个题材是为了将合唱也搬上舞台;在这个题材中,唯一的新东西便是人物的姓名;实际上,所写的便是《同根相煎》的故事①。不过席勒外加了个妹妹,两兄弟不知道是一家人而同时爱上了她,终于因妒忌而兄弟相杀。这个场面本身就是可怖的,其中还交织着合唱,成为剧本的组成部分。两兄弟的仆人相互论争中断并冷却了对剧情的兴趣。他们同时朗读的抒情诗歌是壮丽的;但不管他们说些什么,这还是侍从者的合唱。只有全体人民才具有这种独立的尊严,能够做不偏不倚的旁观者。合唱队应当表现后代。如果鼓舞合唱队的竟是个人感情,那它必然是可笑的。因为人们无法理解为什么好几个人同时说一样的

---

① 拉辛的悲剧《台巴依德》或《同根相煎》于一六六四年上演。《同根相煎》亦可直译为《变成了仇敌的两兄弟》。

话,除非能认为他们的声音毫不动情地代表着永恒的真理。

席勒在《麦新纳的未婚妻》序言中不无道理地抱怨现代习俗,因为我们不再有像合唱队这类群众性的形式——它在古代作品中是如此富有诗意。他写道:

"宫殿的大门关上了;法庭不再在城门前开庭;书面文字代替了生动的口语;人民自身,即强有力而随处可见的群众,也几乎变成了抽象的概念;凡人所敬奉的神祇也只存在于他们的心中。诗人应当打开宫殿之门,应当将法官重新置于苍天的穹窿之下,应当重新树起天神的塑像,使处处被概念取代了的形象重新活跃起来。"

这种对于彼时彼地的追求,就是一种诗的感情。信教的人需要天国,而诗人需要另一块土地;但我们不知道《麦新纳的未婚妻》表现的是什么信仰、什么时代。它是现代习俗的产物,并没有将我们置于古远的时代之中。诗人把各种宗教都混杂在一起;这种混乱破坏了悲剧的高度统一性,即主掌一切的命运的统一。情节是残酷无情的,但所引起的恐怖却是宁静的。对白很长,大加发挥,似乎大家要干的事就是用优美的韵文谈话;似乎人物爱也罢,妒忌也罢,恨自己的弟兄、杀了他也罢,都没有离开一般思考和哲理感情的范围。

然而,在《麦新纳的未婚妻》中却有席勒的天才所留下的令人赞叹的痕迹。当两兄弟之一在妒情之下被另一兄弟杀害时,人们将死者抬进了母亲的宫殿。她还不知道已失去了一个儿子,那是由引导棺木的合唱队向她宣告的:

"不幸的事情从四面八方向着城镇奔袭。它静悄悄地在居民住所四围游荡;今天它打击这一家,明天打击那一家,没有一家能够幸免于难。凡是有活人居住的地方,那悲伤与不祥的使者迟早要跨过他家门口。当树叶在秋天飘落,当风烛残年的老人跨进坟墓,大自然是静悄悄地从属着自己古老的法则,遵循着永恒的习俗;人们并不为之感到惊恐;但在这片土地上,需要提防的是不期而至的不幸。杀人凶手用残暴的手折断最神圣的联系;死神坐船越过斯提克斯河①,拐走了正当盛年的年轻人。当阴云密布,使天空蒙上哀伤的色彩,当雷电在深谷回荡的时候,所有人的心灵都感受到了命运可怕的力量;但炽热的雷电在晴天里也可以发出霹雳;而在欢庆的节日里,不幸就像狡黠的敌人一样悄悄逼近。

"不要将你的心联结在点缀我们飘忽一生的财富上。如果你正在享受财富,那么你就应当学会将它丢失;如果幸福与你同在,你就应当想到悲伤的来临。"

当那位兄弟得知自己所爱的人,为之他曾杀死亲生兄弟的女人原来就是自己的妹妹时,他真是痛不欲生,决心一死了之。他母亲表示愿意原谅他,他妹妹要求他活下去;但就在这悔恨中也夹杂着妒意,使他对死者仍然嫉羡。他这样说:

"母亲呀,假如谋杀者同遇害者长卧在同一座坟墓里,假如我们的骨骸安放在同一个拱顶下,您就无力进行诅咒。您的泪水将为两个儿子同时淌流:死神是强有力的调停人!她能将怒火平息,能使仇敌和解;而怜悯之神就像受了感动的姐妹一样,俯就在死神所抱合的坟墓之上。"

母亲还力劝他不要抛弃她,孩子却回答:

"不,我不能带着破碎的心灵活下去。我要重新得到欢乐,我要与空气里自由的精灵同在。我的青春已被妒忌所噬蚀;然而过去您却公平地同样爱我们两人。您现在的思念把兄弟放在

---

① 希腊神话:斯提克斯河绕地狱七圈,死神越河抓人。沾河水可使人不受伤害。

我之上,您以为我能容忍这样的偏爱吗?死神在她那不可摧毁的宫殿里,会使我们超凡入圣,过去是世俗而被玷辱了的东西会变成纯净明亮的水晶;可怜的人间的种种过失都会烟消云散。我的兄弟在您心里将比我高,如同星辰在大地之上一样;而过去使我们在人间敌对的妒忌将会复苏,并将不停地吞噬着我。他将在尘世之上永生,将在您的记忆中成为宠儿,成为不朽的子孙。"

一个死者所激起的妒忌是一种非常微妙而又真实的感情。的确,谁能够战胜缠绵的思念呢?离去了的故人在我们心中留下了天国的形象,活着的人又怎能同他们相媲美呢?他们不是叮咛过我们"千万别忘了我"吗?他们在那边不是孤苦伶仃吗?而在这个世界上,若不是活在我们心灵的圣堂中,他们又活在哪里呢?在世上所有幸福的人当中,又有谁能像他们的亡灵那样同我们密不可分呢?

第二十章 《威廉·退尔》

席勒的《威廉·退尔》色彩辉煌而瑰丽,把读者的想象力带到发生可敬的卢特里起义的那片风景如画的地区。从头几行诗起,我们就仿佛听见了阿尔卑斯山间的号角声。那朵朵白云,遍布在崇山峻岭之上;从高处望去,则云雾缭绕,看不见低处的田野;追捕羚羊的猎人,跟着那轻捷的动物的足迹在山谷里奔驰。这种既富于牧歌情调又充满战斗性的生活,是同大自然的搏斗,又是同人类的和平相处:一切都唤起瑞士所特有的情趣。这部悲剧中的行动一致,就在于将整个民族写成了一个戏剧人物。

在剧本第一幕里就突出描写了退尔大胆无畏的性格。一位不幸的囚徒,被瑞士地方上的一个暴君判定要杀死;他想逃到湖泊对岸找一个栖身之地。当时正逢雷雨大作,任何船家都不敢冒险将他载渡。退尔看到他处境危急,便同他一道在汹涌的波涛中奋战,终于帮助他幸运地抵达了彼岸。盖思勒的暴政促使一场密谋正在酝酿,但退尔并未与闻其事。史陶法赫、华尔特·富尔斯特、阿诺尔德·梅尔西达尔正在准备起义。退尔是这场起义的英雄,但并不是它的谋划者;他根本不考虑政治问题。只有当暴政扰乱他平静的生活时,他才会想到它;当他感到暴政的侵害时,便用胳膊将它推开;他是在自己设立的法庭上审判、谴责这暴政;然而他没有搞密谋。

密谋者之一阿诺尔德·梅尔西达尔躲到了华尔特家中;他

被迫同自己的父亲分离,以逃避盖思勒走狗的追捕,但他又为父亲独守家舍而感到忧虑。他焦急地打听他的消息,突然听说:为了惩罚老人的儿子逃避通缉令,那些野蛮成性的家伙居然用烙铁弄瞎了老汉的眼睛。他顿时觉得怒火中烧,充满一腔深仇大恨!他一定要报仇雪恨。他之所以要解放祖国,正是为了杀死那些弄瞎他生父的暴君。当三位密谋者庄严立下攻守同盟,表示生死同心,一定要把同胞们从盖思勒暴政下解放时,阿诺尔德大声说:

> 失明的年迈的父亲!
> 你再也看不见那自由的白昼,
> 可是你会听见自由的降临
> ——等到处处山顶
> 熊熊的烽火,烈焰冲天,
> 暴君们坚固的城堡一朝崩陷,
> 瑞士人会向你的茅舍里涌进,
> 把欢乐的消息传到你的耳中,
> 在你那黑夜里升起白昼的光明![1]

剧本的第三幕是历史与这部戏剧的主要情节所在。盖思勒叫人将一顶帽子放在广场的一根木杆上,命令所有的农民向帽子鞠躬。退尔经过这顶帽子前面,却没有遵从这位奥地利总督的旨意。但他不这样做是出于无意,因为按照退尔的性格——至少是按照席勒笔下退尔的性格——他是不会表示任何政治见解的:他像山间的野鹿一样奔放不羁,自由自在地生活着,但并不关心他是否享有这种自由生活的权利。正当退尔被指责没有

---

[1] 据人民文学出版社一九五六年版《威廉·退尔》(钱春绮译)第四七页。斯太尔夫人的法译文稍有出入。

向帽子敬礼时,盖思勒拳头上托着一只苍鹰驾临了:这场面本来就够有戏剧性的,它把观众一下子带进了中世纪。盖思勒可怕的权力同瑞士简朴的风尚恰成尖锐的对照。人们对这种光天化日之下的专制暴政感到惊奇,而山谷与高山竟成了这场面孤寂的见证人。

卫兵向盖思勒报告了退尔的抗命行为;退尔表示了歉意,声明他没有按规定敬礼并非故意,而是出于无知。盖思勒仍然怒不可遏,在沉默片刻之后对退尔说,"退尔,听说你是有名的射手,你的弓箭万无一失。"退尔十二岁的儿子正在一旁,他为父亲的绝技感到自豪,便大声说:"大人,这是千真万确,我爸爸能在百步之内,射下树上的苹果。"盖思勒问:"这是你的孩子?"退尔答:"是,大人。"盖思勒又问:"你一共几个孩子?"退尔答:"两个孩子,大人。"盖思勒再问:"两个孩子当中,你最爱哪一个?"答曰:"两个孩子我都一样疼爱。"于是盖思勒说:

> 好,退尔,既然你能够在百步之内
> 射下树上的苹果——你得在我面前
> 显一显你的身手——举起弓来——
> 你的弓正好在手上——准备好,
> 从你孩子头上射中一只苹果——
> 可是,我有一句话,你要好好瞄准,
> 限你一箭就把那头上的苹果射落①;
> 要是射得不准,那你今天休想活命。

退尔忙道:

---

① 此处为《威廉·退尔》第三幕第三场,译文参见钱译第一一三至一二四页。但这一句斯太尔夫人的法译文为:"……射中苹果或者射中你的儿子。"其他大体同中译。

  大人——你要求我的是这样可怕的事情？
  ——要我，从我孩子头上——
  ——不，不，大人，这绝不是出自
  大人的本意——断断不是——大人不会
  当真对一个做父亲的人这样要求！

  盖思勒却说："你一定得从这小儿头上把苹果射落——这是我的要求，我一定要你做到。"退尔："我呀！要用自己的弓箭，朝着我亲生的孩子，那可爱的头上瞄准——我死也不干。"盖思勒："你要射就射，不射就和你孩子同归于尽。"退尔："难道要我做杀害我亲生孩子的凶手！大人，你自己没有孩子——不知道，一个做父亲的人，心里是多么难受。"

  盖思勒竟这样回答：

  嘿，退尔，你怎么忽然这样谨慎！
  听说，你是一个酷爱梦想的人，
  还听说，你的言行也与常人不同。
  你欢喜标新立异——因此我才替你
  挑定这桩新奇的冒险玩意儿。
  别人也许要考虑一番——你呢，
  尽管闭起眼睛大胆去干。

  盖思勒四周的人都同情退尔，都竭力想打动那使他遭受残酷折磨的野蛮人；孩子的外公扑倒在盖思勒脚前；那头顶要放上苹果的孩子却将老人扶起，并对他说：

  外公，不要对那个坏人下跪！
  告诉我，要我站在哪儿！我不怕。
  我爸爸能够一箭射中高空的飞鸟，
  绝不会误射到他孩子的心房。

史陶法赫这时走向前去,插话道:"大人,你对这无辜孩童竟无恻隐之心?"盖思勒:"把他绑到那株菩提树上!"孩子说:

    绑我!
  不,我可不受你们捆绑。
  我会好好站定,像一只羔羊,气也不透。
  你们要是绑我,不成,我不接受,
  我要拼命把绳索挣脱。

这时,盖思勒的马童鲁多夫插话:"孩子,那么,把你的眼睛蒙起来!"孩子却说:

  干吗要蒙眼睛?你认为
  我会害怕我爸爸手里发出的箭?
  我会定心等待,眼皮眨也不眨。
  ——快,爸爸,给他们看,你是射手!
  他不相信你的本领,他想杀掉我们——
  一箭射准,让暴君看得口呆目瞪!

孩子走到菩提树下,别人把一只苹果放在他头上。这时,周围的瑞士人再一次拥向盖思勒,要求宽恕退尔。盖思勒却对退尔说:

  赶快!携带武器并不是摆空架子。
  带着杀人利器是危险的,
  箭镞会反跳回来,射着射手自己。
  老百姓也要僭取这种高贵的权利,
  对于最高的主上简直是侮辱之至。
  不是治人的人就不应该携带武器。
  你却一向肩弓负矢,以为乐事,

> 好,我现在给你安置了这个靶子。

退尔喊道:"让开一条路!让开!"所有在场的人都吓得直打哆嗦。退尔想要张弓搭箭,却没有力气;他忽然感到头晕目眩、视而不见。他恳求盖思勒将他杀死。盖思勒却无动于衷。退尔在极其紧张的不安心情中犹豫不决,过去了很长时间,他一会儿望望总督,一会儿仰望上天,突然他从箭袋里抽出第二支箭,将它插在腰间。他向前倾身,好像要目送行将发出的箭,那箭终于飞出,群众立即高呼:"孩子平安无恙!"①孩子飞奔着投入父亲的怀抱,对他说:"爸爸,苹果在这里——我早知道,你断不会射伤你的孩子!"父亲紧抱着孩子,无力地跌倒在地上。退尔的伙伴将他扶起,并向他表示祝贺。这时盖思勒走到他身旁,问他为什么准备了第二支箭。退尔不肯说。盖思勒一定要他说。退尔表示,如要他说出真情,就须保全他的生命;盖思勒允诺了。退尔用含着深仇大恨的眼光望着总督说:"万一我射杀了我亲爱的孩子,这第二支箭,我就要用来射你,而且,老实说!我不会射不中你。"盖思勒听了勃然大怒,下令将退尔押进监狱。

如大家所看到的那样,这场戏同从前编年史讲的故事一样纯朴。退尔并没有被表现成一位悲剧里的英雄;他当初并不想去向盖思勒挑战:他在各方面都同瑞士普普通通的农民一样;他们习惯于镇定自若,喜欢平和宁静;但谁要将田园生活使之安息的感情挑逗起来,那么他们也是声色俱厉、令人生畏的。至今在乌里州阿托夫附近,还可以看见一座粗犷的石像②,表现在苹果

---

① 此处斯太尔夫人的译文为:"孩子永生!"德文原文为"Der Knabe lebt",从中译。

② 一七八六年立于阿托夫,为一塔山州雕塑家所作,在该地保存至一八九一年。后为一座更华丽的雕像所代替,原先那件移至退尔故乡别尔格伦的教堂广场。

被射中之后的退尔父子。那父亲一手搂着儿子,一手将弓按在胸口,表示感激这箭弓帮了他的大忙。

退尔被捆绑着,与盖思勒乘坐同一条船横渡琉森湖。横渡中突然风暴大作;那野蛮的总督害怕了,请他的受害者来救他:于是人们给退尔松了绑,他自己在暴风雨中驾驶着小船;等驶近山石时,他纵身一跳,逃入了岸上的悬崖峭壁之中。第四幕一开头便是叙述的这段情节。退尔刚回到家里,便得到警告说,他不要指望在家里同妻儿老小过太平日子;正是在这时,他下了杀掉盖思勒的决心。他的本意并不是从外国奴役下解放祖国,他也不知道奥地利是否应当治理瑞士;他只知道有一个人对另一个人犯下了不义之罪;他只知道一位人子之父被迫在孩子的心口近处射了一箭,而且认为制造这罪恶的人理应处死。

他的独白非常精彩:他一想到要杀人便感到战栗;但他丝毫不怀疑自己的决定是合法的。他想起自己过去一直拿这副弓箭派清白无辜的用场,如打猎、嬉戏等;现在他将这一切与就要采取的严厉行动相比较:他坐在一块石凳上,在一条山路的拐角处等着盖思勒经过。他说:

> 我就在这条石凳上坐下来,
> 它是专给旅人小憩片刻——
> …………
> 这儿有提心吊胆的商旅,
> 轻装便服的朝圣者——那虔诚的教士,
> …………
> 还有那不远千里,来自各处,
> 赶着那沉沉重负的驮马的马夫,
> 这里的条条道路,都通到世界的尽头。
> 他们各赶各的路程,各忙各的事业——

可是,我的事业就是杀人!

亲爱的孩子啊,平时你们的父亲出门游猎,
见他平安回家,你们总是满心欢喜;
因为他从没有忘记,给你们带点东西,
不是一朵美丽的山花,就是
一只珍奇的飞禽,或者一块菊石,
只要是游人在山上寻觅得到——
现在,他却要从事另一种狩猎,
抱着杀人的念头坐在荒僻的隘口;
他埋伏着,等待的是仇人的性命。
亲爱的孩子啊,他怀念的却是你们。——
他要保护你们,捍卫你们的无辜天真,
免得你们受到暴君的报复,
因此他才在这儿拈弓搭箭,等着敌人。

不久,只见盖思勒在远处走下山来。一个不幸的女人,因为丈夫被总督关进了监牢,便扑倒在他脚下,恳求释放自己的男人;盖思勒不予理睬,将她一把推开:但她还是一味哀求;她抓住盖思勒的马缰,要求或者将她辗死在铁蹄下,或者将心上人还她。盖思勒对她的哀诉非常恼火,连声责怪自己给瑞士人民留下了过多的自由:

……我发誓:
我要压服那倔强的脾气,
我要摧毁那大胆的自由精神,
我要在两州里宣布一项
新的法令——我要——

正当他说到这里时,致命的一箭击中了他,他跌倒时嚷着:"这是退尔发出的箭!"退尔突然在高岗上出现,高叫:"你应当明白谁是狙击手!"①接着,人民发出了欢呼,瑞士的解放者们实践了誓言:要从奥地利的奴役下解放自己!

剧本似乎本应在这里自然而然地结束,正如《玛丽·斯图亚特》应当在她被处死时结束一样。但在这两个剧本里席勒都外加了一个尾声,或曰旁注;在主要的高潮已告结束后,观众实在无心倾听下去。玛丽被处死之后,伊丽莎白又再度出现;观众听说莱斯特出走法国,又看见伊丽莎白如何心神不宁、五内俱焚。这种诗学上的均衡可以推测,但却不能拿来上演;观众看过玛丽临终的那场戏之后就不能忍受再见到伊丽莎白其人。在《威廉·退尔》第五幕中,约翰·巴里奇达——他因为伯父阿尔贝特皇帝不肯将遗产给他,犯下了杀君之罪——伪装成一名教士,要求退尔予以庇护;他硬要自己相信他们两人的行动是相似的,退尔却十分厌恶地斥退他,向他表明他们的动机是何其不同。将这两个人加以对照是一种正确而聪明的见解;但这种对照在舞台上却并不成功,虽然读起来也还讨人喜欢。在戏剧效果中,理智的作用是微乎其微的;在酝酿戏剧效果时,需要一些理智;但若需要理智方能感受到戏剧效果,那么,即使最有才智的观众也不能接受。

于是就取消了关于约翰·巴里奇达的尾声在舞台上演出;当箭矢射中盖思勒心脏时,大幕就断然落下。在《威廉·退尔》首演后不久,死神的箭也射中了这部美好作品的伟大作者。②

---

① 关于第四幕的引文,参见钱译第一五五至一六六页。这最后一句斯太尔夫人的译文与钱译有出入。

② 席勒死于一八〇五年五月九日。《威廉·退尔》在柏林的首演在此前不久。

盖思勒是在策划最残酷的计谋时丧生的;而席勒的灵魂里却只有舍己为人的慷慨思想。这两种意志截然相反,但与人类的一切谋划为敌的死神,却将两者同样化成了泡影。

第二十一章 《葛慈·封·伯里欣根》与《哀格蒙伯爵》

歌德的戏剧工作可以分成两个不同的方面来看。一方面是写了准备上演的剧本,其中有许多优雅而才思过人的地方,但除此之外却没有什么东西了。与此相反,在他那些很难表演的剧作中,却蕴藏着了不起的才华。看来歌德的天才不能局限在戏剧范围内。当他想服从戏剧规范时,他就失去自己的一部分特性;但当他可以随意将各种体裁混合在一起时,便能发挥出自己的全部特性。任何一种艺术都不可能是无边无际的;绘画、雕塑、建筑都从属于特殊的规律,同样,戏剧艺术只是在某些条件下才产生效果。这些条件有时限制了感情与思想;但戏剧表演对聚集在一起的人们,其吸引力是巨大的。对于这种力量,如果借口要作出牺牲便不加以利用,那就完全错了;诚然,这种牺牲是茕茕独处时的想象力所不能接受的。由于德国没有这样一个首都,足以荟萃优秀戏剧所必需的各种条件,戏剧作品便多半是拿来阅读而不是上演。因此,作者写剧本是从阅读的角度,而不是以舞台的眼光为出发点。

歌德在文学方面几乎总是要作新的尝试。当他觉得德国人的趣味过于偏向某一方面时,便立刻赋予它以相反的方向。可以说他像对待自己的王国那样左右着同代人的思想,而他的作品就如同权威的法令,对艺术里的偏向或予允准,或予禁止。

歌德对于德国仿效法国剧本已感到厌倦，他的态度是正确的。因为即使法国人自己也会有同感。有鉴于此，他以莎士比亚的方式创作了历史剧《葛慈·封·伯里欣根》。这个剧本不是用于演出的；但像莎士比亚全部同类作品一样，要表演也未尝不可。歌德选定的历史时期同席勒的《强盗》一样。然而他并没有表现一个摆脱了所有道德与社会羁绊的人，而是刻画了马克西米利安治下一位年迈的骑士：他还在维护骑士生涯，以及贵族的封建生活——因为这对他们的个人价值颇有影响。

葛慈·封·伯里欣根的绰号叫"铁手"。由于他在战斗中失去了右手，便特制了一只弹簧手，居然可以非常自如地抓起长矛来；他在当时是一位以勇敢、忠实著称的骑士。作者成功地选择了这个典型，来表现在政府对众人行使权力之前，贵族有多么大的独立性。在中世纪，每个城堡都是一个堡垒，每个贵族都是草头王。战列部队的建立和炮兵的创建完全改变了社会秩序。社会里产生了一种被称为国家或民族的抽象力量；个人则逐步失去了重要意义。一个像葛慈这样的人物性格，在发生这样重大变化的时候，当然是很痛苦的。

德国的尚武精神历来就比其他国家更强烈。正是在德国我们可以想象出这类铁一般强硬的人物；现在在帝国兵库里还可以看到他们的形象。然而在歌德这个剧本里，纯朴的骑士习俗被描写得十分生动。年迈的葛慈在戎马倥偬中生活，常常是坐不离鞍、和甲而眠，只有在被围困时才稍事休息；为了战争而殚精竭虑，心目中也只有这战争两字。我要说，这位老葛慈高尚地体现了那时生活的意义与内容。他的优点和缺点都很突出。他对威林根的友好态度是最高尚的了；这威林根过去是他的朋友，后来成了敌人，而且常常对他干着叛卖的勾当。一位勇敢的战士表现出的敏感以前所未见的方式打动着读者的心灵。在我们悠闲的生活中,有空余的时间来谈情说爱。但他们的激情则倏忽即逝,可以照见动荡生涯中的忠义肝胆;这在我们看来是极为动人的。在天赐的最佳礼物即感觉中,我们最怕碰见矫揉造作,以致有时我们宁要那粗鲁的东西,当作襟怀坦白的保证。

葛慈的妻子像弗兰德尔画派的古画像一样出现在我们的想象中。她的服饰、目光,以至姿态的宁静,都告诉我们她是一位百依百顺的贤妻良母,她只了解、只崇拜自己的丈夫;她自认为天生就是伺候他的,正如他天生就是保护她的一样。与这位典型的贤惠妇女形成对照的,是堕落女人阿苔拉绮德,她诱惑了威林根,使他对朋友不能践言;她嫁给了他,但不久就对他干下了不忠实的勾当。她诱使威林根的扈从对她欲火燃烧,把这个不幸的年轻人搅得晕头转向,终于将一杯毒酒奉献给自己的主人。这样的性格非常强烈;但事实或许就是这样:当一般风俗很纯洁的时候,背离正常习俗的人很快就会完全堕落。取悦于别人,这在今天只是一种爱情与善意的纽带;但在过去那种严峻的家庭生活中,这种过失必将导致其他种种过失。罪恶的阿苔拉绮德导致了这个剧本最优美的一场戏,即关于秘密法庭的那一场。

有一些神秘的法官,他们彼此并不相识,总是戴着面罩,在半夜里相聚;他们静悄悄地惩罚着罪人,在刺向罪犯胸膛的匕首上只是刻着"秘密法庭"的字样。他们事先向被判决的人打招呼,遣人在他窗下高呼三声:"罪过呀,罪过,罪过!"于是那倒霉的人儿便知道他处处可能碰到刺杀自己的凶手,这刺客可能是陌生人,是自己的同胞,也可能就是自己的亲戚。孤独僻静的处所、人群熙攘的地方,城里、乡下,到处都感觉到这种看不见、摸不着的警觉,追捕着那犯罪的人。我们能够理解为什么当时需要这样的机构:因为那时候一个人对付众人是强有力的;而按道理应当是众人在一个人面前才是强有力的。法律应当在罪犯能进行防范之前就对他进行突然袭击;但这种如同复仇的影子一样荡漾在空气里的惩罚,这种关于死刑的判决——它可能就揣在一位友人的怀里——给罪犯以无法战胜的可怕打击。

当葛慈想在古堡里进行自卫,命令仆人将窗上的铅条取下来造子弹的时候,那又是一个非常壮美的时刻。这个人身上有一种对于未来的蔑视,还有一种对于现实的值得赞叹的力量。后来葛慈看见自己的战友纷纷战死,他自己也受了伤,被俘了,身边只有妻子和妹妹。他本来要在男子汉中间,在不可征服的男子汉中间生活,以便同他们一起发挥他那性格的力量与膂力;但现在身边却只剩下了女人。他想象自己身后将留下怎样的名声;他在思考,因为他即将离开人世。他要求再看见一次阳光,他思念着上帝——他从来没有向他顶礼膜拜,却也从来没有怀疑过他的存在——他勇敢而阴郁地死了;这时,他对战争的依恋却超过了对生活的依恋。

德国人很喜欢这个戏[①];过去的风俗习惯和民族服装在剧中表现得很忠实,而一切同古代骑士制度有关的东西都能打动德国人的心灵。歌德是最漫不经心的人,因为他确信能掌握观众和读者,就没有费劲将这个戏写成诗剧;这是一幅大型油画的草图,但连这草图也几乎是未完成的。可以感到作家对任何可能近乎矫揉造作的东西都不耐烦;他甚至轻视必要的技巧——那原是使作品具有持久形式所必不可缺少的。剧本中零零散散有一些天才的笔触,如同米开朗琪罗的画笔所表现的那样。但

[①] 《葛慈·封·伯里欣根》第一个本子发表于一七七三年。歌德在《诗与真》中自诩只用几周时间就写完了《葛慈》。他根据赫尔德的意见改写了初稿,后来又同席勒一起写了第三稿,那是专为魏玛剧院写的,大概也是斯太尔夫人看到的那一稿。她既提到"服装""姿态",似曾看过该剧的演出。

这部作品让人期待——或者毋宁说使人期待——许多东西。对马克西米利安的统治——故事的主要情节正是那时发生的——并没有给予充分的刻画。我们甚至可以责怪歌德在剧本的形式与语言方面没有用足够的想象力。但他是有意识地、故意这样做的;他要这个剧本保持事情本来的面目;然而在戏剧作品中又需要理想的魅力掌握一切。悲剧人物时刻有变得庸俗做作的危险;天才就应当防止他们沾上这两条缺点中的任何一条。莎士比亚在其历史剧中仍然是一位诗人;拉辛在抒情悲剧《阿塔丽》中也继续准确地观察着希伯来人的风俗习惯。戏剧才华既不能缺乏自然,又不能缺乏艺术;艺术绝不等于做作,而是一种完全真实、完全自发的灵感,它把普遍性的和谐输入特殊的场景;并将持久记忆的尊严赋予稍纵即逝的时刻。

《哀格蒙伯爵》在我看来是歌德最美好的悲剧。他大约是在写《少年维特之烦恼》的同时创作这部作品的。① 这两部作品有同样炽热的灵魂。剧本开始时,菲力普二世已对荷兰玛格丽特·德·帕尔玛政府的优柔寡断感到厌倦,正要派达尔伯公爵去取代她。国王因奥兰治亲王和哀格蒙伯爵颇得人心而感到担忧,并怀疑他们暗中支持宗教改革人士。一切都说明哀格蒙伯爵是一位非常有诱惑力的人物:他率领部下的士兵节节胜利,深得他们的爱戴。西班牙公主听见他自己说过:对新教徒的那种严厉态度使他深为不满;但公主仍然相信他是忠于王室的。布鲁塞尔城的公民认为他在国王面前维护着他们的自由。奥兰治亲王以其政策的深谋远虑和不事喧哗的审慎作风而垂名史册,此时他徒然劝告哀格蒙伯爵趁达尔伯公爵未到之时,同他一起

---

① 《哀格蒙伯爵》发表于一七八八年;但歌德一七七五年即着手创作,时为写完《少年维特之烦恼》的后一年。

出发；这倒反使哀格蒙伯爵出于慷慨大度的不谨慎态度更为加剧。奥兰治亲王的性格是高尚而明智的；只有出于勇而无谋的忠诚，才能拒绝他的忠告。哀格蒙伯爵不愿抛弃布鲁塞尔的居民：他信赖自己的命运，因为他的胜利使他学会了依靠命运之神的支持，也因为他在治理国事时始终保持了帮助他取得赫赫战功的那些品德。这些美好但危险的品德使人们对他的前途感到忧虑；别人都为他担忧，但他那颗勇敢的心灵却怎么也感受不到；作者通过伯爵给周围各种人物的印象，巧妙地烘托出了他那完整的性格。为一个剧本的主人公刻画一幅才智横溢的画像，那是容易做到的；但要使他的一言一行符合这幅画像就需要有更大的才华了。而要描写他怎样受到士兵、人民、豪门贵族——总之受到一切与他有关的人的崇敬，并借以烘托这个人物，那么就需要大得多的才华了。

哀格蒙伯爵爱一位名叫克拉拉的年轻姑娘，她出身于布鲁塞尔的市民阶级；他到她那寒微的隐身之地去看她。这桩爱情在姑娘的心里比在他心里占着更重要的位置。她的想象完全被吸引住了，她想到的是哀格蒙伯爵的光荣，想到他的英武、声名所带来的极高威望。哀格蒙的爱情中包含着善良和温柔；一来到这个年轻姑娘身边，他就摆脱了种种忧烦以及公务上的困扰。他对她说："人家对你谈到过那沉默寡言、威武严厉的哀格蒙；那是必须同人与事奋斗的哀格蒙；但还有一个朴素、幸福、充满自信、懂得爱情的哀格蒙。克拉拉，这便是属于你的哀格蒙！"哀格蒙对克拉拉的爱情还不足以引起对剧本的兴趣；但当不幸交织其间时，这种本来显得朦胧的感情，就得到了令人赞叹的力量。

达尔伯公爵率领西班牙人来到了。作者精心刻画了这个严厉的民族在快乐的布鲁塞尔居民中造成的恐怖心理。当暴风雨即将来临的时候,人们回到屋里,牲口战栗不已,鸟儿飞得贴近地面了,似乎要在地面上找一个栖身之处。整个大自然都在准备迎接即将来临的灾难:就这样,恐怖的心情攫住了不幸的佛兰德斯居民。达尔伯公爵不愿意差人在布鲁塞尔逮捕哀格蒙伯爵;他害怕人民起义,想把伯爵吸引到自己的宫殿中来——这个地方君临整个布鲁塞尔城,接近堡垒的所在地。他利用自己的小儿子斐迪南,去劝告他要打击的对象到宫殿中来。斐迪南对这位佛兰德斯的英雄非常钦佩;他一点也没想到父亲是在搞可怕的阴谋诡计,便对哀格蒙伯爵表现得十分热情,说服了这位坦率的骑士——有他这样一个儿子的父亲不可能与他为敌。哀格蒙答应到达尔伯公爵家里去;这位菲力普二世忠实而阴险的代表,以一种令人不寒而栗的急切心情等待着他。他在窗口看见伯爵远远驰来,骑着他在某次大捷中缴获的一匹骏马。哀格蒙每走近达尔伯公爵的宫殿一步,后者就愈益充满了幸灾乐祸的心情。当马停在宫前时,他情不自胜;哀格蒙走进庭院时,他竟喊道:"他已半截入土,全身入土啦!铁门关上了,他逃不出我的掌心了!"

哀格蒙伯爵出现了。达尔伯公爵同他长谈了如何治理荷兰以及有必要对新兴的舆论采取严厉态度,以遏制它的蔓延。他已经没有必要再欺骗哀格蒙,但他为自己的狡计而沾沾自喜,想继续品尝一下其中的乐趣。末了,他激起了哀格蒙伯爵慷慨心灵的愤慨,并故意挑起争端,触怒伯爵,使他说出激烈的言辞。他要故意装成是遭到挑衅的一方,然后再以冲动的形式,执行他早已谋划好的事情。为什么对一个已在股掌之中、过几个钟头就要丧生的人,他竟这般地谨慎呢?这是因为政治谋杀犯总有一种为自己辩解的朦胧愿望,甚至于在受害者面前也莫不如是。他想说几句为自己开脱的话,而这些话既不能说服他自己,也不能说服任何人。或许没有人在行将犯罪的时刻能够不玩弄诡计;因此戏剧作品真正的道德教训并不是那种充满诗意的正义性,那是作者可以随意臆造,并且常常为历史所否定了的;真正的道德教训是巧妙地描绘罪恶与道德,激发起对前者的恨和对后者的爱。

哀格蒙伯爵被捕的消息在布鲁塞尔一传开,人们就知道他将要遇害。谁也不再期望公理,他的支持者惊慌失措,不敢为他置一句辩词。不久,由于怀疑而使利害关系一致的人产生了分裂。每个人都感到恐怖,并引起恐怖感,由此便产生了一种表面上的顺从;大家相互制造着恐怖,紧接着群众性的热情而来的便是群众性的怯弱,这在这部戏的特定情景中得到了极好的刻画。

只有年轻的克拉拉,这位历来足不出户的腼腆姑娘,来到布鲁塞尔的广场上,高声将三三两两的农民喝拢来,提醒他们过去对哀格蒙是怎样热烈地拥护,怎样宣誓要为他献出自己的生命;所有听她讲话的人都战栗不已。有一位布鲁塞尔公民对她说:"姑娘呀!别再提哀格蒙啦!他的名字就意味着死亡呀!"克拉拉不禁失声喊道:"要我不提他的名字!你们不是都曾经千百次地提到他吗?他的名字不是到处都写着吗?我不是看见连天上的星辰也组成那几个光辉的字母吗?叫我不提他的名字!你们在干什么呀,正直的人们!你们的脑子搅糊涂了吗?你们丧失理智了吗?不要用这副不安而又胆怯的样子看我!不要惊恐地低垂眼帘!我所要求的,正是你们所希望的;我的声音不就是你们心灵的声音吗?你们当中有谁不在今夜就跪在上帝面前,要求他拯救哀格蒙的生命呢?你们相互打听一下吧:你们有谁在家里不说'哀格蒙如不获释,就会被杀害'呢?"

一位布鲁塞尔公民

上帝保佑我们不要再听你说下去！会弄出倒霉事儿来的！

克拉拉

请留下来,请留步！不要因为我提到他的名字你们就走开。你们从前只要一听到传闻他要来了,一听到大家叫喊'哀格蒙来了,他来了',便如此热烈地朝他蜂拥而上。那时,凡是他要经过的街道,那里的居民都深感幸运。一听到他的马蹄嘚嘚声,人人都会丢下手头的活计,跑去欢迎他,而他那炯炯有神的目光使你们憔悴的面容上浮现出希望与喜悦。你们之中有人坐在门口,怀里抱着孩子,将孩子高高举起并且呼喊:"快看呀,他就是伟大的哀格蒙！他将给你们带来幸福的岁月,比你们可怜的父辈所熬过的日子要幸福得多。"假如你们的孩子问:"你们许诺的幸福岁月到哪里去了?"啊,我们在说空话浪费时间;你们居然袖手旁观,这可是对他的背叛呀！

克拉拉的男朋友布拉肯布祈求她赶快离开。他嚷道:"你的母亲会怎么说呢?"

克拉拉

你以为我是小孩或疯子吗？不是的。他们应当听我的话。公民们,听我说:我看得出你们心烦意乱,看得出你们在危难中不知所措,那么就请允许我把你们的视线引向过去——很遗憾,就是最近的过去。也请想一想未来吧:如果他死了,你们能活下去吗?他们能让你们活下去吗?随着他的逝去,你们最后一丝自由也将泯灭。他对你们曾经是多么宝贵啊!他究竟是为谁而冒了无数的风险呢?他是为你们而受伤;这位一心一意照料你们心灵的人,现在却被幽禁在一间牢房里;他的四周布满了刺客设下的陷阱;他想念你们,或许还把希望寄托在你们身上。他平生头一遭需要你们救援,而在今天以前,却已尽己所有来满足你们。

布鲁塞尔的一位公民(对布拉肯布)

叫她走开吧,她使我们深感悲痛。

克拉拉

怎么?我虽然没有力气,没有像你们那样善舞刀枪的双臂,但我却有你们所缺少的东西:就是勇气,就是不怕危险的大无畏精神。难道我不能用心灵来感化你们吗?我要走到你们当中去:毫无招架功夫的一面大旗,往往能聚集极其崇高的军队;我的神魂就像一把火炬,走在你们足迹前面;热忱与爱情终将把动摇、散乱了的人民团结起来!

布拉肯布提醒克拉拉,远处的西班牙士兵已经隐约可辨,他们可能听见了她正在讲什么。他说:"亲爱的,咱们不能忘了说话办事的地点!"

克拉拉

地点!这地点便是苍天之下;曾几何时,当哀格蒙出现时,苍天神圣的穹窿仿佛为了照拂他,而向着他那高贵的头颅倾斜!请把我带到那禁闭他的牢狱里去。你们认识通向古堡的道路。带我走吧,我将追随你们前进。

布拉肯布硬将克拉拉带回家里,自己又再出来打听关于哀格蒙伯爵的消息。他回到了家中;这时克拉拉已打定主意,要求他将听到的消息告诉她。

"他已被判处了死刑吗?"她大声问。

布拉肯布

那是肯定的,我毫不怀疑。

克拉拉

他还活着吗?

布拉肯布

还活着。

克拉拉

你怎么能肯定这一点!专制政权在黑夜里杀害了那个高尚的人,将斑斑的血迹藏过众人的耳目。被压迫得喘不过气来的人民正在歇息,梦想着使他得救;而正在这时,他那满腔义愤的英灵已离开了人世。他已经不在了,不要欺骗我;他已经不在了!

布拉肯布

不,我对你再说一遍:不幸他还活着!因为西班牙人正为他们妄图压迫的人民准备一个杀一儆百的可怕场面,一个足以使所有仍然渴望自由的心灵碎裂的场面!

克拉拉

现在你可以全说出来啦:我也要静静聆听对我的死刑判决。我已临近升向天国者的境界。我已开始从那个宁静的地方得到慰藉:你就说吧!

布拉肯布

外间的流言和卫兵增加岗哨使我猜想:他们今晚正在广场上准备什么可怕的场面。我绕道走进了一户人家,他们的窗户正对着广场。一圈密密麻麻的西班牙士兵手执火炬,寒风吹得火炬不住地摇曳。当我睁大眼睛透过这暗淡而不定的灯火瞧去时,我战栗地看见那刚刚立起的绞刑架:有好几个人正忙着在木板上铺盖黑布,而台阶上已蒙盖着这丧葬的阴森标志——仿佛是要庆祝完成了一次可怕的祭献。绞刑架的一侧安放了一座白色的十字架,在黑夜里泛着银色的光芒。我眼前所见的是可怕的实情;但那些火炬却渐次熄灭了,不久,所有的物体都隐没了;这桩在黑夜里干的罪恶勾当也重新在黑暗中隐没。

达尔伯公爵的儿子终于发现别人利用他来搞掉哀格蒙;他企图尽一切力量来挽救伯爵。哀格蒙只求他做一件事,那就是在自己死后好好保护克拉拉。但人们听说:克拉拉不愿在心爱的人死后苟活,便一举自尽了。哀格蒙死了;斐迪南对其父亲怀着痛苦的怨愤,这正是对达尔伯公爵的惩罚——因为据说公爵不爱人世间的一切,唯一的例外便是这个儿子。

我觉得只需稍加修改,便可将这个梗概改编成法国式悲剧。有几场戏是根本不可能拿到法国舞台上演的——我就避而不论了。首先就是整个剧本的第一场:哀格蒙手下的士兵同布鲁塞尔的市民一起议论伯爵的功勋;他们用自然而兴味盎然的对话叙述他生平的主要劳绩;通过他们的语言和陈述,表现出对哀格蒙的无比信任。莎士比亚也是这样来酝酿裘利·该撒上场的;而写《华伦斯坦阵营》一幕也正是为了同样的目的。但我们在法国就绝不能容许将民间的语气同悲剧的尊严混杂在一起;这就使我们的二流悲剧常常显得颇单调。夸大其词的语言和始终保持英雄气概的高潮,这必然只是少量的:而且,如果不能通过简单而真实的细节吸引观众的想象力——这种细节可以使最无关紧要的场面生动活泼——那么,剧本即使动人,也很少能深入肺腑。

克拉拉所处的环境是非常市民化的,她的母亲很庸俗,她的未婚夫热烈地爱着她;但我们并不愿意把哀格蒙想象成一个普通老百姓的情敌。的确,克拉拉周围的一切都是为了突出她的灵魂多么纯洁。然而在法国,我们绝不会在戏剧艺术中接受绘画艺术的原则之一,即用晦暗来突出明亮。因为在欣赏一幅画时,观众是同时看见明亮与晦暗的,所以也就同时接受了两者的效果。在剧本中情况就不同了,那里的情节是前后连续的;使人不愉快的一场并不会因为它对下一场的有利影响而为观众所容忍。这就要求形成对比的是不相同的美,而美终归必须是美。

歌德悲剧的结局同整体是不协调的:哀格蒙伯爵在走向绞刑架之前沉睡了片刻;这时克拉拉已不在人世,她又在哀格蒙的梦中出现,她的躯体环绕着天国的灵光。她向哀格蒙宣告:他曾为之服务的自由事业总有一天将获得胜利。但这美妙的结局并不适于一部历史剧。德国人一般碰到结局问题总感到很为难。中国有句格言,叫作"行百里者九十其半",这对他们是很适用的。结束任何作品都需要一定的才思,要求一种技巧,一种分寸感,这同德国人在一切作品中表现出来的模糊不定的想象,是不大协调的。而且,要有艺术,要有高超的艺术,才能找到结局,因为现实生活中不常有结局,往往是事连事地接踵而来;事物的后果在时间的延续中变得无影无踪。只有对戏剧充分了解,才善于截取主要的情节,并使所有次要成分围绕着主要目标展开。但在德国人看来,设计出戏剧效果几乎同弄虚作假差不多;他们觉得算计与灵感是不能调和的。

歌德在所有作家中仍然是最善于将才思的技能与大胆结合起来的一个;但他不屑于费心处理戏剧高潮,使之产生戏剧性。只要高潮场面本身是美的,他就不管其他种种了。他在魏玛所拥有的是德国观众,他们求之不得的正是等待歌德的作品演出,并事先估计到他写了什么。他们像古代希腊戏剧中的合唱队一样耐心,一样聪敏;他们不像一般帝王或老百姓一样只要求娱乐,而是愉快地参与其事,分析、解释那些不能立即打动他们的东西。这样的观众在评判作品时自己就是艺术家。

第二十二章 《在陶里斯的伊菲格尼》《托卡托·塔索》及其他

在德国常常演出市民剧、通俗剧,以及充满骑士风格、骏马到处奔驰的颇为壮观的剧本。歌德想使文学回到古代严肃的风格上去,于是创作了《在陶里斯的伊菲格尼》①,那是德国人的古典诗歌杰作。这部悲剧使人得到像观看希腊雕像一样的效果。剧情是非常庄严、宁静的,所以即使人物的环境变了,他们身上总有一种尊严,能将每个时刻都变成永恒,镌刻在观众的脑海里。

《在陶里斯的伊菲格尼》的题材早已众所周知,所以很难用什么新鲜办法加以处理。但歌德还是做到了这一点——他赋予女主人公以真正值得赞叹的性格。索福克勒斯的安提戈涅是一位圣人,只有比古代人的宗教更纯洁的宗教才能将她表现出来。歌德的伊菲格尼同安提戈涅一样崇拜真理;但她将哲学家的镇定同司祭的热忱结合到了一处。她因为远离希腊而对故乡不胜怀念,过着沉思遐想的生活;在这种生活中,她为有对狄安娜贞洁的崇拜和一所寺院供栖宿而感到满足。她想缓和一下借居之地的野蛮习俗;虽然人家不知道她的名字,她仍然借王中之王的公主的名义,在周围做种种好事。然而她却不断怀念童年时代

---

① 歌德的《在陶里斯的伊菲格尼》写于意大利旅途中(1786—1788)。

美丽的国度;她的心灵充满一种强烈而温良的忍耐,可以说是一种介乎禁欲主义与基督教之间的态度。伊菲格尼有点像她所侍奉的神明;在想象中,她四周都是云端,使她无法看见自己的祖国。确实,放逐,特别是远离希腊的放逐,只能使人从自己身上寻找乐趣!奥维德也曾被判放逐到远离意大利的地方,那里的海岸一片荒凉,奥维德徒然向那里的居民讲柔和的意大利语:他徒然寻找着艺术、晴朗的天空,以及思想上的共鸣——它可以使你同陌生人在一起也能共享友谊的某些乐趣。于是他的天才便衰微下来,他那悬挂着的七弦琴只能发出凄切的弦音,成为北风阴惨的伴奏。

近代似乎没有一部作品,能像歌德的《伊菲格尼》这样好地描绘了坦塔罗斯①的命运,描写了不可战胜的命运造成的不幸,以及如何在不幸中保持尊严。整个故事充满了宗教式的恐惧,其中的人物自身也好像在以预言家的身份讲话,他们似乎只是在天神巨掌的操纵之下行动。

歌德将托亚斯写成了给伊菲格尼造福者。如果像过去许多作家那样,把他表现为一个残暴的人,那么同整个剧本的总色彩就显得不协调,甚至会干扰剧本的和谐。在好几个悲剧里人们写了一个暴君,似乎是造成一切不幸的一部机器;但像歌德这样有思想的人,是绝不会将人物搬上舞台而不展开其性格的。然而,一个罪恶的心灵总是十分复杂的,而整个题材如此简单地处理,就无法将他包容。托亚斯爱伊菲格尼。他下不了同她分离的决心,不愿放她同其兄弟俄瑞斯忒斯一起回希腊去。伊菲格尼也可以瞒着托亚斯离开;她同她的兄弟、同她自己争论这个问

---

① 据希腊神话,宙斯之子坦塔罗斯因泄露父亲秘密,被罚立湖中,低头饮水则河水退逸,举手摘果则树枝升高,永无满足之日。

题,不知道是否可以撒这个谎;这便是整个剧本后半部的症结所在。终于,伊菲格尼向托亚斯承认了一切,同托亚斯的抵触进行了斗争,从他的口里争取到"别了"这句话;就在这时,大幕蓦然垂落,全剧就此结束。

当然,这一题材这样构思是纯粹而又高尚的。但或许还可写得委婉些,借以打动观众;然而这方面就戏剧而言做得不够,所以读起这个剧本来就比看演出更有兴趣些。是赞赏,而不是激情,推动着这样一部悲剧。听这部悲剧的朗诵,就像听见吟诵一首史诗。全剧的宁静几乎也波及俄瑞斯忒斯本人。伊菲格尼与俄瑞斯忒斯相逢一场可能不是最活跃的,但却最富于诗意。这里以美妙的艺术追忆了阿伽门农家族的往事,观众觉得眼前出现一幕又一幕画面——古代历史和寓言正富有这一类画面。最优美的语言和最高尚的情感也是一种吸引人的力量。这样崇高的诗意使心灵深入到了高尚的静观默想之中,反而使戏剧的动作与多样性不那么必要了。

在这个剧本大量值得引述的段落中,有一处是绝无先例的:伊菲格尼在痛苦中记起了她家熟悉的一首古老的歌,那是奶娘从摇篮时代就教给她的:那便是巴尔克神[①]在地狱里唱给坦塔罗斯听的歌。她们向他叙述了他昔日的光荣,因为他曾经同天神一起在金铸的桌子上就餐;又向他描绘了他被从王座上推下的那个可怕的时刻,描绘了天神给他的惩罚,以及这些君临尘世的天神有多么镇静——即便是地狱的哀诉也不能打动他们;这三位巴尔克神盛气凌人地对坦塔罗斯的子孙宣布:天神再也不会保佑他们,因为他们的容貌使人想起他们父亲的样子。老坦塔罗斯在永恒的黑夜里听着这首阴惨的歌,想念自己的孩子,低

---

① 即地狱三女神。

垂下了他罪恶的头颅。最动人的形象,与感情颇为协调的节奏,使这首诗歌具有全民族之歌的色彩。这真是才华最大限度的发挥:既这样熟悉古代神话,又掌握了当时在希腊人中脍炙人口的东西以及在这么多世纪之后仍能产生庄严印象的东西。

对歌德的《在陶里斯的伊菲格尼》不可能不产生钦佩的心情;而这同我所说的更新鲜的兴趣以及近代题材能造成更亲切的感受之间并没有矛盾。风俗习惯与宗教——漫长的岁月抹去了它们的印迹——把人说成理想的生物,他的双脚几乎不踏在所行走的土地上。但在各个时代以及史实中(它们的影响依然存在),我们感受到了自身生存的热气,我们需要同激发我们自己的爱情相类似的那种情感。

我认为,在《托卡托·塔索》①的剧本中,歌德本不应放进适于《伊菲格尼》的纯朴情节以及平静的言辞。在一个各方面都属于近代的题材中,所描写的是塔索这样的个性以及费拉雷宫廷的阴谋,前述的纯朴与平静看起来只不过是淡漠,是不够自然而已。

在这个剧本中,歌德想描写诗歌与社会礼仪之间的对立,一位诗人的性格同一位社交人士的性格间的对立。他表现了王公贵族的保护对作家微妙的想象力造成的危害;甚至于当这位王公自以为热爱文艺或至少以显示热爱文艺而自豪时,也仍然造成了危害。一方面是诗歌所培养的激动的性格,另一方面是受政治控制的冷淡性格,这两者之间的对立形成一种主导思想,由此又派生出各种各样的思想。

一个在宫廷里得到立足之地的文人首先应当相信自己在那里是幸福的;但日久天长,他不可能不感受到某些痛苦——那正

---

① 《托卡托·塔索》是旅意大利归来时的作品,发表于一七九〇年。

是使塔索一生如此不幸的痛苦。并非不屈不挠的才华就已不是才华;何况极少有王公能承认想象的权利,能既尊重又照顾想象。在这方面,没有比塔索在费拉雷的经历更恰当的题材了,可以借此突出各类性格:有一位诗人、一位廷臣、一位公主、一位亲王——他在一个小范围里行动,但他的自尊心非常强烈,足以震动整个世界。我们都知道塔索有一种病态的敏感,也知道他的保护人阿尔丰斯有一种不无礼节的粗暴。这位阿尔丰斯一方面表示极为欣赏塔索的作品,另一方面又差人把他关进了疯人院。似乎对待心灵的天才就应当像对待被人利用的机械才能一样——可以器重作品而蔑视制造作品的工人。

歌德刻画了费拉雷公爵的妹妹莉奥诺尔·戴斯特。诗人默默爱着她,认为她有热烈的愿望,也有拘谨的弱点;他在剧本里描写了一个照世俗观点算是明智的廷臣,他对塔索非常高傲,认为办事的才具高于诗人的才具;他那种冷静,那种杀人不见血的本领,却使塔索感到愤慨。这个冷静的家伙总是高人一筹,因为他向对手挑衅时举止生硬但彬彬有礼,伤害了别人却使人有苦难言。某种处世哲学所造成的,正是这种大祸大害:从这个意义上讲,以理服人同巧言善辩是迥然不同的两回事。为了以理服人,就必须破除一切障碍、阐明事实真相,并深入对方心灵,使之口服心服;但所谓巧言善辩则恰恰相反,是巧妙地用几句话回避、掩盖自己不愿听到的事情,然后利用同样的手段不着边际地发表议论,以致别人无论如何也不能证明他言之有物。

这种"刀来剑挡"的技术使一个活泼而真诚的心灵感到巨创深痛。运用这种技术的人似乎高人一等,因为他能使你激动,自己却保持镇静;但不应当对这种败坏事情的力量望而生畏。冷静如果发自忍受百般痛苦的毅力,则是美好的;但若发自对别人的痛苦无动于衷,那么这冷静不过是一种傲慢的个性。只要在宫廷或首都待一年就很容易学会将利己主义也装扮得巧妙而优雅。但若要真正值得敬重,就应当如在一部优秀作品中一样,在自己身上集中许多迥然不同的品质:如通晓世事、热爱美好事物、善于处理人事关系、发自艺术感的激情。确实,这样一个人实际上包含着两个人。所以歌德在剧本中说,他加以对比的两类人物——即政治家与诗人——是同一个人身上的两部分。但这两部分不可能相互感应,因为在塔索的性格里没有谨慎,而在他对手的性格里也没有敏感。

文人的痛苦的敏感表现在卢梭身上、塔索身上,更经常地表现在德国作家身上。法国作家染上这种病症的比较少。一个人深居幽闭的时间长了,便难于忍受外界的空气。对于不是从童年起便惯于社交的人来说,社交在许多方面是艰难的,而上流社会的嘲讽对有才能的人比对别人更为不幸:只有富于机智才能较好地应付。歌德本也可以举卢梭为例,说明现实社会与诗人所认识或理想的社会之间的对立;但卢梭的例子远不及塔索有助于发挥想象力。卢梭将伟大的天才陷入了很低级的关系中去;而塔索却像自己笔下的骑士那样勇敢、多情,有人爱他,有人害他,他被戴上了桂冠,在大获全胜的前夕不幸痛苦地早死;总之,他是一个杰出的榜样,足以说明一位具有美妙才智的人有哪些光明之处,又有哪些不利之点。

我觉得,在关于塔索的剧本中,南方的色彩不够鲜明:或许很难用德语来表达意大利语给人的感受。然而,主要是在人物性格中,可以发现德国而不是意大利的特色。莉奥诺尔·戴斯特是一位德国公主。对她的性格及感情,她本人不断地在做自我分析,而这同南方的精神是全然不合的。在这方面,想象丝毫没有退缩,它目不后顾地大踏步前进。它毫不照顾事件的渊源,而是不问缘由就同它斗争,或者参与事件。

塔索也是一位德国诗人。歌德形容塔索无力应付日常生活的问题,而这正是北方作家沉思默想、闭门独居的生活特点。一般说来南方诗人不是这样无能的,他们更经常有机会在户外、在大庭广众当中生活;他们对人、对事都比较熟悉。

在歌德的剧本中,塔索的语言也过于哲理化。这位《解放了的耶路撒冷》的作者,他之所以发疯,并不是因为他过多地进行了哲学思考,也不是由于对心灵深处的一切进行了深入研究;其原因毋宁说是对外间事物过于强烈的感受,是由于陶醉在自豪和爱情之中;他运用语言差不多都是将它当作和谐的歌声。他心灵的秘密并不在他的言辞,也不在他的作品中:他并没有观察过自己,又怎能将自己披露在别人面前呢?何况他把诗歌看成一种光辉灿烂的艺术,而不是内在感情的深沉倾诉。我觉得,造成他忧郁的,与其说是思想深刻,不如说情感激烈;这一点是显而易见的,从本质上来说是意大利式的,也是他的生平、信札以及他的狱中诗歌所证明了的。在他的性格中,不像在德国诗人的性格中那样通常交织着思考与活动、分析与热情,这种交织对于生活的干扰特别大。

在《塔索》的剧本中,诗风之优美、尊严,真是无与伦比;歌德显示出他就是德国的拉辛。但如果说有人责备拉辛《贝雷尼斯》一剧写得索然无味,那么就更有理由责备歌德的《塔索》中有一种戏剧式的冷淡。作者的意图是仅仅勾勒一下背景,而对人物的性格则着力刻画。但是否能做到这一点呢?不同的人物先后发表充满才智和想象的长篇大论,这算什么性质的内容呢?谁在那里既议论自己又无所不议呢?谁在那里把能说的空话都说尽了,但却毫无作为呢?当剧本中稍有动作出现的时候,观众便顿觉松了一口气,不至于按照思想观念的要求而持续不断地保持注意力。诗人与廷臣决斗一场是很有意思的;其中一个的愤怒与另一个的巧妙,使戏剧场面得到了有趣的发挥。要读者或观众放弃对戏剧情景的兴趣,而专注于形象和思想,那是过分的要求。如果是那样,就用不着有特定的人物,用不着假设一定的场次、幕次,也用不着有头有尾,总之,用不着一切使情节成为必需的因素。沉思默想在静止当中是使人愉快的;但人们行走时,缓慢总令人感到疲劳。

由于兴趣的某种奇特变化,德国人起先抨击法国剧作家,说我们将他们的英雄都变成了法国人。他们言之成理地要求尊重史实,以便使色彩活泼、诗情新颖;后来他们突然对自己在这方面的成就感到厌倦,便写了一些抽象的剧本——假如可以这样说——其中人物的关系是加以一般表述的,时间、地点、人物都不起任何作用。例如在歌德的另一个剧本《私生女》里,作者将人物称为公爵、国王、父亲、女儿,等等,而没有任何其他称呼①;他认为情节发生的时代、国家以及专门的人称几乎是一种家庭式的兴趣,诗歌是根本不应过问的。

实在说,这样的悲剧写来是为了在斯堪的纳维亚神话里的奥廷宫中上演的,在那里死者继续进行生前的种种活动;在那里,猎人已变成了自己的鬼影,仍十分热心地追逐着一只鹿的鬼影;而武士的鬼影则在云雾做成的地面上斗殴。看来歌德一度对剧本中的兴趣完全感到厌倦。他认为,在次等作品中才有戏剧兴趣,而在优秀作品中则应予以排除。然而,一位高超的人蔑视大家都喜闻乐见的东西,这是一个错误。他如果想突出自己与众不同的地方,就不能弃绝他与大家天性相似的地方。阿基

---

① 歌德想在《私生女》中以完全无人称的象征性方式,广泛地表现整个法国大革命的发展;该剧发表于一八〇三年,即斯太尔夫人到达魏玛之前不久。她在《关于德国的日记》中说,她初到该地时(一八〇四年元月),便看了该剧的演出。

米德寻找一个点,好将世界托举起来,这一点正是了不起的天才与普通人的接近点。这个接近点使他能够高于别人;他应当从我们所有人的感受出发,做到使别人也能感受他自己的独特发现。而且,礼仪的专断诚然常使矫揉造作的成分混进最优秀的法国悲剧,但系统完整的头脑所发明的是奇谈怪论,其中所欠缺的乃是真实。如果说夸张是一种矫揉造作,某种沉静也是一种矫揉造作。这是自我标榜的对心灵激情的一种优越感,在哲学中是适用的,但在戏剧艺术中却完全不适用。

人们可以无所顾忌地向歌德提出批评;因为几乎他的全部作品都是以各不相同的方式写成的。有时他完全听任激情,如在写作《维特》和《哀格蒙伯爵》时就是这样。有时他以即兴诗的形式,拨动了想象力的全部琴弦。有时他极其真实地描绘着历史,如在《葛慈·封·伯里欣根》中便是。有时他就像古代人那样天真,如《赫尔曼与窦绿苔》。末了,他写了《浮士德》,也就以此投入了生活的旋涡。然后,突然之间,在《塔索》《私生女》甚至《伊菲格尼》中,他又把戏剧艺术看成是立在墓前的纪念碑。这时,他的作品具有优美的形式,具有大理石的华美与光辉;但它们也像大理石一样冷冰冰地矗立着。我们不能评论歌德说:他在某种体裁中是优秀的,在另一种体裁中是拙劣的。毋宁说他就像大自然一样,产生一切以及一切种类的东西;在他身上,我们可以偏爱南方气候而不爱北方气候;但却不能否认:他具有与心灵各个方面相适应的各种才华。

第二十三章 《浮士德》

在木偶戏中,有一个戏名叫《浮士德博士》,又名《不幸的科学》,它在德国一直深受欢迎。① 莱辛在歌德之前就曾着手改编过这个戏。② 这个奇妙的故事成了一个广泛流传的传说。③ 有好几位英国作家也写了这位浮士德博士的生平④:甚至有人将印刷术的发明归功于这位博士。尽管他学识渊博,也不免在生活里遇到了苦恼,为了摆脱苦恼,他试图同魔鬼缔约,结果却是魔鬼获得了胜利。就是这个简单的故事使歌德写出那部惊人的作品,现在我就试着介绍一下它的梗概。

当然,不应当在这部作品中寻找趣味,也不要寻找分寸,以

---

① 各种迹象表明,歌德是在青年时代,在斯特拉斯堡观看了《浮士德》的木偶剧及戏剧演出。从一七七〇年的复活节至同年十二月,有一个剧团在该城演出,其保留节目中就有《浮士德》。
② 莱辛在一七五九年就试图将这个神话剧搬上舞台。现在莱辛的台本只剩下了几个片段,包括结局:浮士德被天使们从撒旦的魔爪下解放出来。莱辛使主人公的形象具有了近代形式,并且差不多将它确定了下来;他又赋予了神话传说以哲学意义。过去的版本枯燥而僵化,但这里却充满了开阔的谅解与容忍精神。
③ 《浮士德》故事或传说最早的德文版本是一五八七年在法兰克福发表的无名氏本。很快就接着发表了好几个版本,包括一五九九年的 G.R.魏德曼本。费策尔又撰写了一个综合性版本,其中有关于魔术的长篇大论,这部作品在半个世纪中(1674—1726)共出了六版。
④ 一五九一年发表了《浮士德》的英译本,成为克里斯托弗·马洛名剧《浮士德博士的悲惨故事》的基础。后者于一五九四年演出,一六〇四年发表。

及对材料进行剪裁、结束一部作品的艺术。人们常常描写物质上的混沌时代;如果能想象出精神上的混沌,歌德的《浮士德》大概就是在这个时代创作的。在大胆思考方面人们不可能走得更远;读了这部作品后留下的印象总有点像发了昏病。作品的主人公是魔鬼;但作者并没有把他写成丑陋的鬼怪,如同人们通常向孩子们叙述的那样。如果可以这样说,他把魔鬼写成了标准的坏人;与之相比,所有的坏人,特别是格莱塞笔下的坏人①只不过是初出茅庐的新手,简直够不上当靡非斯特匪勒司——成为浮士德之友的魔鬼就叫这名字——的仆人。歌德想通过这个既是现实又是幻想的人物,来表现轻蔑所引起的最痛苦的玩笑,但它也是一种逗人快乐的狂欢。在靡非斯特匪勒司的言论中有一种地狱般的嘲讽,是针对整个创世过程的;它把整个宇宙看作一部坏作品,而魔鬼便是这部作品的书刊检查官。

当靡非斯特匪勒司使别人对世上的任何事物发生兴趣时,特别是当他使我们对自己的力量感到自信时,他总是要将才智本身也当作最可笑的东西而予以挫损。奇怪的是,恶的最高表现与超人的智慧在下面这一点上是结合起来的:它们都承认人世间的一切是空虚而软弱的。但恶宣布这个真理只是为了使人们讨厌善;而智慧却要把人们提高到超越恶的水平。

如果在《浮士德》中只有有趣的哲理性玩笑,那么在伏尔泰的好几部作品中也有类似的才智;然而可以感到,《浮士德》中的想象具有完全不同的性质。人们在这里看到,不仅是现存的精神世界已经毁灭,而且取代它的是地狱。书中有一种强大的魔力,一种对于恶本源的歌颂,一种恶的陶醉,一种思想的迷途

---

① 《坏人》是诗人格莱塞(1709—1777)最优秀的喜剧作品,一七四七年即作者进法兰西学士院前一年上演。

失径,使读者战栗,使读者又好笑又伤心。似乎尘世的统治一度掌握在魔鬼手里。你颤抖是因为魔鬼无情,你发笑是因为它使所有如愿以偿的自尊心感到了屈辱,你流泪是因为这样从深沉的地狱里看到的人性足以激发痛苦的怜悯。

弥尔顿把撒旦写得比人类更伟大;米开朗琪罗和但丁赋予它半人半兽的丑怪容貌。而歌德的靡非斯特匪勒司却是一个文明化了的魔鬼。他非常纯熟地运用这种表面上轻松的讥讽——但这种讥讽却可以同深入膏肓的邪恶相结合。他把一切感觉都当作愚不可及或矫揉造作的行为;他的容貌是恶狠狠的、卑下的、虚伪的。他笨拙但并不腼腆,他轻蔑别人但并不傲慢,他在女人面前倒颇有几分温雅,因为他只有在这种情况下才需要借欺骗来进行诱惑;而他所谓的诱惑,便是促成别人的情欲,因为他甚至不会装成有所钟爱的样子。这是他唯一力不从心的事情。

靡非斯特匪勒司的性格要求对社会、对大自然、对神奇事物有极其广泛的了解。《浮士德》这部作品是心灵的噩梦,但这噩梦却使浮士德的力量倍增。书里以魔鬼的方式显示了怀疑的态度——对尘世间可能有的一切善良持怀疑态度。这种显示或许是危险的——幸好靡非斯特匪勒司阴险的意图造成的后果,引起了对他的傲慢语言的反感,并披露出这种语言所掩盖的深重罪孽。

浮士德的性格包含了人类的一切弱点:例如虽有求知欲,但却厌倦工作;渴求功名,但却耽于享乐。他是多变的、流动的人,是这方面的绝妙典型,他埋怨人生短暂,但他的感情却更短暂多变。浮士德志大才疏、力不从心;这种内心的烦躁使他迁怒于大自然,并乞灵于种种魔法,力图摆脱凡人那种艰苦而又不可避免的处境。在第一场中,只见他埋在一大堆书籍和各种物理器械以及化学试管中。他的父亲也是搞科学的,并且将这方面的趣味和习惯传给了他。只有一盏灯照亮着这阴暗的栖身处,浮士德就是在这里孜孜不倦地研究大自然,特别是魔术,而这时他已掌握魔术的若干秘诀。

他想召唤一位二流的创造神祇;这神祇来了,嘱咐他千万不要超乎人类才思的境界之上。他对浮士德说①:

> 生潮中,业浪里,
> 淘上复淘下,
> 浮来又浮去!
> 生而死,死而葬,
> 一个永恒的大洋,
> 一个连续的波浪,
> 一个有光辉的生长,
> 我架起时辰的机杼,
> 替神性创造生动的衣裳。
> 你相近的是你能了解的精灵,
> 不是我!
> 你一受着我的吹嘘便骇得那样可怜,
> …………

当这位神祇消失之后,浮士德极感失望,以至于想服毒自杀。他说:

> 我,这个神性的写真,
> 自以为和真理的镜台已经逼近,

---

① 以下引文均据人民文学出版社版《浮士德》(郭沫若译)。斯太尔夫人的法译文很自由,有时出入颇大。

自以为在天光与澄清中享乐,
我已远远地超脱了凡尘;
我,自以为超过了火焰天使,
已把自由的力量使自然甦生,
满以为创造的生活可以俨然如神!
啊,我现在是受了个怎样的处分!
一声霹雳把我推堕下万丈的深坑。

我自己是不能够和你品衡!
我的力量虽能够把你引来,
而我没有力量能够把你固定。
在那样幸福的一瞬的时辰,
我感觉着十分微渺,又十分英俊;
你残酷地把我推堕,残酷地
推堕在这不确定的浮沉的人生。

我当得向谁领教?何所遵循?
我当得遵循我前番的猛进?
哦!我们的努力,如同我们的烦闷,
一样地阻碍着我们生长的前程。
精神上所感受着的至圣至神,
总会有不相干的杂质常来搀混;
待我们达到了这个世界的善境,
更善的又名之为妄诞与非真。
人生赋予我们的殊胜的感情,
每在这尘俗的昏乱之中僵定。

幻想每每张着它雄健的羽翼
希望葱茏地飞向那无际的永恒,
等到幸福在时溅中接连地破碎,
它又局躅在一个很小的乾坤。
忧愁立刻要巢伏在你的心中,
在你的深心中酿造出多方隐痛,
不安地常自动摇,扰乱你的安娱;
它时常在更换着新鲜的面具,
它可以现形为家庭,现形为妻子,
现形为火灾,水患,短刀与毒剂;
你要在百不干己的一切之前震惊,
你要为决不丧失的所有,常自悲啼。

我与神人不侔! 我是深深感悟;
我与微虫相类,藏在尘垢之堆,
以那尘垢为粮藉以苟延生命,
一遭行人践踏而以尘垢为坟。

幽囚着我的书堆砌成的高墙,
这岂不是尘垢?
无数的杂什古董
在蠹鱼的世界里把我幽囚。
我所缺乏的,能在这儿找寻?
世上到处都是苦人,
只有一两人稍走幸运,
这点儿道理难道要读破万卷书文?

(桌上放着一个骷髅的头壳)
空洞的髑髅哟,你为何睨视着我?
你那脑筋,怕和我争差不多,
昏沉沉地寻求过快心的良辰,
乐求真理,而惨苦地堕入迷津。
你们这些机械真的在向我嘲笑,
你们有轮有枛,有圆管,有柄可摇:
我立在门前,你们应该是开门的管键;
你们的虬髯虽张,才不能取下门闩。
神妙地在这白日青天,自然
他也不肯取下了他的罩面,
对于你的精神所不容启示的,
你不能强迫地使用杠杆螺旋。
我不曾使用过的,你旧式的家伙,
你立在这儿只因为我父亲用过。
你旧式的滑车,你将永被烟染,
只要这书桌上这盏暗灯犹燃。
纵横不多点家传我早该卖掉,
省得我拖着这些零碎身上汗酸!
凡你所受自乃祖乃父的遗产,
你能受,还要你真正能有。
无用的长物,是一项苦重的负担,
只有即时的制作,才能适手。

我的眼睛为什么睨着那个地方?
那儿的那个药瓶难道有磁铁的力量?
为什么我的心中突然地这样光明,

就像在黑夜的森林中照透了月光?

我礼赞你呀,你唯一的小瓶!
我如今把你取下来十分谨慎,
我礼赞你腹中的人智与技能。
你那和惠的催眠药中之精,
你一切杀人妙力中的粹引,
请显示你的恩惠于你主人!
我看见你,苦痛便已经减轻,
我拿着你,躁心便已经镇静,
精神的潮流业已渐渐消退。
我被牵引到这汪洋的大海,
镜样的海波在我脚下扬辉,
新的太阳诱我到新的世界。

一乘火焰的车轮轻飘地向我滚来!
我已准备着我新的首途,
要突向那大空中另到一清虚之府。
这崇高的生存,这神人的欢宠,
你仅是一个微虫,难道也能受用?
好呵,请坚决地背开这地上的太阳!

一手推开那谁也避易的门户。
只此可以表示人的威力不亚于神,
幻想的恐怖,徒是庸人自苦,
地狱的火焰在那狭隘的路口环绕,
你去打通它吧,打通那条出路:

放胆地迈步前进,前进,
不怕有什么危险,冲进虚无。
啊,水晶的明杯,你请下来!
你放在那陈古匣中我久已忘怀!
先人燕会是你使席上生辉,
轮番传饮是你使尊客光彩。
回想起年轻时多少次的夜饮,
饮者以赏画为令,即席成吟,
吟成之后定要满引一尊。
我如今不将你荐与比邻,
我如今也不想向你吟诗逞我机敏;
这儿有一种酒浆,效验如神。
我挑选这棕色的精液,倾入你心,
我最后地作一次满怀畅饮,
这算是崇高的寿酒献与清晨!

正当浮士德举杯将饮下那毒汁的时刻,他听见了城里复活节的节日钟声,邻近的教堂里传出了纪念这神圣节日的合唱。

天使合唱

基督已经再生!
欢乐罢,人们!
苦受着为灾的缺陷
暗受自先人遗传,
今可沐浴圣恩。

浮士德

是何沉深的低吟,是何清朗的声韵,

把这酒杯猛可地离开了我的嘴唇?
你沉沉的晨钟啊,
已在宣告那复活节的佳晨?
你合唱的歌声,已在唱那安慰之歌,
那曾在冢穴的夜深自天使口中唱过。
又唱来缔结一巩固的新群?

天使合唱又重唱一遍:"基督已经再生!"等等。

浮士德

你有力而优美的天声,
你来尘垢中访我做甚?
你去缭绕那柔弱的人们。
我虽听过福音,但我不信;
奇迹本是那信仰的儿孙。
这惠婉的传宣向那儿导引,
那种的境地我却不敢追寻,
可这是幼年时听惯的声音,
如今他又唤回了我的生命。
在那庄严的安息日安静之中,
我曾膺受过无限的上天爱宠;
在那时钟声的响亮含韵葱茏,
虔诚的祈祷正是热烈的受用;
一种不可言说的渊美的憧憬,
驱我到郊外的原野与森林,
千行的热泪在我颊上迸流,
我便感觉着我与万汇新生。
这歌声传出了幼年时代的快游,

> 传出了春祭日的自由的天幸；
> 昔日的追怀唤起我年幼时的情感，
> 在这最后的，严肃的一步把我引还。
> 继续地唱罢，你甘美的圣歌！
> 我眼泪流了，地上又有了我！

但这高尚的一刻却好景不长：浮士德的性格浮躁多变，尘世间的情欲又将他攫住。他想满足这些情欲，想酣畅地享乐一番。这时，名叫靡非斯特匪勒司的魔鬼出现了，答应他能将尘世间的一切欢乐尽皆享用，但他也能使浮士德厌弃这一切享乐。因为真正的恶能使心灵干涸，对一切乐趣如对德行一样无动于衷。靡非斯特匪勒司把浮士德带到一位魔女的住处；那魔女指挥着一群半猿半猫的动物。这一场从某些方面来看，可以说是对《麦克白》的魔女的模拟。《麦克白》的魔女唱诵着神秘的语句，那古怪的声音已经产生了符咒的效果；而歌德的魔女也念祷奇特的字句，其中的辅音千变万化，颇有匠心。这些辞藻使人们的心神欢悦，仅以结构的非同凡响即有这样的妙用。这一场的对话如用散文来写一定是滑稽可笑的；但由于诗的魅力而显得旨趣高尚多了。

听着这些半猿半猫的畜生的滑稽语言，我们似乎能够发现动物的思想——假如它们能表达出来的话；我们也会发现，在它们看来，大自然与人类有多么粗鄙可笑。

这类玩笑是以神话、奇迹、魔女、脱胎变形做依据的，在法国戏剧里很少有这种先例：这是拿大自然开玩笑，正如在风俗喜剧中拿人类开玩笑一样。但假如要赏识这种喜剧，就不能诉诸理性，而应当把想象的乐趣当作一种自由自在、漫无目标的游戏。但这种游戏并不因此就变得容易些，因为有一点条条框框倒反而有依据了。如果要在文学方面进行无边无际的创新，那只有具有极大的、汹涌澎湃的才华,方能略见效果。怪诞同平庸是绝不能糅合在一起的。

靡非斯特匪勒司把浮士德带到各阶层年轻人的交际场所去,并以种种方式降伏了他所碰到的各色人等。他并没有使他们油生景仰而后心悦诚服,却令他们吃惊而后服;他总是以言行中某种出人意料或轻蔑高傲的东西来吸引人。大多数凡夫俗子都对高出自己一头的才思表示折服,而这高出一头者对他们若不屑一顾,那就分外折服了。有一种神秘的本能告诉他们:轻蔑他们的人看事情看得正确。

莱普齐的一个学生,从家里跑了出来。他就像德国一般偏僻地方同年龄的孩子那么愚昧无知,来此是为了请教浮士德应当怎样学习。浮士德请靡非斯特匪勒司代替他答复。于是靡非斯特穿上了博士长袍,在等待学生进来时,自言自语地说出了他对浮士德的鄙夷:

> 你尽管蔑视理智,蔑视科学,
> 蔑视人间最高尚的力量,
> 你尽管相信魔术,相信异端,
> 让异端的欺骗使你坚强,
> 我已经不费力地捉着了你——
> 那是命运给了他一种精神,
> 无条件地只是往前猛进,
> 过于匆促的精神努力
> 跳过了这地上的欢欣。
> 我要引他去经历些生活的粗暴,
> 经历那毫无意味的胡闹,
> 他会呆愕,粘执,心焦,
> 在他不知足的贪婪的唇边,

> 不能到口的饮食老是晃摇；
> 他一定要苦口地哀求解渴，
> 就算不至委身于恶魔，
> 他也只好完掉！

的确，当正直的人离开了他们天然的道路时，由情不自禁的惋惜心情所产生的笨拙，会阻挠他们继续向前。真正的坏蛋反而会嘲笑这些半路出家的候补坏蛋——他们虽然诚心诚意地想作恶，但却没有把恶作成的本领。

终于那学生进场了。这位年轻的德国人又笨拙又轻信，他兴冲冲地走了进来；再没有比他那副样子更天真无邪的了。他平生第一次来到这么一座大城市，什么也不懂，准备听人摆布，对看到的一切都垂涎三尺，但又怀着几分敬畏。他既想学习，又很贪玩，他挂着动人的微笑走近了靡非斯特匪勒司，后者却冷淡而含讥带讽地接待了他。一个是浑身上下乡土式的纯朴，一个是含蓄内藏的狂妄自大：两相对照，趣味无穷。

这位学生什么知识都想学；但他认为最适于他的是科学和自然。靡非斯特称赞他的学习计划精密具体。他故意逗乐，将四大学院，即法学、医学、哲学与神学详细描绘了一番，把那学子的头脑搅得浑浑噩噩，竟永无清明之时。靡非斯特匪勒司对他讲了千条万条道理，那学子听了无不点头称是，但结论却不免令他吃惊——他原以为这席话都是认真的探讨，没料到那魔鬼竟是拿他寻开心。这位好心好意的学生准备对老师致敬，却没想到一席终了，结论却是看破红尘、玩世不恭。靡非斯特匪勒司自己也承认怀疑是从地狱来的，承认魔鬼就是否定事物者；但他以一种坚定的语气来表达怀疑——其中既包含了他性格上的狂妄，又包含了他自知理亏的感觉，于是实际的主张便是倾向于作恶。听了靡非斯特匪勒司的话之后，脑子里便再也没有任何固定的信仰和见解。于是人们便自审自度,想知道人间到底还有没有真理;或者是否仅仅为了嘲讽那些自以为在思考的人,才进行思考。

那学生又道:

可是言语应该有个意义。

靡非斯特匪勒司答称:

不错!不过也不必过于拘泥;
因为在恰好的地方,
有时用得着没有意义的言语。

学生有时候听不明白靡非斯特匪勒司的意思,但却因此对他的天才分外钦佩。在分别之前,他请靡非斯特匪勒司在纪念册上题词留念。这种纪念册是德国人的一种好习俗,专供留下朋辈难忘的纪念。靡非斯特匪勒司题下了撒旦在引诱夏娃食智慧之果时说的那句话,即"汝等将如神,能知善与恶";然后他又仿佛自言自语地说:

你照着这句陈语并跟着我那蛇妹,
有一天你智慧如神时总要忏悔!

学生接过那纪念册,满心欢喜地离去了。

浮士德觉得很厌倦,于是靡非斯特匪勒司劝他谈谈恋爱。果然,浮士德爱上了一位天真无邪的平民女儿;那姑娘同老母相依为命,度着贫苦的岁月。靡非斯特匪勒司为使浮士德能够接近她,便设想出去同她的一位邻妇玛尔特搭讪。原来这姑娘有时也到玛尔特那里小坐。这位邻妇正为丈夫在国外又杳无音信而颇感懊伤。如果丈夫死去她自然也悲伤,但她希望有个确切的消息。靡非斯特匪勒司给她带来了颇大的安慰,答应给她合格的死亡证明一纸,使她好按规矩在报纸上刊载。

可怜的玛甘泪受到了恶魔势力的控制,地狱的神灵不停地缠扰她,终于使她成了有罪的人;但同时还使她保持正直的心灵,这心灵只有在德行中才能得到安宁。一个能干的恶神总是力戒将要操纵的正派人全然腐蚀:因为他对他们的魔力包括过失与悔恨两个方面,这两个方面轮番地困扰着他们。浮士德在靡非斯特匪勒司的帮助下,诱惑了这位思想、灵魂都很纯洁的姑娘。她虽然有罪,但仍然很虔诚;当她和浮士德单独相处时,她问他信不信教。浮士德说:

> 别谈罢!孩子,你知道我是爱你;
> 我为我的爱人不惜牺牲性命,
> 我决不攘夺她的宗教和感情。

玛甘泪

那个不好,人是不得不信仰!

浮士德

不得不?

玛甘泪

> 啊!我假如能把你影响!
> 你怕也不敬仰那神圣的晚餐?

浮士德

我敬仰的。

玛甘泪

　　但只是出于习惯。
你许久不做"弥撒",许久不去忏悔。
你信仰上帝么?

浮士德

　　我的爱,谁个敢吹:
"我是信仰上帝"?
牧师或学者尽管发出问题,
但那问题的答案
对于问的人只是讥刺。

玛甘泪

　　那么你是不信仰?

浮士德

你别误解,我可爱的姑娘!
谁个能称道他的名号?
谁个能够了解这句话,"我信仰他"?
谁个能够感觉着,
又敢于说出,"我不信仰他"?
这个无所不包者,
这个无所不有者,
难道不包有你,我,和他自身?
苍天不是穹隆于上?
后土不是静凝于下?

悠久的星辰不是恺切地流盼而上升?
我的眼儿一看着你的眼儿,
一切的物象不是都来
逼迫你的头脑和胸心,
在永恒的神秘中
有形无形地在你周围飞腾?
尽管你心量如何广大,都能充满,
在你这种感情之中会全然欣幸,
你可任意地命他一个名,
名他是幸福!是心!是爱!是神!
我却是无名可名!
感情便是一切;
名号只是些虚声,
只是环罩着天火的一片烟云。

这段话充满了灵感与说服力,本来是不适宜于浮士德的气质的。但浮士德这时因为爱恋着,便比平常要好一些;再者,作者是要向我们表明:坚定而积极的信仰是非常必要的,因为即使是大自然将敏感赋予善良的人,如果没有信仰的救助,他也可能堕入最凄惨的迷途。

浮士德也像厌倦了生活里的一切享受那样厌倦了玛甘泪的爱情。在德文原作中,他表达对科学的热情以及对幸福厌腻的诗句,真是再美也不过的了。

浮士德(独白)

崇高的神明啊!
你满足了我所祈求的一切。
你将环绕着火焰的容颜转向我——

这种非徒劳无益之举；
你将那奇妙的自然界
供我作用武之地，
并给我以力量
让我将大自然感应、享用。
你所应允我的
并不是冷冰冰的赞誉
而是深邃透彻的认识；
你让我投入寰宇的怀抱
犹如接受友人的拥抱。
你将活人丰富多彩的队伍
带到了我跟前；
又教会我——
将空气、流水、森林之中的生灵
尽皆看作我的亲兄弟。
森林里突然迸发了暴风雨，
它将高耸入云的松树连根拔起，
树木倒地的声音在山谷里荡然回响；
这时候——
你将我带到了可靠的藏身地，
并将我自己心灵神秘的奇迹
向我一一宣示。
当静悄悄的月亮
徐徐升向中天，
古代银灰色的阴影
就在我眼前显现——
仿佛在山岩之上、森林之中徜徉，

  也好像使我那严肃的乐趣——沉思默想
变得稍稍柔和可爱。

但是哎呀！
我已经体察到
人类不可能达到尽善尽美之境；
在这些使我接近神祇的乐趣以外，
我不得不忍受这冷淡、无情、傲慢的侣伴，
他使我在自己的心目中感到屈辱；
并以一句话将你给我的馈赠
统统化为乌有。
他在我胸中燃起了纷乱的火焰，
那火焰吸引我向着美奔驰。
我带着浓烈的醉意
从欲念转向幸福；
但即在幸福之中，
一种朦胧的厌倦感，
不久又使我惆怅，
怀念那往日的欲念。①

  玛甘泪的故事使人心揪。她的寒微的地位，狭小的视野，一切使她无可奈何遭遇不幸的事情，都更使人对她怜悯。歌德在其小说与戏剧中，从来没有赋予妇女以高超的品质；但他却善于写出她们脆弱的性格，正是这种性格使对她们的保护变得非常必要。玛甘泪想背着老母在家里接待浮士德，于是就照靡非斯特匪勒司的主意，给这位可怜的女人一服迷魂汤喝；她受不了，

---

① 此段系译者自译。

竟因此死去。犯下私通罪的玛甘泪怀了孕,于是她的丑名远扬,她的街坊邻居都对她指指点点,议论纷纷。丧失荣誉似乎对上层人士的影响更大;但在平民中间人言却更可畏。因为平民无论议论什么都不讲究分寸:一切便显得很突出、很尖锐,以至无可挽回。歌德完美地掌握了这些离我们又近又远的世态人情,又极其娴熟地驾驭了把千姿万态的性格写得真切自然的艺术。

玛甘泪的哥哥华伦亭是一个军人,这时从战场返回故里来探望她;当他听到关于妹妹的丑闻时,他感到痛苦,感到耻辱,于是说出了一番既刻薄又动人的话语。这个表面冷酷、内心却极重感情的男子汉,使读者产生一种意想不到的、痛苦的激情。歌德非常真实地描绘了一个军人怎样拿出勇气来对付精神上的痛苦,对付这个他感觉得到、附着在自己身上而又不能对之动武的新敌人。末了,复仇的渴望将他攫住,使折磨他的各种感情朝着采取行动的方向发展。他遇见了靡非斯特匪勒司和浮士德——他们正想在玛甘泪窗下奏小曲儿。华伦亭向浮士德挑战,同他相斗,受了致命的重伤。他的两个对手逃之夭夭,借以逃避众人的责骂。

玛甘泪这时来了,问那血淋淋地躺在地上的是谁。众人告诉她:"是你母亲的儿子。"她哥哥在临终的时刻又对她严词斥责,那痛心疾首、严酷无情的态度,是任何文质彬彬的语言所无法表达的。如果是在悲剧里,其自身的尊严绝不容许如此痛切地表达自然给予人的打击。

靡非斯特匪勒司迫使浮士德离开了城市。玛甘泪的命运使他绝望,这又使读者对浮士德发生了兴趣。浮士德叹道:

> 哎呀呀!
> 她是多么容易感到幸福呀!
> 只要在阿尔卑斯的山谷里

> 有一间朴素无华的小木屋,
> 只要有几件简单的家务事
> 就能满足她那菲薄的心愿
> 使她宁静的生活充满乐趣。
> 但我作为上帝的宿敌,
> 只有使她心碎
> 只有使她悲惨的命运崩毁——
> 我才能得到安静的歇息。
> 因此,要永远夺去她的宁静,
> 她必须成为地狱的牺牲者。
> 哎,魔鬼呀,快快终止我的烦躁罢,
> 让应当发生的事情发生罢。
> 让这个不幸的人儿
> 完成自己的命运;
> 至少也要让我同她一起,
> 被你推进那不幸的深渊!

靡非斯特匪勒司的答话充满了酸楚与冷静,真是道道地地魔鬼式的反应:

> 你是多么激动,
> 你的五内俱焚!
> 我真不知道怎样将你安慰!
> 我谨以身家名誉起誓:
> 我真愿把自己交给魔鬼
> ——假如不是因为我已是魔鬼。
> 但,你这神魂颠倒的人儿呀,
> 难道你真以为:

因为你那可怜的脑瓜儿
看不见有出路可寻,
世上便真的没了路径?
愿能勇敢忍受一切的人永生!
我已在许多方面
使你变得同我相差无几;
现在我请你好好思忖:
如若连魔鬼也感到一筹莫展,
世上就没有再令人烦虑的事体!

玛甘泪独自一人到寺院去了,那是她剩下的唯一隐身地了:寺院里挤满了人,在这庄严的处所,举行着纪念死者的仪式。玛甘泪戴着面纱进来。她热烈地祈祷着。当她自庆得到上天的慈悲时,恶灵轻轻地对她打开了话匣:

你从前,甘泪卿,和别人一样,
那时你还是纯洁无垢,
走到这儿的神坛来,
从这读破了的书中
高诵着祈祷,
一半出于儿戏,
一半是诚心信仰!
甘泪卿!
你的头脑在那儿?
你的心中
是什么恶孽?
你在替你母亲的灵魂祈祷吗?
她为你受了许久许久的痛苦才死去。

你的门限上是什么人的血?
——并且在你心脏的下边
不是已经有鼓动着的,
对于将来怀着无穷的忧虑,
在胁迫着你和他自己?

甘泪卿

嗳!嗳!
这在我心中来来往往地,
谴责着我的心思,
我愿能够免去!

合　唱

Dies irae, dies illa
Solvet saeclum in favilla
彼于怒之日,
融世成灰烬。
(风琴之声)

恶　灵

你震恐了!
天上的喇叭在鸣!
坟墓在一一的摇动!
而汝之心,
从灰冷之中
再提到
无明的火狱,

速震栗哟!

甘泪卿

我愿能离开这儿呀!
这风琴的声音
好像要断我的呼吸,
这唱歌的声音
好像要解散我的魂魄。

合　唱

　　Judex ergo cum sedebit,
　　Quidquid latet apparebit,
　　Nil inultum remanebit,
　　天坐大审庭,
　　无隐不昭彰,
　　无恶能逃刑。

甘泪卿

我这么紧促!
石壁的圆柱
逼我!
穹隆的屋顶
压我!——空气呀!

恶　灵

你快隐藏罢!
罪恶与耻辱是不能隐藏。

你要空气吗？光吗？

可怜你呀！

合　唱

Quid sum miser tunc dicturus?

Quem patronum rogaturus?

Cum vix justus sit securus.

其时造孽我，将何为言乎？

更能向谁人，求其加庇我？

便是正直人，伊时犹震恐。

恶　灵

光明正大之人

见汝而回其面。

清净洁白之人

触汝手而竦栗。

可怜呀！

合　唱

Quid sum miser tunc dicturus?

其时造孽我，将何为言乎？

甘泪卿大声呼救，立时昏倒了下去。

写得多么好的一场戏啊！这个不幸的人儿，在理应得到安慰的庇护之地，所迎来的却是绝望：许多人聚集在那里向上帝祈祷，而一个不幸的女人却就在上帝的寺院里，遇见了地狱的恶灵！圣歌严厉的经文却由冥顽不化的恶的化身——恶灵来阐释。这在内心造成多么大的混乱！在一个弱者可怜的头脑里，积下了多少苦难！多么了不起的才能！作者向我们的头脑刻画了这样的时辰:生命像一缕幽暗的火光在我们身上燃起,将永恒苦难的凶焰返照我们倏忽即逝的一生!

靡非斯特匪勒司为了使浮士德忘却痛苦并得到消遣,出点子带他去参加魔女们的夜间狂欢。这个场面简直无法复述,虽然其中有许多值得记取的思想:这次活动简直是心灵的恣意狂欢。剧情的发展由于这段插曲而中断。读者愈觉得那场面强烈,就愈不能接受天才的这种种创造发明——因为它中断了阅读的兴致。在凡是可以想象表达的一切组成的飓风中,形象与思想汹涌澎湃、相互交错,终至复又坠入理智将它们从中拔出的深渊。就在这时,出现了一个场面,它与上述情景可怕地结合在一起。魔法变出了种种花样,突然间浮士德走到靡非斯特匪勒司身边,对他说:

> 靡非斯特匪勒司,
> 那儿不是有一个苍白的女子?
> 她走起路来真是异常地萎靡,
> 好像有脚镣锁着她的两腿。
> 我认真说罢,我是在这样想,
> 她有点像我的玛甘泪姑娘。

靡非斯特

> 你尽她站着罢! 不要去上当。
> 那是个幻影,没生命的魍魉。
> 谁要遇着她,谁就准定遭殃:
> 血液会被那凝室的眼光凝窒,
> 并且很快地便要成为化石;
> 你应该听说过美都惹的故事。

浮士德

不错,一双眼睛就好像死人一样,
好像人死的时候没有亲人在旁。
那是我爱抚过的甘美的身子。
那是甘泪卿袒露过的胸膛。

靡非斯特

那是一种邪法,你容易受骗的傻瓜!
无论什么人见了都以为他的娇娃。

浮士德

我好高兴呀!我又好苦闷!
我不能离开了她的眼睛。
那真奇怪,怎么她那玉颈,
带着了一根细细的红绳,
可有刀背那么宽的光景!

靡非斯特

完全不错呢!我也果然看见。
她还会把脑袋子提在手边;
因为裴修士砍了她的脑袋。——
我劝你别要老是想得发呆!
你请到这边的一座小山上,
这儿有卜拉塔公园的风光;
我的眼睛假使是不曾看错,
我看见了真正的一座戏场。

到底要演什么?

浮士德听说玛甘泪为了避免耻辱,竟杀死了亲生的孩子。她的罪恶被人发现了,于是入了狱,第二天就要死在绞刑架下。浮士德愤怒地诅咒靡非斯特匪勒司;靡非斯特匪勒司却非常冷静地谴责浮士德,并证明:正是他浮士德要求作恶的,而靡非斯特匪勒司不过是应他请求助了他一臂之力。浮士德已经因为杀死玛甘泪的哥哥而被判过死罪。但他还是悄悄地溜进城里,从靡非斯特匪勒司那里得到了拯救玛甘泪所需要的东西,偷了牢房的钥匙,深夜钻进了她的囚室。

他远远听见她哼哼唧唧地唱着一支小曲,说明她的思想已经混乱。这小曲的歌词是非常粗鄙的,但玛甘泪却天生是纯洁精细的。一般人描写疯女人时,好像疯病同礼仪互有默契,总是将那些句子写个开头而不写完,适可而止地将思路掐断。但实际情况却并非如此:真正的精神错乱,其表现形式几乎总是不同于发疯的原因;而不幸者的快乐比痛苦远为令人心碎。①

浮士德溜进了监狱:玛甘泪还以为是狱卒来带她上刑场呢。

玛甘泪

(藏在麦稿床中)

痛呀!痛呀!他们来了。啊,惨的死!

浮士德

(低声)

---

① 斯太尔夫人已在一篇不太出名的短篇小说中表达了这种思想。那小说题名《塞纳尔森林的疯姑》,一七八六年六月发表在格林主编的《文学通讯》上。那时盛行写"疯女人"。斯太尔夫人的这篇作品没有收入她的全集。

别作声！别作声！我来了,我来救你。

玛甘泪

(窜进浮士德前)
你要是个人,请推察我的困顿。

浮士德

别作声,别作声,你别把禁子惊醒！
(执玛甘泪枷锁,将开。)

玛甘泪

(跪着)
刽子手,谁个教你来逼我！
还是夜半,你便要把我提上杀场。
你可怜我罢,饶我的活命罢！
不是还有多少时光才能天亮？
(起立)
唉,我还是这么年轻,这么年轻！
我便不得不,不得不丢命！
我也好看过来,那便是我坏事的章本。
朋友从前在我面前,而今渺无踪影,
花冠已经扯烂,花已飘零,
别捉得我这么地紧紧！
放松些儿呀！我干犯了你甚？
你请听我的哀求呀,你请听,
我不曾见过你的,我的一生！

浮士德

啊,这样悲惨的情形令我难忍!

玛甘泪

我现在已在你的掌中。
请让我喂喂婴儿的奶。
我今晚上疼了他一夜;
他们给我拿了去,不再拿来,
他们使我病了还说我杀了婴儿。
我今生今世再不会有欢乐的日子。
他们唱起歌来骂我!人们好没良心!
有种古话儿是这么结局,
是谁个告诉了他们?

浮士德

(跪倒在地)
你的情人跪在你的脚底,
他要从这悲惨之中救你。

玛甘泪

(也跪倒在地)
哦,让我们跪着祷告神明!
你看!在这儿的阶段下边,
在这儿的门限下边,
地狱正在沸腾!
恶魔,

恶狠狠地愤恨,
正在狂暴地呻吟。

浮士德

(高声)
甘泪卿！甘泪卿！

玛甘泪

(注意)
这是他的声音！

(跳起,枷锁解)
他在那儿呀？我听见他在叫我。
我自由了！谁都不许挡着我。
我要飞去吊着他的颈项,
我要飞去靠着他的胸膛!
他在喊甘泪卿！他站在门上。
我在这地狱的喧嚣嘈杂之中,
这狰狞的恶魔的嘲笑之中,
听出了他那甜蜜的爱我的声响。

浮士德

是我呀！

玛甘泪

是你！哦,请再说一句！
(手执浮士德)

是他呀！是他！一切的痛苦都已去了！
监狱的愁烦去了,枷锁也去了！
是你呀！你来救我来了。
我已得到解救了！——
街坊又现在我的面前,
我最初遇见你的地方。
快活的庭园也现在我的面前,
我同玛尔特等待过你的地方。

浮士德

（想拉玛甘泪出狱）
一路走罢！一路走！

玛甘泪

啊,不要忙！
我是想住在你住的地方。
（呈出娇态）

浮士德

快些呀！
你不赶快,
会把我们的大事误坏。

玛甘泪

为什么？你不再和我亲吻！
好哥哥,你离开我才不多点时辰,
你便忘记了吗？亲嘴呀接吻？

我靠在你脖子上怎么还是不安?
从前你对我说一声,你向我看一眼,
就好像天界全体都来紧逼我一般,
你同我亲个嘴儿,我好像气都会断。
你快亲我罢! 亲我罢!
不然我就要亲!
(她拥抱他)
哦! 你的嘴唇冰冷,
你竟全不作声。
究竟往那儿去了呀,
你的爱情?
是谁夺去了我的生命?
(回避浮士德)

浮士德

来! 随定我来! 好人儿,鼓起勇气!
我一千倍的热烈地心疼你,
你只随定我来! 我央求你如此!

玛甘泪

(回面向浮士德)
终竟是你吗? 终竟的确是你?

浮士德

不错,是我! 你只跟随我来!

玛甘泪

你把这枷锁给我打开,

又把我抱在你的胸怀。
你立在我面前为何不怕？——
哥,你知道,你救的人是啥?

浮士德

快来！快来！晨光已经曦微！

玛甘泪

我把我妈妈杀了,
我把我的婴孩沉了水。
那岂不是你同我两人的儿子?
不错,也是你的——
啊,你果真是你吗? 我好像不能相信。
请把你的手儿给我！这不会是个梦境！
你这可爱的手——啊,但是湿腻腻的！
请洗干净它！洗干净它！
据我看来,哪怕是血呀。
啊,天！你是怎么做起?
请把你的短剑插进鞘去,
我央求你！我央求你！

浮士德

过去的事情让它过去,
啊,你真是要把我急死。

玛甘泪

不,你应该不忙就死。

我要把坟墓的话向你说明,
你明天清早
不得不替我们经营;
妈妈的要占个好的地方,
哥哥的要在妈妈的近旁,
我的要稍稍离开一点,
但是也别要离得太远!
婴儿的要放在我右手的胸前。
此外不应有任何人在我的旁边,
我靠在你的旁边,在从前
真是甜蜜的,可爱的喜幸!
但我现在是已经不能:
我要挨近你,好像是十分勉强。
也好像你不肯要我近你的身旁。
但是呀,依然是你,你的眼光
是如此和蔼,如此慈祥!

浮士德

你既觉得是我,那么就请走!

玛甘泪

走出去吗?

浮士德

是的,走向自由!

玛甘泪

有坟墓在那外边,死在等候,
那我就走,那我就走。
从这儿走到永眠的寝台,
多走一步我再也不来——
你要走了吗?哦,亨利,可惜我不能同路!

浮士德

你能!只要你肯!门是开住。

玛甘泪

我不能走呀;我是没有点儿希望。
逃出去又有什么?他们在四处埋藏。
那不惨目么,我除讨口而外不能营生,
而且还怀着个坏了的良心!
那不惨目么,我只得流离异乡,
而他们终究要把我追上!

浮士德

我要永远陪伴着你。

玛甘泪

快些!快些!
快些救救你可怜的儿子!
去罢,走这条路
沿着河直去,

过桥,
走进林荫小道,
右边,有板墙的地点
在池塘里面。
快些把他搭救起来!
他还在往上浮,
他还在动。
快救!快救!

浮士德

请你把心放松!
只消一步,你便立地自由!

玛甘泪

我们要走得过这座山才好啦!
妈妈坐在一块石上,
冷冰冰地捉住我的头发!
妈妈坐在一块石上,
她在摇摆着她的脑瓜;
她眼也不转,头也不点,她的头很重,
她睡了很久,很久,便一直没动。
她睡了!我们享受快乐。
啊,那时候呀真是幸福!

浮士德

我劝也不行,说也不听,
我只好抱住你出门。

玛甘泪

你丢手罢！不！我不服从你的暴力。
你别要抱得我这样凶狠狠地！
我从前是什么事情都顺从了你。

浮士德

快要天亮了！好人儿！好人儿！

玛甘泪

天亮？哦,天要亮了！我最后的一天；
这是我结婚的良辰！
你没对别人说,说你会过甘泪卿。
啊,我的花冠破了。
这是没有办法的事情！
我们会要再见；
但不是在跳舞场里面。
人众拥挤得屏息无声。
空场上,小街上,
都容不下他们。
死钟鸣,白签折。
他们把我捉住,把我上捆！
把我送上了断头凳。
钢刀加在一切人的颈,
加在我的颈。
世界已经寂灭,如像坟茔！

浮士德

啊,我不如不曾诞生!

靡非斯特

(自外望人)

快出来!不然你很危险。
踌躇什么!鬼话讲了半天!
马在发抖了,
晨光已微微显现。

玛甘泪

那从地底出来的是什么?
那个!那个!你把他赶开罢!
他为何来在这神圣的地方?
他要害我!

浮士德

你应该活在世上!

玛甘泪

上帝的裁判哟,我皈依你!

靡非斯特

(向浮士德)

快走!快走!我要把你丢在一起。

玛甘泪

天父哟,请你救度我!我是你的!
天使们哟,你们天上的神军,
请环阵在我身旁,保护我身!
亨利呀!我心里怕你!

靡非斯特

她是受了裁判!

声

(自上)
是赦了罪愆!

靡非斯特

(向浮士德)
到我这儿!
(偕浮士德退场。)

声

(自内,隐微)
亨利!亨利!

  作品写到这里便间断了。作者的意图大概是叫玛甘泪死去,但却得到上帝的宽恕;至于浮士德,他的性命是保住了,但灵魂却落得个万劫不复。

  我所翻译的这几场,还要加上极其优美的诗的魅力,那就要靠读者的想象力来弥补了。诗的艺术有一种公认的作用,那是不以所写的题材为转移的。在《浮士德》中，节奏根据场景的不同而变化；由此产生的丰富多彩的变化真是令人叫绝。德语比法语更富于变化，歌德似乎极尽其所能，用形象与声音表达出他写这部作品时旺盛的激情，那交织着幽默、热情、忧郁与快乐的激情。不能过于天真地以为：像歌德这样一个人会不知道或可招致非议的、这部作品在趣味上的缺陷；值得玩味的倒是他出于什么动机保留了这些缺陷，或者更恰当地说，把这些缺陷放进了作品。

在这部作品中，歌德没有受任何体裁的约束；这既不是一部悲剧，也不是一部小说。作者决心在其中弃绝一切简单化的思想和写作方法：它倒多少有点像阿里斯多芬的作品，但作者那种莎士比亚式的激情又羼入了另一种完全不同于阿里斯多芬的美。浮士德使人吃惊，使人激动，甚至使人落泪；但他却不会在人们心灵中留下柔美的印象。尽管倨傲与邪恶在作品里受到了严酷的惩罚，但却感觉不到进行惩罚的是向善的力量。似乎可以说，是恶的本源指使犯下了罪愆，然后又是它引导人们对之进行报复；这部作品中所写的悔恨，仿佛同过失一样，是从地狱里发出的。

在德国的许多诗歌作品中反映了对于恶灵的信仰。北国风光同这种恐怖还颇为协调；因此在虚构的故事中写鬼，这在德国远不像在法国那样显得可笑。如果仅仅从文学角度研究这些思想，那么可以肯定，我们所想象的某些人类心灵或大自然中的东西，同恶灵的思想是一致的；人类的作恶有时几乎可以说是无利可图的；它漫无目的或同所追求的目的恰恰背道而驰，只是为了满足内心的某种残酷的本性，觉得有一种作恶的需要。在多神教的神祇之外，还有提坦这一类巨人的神祇，他们代表大自然中的反叛势力。在基督教中，可以说，心灵的恶倾向是由魔鬼来体现的。

　　读《浮士德》时不可能没有千奇百怪的想法。你会同作者争吵,会责怪他,又会替他申辩。但是对一切都应当深思熟虑;如果借用中世纪一位天真的学者的说法,就是对"比一切更多的东西"也应当深思熟虑。这样一部作品可能受到的批评都是意料之中的;或者更确切地说:是这种体裁而不是作品本身的写法会招致非议。像这种作品应该被当作梦境来看待;而良好的趣味总是注意保护梦境的"象牙之门",使梦表现得合乎规矩。结果那种梦却很少能打动人们的想象。

　　然而,《浮士德》却绝不是一个好榜样。不论是把它看成梦呓诳语,还是把它当成绝顶的理智之作,这一类作品最好不要再出现。但当像歌德这样的天才摆脱一切羁绊时,他的思潮像洪水般不可阻遏,于是便从四面八方逾越乃至冲垮了艺术的疆界。

第二十四章 魏尔纳*的《路德》《阿提拉》《山谷的孩子》《波罗的海的十字架》《二月二十四日》

席勒死后,歌德也不再创作剧本①;这时,德国首屈一指的剧作家便成了魏尔纳:没有任何人能像他一样,将抒情诗歌的魅力与尊严运用到了悲剧上;然而,那使他作为诗人备受赞扬的地方,却妨碍他在舞台上取得成功。如果只在他的剧本中寻找歌曲、颂歌、宗教思想与哲学思想,那么便可在其中找到一种罕见的美;但作为可能要搬上舞台的作品来看,则很有值得非议的地方。这并不是因为魏尔纳没有戏剧才能,也不是因为他不如大部分德国作家那样懂得戏剧效果,而或许是因为他要借助于戏剧艺术,宣传一种关于宗教与爱情的神秘学说;这样,悲剧便成了他所运用的手段,而不是他所追求的目标。

---

* 扎卡里亚斯·魏尔纳(1768—1823):诗人兼剧作家,德国浪漫戏剧真正的奠基人。魏尔纳热情奔放、神秘、多情、性格多变,曾改信天主教,晚年做了神父,也是著名的布道者。一八〇八年在瑞士因特拉肯牧人节上,由巴伐利亚大公将他介绍给斯太尔夫人。尽管魏尔纳看上去不修边幅、缺乏教养,斯太尔夫人却深为诗人的多愁善感所吸引,邀请他到高培古堡来做客。他一共去逗留了两次;古堡的其他客人对他不大欢迎,但由于他在文学上确有才华,斯太尔夫人同他保持书信往还;他给斯太尔夫人写过十来封长信,现仍保存在布罗依档案中。

① 歌德并没有放弃戏剧,而是在他生命的最后二十年中写了《浮士德》第二部,直到他死后才发表。

《马丁·路德》①尽管已暗中有这样的创作意图,还是在柏林剧坛取得了很大的成功。宗教改革对于全世界都是极其重要的事件;德国是它的发源地,自然分外重要。路德的性格大胆、勇敢而又深思熟虑,给人留下了深刻的印象,特别是在德国这样一个以思考为毕生事业的国家中:没有任何题材更能吸引德国人的注意力了。

新的宗教见解对人们的思想产生了巨大的效果;所有关于这方面的描写在魏尔纳的剧本中都极为成功。剧情发生在离威登贝尔格不远的萨克森煤矿中,即路德的故乡。矿工的歌声吸引着人们的想象。这类歌曲的重唱部分总是号召向着外疆,向着自由的空气,向着太阳前进。这些普通百姓已经受到路德理论的影响,他们谈论着路德,谈论着宗教改革。他们在黑黝黝的矿道里,谈论信仰自由,谈论如何考察真理,以及来世怎样;他们还谈论新的光明将如何照亮愚昧造成的黑暗。

在第二幕中,萨克森选侯的使者来给修女们打开了修道院的大门。这个场面弄不好会有些滑稽,但作者却处理得严肃而动人。魏尔纳以自己的心灵理解基督教的全部偶像。虽然他非常理解新教崇高简朴的性质,但他也完全明白:在十字架下的祈祷是严肃神圣的。修道院院长放下面纱时,有一种动人而自然的惊恐感——正是这面纱曾覆盖过她年轻时的黑发,而如今却遮掩着一头银丝。像教士独居一样纯洁和谐的诗句,诉说着她的万端感慨。在这些修女中,就有后来成为路德终身伴侣的那个女人,而此时她却最坚决地反对路德的影响。

这一幕最美的地方还有对查理五世的刻画。这位教皇在心

---

① 此剧一八〇七年出版,在柏林剧坛长期上演,经久不衰。一八一三年收入在维也纳出版的《魏尔纳戏剧集》。

灵深处已经对他在全世界的统治感到厌倦。他手下的一位萨克森绅士是这样形容他的:"这位身材高大的巨人,在那可怕的胸腔里,根本就没有什么良心。他手里掌握着霹雳一般的最高权威,但却不会将爱的圣恩与这权威结合起来。他就像一只年轻的鹰,将地球掌握在利爪中,准备当作食物吞掉。"这几句话恰当地宣告了查理五世的形象;然而形容这样一个人物是容易的,要他自己现身说法就不那么容易了。①

路德听信了查理五世的话;而在一百年以前,在君士坦斯宗教会议上,虽有西吉斯蒙皇上颁发的通行证,扬·胡斯和布拉格的哲罗姆却会被活活烧死。在到达窝姆斯(那里将召开帝国议会)之前,路德受到恐怖与胆怯的侵袭,一度有些丧失信心。他在泄气的时候,总要拿出牧笛来吹一吹,以便重振士气;这时他那年轻的弟子又将牧笛送来。他拿起牧笛,那和谐悦耳的声音复将对上帝的信赖倾注进他的心灵,而这种信赖正是精神生活上的奇迹。据说这个时刻在柏林剧场产生了巨大的效果,而这是很容易理解的。语言不论有多优美,都不能像音乐那样迅速地改变我们的心境。路德把音乐看作属于神学的一种艺术,认为它大大有助于发展人类心灵中的宗教感情。

查理五世在窝姆斯议会所扮演的角色,未免有装腔作势的成分,因此谈不上什么有气魄。作者想将西班牙式的高傲与德国式粗犷的纯朴加以对照。然而,且不说查理五世的才干使他无法专属于某个国家;我认为魏尔纳尤应力戒把这个意志坚强的人描绘成大喊大叫而又毫无实效的人物。可以说,这种意志在被渲染时即已消散。暴君们施展淫威主要靠阴险狠毒的一

---

① 应将这幅倾向性很大的查理五世画像(在现存维也纳的校样上标有重点符号)看作是对拿破仑的影射。后文的阿提拉画像亦如是。

手,而不是靠表面宣扬的那一套。

魏尔纳的想象似乎很朦胧;但实际上他的思想极精细、极富洞察力。但我认为,他在写查理五世时,其色彩却不像实际人物那样富于层次。

《马丁·路德》一剧最美好的时刻之一,便是帝国议会开会时,一边走的是主教、红衣主教,总而言之是极尽天主教富丽堂皇的气派;另一边走着路德、麦朗西顿,以及另几名主张宗教改革的信徒,他们身着黑袍,用祖国语言唱着圣歌,第一句歌词是:

我们的上帝就是我们的堡垒。

人们常常称颂表面的富丽堂皇,认为这是对想象发生影响的一种手段;但当基督教还其简朴纯真的面目时,心灵深处的诗意便战胜了其他一切力量。

路德申辩一幕,以路德本人当着查理五世、帝国王公以及整个窝姆斯议会发表演说为开始;但观众只能听见他的结语,应当假想他已经充分陈述了他的全部学说。他发表演说之后,便征求王公、议员对他这宗案件的意见。这些意见充分表现了每个人不同的动机,表现了人们的恐惧、狂热、野心,等等。其中有一位议员为路德及其学说讲了许多好话,但又急忙补充说:"既然大家都说这造成了帝国的混乱,那么我也主张——虽然是颇为遗憾地主张——应当将路德活活烧死!"人们不禁要为魏尔纳在作品中表现出的对人的了解而叹绝;但也由此而希望魏尔纳走出沉思遐想,脚踏实地地在戏剧作品中发挥其观察力。

路德被查理五世斥退,在瓦特堡的城堡中幽居了一段时间;因为以萨克森选侯为首的他的支持者,认为他待在那里比较安全。后来,他终于在当初创立学说的威登贝尔格以及整个德国北部重新出现。

当第五幕即将终幕的时候,路德夜间在教堂里宣讲同昔日的过失作斗争。他宣布:这些过失不久就会消失,而新的理智的太阳将要高高升起。就在这时,人们看见柏林剧院里的蜡烛渐渐熄灭,而新的曙光却透过窗户,照进了哥特式大教堂。

《路德》一剧生动活泼而又丰富多彩。很容易明白:它为什么能使所有的观众都感到欣喜。但其中也常有一些脱离主题的成分,转移了观众的注意力,如一些奇思怪想以及各种隐喻——这本来既不适于历史题材,更不适宜于戏剧作品。卡德琳娜曾经厌恶过路德,后来见到他时却高喊:"他就是我的意中人!"于是就在这一刹那,最炽烈的爱情浸透了她的身心。魏尔纳认为爱情是命定的,认为天生的一对应当是一见钟情的。这是一种非常令人愉快的、形而上的牧歌式理论①;但它在舞台上却不易得到观众的理解;而且这句关于"意中人"的惊叹是冲着马丁·路德而发的,这就显得十分奇怪。因为人们将他想象成一位博学多闻的经院学士;对他来说,这种源自近代艺术理论的小说式表达方法,是不那么合适的。

两位天使,一位化身成路德的年轻弟子;另一位化身为卡德琳娜的年轻女伴;他们仿佛手持风信子花与棕榈叶从舞台上闪过,象征着纯洁与信念。这两位天使在剧终时已不知去向,人们的想象追随他们跑进了浩渺的空间。但用奇特的场景来美化剧情,这样造成的激动就不那么强烈:这是另一种乐趣,而不再是从心灵激动诞生的乐趣;因为没有同情就没有感动。观众愿意

---

① 关于魏尔纳的奇特理论,西斯蒙第曾这样给奥本尼伯爵夫人描述:"您听听这位伟大的改革家独特的神学理论吧,听听他是如何崇拜爱情吧……他认为上帝是世上最大的两性生物……人们爱自己的情人实际上是爱上帝,人们对爱人所做的一切是为了崇敬上帝,是为了培育自己的心灵。他想在剧作中表现的就是这种理论……"(《书信集》)

把舞台上的人物看成真人:对他们的行为或谴责,或支持,或始有所料,或有所会意;很愿意设身处地,感受真实生活的趣味而不担待其中的风险。

对魏尔纳关于爱情和宗教的见解,不应持轻率的看法。他所感受的,对他自己来说无疑是真实的;但由于特别是在这方面,人们的观点与感受莫不因人而异,那么作家就不应当利用在本质上是普遍性、大众性的艺术,来传播他个人的见解。

魏尔纳另一部美妙而奇特的作品是《阿提拉》①。阿提拉被称为"上帝的灾祸",作者专写他到达罗马城前的那一段故事。第一幕开场时,阿基烈已化为灰烬,妇女与儿童正坐在废墟上啼号。这种动态的陈述一开始就引起观众对剧本的兴趣;不仅如此,还使人感受到阿提拉的无比威力。这正是戏剧所必备的一种艺术:即通过主要人物对其他人物的作用,来使观众对主要人物作出评判,而不是直接由作者去画像,不管这像画得多么动人。主人公是一个独夫,然而由于千百万人对他俯首听命,便使整个亚细亚与欧罗巴都惊骇不已。这部戏剧给绝对意志提供了多么壮阔的画像啊!

在阿提拉身旁,有一位勃艮第公主,名叫希尔德贡德。她准备嫁给他;而阿提拉也自以为得到了她的爱情。实际上,这位公主一心一意想复仇雪恨,因为阿提拉屠杀了她的生父和情人。她之所以要嫁给他,正是为了要取他一命。出于一种由仇恨产生的细心,她在阿提拉作战负伤时给以精心护理,唯恐他像一名战士那样光荣地战死。这个女人被描写成一位战争女神。她那金黄色的头发与那件红战袍,似乎将柔弱与激愤两种性格融合

---

① 《匈奴之王阿提拉》写于一八○六年。斯太尔夫人大谈此剧是为了通过阿提拉影射拿破仑。

到了一处。这个人物的性格神秘,开头时很能吸引观众;但这种神秘的色彩越来越浓烈,作者使观众感到有一种邪恶的威力控制着她,到剧终之前,她不仅在新婚之夜祭杀了阿提拉,甚至刺死了躺在一旁的阿提拉十四岁的儿子。这时,在这个人物身上便再也没有女人的气息;她所激起的憎恶大大超过了可能引起的恐怖。然而,希尔德贡德这整个人物便是一项奇特的发明。在一首史诗中,是可以容纳隐喻式人物的;这种在暴君近侧以柔饰刚的怒火,同那种阴险的奉承一样,或许能产生很好的效果。

然后,在烧毁阿基烈城的熊熊烈火之中,出现了这位令人生畏的阿提拉。① 他坐在他方才毁灭的宫殿的废墟上,仿佛视万世业绩为一己之任。他对自己似乎有一种迷信;他是他自己崇拜的对象,对自己笃信不疑,自认为是天命的工具,而这种信念使他的罪恶与某种公正的做法相交织。他谴责敌人犯下的过失,似乎他自己的过失不比敌人全部过失的总和还要多;他很残暴,但又是一个慷慨的野蛮人;他独断专行,但却表现得矢忠于自己许下的诺言;还有,在举世进贡的金银财宝堆中,他却过着战士的戎马生活,似乎他向大地所要求的唯一享乐便是将它征服。

阿提拉在广场上充当法官的角色,根据他的天赋本能判决交由他的法庭审理的罪行。他的本能对各种行为的了解,比抽象的法律更深切,因为法律对一切案情的决断都是千篇一律的。

---

① 所谓"阿提拉画像"一段,便是从这句话开始的。据传说,这一段描写引起了书刊检查官对《德意志论》的注意,以及拿破仑的愤慨。这段文字在正式出书前即已流传,原因是印刷厂的一位名叫尼古尔的职员泄露了机密。尼古尔一八一〇年九月二日致斯太尔夫人函证明了这一点。出书前,这段文字是秘密流传的。一八一四年刊印了与本文颇不相同的《阿提拉画像》一文,后人曾详加比较。

他的一位好友犯了伪誓罪,他判处罪犯死刑,一边流泪一边拥抱他,并下令将罪犯立即执行四马分尸:指导他的是一种无情的必然性;而他觉得自己的意志便是这种必然性。他的心灵活动迅速、果断,不容任何分辩。这心灵就像一种有形的力量,不可阻挡地、全心全意地向既定的方向前进。后来,有人把一个有弑兄之罪的犯人带上法庭。因为阿提拉也杀害过自己的兄弟,于是感到心烦意乱,竟拒绝审理。阿提拉尽管犯下了种种弥天大罪,还总自以为替天行道。因为他的一生已被类似的罪过所玷污,当他要判处类乎自己的犯人时,一种悔恨的心情发自心灵深处,紧紧地揪住了他。

第二幕是对罗马华伦亭尼安宫廷的精彩描写。作者巧妙而准确地表现了这位年轻皇帝的轻佻浅薄;他的帝国所面临的危险,并不能使他停止早已习以为常的花天酒地的生活。作者还表现了太后的狂妄,当事关整个帝国的福祉时,她竟不能克制一己之私愤;而当她个人受到威胁时,又甘愿从事最卑劣的勾当。当所有人都面临迫在眉睫的毁灭时,廷臣们却不辞劳苦地策划种种阴谋诡计,以便彼此谋害。古老的罗马因为自己对全世界十分专制,便遭到了一个野蛮的人惩罚:这幅图像简直无异于塔西陀这类历史诗人的杰作。

在如此真切的人物群中,出现了历史造就的高尚人物教皇利昂,以及奥诺丽娅公主。阿提拉要求得到奥诺丽娅的遗产。奥诺丽娅从来也没有见过这位骄傲的征服者,但却感到自己悄悄地爱着他,因为他的战功使她不胜钦羡。可以看出,作者的原意是要使希尔德贡德和奥诺丽娅成为阿提拉的善神与恶神。而这些人物所隐约表示的隐喻,已经使可能产生的戏剧兴趣减弱了。在好几场戏中,这种戏剧兴趣又高昂起来,特别是在下述一场中:阿提拉在打败华伦亭尼安皇帝的军队之后,正在朝罗马进军,却在路上遇见了教皇利昂——他正坐在轿子上,前面有司祭仪仗队开路。

利昂以上帝的名义指令阿提拉不得开进罗马城。阿提拉突然感到一种宗教性的恐怖,这是他的心灵所从未经历过的。他仿佛看见圣彼得在空中显灵,并将宝剑抽出剑鞘,高举着禁止他前进一步。这场面给拉斐尔做题材,画出了一幅绝妙的油画。一面是那位手无寸铁的老人,他的面容十分安详;在他周围,站着另外一些老人,他们同他一样,寄希望于上帝的护佑。另一面是匈奴王,他已呈现出一副惊恐的样子;连他的战马,也因为瞥见了天上的灵光而连连失蹄。那位圣人毫不畏惧地穿过战士们的队伍;而不可战胜的大王的部下,却在教皇的白鬃骏马前低垂下了眼帘。①

诗人的语言非常完善地表达了画家的崇高意图。利昂的讲演就像一曲情感丰富的颂歌。表现这位北方武将皈依天主教的场面也是非常优美的——阿提拉两眼仰望着天空,景仰着他以为显了灵的神祇,然后呼唤他的一名将领艾代恭,并对他说:

艾代恭,你没有看见,天上有一个可怕的巨人吗?他不是正好在老人方才在阳光照耀下出现之地的上空吗?

艾代恭

我只看见一群乌鸦,它们蜂拥着扑向尸体,准备拿它来当食粮。

---

① 拉斐尔有一幅油画,题材就是圣利昂同阿提拉相遇,现装饰于艾略多尔大厅中。这幅巨作有好几个大同小异的版本,其中一幅草图保存在卢浮宫,另一幅在牛津。

阿提拉

不，我说的是一个怪影。它或许是那唯一有权宽恕或判决的人的身影。老人不是预言过吗？这就是那头在天上、脚踏大地的巨人啊！他用自身的火焰，威胁着我们的所在之地。他一动不动地屹立在我们面前。他就像一位判官，将他那光焰四射的利剑朝我刺来。

艾代恭

这火焰是天上的火，正向着罗马诸教堂的拱顶洒射金光。

阿提拉

是的，那是一所金子砌成的教堂，还装饰着珍珠，顶戴在他白发苍苍的头上；他一只手执着一把火焰四射的宝剑，一只手拿着两把青铜钥匙，钥匙四围装饰着鲜花和火光；这两把钥匙或许是巨人从沃丹手里得来的，可以用来开启或关闭瓦尔哈拉①的大门。

从这时起，基督教对阿提拉的心灵发生了作用，而不顾他的祖先曾经信仰什么；于是他下令他的军队从罗马城下撤退。

人们希望悲剧即在此告终。实际上剧本中的美妙之处，已够好几部铺陈有序的剧作应用了。但这时又来了个第五幕：利昂这位对神秘的爱情非常在行的教皇，带着奥诺丽娅公主来到阿提拉的军营；也正是在这一夜，希尔德贡德同阿提拉举行婚礼，并在当夜谋刺了他。教皇早已料到此事，但他只是预言而不

---

① 斯堪的纳维亚人的天堂。（作者注）

加阻止,因为必须让阿提拉的命运完成。在舞台上,奥诺丽娅同教皇利昂为阿提拉祈祷。这部戏在一片"哈利路亚"声中结束,像诗的香火一样升向了高空;剧本与其说是收尾,倒不如说是如烟云一般消散了。

魏尔纳的诗句充满了和谐悦耳的绝妙效果;用法文是无法表现他在这方面的才华的。我特别记得他写过一部以波兰历史为题材的悲剧,有一些年轻的鬼影在空中出现,他们的合唱产生了奇异优美的效果:这位诗人善于将德语改写成一种柔软而温和的语言,通过疲惫不堪、漠不关心的鬼影之口,发出一些含混不清的音节。可以说,他们念唱的每句话、每个韵脚,几乎都如云雾一般朦胧。词的意义也被巧妙地改编得适合于剧情,它们成功地刻画了安静的憩息,暗淡的目光;人们在其中可以听见遥远的生命回响;而已磨灭了的印象留下淡淡的影子,仿佛用一层薄云遮盖着整个大自然。

如果说在魏尔纳的剧本中有一些已经经历过人生的鬼影,那么有时也有一些奇妙的人物,他们似乎还没有获得过尘世的生命。在博马舍的剧本《塔拉尔》的引子中,有一个幽灵问这些想象中的生物:他们究竟是否愿意诞生。其中有一个回答说:"我并不急于出世。"这句妙语或许适用于人们企图放进德国戏剧的大多数隐喻。

关于圣殿骑士,魏尔纳写了一部达两卷长的剧本《山谷的孩子》(柏林,一八〇三年出版)。对于那些知道秘密帮口教义的人,那是很有意思的。但剧中值得注意的与其说是历史色彩,倒不如说是这些帮口的精神;诗人企图将共济会同圣殿骑士联系在一起,并竭力证明,他们保存着相同的传统、相同的精神。魏尔纳的想象力对这类结社特别有兴趣,因为其中似乎有某种超自然的东西,因为它们使所有的人具有类似的倾向,因而使每个人的力量无限增长。《山谷的孩子》这个剧本,或者说这首长诗,在德国留下了深刻的印象;在法国是否能取得同样的成功,我是有怀疑的。

魏尔纳还有一部作品是很值得注意的,那就是以基督教传入普鲁士和里窝尼亚地区为题材的小说《波罗的海的十字架》。这里充满了对于北国特色的深切感受,描写了如何捕捞龙涎香,以及冰雪皑皑的山峰、严酷的气候、在短促的美好季节里紧张的劳动、对于大自然的敌意和艰苦奋斗铸成的粗犷性格。在这样一幅又一幅的画面上,我们看见诗人如何表达、描写出自己的深切感受。

在一个社团的剧场里,我观看了魏尔纳的另一部剧,即《二月二十四日》①;关于此剧,真可谓仁者见仁,智者见智。作者假想,在瑞士偏僻宁静的山村里,居住着一户农家,这家人犯下了弥天大罪,父辈的诅咒世世代代追逼着这户人家。被诅咒的第三代中,有一个孩子因为辱骂了生父而造成老人的死亡;这个不幸者的儿子,又在童年做某种恶作剧时,无意间杀死了亲姐姐。在这桩可怕的事情发生之后,他本人便失踪了。犯下了弑父之罪的人做了父亲,但他的一切活计都搞不好:种田的结果是使田野荒芜,养牲口把牲口养死了,一家人穷愁潦倒已极。他的债主威胁说要占据他的小屋,并将他送进监狱;他的妻子独自出走,在阿尔卑斯山白雪皑皑的山峰中流浪。突然有一天,失踪达二

---

① 一八〇九年九月魏尔纳在高培宣读了他不久前完成的妙品《二月二十四日》。威·施莱格尔深受感动,建议在高培剧场演出,他本人及作者均参加,由作者扮演进行谋杀的那个儿子。这次演出在浪漫戏剧史上是一个重要的日期。在德国,甚至传说斯太尔夫人参与该剧的写作;而该剧后来成为"宿命戏剧"的典型作品。作者在后文《论朗诵》一章中还要提到它。该剧有法译本,收入《外国戏剧杰作选》。此前,在一八〇四年二月,魏尔纳失去了他的母亲和一位挚友。

十年之久的儿子回来了。他怀着和善的宗教情绪，内心充满了悔恨，尽管他当初并无犯罪的意图。他回到了老家的屋中，但因为父亲一时认不出来，他便隐姓埋名，想先取得好感再宣布自己是他的儿子。但他的父亲因为多年的贫困而变得贪财，对这位客人的钱财颇为眼红；而且他还把这位客人当成了可疑的外国流浪汉。每年二月二十四日是全家受到父辈诅咒的周年纪念；这天午夜十二时，正值时钟敲响的当儿，他竟将一柄短刀刺进了儿子的胸膛。儿子在奄奄一息时向他揭示了秘密，于是这位弑父又弑子的双重杀人犯只得向法庭自首，最终被判处死刑。

这样的场面是可怕的。无疑，作品的效果是巨大的：然而读者最欣赏的并不是作品的主题，而是其中浓郁的诗意，以及由情欲所产生的层次分明的色彩。

将古希腊阿伽门农一家不幸的命运移植到普通民众身上，那就无异于将罪恶的图画放到观众眼前。在希腊戏剧中，由于人物属于名门望族而产生的光辉，以及由于时代悠远，便使罪过本身有一种宏伟的气魄，那同艺术理想都是更为切合的。但当观众看见一柄短刀代替了古色古香的宝剑；当那些山光水色、风俗习惯、各类人物都是观众随时可能碰到的人和事时，他们不禁产生一种关入黑屋的恐怖感。但这并不是悲剧所应当产生的高尚的恐怖。

然而，这种父辈诅咒的力量似乎象征着尘世之上的神明，还是颇能打动观众心灵的。古人的宿命是由于命运之神的任性；但在基督教里，宿命却是在恐怖形式下的道德真理。当人们不向悔恨让步时，这悔恨所产生的激动本身就会促使他们犯下新罪。遭到拒绝的良知变成一个鬼影，对理智进行干扰。

那有罪的农民的妻子，因为想起了一首叙述弑父罪的短歌而一直遭到良心责备。即使独自一人在睡眠中，她也哼着这首曲子,就如同那种混乱而无意识的思想,它们不断阴森森地出现,似乎象征着对命运的深切预感。

对阿尔卑斯山及其幽静的环境,描写得非常美妙。那罪人的屋舍,即事件发生的茅屋,离一切居民点都很远,那里听不见任何一个教堂的钟声,报时的只有一架农村式的土座钟,那是在贫困中尚未典当的唯一家具了:在深山老林之中,生命的声息不能到达,这座挂钟单调的声音使人产生一种奇特的战栗。人们不禁要想,在这种地方为什么还要有时间,为什么还要分成一个一个钟点,既然钟点之间没有什么变化的意义。当罪愆的钟声敲响时,人们便想起一位传教士的美妙思想,他设想那些被判入地狱的阴魂不停地询问:"几点钟了?"所得到的回答只是:"现在是永恒的时辰!"

有人责怪魏尔纳在悲剧中放进了适于抒情的美,而不是适于展开戏剧激情的场景。在《二月二十四日》一剧中,他的缺点恰恰与此相反。这部戏的主题及戏中的风俗习惯过于接近现实,而且是一种残酷的现实——这种现实根本不应进入艺术的范围。它们被置于天地之间,而魏尔纳的杰出才华有时升华到虚构故事应当停留的境界之上,有时则降落到它的下面。

第二十五章　德国戏剧及丹麦戏剧的其他作品

柯兹布的戏剧作品已经译成好几种外语。再来加以介绍未免多余。我只想指出：任何公正的评判员都不能否认，他洞悉戏剧效果。《两兄弟》《愤世与悔过》《扬·胡斯派》《十字军战士》《雨果·格罗修斯》①《约翰娜·德·蒙伏恭》《萝拉之死》等剧本在哪里上演，哪里就能引起最强烈的兴趣。然而必须承认：柯兹布不善于使笔下的人物具有那个时代的色彩，或历史赋予他们的民族特色和个性。这些人物，不管属于什么国家、什么时代，看上去总像属于同一个时期、同一个国家；他们的哲学见解相同，他们具有彼此类似的现代习俗。不论他们是今人还是太阳神的女儿，我们通过这些剧本看到的都是自然而动人的现代图景。如果柯兹布那种在德国独一无二的戏剧才华，能结合描写历史性格的才具，如果他的诗才能与他巧妙发掘的场景相得益彰，那么他的剧本就不仅会取得如此杰出的成就，并且能保证这种成就永不衰败。

而且，在同一个人身上具备一位伟大戏剧家所应有的两种能力，那是十分罕见的。一方面，如果可以这样说的话，是本行本业的技巧；另一方面，则是能综观全局的普遍性质的才能。这

---

① 雨果·格罗修斯(1583—1645)：荷兰法学家兼外交家。

个问题,也就是整个人性问题的困难所在。我们总是能在各种各样的人当中发现哪些人善于构思,哪些人又善于写作;哪些人能涉猎各个历史时期,哪些人又只擅长于写自己所处的时代。然而,各门各类的豪杰,都是能将彼此对立的品质结合到一处的人。

柯兹布的大多数剧本包含着非常优美的场景。在《扬·胡斯派》中,当齐斯卡的继承者普罗柯勃包围了努恩堡时,当地官员决定把城里的孩子都派往敌人兵营,以求宽恕城里的居民。这些可怜的孩子不得不单独去乞求那些狂热的士兵,而后者对男女老少是概不留情的。市长首先把自己的四个儿子——其中最年长的只有十二岁——献出来,要他们去完成这项危险的任务。那做母亲的要求至少能留一个孩子下来。父亲似乎准备同意这样做,但他接连数落每个孩子的缺点,为了叫母亲说出她最不关心的是哪几个孩子。但每当市长开始责备其中一个的时候,母亲都宣布那是她最疼爱的;那不幸的女人最终不得不承认:这种无情的选择是不可能做出的,倒还不如让他们分享共同的命运罢了。

在第二幕里,我们看到了扬·胡斯派的军营:所有这些士兵都面目凶狠,正在帐下休息。一阵细小的声响引起了他们的注意。他们看见平原上有一群孩子,手里拿着橡树枝,正结队走过来:他们不明白这是什么意思,便操起长矛,站在兵营门口防止他们接近。孩子们无所畏惧地迎着长矛上前,而扬·胡斯的士兵却情不自禁地往后退。他们为自己竟动了感情而觉得恼怒,但却毫不理解为什么会有此感受。普罗柯勃走出了帐篷;他叫人把那远远跟在孩子们后面的市长带了上来,并命他供出哪几个是他的儿子。市长坚决不答应;于是普罗柯勃抓住了他。就在这一刹那间,四个孩子走出行列，投入了父亲的怀抱。于是市长对普罗柯勃说："你现在都认识他们了吧？他们已经作了自我介绍。"剧本的结局是皆大欢喜，第三幕是喜气洋洋地展开的；但戏剧性最强的还是第二幕。

《十字军战士》一剧的特色是某些场面像小说。一位年轻姑娘以为情人已经战死，便在耶路撒冷当了修女，在某个专为病人服务的教派里修行。一位身负重伤的骑士被带到了她所在的修道院。她戴着面纱来到伤员跟前，便头也不抬地跪下来为他包扎伤口。骑士在剧痛之中呼叫着女友的名字，于是这不幸的姑娘也认出了情人。骑士想同姑娘私奔：修道院院长发现了他的谋划，并知道那修女也心甘情愿；盛怒之下，竟判处活埋这修女。不幸的骑士徒然在修道院附近流浪，耳中听着管风琴的音乐，以及为死者祈祷的低沉歌声——那正是为了他那仍然活着的爱人而唱的。这局面真令人心碎，但一切都得到了善终：年轻的骑士带领土耳其人来解救了这修女。十三世纪亚洲的一个修道院，就像《被幽禁的牺牲者》中法国大革命时的修道院一样。一些温和而稍嫌浅薄的格言，以皆大欢喜的场面结束了全剧。

柯兹布将关于格罗修斯的一桩轶事改编成了剧本。格罗修斯被奥兰治亲王投进了监牢，后来被同党营救了出来。他们设法将他劫出古堡，藏在一个书箱里偷运出来。这部作品中有些场面写得很好：格罗修斯女儿的情人是一位年轻军官，他听姑娘说要设法救出父亲，就答应帮助她实现这个计划。但典狱长正好是这位军官的朋友，他因故外出二十四小时，便将古堡的钥匙交给了年轻军官。如果在他外出期间有犯人越狱，典狱长就要被处死。年轻军官为对友人的生命负责，便阻挠情人的父亲越狱；当老人即将登上为救他而备的小船时，军官却喝令他返回牢房。军官因此可能遭到女友的怒斥,但他的这种牺牲精神是极为果敢的。等典狱长回来,年轻的军官便不再代理他的职务;这时有人因再次劫狱并成功救出格罗修斯可能被判死刑;这位军官却通过撒了一次高尚的谎言而将死刑转移到自己身上。关于处他死刑的宣判可以使他重新赢得女友的敬重,这时他的欣喜心情是一种极为动人的美。但在剧本的结尾,格罗修斯前来自首以便救出年轻军官;奥兰治亲王、那位姑娘以及作者本人,都表现得高尚慷慨,所以对一切只能说一声:"阿门!"人们将这部戏的情节改编成一个法文剧本,但人物都变成了不知名的人,而没有再提格罗修斯或奥兰治亲王的大名。这是很明智的做法。因为在德语剧本中,并没有任何东西符合这两个历史人物本来的性格。

《约翰娜·德·蒙伏恭》是柯兹布自编的骑士冒险故事。他可以比对其他剧本更自由,随意来处理这个题材。主角由迷人的女伶温兹曼小姐扮演。她竭力反对一位粗俗的骑士,捍卫着自己的节操和城堡,这给人留下了十分愉快的印象。她时而像一名战士,时而又感到绝望,她的盔甲与散乱的头发使她的容貌格外动人。但这一类情节更适合哑剧而不是对白,台词不过是对表演起画龙点睛的作用。

《罗拉之死》比我前面提到的作品都更出色。著名的谢力坦①将它改编成另一个剧本,题名《皮查烈》,在英国获得极大成功。在剧本的结尾,有一句话,效果奇妙。罗拉是秘鲁人的头领,他长期同西班牙人战斗。他热恋着太阳王的女儿科拉;但曾慷慨无私地尽力克服科拉与阿隆索之间的障碍。他们婚后一年,西班牙人夺走了科拉方才生下的幼儿。罗拉不顾一切危险

---

① 理查·布林斯利·谢力坦(1751—1816):著名剧作家,原籍爱尔兰。

去寻找婴儿,终于发现孩子鲜血淋漓地躺在摇篮里。他看见孩子的妈妈满面惊恐,便说:"放心吧,这是我身上的血!"说着便与世长辞。

我觉得,有几位作家对柯兹布的戏剧才华不很公平。但应当承认,这种偏见所根据的理由是值得尊重的。柯兹布在写作剧本时并不总是遵守严格的道德和正当的宗教。他之所以犯下这样的过失,我以为并不是出于故意,而是要根据具体情况,达到更大的戏剧效果:于是便有一些严峻的批评家对他有所非难。最近几年来,他似乎遵奉了更正规的原则,这不仅没有使他的才华受损失,反而大有帮助。思想的高尚和坚定总是同道德的纯洁有无法觉察的某种关联。

柯兹布同大多数德国剧作家一样,采纳了莱辛关于应当用散文写剧本的见解,并尽一切力量使悲剧接近正剧。歌德和席勒的最新作品,以及新派的作家,却把这种规定颠倒了过来:可以责备他们走到了另一个极端,即使用过于昂扬的韵文,使观众的想象不能集中于戏剧效果。而像柯兹布这样接受了莱辛原则的剧作家,其作品几乎总是纯朴的、兴味盎然的。《阿涅·德·贝尔诺》《于尔·塔朗特》《唐·迪戈》和《利奥诺尔》①的演出都非常成功,而这种成功对作者来说是当之无愧的。这些剧本都已收入弗里代尔主编的集子②,就用不着在这里赘述了。我觉得特别是《唐·迪戈》与《利奥诺尔》两剧,如能稍加改动,即可

---

① 这几个剧本大多数是柯兹布写的。他写起来极便利,共创作了二百多个剧本。《于尔·塔朗特》为雷森维兹在一七七六年所写。席勒年轻时能背诵全剧。他借用其中兄弟相仇的题材,写入了《强盗》和《麦新纳的未婚妻》。

② 《德国新戏剧集》,又名《德国首都各剧院演出佳作选》,弗里代尔主编,共十二卷,一七八二至八五年在巴黎出版。

望在法国剧坛获得成功。应保留原作对深沉而忧郁的爱情的动人描绘;这种爱情在尚未遭受挫折时即已预感不幸将来临。苏格兰人将这种心灵的预感称为"人的第二视觉";他们用"第二"这两个字是用错了,须知这实在是第一视觉,或许还是唯一真实的视觉呢。

在用散文写就而又超乎一般正剧水平的悲剧之中,应当提到格斯登贝格①的几部试作。他以乌戈林之死来做一部悲剧的题材,地点一致这一条是理所当然的,因为剧情从头至尾都发生在宫廷,乌戈林同他的三个儿子都死在那里。至于时间一致的问题,人要饿死必须有二十四小时以上。不过反正事情就是那么一件,只有不断增长的恐怖标志着剧情的发展。但丁写得最壮美的地方,便是描写那不幸的父亲,眼睁睁地看着三个孩子在身旁饿死;他在地狱里对着害死他的仇人的头骨猛烈撞击。然而仅这一段故事不能构成剧本的题材。一个高潮是形不成一部悲剧的。格斯登贝格的剧本里有一些富于力量而又颇为优美的地方。听见牢房被死死钉上的声音时,真是人的心灵所能感受的最大恐怖,因为这便是把人活活整死啊!但绝望的心情不可能坚持达五幕之久——观众要么因此死掉,要么就因得到安慰而缓和下来。一位风趣的美国人莫里斯②在一七九〇年说:"法国人越过了自由。"这句话可以拿来用于这部悲剧。"越过了激情",也就是说超越了心灵所能忍受的激动程度,这就等于失去了激情的效果。

---

① 亨利·维廉·封·格斯登贝格(1737—1823):诗人兼剧作家,克罗卜史托克的门徒,自称以艾达与峨相为榜样。他最优秀的作品是散文剧《乌戈林》,取材于但丁的《地狱篇》。

② 莫里斯州长(1752—1816):美国政治家兼外交家,法国大革命期间到法国来,在巴黎居住五年以上,与斯太尔夫人有交往,并留下了有趣的书简。

克令格尔①写过许多深刻而充满智慧的作品,并因此而闻名;他写了一部很有意思的悲剧,剧名《双生子》。剧中十分成功地描绘了被认为是次子的那一个是如何愤怒,以及他如何反对长子继承权;该剧还有一时冲动所产生的效果。有几位作家认为:传说中关于"戴铁面具的人"的故事,其命运也应归咎于这一类嫉妒和仇恨。② 无论如何,可以理解的是:长子权所激起的仇恨,在双生子之间一定是格外强烈的。两兄弟一同骑马外出,家里人等待他们归来,但两人却至晚不归。黄昏时分,远远看见了兄长的骏马,他单独回来了。这样简单的情节在法国悲剧里是无法叙述的;但听了这故事却会使你浑身凉得好像血管都凝结了:双生子中的一个杀了另一个;而父亲又杀了剩下的一个,算是替被杀的儿子报仇。这个悲剧充满了热烈的情绪与雄辩力;但我以为,假如人物属于名门望族,则会产生奇迹般的效果。但争夺的遗产只是第伯河上的一座古堡,人们就很难理解为什么那情绪竟有如此强烈了。这个道理应当不嫌其详地予以重申:悲剧需要历史性的题材,或宗教传说,它们能在观众的心

---

① 弗雷德利克-马克西米利安·克令格尔(1752—1831):德国诗人兼剧作家,后来在俄国军队中身居高位,官至士官学院院长,并在俄国终其一生。他的文学作品很多。"狂飙突进派"的名称就得自克令格尔的一个剧本。《双生子》在一七七四年开始闻名。"狂飙突进派"诞生于一七七五年。斯太尔夫人此处所指作品,可能包括一七九一年在圣彼得堡出版的《世事及文学的思考集》。克令格尔还写过一部《浮士德生平》,当然不能与歌德的《浮士德》相提并论。高培古堡中藏有一部《双生子》。

② 伏尔泰首先在《路易十四时代》,然后更公开地在《关于大百科全书诸问题》中,谈到或许可以把曾关在巴士底狱的"戴铁面具的人"看成是路易十四的一位兄弟。其后还有各种说法,甚至有人说,路易十四的兄弟被囚于一岛,与狱卒之女生一子;此子后在科西嘉岛被抚养成人,成为拿破仑之祖先。〔译者按:"戴铁面具的人"是一个神秘的囚犯,被囚二十余年,十八世纪初死于狱中,至死身份不明。〕

灵中唤起深刻的回忆;因为在虚构故事中如在现实生活中一样,想象虽然渴求认识未来,但它更要求了解历史。

德国新文学派的作家们,在艺术观方面比任何其他人都更有气派。他们的一切作品,不论在舞台上是否成功,都是根据一定的思想来构思的。对这些思想进行分析能够引人入胜;但人们在剧场里是不会进行分析的。如果观众在剧场里保持冷静,那么作为戏剧的这一仗便算打败了。在艺术中,除少数例外,成功便是才华的明证。只要不是受临时因素的影响①,观众几乎总是极富才智的评判者。

德国大部分悲剧的作者自己是不打算将作品搬上舞台的;然而这些作品毕竟是一些优秀的诗篇。其中最优秀的作品之一,是蒂克的《布拉邦特的日内维也芙》②。过去的传说是这样的:这位圣女在沙漠中生活达十年之久,吃的东西只有野草和水果;她的孩子只能靠一头母鹿的奶为生,这头鹿对主人十分忠实。在这部对话体小说中,这个传说得到了十分巧妙的处理。日内维也芙虔诚的忍耐被描绘得具有圣诗的色彩。那个男人先是想引诱她,继而又责怪她,对这个人物的刻画也是如出大家手笔:这个罪人在犯罪时保持着某种诗的想象,这就使他的行为和悔恨蒙上了一层阴森可怖的特色。剧情先由圣·博尼法齐陈述,他的头一

---

① 这句话是有所指的。自从法国在拿破仑治下建立书刊检查制度以来,专制制度对舆论施加种种压力,公众的趣味很低劣。
② 斯太尔夫人在关于趣味的一章中即已提到路德维希·蒂克的这部作品;现在她在这里对该书作详细分析。她自己也以此为题材,写了一部《布拉邦特的日内维也芙》,并于一八〇八年亲自在维也纳的沙龙里演出该剧。她同她的女儿阿尔贝蒂娜以及儿子奥古斯特一起扮演了主要角色。奥·威·施莱格尔朗诵了最后一段台词。维也纳人不大喜欢这个剧本。蒂克弟兄一位是雕塑家,一位是诗人,都是斯太尔夫人家的常客。参见第二六〇页注。

句话总是:"我名叫圣·博尼法齐,来这里是为了告诉你们……"作者选择这样的套式也并非出于偶然。他在其他作品以及在这部作品中,都表现得十分深刻细致,所以我们可以清楚地看出,他是故意装得十分天真,就像是日内维也芙的同代人一样。但由于过分追求复苏过去的时代,结果就形成某种廉价的纯朴——不管有多么严肃的理由应当受到感动,结果反而产生一种发噱的感觉。无疑,应当善于设身处地,使自己置于所要描写的时代;但是也不能完全忘记自己生活在什么时代。不管画面表现什么事物,对画面的透视总是应当从观众所处的角度出发。

在仍然忠实地模仿古人作品的作家中,首屈一指的当数高林①了。维也纳为这个诗人而感到荣幸;他是在德国最受尊敬的诗人之一,也许是奥地利长期以来唯一如此重要的诗人。他的悲剧《雷古卢斯》如在法国上演是一定能获得成功的。在高林的写法中,交织着高尚与敏感,罗马式的严厉与宗教式的温和,这种结合正是为了使古代与现代的趣味能相互协调。他的悲剧《波莉克姗娜》中有一幕,卡尔夏命令奈奥托莱姆将普里雅姆的女儿祭献在亚契琉斯的坟墓上;这是观众所耳闻的最美好的艺术杰作之一。地狱里的神祇呼吁要有一个牺牲者,方能平息死鬼的喧闹;这种呼吁表现出一种阴暗的力量、一种冥界的恐怖,好像使深渊立即展现在我们脚下。我们大约总是要回过头来欣赏古代的题材;直到目前为止,现代人作了种种努力,想自我发掘出与古代希腊人可以媲美的东西来,但仍未取得成功。但是仍应当达到这种高尚的荣誉。因为不仅模仿是会穷竭的,

---

① 亨利-约瑟夫·德·高林(1771—1811):维也纳财政机构职员,写了不少悲剧,其中《雷古卢斯》在一八〇二年演出时极为成功。斯太尔夫人于一八〇八年在维也纳同高林相遇。后者同奥·威·施莱格尔有交谊,并曾将《拉辛的斐德尔与欧里庇底斯的斐德尔比较》一书译为德文。

而且在我们处理古代寓言和情节时，又总会流露出现代的特点；就以高林本人为例，尽管他将《波莉克姗娜》头几幕处理得很朴实，但到剧本的后半部，就以一系列的事件使剧情复杂化了。法国人将路易十四时代对女子的殷勤放进了古代题材；意大利人处理古代题材则夸张而做作；英国人本来在各方面都很自然，但在戏剧方面却一味模仿罗马人，因为他们自认为同罗马人有缘分。德国人在古希腊题材的悲剧中放进了玄而又玄的哲学，或者各种小说式的情节。我们今天的任何作家都写不出古代那种诗歌来。倒不如由我们的宗教和习俗创造出现代诗歌来，它因自己的特色而也很优美，正如同古人的诗歌一样。

一位丹麦人，厄仑士勒革①，将自己的剧本自译为德语。由于两种语文相似，故能做到写得同样出色。而且另一位丹麦人巴格森②，已经作出一个榜样，能用一种外语写诗，并写得极有才华。在厄仑士勒革的悲剧中，有一种美好的戏剧想象。据说在哥本哈根演出时，这些戏都很成功。读这些剧本时，主要有两个方面能引起兴趣：一是作者有时能将法国式的严整同德国人喜爱的场景丰富多彩结合在一起；一是他极富诗意而又真实地表现了过去斯堪的纳维亚人居住地区的寓言传说。

我们对于地球的北部几乎没有什么了解：那里是有人居住的土地的尽端，那里有着北国漫长的冬夜，夜里只有白雪的返照才是照耀大地的唯一光线；甚至当苍穹有星星照亮的时候，天边

---

① 亚当·厄仑士勒革（1779—1850）：丹麦诗人，写过许多诗篇以及悲、喜剧。一八〇九年曾来高培古堡，并在其自传中叙述了此行。他在高培听取了朗诵莱辛的《智者纳旦》。
② 艾玛虞尔·巴格森（1764—1826）：丹麦诗人。他用丹、德两种语言写作，并对法国深为了解。他在瑞士同哈勒的孙女结婚，而斯太尔夫人同哈勒的一个女儿颇有交往，奥·威·施莱格尔同这个家族也有往来。

也总有一道漆黑的边缘,一切都使人感到仿佛是陌生的空间,仿佛是环绕大地的夜世界。那里的空气极寒冷,似乎连呼出的气息也要冻结,并使人们的热气返回到心灵中去;这种气候下的大自然,仿佛生来便要令人们反躬自省,成为内向的人。

在北国诗歌的幻想中,英雄人物都有点像巨人。在他们的性格中,迷信同力量相结合,而在其他一切地方,迷信似乎都是同软弱相联系的。严酷的气候所产生的形象,是斯堪的纳维亚诗歌的特色:他们将兀鹰称为"空中豺狼";火山造成了一些沸腾的湖泊,它们保护着冬日的飞鸟——这些鸟都躲藏到湖泊四周的空中。在这云蒸霞蔚的地方,一切都显得雄伟而忧郁。

斯堪的纳维亚民族有一种体格上的精力,它仿佛排斥任何讨论,使意志流动,如同山石向山下滚去一样。以德国铁一般坚强的人来想象这些地球极点的居民,那是不够的;他们既有易于动怒的敏感,又有意志坚强的冷静。就连大自然在赋予这些地区以景色时,也颇有诗意:它特意在冰岛放上了火山,在常年不化的冰雪中喷射出火焰的巨流。

厄仑士勒革以本国的英雄传说为题材来写剧本,从而开辟了一桩新的事业;如果学习他的榜样,那么北国的文学有朝一日也可以同德国文学一样闻名于世。

我对德国剧本的概略介绍就到此为止;这些戏在某种程度上相当于我国的悲剧。我不打算总结这幅图画中有哪些缺点和优点。德国剧作家的才华与方法是如此丰富多彩,以致同一种看法不可能适用于他们每一个人。而且,可以奉献给他们的最佳褒扬,也正是这种多样性:因为在文学王国如同在许多其他领域一样,整齐划一几乎总是一种受到奴役的标志。①

---

① 本章最后这句话,显然是指在拿破仑帝制下法国舆论的消极无力。

第二十六章 论喜剧

威·施莱格尔①指出：悲剧性格的理想在于意志对命运或对自身情欲的胜利；喜剧性则恰恰相反，它表示身体的本能掌握了精神生活：因此，无论在哪里，贪食与怯懦都成了开玩笑取用不竭的题材。在人们看来，热爱生活成了最可笑、最庸俗的事情。当表现一个凡人在死亡面前十分怯弱时，别的凡人便对之讪笑不已；这种讪笑就成了心灵的高尚属性。

但如果离开这一类普遍性玩笑的一般范畴，而进入到同自尊心相关的笑料时，那就随各国的习俗趣味而千变万化了。快乐可以来自大自然的灵感，或者来自社会关系。在前一种情况下，这快乐适宜于一切国家的人；在后一种情况下，则因时间、地点、风俗习惯而千变万化。因为虚荣的努力总是为了对别人产生影响，所以必须了解在一定的时代和地点，什么东西算是最大的成功，才能知道野心所追求的目标是什么：甚至于在有的国家②，连服装的样式也可以使人变得可笑，这类样式仿佛是为了使每个人免于受嘲讽，实际上却使所有的人都变成了一个样子。

在德国喜剧中，对于上层社会的刻画，一般是很平庸的。在

---

① 这里的引语引自奥·威·施莱格尔一八〇八年在维也纳所授《戏剧文学教程》第六讲，是对其中好几段大意的概述。
② 这里指英国，斯太尔夫人不喜欢英国式讲究服饰的花花公子，尤其不喜欢当时极负盛名的"时装大王"布鲁梅尔。

这方面,很少有值得追随的榜样:社交活动不能吸引出类拔萃的人物;而社交之中最大的乐趣,即相互开玩笑这种令人愉快的艺术,在德国人当中无法取得成功。因为那样很快就会触犯习惯于宁静生活的某种自尊心,而且也很容易伤害某种道德——这类道德只要遇到最无关宏旨的幽默,便显得惊恐不已。

德国人很少在喜剧中放进取材于本国的笑料。他们不观察别国人民,更不从外部的角度进行自我观察。那样做,他们就会认为差不多等于冒犯了理应恪守的自我忠诚。而且,他们的天性中有一个特点,即易于动怒,这就使轻轻松松地开玩笑变得十分困难。他们常常听不懂开的是什么玩笑;即使听懂也会生气,更不敢自己也来开玩笑。他们把玩笑看成了一种火器,唯恐它在自己手里爆炸。

因此,以社交中的笑料为题材的喜剧在德国是不多见的。在那里,更容易感受到的却是天然的个性;由于不存在一个伟大的首都,在那里习俗的规范决定一切。所以在这个国家每个人都按照自己的方式生活着。然而虽然在舆论方面德国比英国还要自由,英国的个性色彩却更强烈,因为英国政体下的运动,使每个人更有机会表现自己本来的面目。①

在德国南部,特别是在维也纳,闹剧里面有足够的快乐情绪。提罗尔的丑角卡斯伯尔有他自己的独特性格。在这些闹剧中,笑料是有些庸俗的。作者和演员都下定决心,不要求任何雅致,而是坚决大胆地追求自然,从而战胜了任何人为的优雅。在欢乐当中,德国人喜爱强烈的欢乐胜于有分寸的欢乐。他们在

---

① 斯太尔夫人的这个看法可以同海涅的看法相比较。海涅在一八三七年关于法国戏剧的一封信里说:"也许我们德国人比法国人更有喜剧感;但我们的社交生活不太发达,正因为如此,我们创作的优秀喜剧比法国人要少。"

悲剧中寻找真理,在喜剧中寻找漫画式的事物。他们懂得心灵上的一切微妙之处;但社交精神的雅致并不能唤起他们的欢乐;他们需要作很大的努力才能领略,结果是毫无乐趣可言。

我在其他章节中还要谈到伊夫兰,他是德国首屈一指的演员,也是最有才智的作家之一。① 他写过好几部剧本,以描绘性格见长。其中将家庭风俗表现得非常好,而真正喜剧性的人物使这些家庭的画面格外生动;然而有时我们可以责备这些喜剧过于理性化。它们过于出色地遵循了剧场题词所规定的宗旨。那题词是这样写的:"在笑声中改正人情世俗!"在他们的剧本中,负债累累的年轻人太多了,为孩子的行为不良而奔走忙碌的父亲太多了。上道德伦理课并不是喜剧的职责范围,硬要塞进去甚至是不妥当的。因为如果在喜剧中道德说教令人厌倦,那么久而久之,这种由艺术产生的感受便会转移到实际生活中去。

柯兹布受一位丹麦诗人霍尔贝格②的启示,写过一个在德国颇获好评的喜剧《唐·拉努多·柯立勃拉多斯》,描写一位破了产的绅士,还要拼命摆阔。他手头拮据,只有勉强维持全家及他本人生计的积蓄,但还要拿来讲排场。这部喜剧的题材同莫里哀的《想当贵族的小市民》相得益彰、恰成对照;在这部关于穷贵族的戏中,有几场是充满智趣的,甚至很滑稽,但那是一种粗野的滑稽。莫里哀所抓住的笑料只是快乐而已,但这位丹麦诗人所表现的东西中却有一种真正的不幸。或许总是要有一种大胆的精神,才敢于拿人生来开玩笑,而滑稽的力量要求至少是漫不经心的性格。但如果将这种力量发挥到向怜悯挑战的程

---

① 关于伊夫兰,见第二十七章有关注释。
② 路易·霍尔贝格男爵(1684—1754):生于卑尔根的挪威作家,哥本哈根大学教授,写过许多喜剧及其他作品。全集共二十一卷,一八〇六至一八一四年间出版。

度,那就不对了。且不说这样做欠妥帖;艺术本身首先就要受影响:因为只要稍有凄苦的感觉,就会损害尽情欢笑之中的诗意。

在柯兹布创作的喜剧中,他一般表现得如在正剧中一样有才华,有丰富的戏剧知识以及想象力——这使他能发现给人以深刻印象的场景。若干时期以来,有人声称,哭或笑丝毫也不能说明悲剧或喜剧的好坏。我对此颇有异议:最强烈的激情乃是最大的艺术乐趣的源泉;但这并不是说要把悲剧变成通俗剧,也不是要把喜剧变成街头闹剧。真正的才华在于能在同一部作品中,甚至同一幕中,既使一般民众能哭能笑,又使思想家得到用之不尽的思考题材。

道道地地的模拟喜剧是不大能在德国剧场演出的。德国人的悲剧几乎总是将英雄人物与次要人物混杂在一起,因此不大有利于上述体裁。只有法国戏剧那种夸张的庄严,才能使模拟喜剧中的对比饶有兴味。在莎士比亚的作品以及德国作家的某些作品中,有一种大胆独特的手法,在悲剧里即表现了人生可笑的一面;如果善于将激情的力量同上述感受加以对照,那么全剧的效果便尤其显著。只有在法国戏剧中,喜剧与悲剧两者的界线才如此分明。在任何其他国家,有才之士正如命运之神一样,利用快乐使痛苦变得格外辛辣。

我在魏玛看过表演忠实地译为德文的泰朗斯①剧作。演员戴着面具表演,同古代的做法差不多。这些面具并不完全遮住演员的颜面,而只是用某些更滑稽或更正经的表情,部分取代演员的真实面貌,使之具有与所表演的人物类似的表情。一位出色的演员的面部表情比这一套办法要高明;但才能平庸的演员却颇得补益。德国人竭力要把每个国家古往今来的发明都掌握

---

① 泰朗斯:公元前二世纪拉丁喜剧诗人,著有喜剧多种。

过来。但在喜剧方面,真正具有德国民族特色的只有民间丑角剧,以及以神话做笑料的剧本。

在这里还要提到在德国各地都演出的一部歌剧,剧名《多瑙河的仙女》或《史普烈河的仙女》(在维也纳演出时用前一剧名,在柏林则用后者)。一位骑士爱上了一个仙女,由于某些情况而同她分离。很久之后他才结婚,而选作终身伴侣的尽管是个善良女人,却在才智和想象力方面都没有吸引人的地方。那骑士也颇能随遇而安;因为事情常常如此,便格外觉得自然。很少有人知道,正是心灵才智出众,便更能接近大自然。仙女却不能忘记骑士,便以艺术的奇迹追随他的踪影。每当他在家庭生活中心安理得的时候,她便以奇迹来引起他注意,借以唤醒他俩对昔日爱情的回忆。

骑士如果走到一条小河畔,便听见仙女哼哼唧唧唱出了恋歌;他如果要请客吃饭,一些长着翅膀的神祇便会飞来入席,使他妻子那些庸俗的朋辈不胜惊恐。这位不忠实的情人走到哪里,哪里便有鲜花、舞蹈与音乐演奏出现,像鬼魂一样干扰着他的生活。与此同时,一些顽皮的精灵也来折磨他的仆人;这位仆人在他的同道之中也是很讨厌诗歌的。仙女终于同骑士言归于好,条件是每年他要同她一起生活三天;他的妻子也乐于让他同仙女重逢,因为他可以从中汲取到热情,回来之后对自己所爱的一切格外钟情。这个剧本的题材与其说是大众化的,毋宁说颇为机巧;但戏里神话成分与生活交相辉映,所以能使观众雅俗共赏、皆大欢喜。

德国的新兴文学派别对喜剧犹如对其他一切体裁一样,有自己的体制。仅仅是描写风土人情已不能引起它的兴趣。它要求在构思剧本和创造人物时有想象力。为了使喜剧场景丰富多彩,它对各种手段都不嫌其详,如神话、暗喻、史实,等等。这一派作家①,为这种毫不拘束而漫无目的的思想繁荣取了一个名字,叫作"随意喜剧"。在这方面,他们所效法的是阿里斯多芬的榜样。倒不是说他们赞成阿里斯多芬剧本的放荡不羁,而是对其中奔放的欢乐印象颇深;于是便想将这种玩世不恭的大胆喜剧移植到现代,而不仅仅是以社会的某个阶级为笑料。这个新兴流派的努力方向一般是使各种体裁的才思都更有力量、更有独立性。他们如在这方面取得成功,则不啻是一大胜利,不仅对于文学如此,对于德国人强有力的个性尤其是如此。但要用一般性的思想去影响想象力的自发产品,这总是困难的;而且像古希腊那样蛊惑人心的喜剧,是不适于欧洲社会现状的。

阿里斯多芬所处的政治制度十分民主,当时什么事情都要告诉民众。于是国家大事便很容易从广场转到剧场。在他所生活的国家里,所有的人对哲学争论几乎同对艺术杰作一样熟悉;因为各种流派都在露天开会,最抽象的思想都披戴着大自然和晴朗的天空赋予它们的色泽;但如何在我们的霜雾冰冻之下,如何在我们的斗室之内重新创造这种精力饱满的生活呢?近代文明使得对于人类心灵的观察更加多样了:人对人更了解了;或许可以称作到处分散的心灵,为作家提供了各种新的千差万别。喜剧抓住了这些差别;而当它能通过戏剧场面使之突出时,观众便会很高兴地在剧场发现那些在生活中可能遇到的人物。但在喜剧里写民众,悲剧里放进合唱队,或者放进隐喻式的人物,放进哲学流派,总之是放进一切成群的人,而且是以抽象的方

---

① 指魏玛的作家,其主要代表是歌德、席勒。"随意喜剧"最有特色的剧作之一便是歌德的《感情的胜利》,后文还要提到。奥·威·施莱格尔在《戏剧文学教程》第十七讲中提到了该剧。斯太尔夫人从施莱格尔那里接受了"随意喜剧"的提法。在谈到以观察为基础的喜剧和公然自认的喜剧之后,他说:"随意喜剧也发自同一源泉。"

式——这是不会受到今日观众欢迎的。今日观众需要有名有姓的具体人物。他们甚至在喜剧中也要追求小说式的情趣,在舞台上也要寻找社交生活。

在新的一派作家中,蒂克①是最能感受玩笑的。这并不是说他写过任何可以上演的喜剧剧本;也不是说他所写的喜剧是铺陈有序的,但其中可以看到独特的欢乐的光辉痕迹。首先,他以类乎拉封丹的方式掌握了动物可以参与的笑话。他写了一部喜剧,名为《穿长靴的猫》,这在同类作品中写得颇为出色。我不知道动物在舞台上讲话会产生怎样的效果。或许想象这样的动物比看见它们要更有意思;然而这些拟人化的、如人一样行动的动物,倒像是大自然所创造的真正的喜剧。一切喜剧角色,即自私自利者、好色者,在某些方面同动物一样。因此,在喜剧中究竟是动物模仿人,还是人模仿动物,这倒无关紧要。

蒂克能引起兴趣,还因为他给他的嘲讽才能以一种新的方向:他所嘲讽的完全是那种锱铢必较的庸俗之辈。由于大部分社交中的玩笑都是针对那种过分的热情,大家也就喜欢起这样的作家来——他敢于正面鞭挞谨小慎微、自私自利,即一切所谓合理的东西;而实际上那正是平庸之辈拿来攻讦出类拔萃的性格与才华的可靠借口。他们倚仗所谓的恰如其分来责备一切出色的东西;既然高雅意味着外表奢侈的东西过多了——似乎可以说,这同一种高雅妨碍着精神上的奢侈,妨碍着情感的高昂,

---

① 路德维希·蒂克(1773—1853):诗人兼小说家,德国早期浪漫派最杰出的人物之一;这一派当时是以《雅典娜神殿》杂志为中心的。路德维希·蒂克及其当雕塑家的兄弟弗里德里希同施莱格尔兄弟是私交,并经后者介绍而与斯太尔夫人过从甚密。蒂克的妹妹一度还是威廉·施莱格尔的情妇。斯太尔夫人详尽地分析了蒂克的喜剧,当时认为这些作品复兴了阿里斯多芬的喜剧。后文还要论及蒂克的小说。

总之妨碍一切不能立即使世间事务有所发展的东西。现代的利己主义善于赞扬任何事物的含蓄和平庸,以便将自己装扮成明智的样子。只有久而久之,人们才会发现,这类见解会扼杀艺术天才,扼杀高尚的品德,扼杀爱情与宗教;而除掉这些东西之后,活着还有什么价值呢?①

蒂克的两部喜剧,即《奥克大维安》和《哲尔宾大王》,构思是很巧妙的。奥克大维安皇帝的一个儿子(这是虚构的人物,某个仙女故事说他生活在达戈贝尔国王统治的时代)还在摇篮里的孩提时代,就在大森林中迷失了。巴黎的一位市民发现了他,把他同亲生儿子一起抚养成人,并以他的父亲自居。到二十岁时,这位年轻王子的英雄倾向无时无刻不显示出他的身份,而最有意思的是他的性格与他所谓兄弟的性格恰成对照——这位兄弟的血统与所受的教育倒是相得益彰的。这位贤明的小市民想将家庭经济学教程的某些课文塞进那义子的头脑,结果却是白费力气:他叫义子到市场上去买几条他所需要的牛;这位年轻人在归途中看见一位猎人手上托着一只鹰;于是对鹰隼的雄美赞叹不已,竟用自己的牛换了这头鹰;回到家里,还对这桩价廉物美的交易颇感自得。还有一次,他遇见一匹马,深为它的英姿所动,于是便问售价多少;人家告诉他以后,他觉得要价实在过低,便以两倍的价钱买下了这匹骏马。

那位假父长期抵制着这年轻人的天性,而年轻人都热烈向往着危险和荣誉。终于有一天,他不能再阻止孩子拿起武器去同包围巴黎的萨拉山人作战,而人人都夸奖孩子的功绩。这时,这位年迈的小市民也受到某种诗意的感染:他的过去与他的志

---

① 整个这一段反映了斯太尔夫人对执政府时期以及第一帝国的不满,那时社会风尚轻薄,讲求实利,对哲学家、思想家不屑一顾,所追求的只是福利和物质成就,而摒弃任何高尚的理想。

向奇怪地相交织,这令人觉得特别滑稽;他一面说着很庸俗的语言,一面却又在演讲中滥用豪言壮语和伟大的形象。终于,人们承认那年轻人是帝王之子,于是各得其所,地位与个性取得了一致。这一题材产生了许多充满才思与喜剧色彩的场景;平庸的生活与骑士式的感情之间的对照,表现得十分完美。

《哲尔宾大王》风趣地描写了整个宫廷不胜惊讶的状况,因为发现王上竟然倾向于热烈、忠诚,以及慷慨性格的一切高尚而鲁莽的品质。所有的老臣都怀疑王上是否发了疯,因而建议他出去旅行旅行,看看在外国都是怎样行事的。人们为王上配备了一位非常理智的总管,要他负责将王上拉回到正道上来。某个夏日,他同那位被监护者到一片美丽的大森林中散步,听见小鸟在吟唱,看见微风摇曳着枝叶,整个活泼的大自然仿佛从四面八方向人类诉说关于未来的预言。总管在这些朦胧纷扰的印象中感受到的只有噪音与混乱,而当他回到王宫时,却不胜欣喜地发现树木已被加工成了家具,一切大自然的产品都服从于实用的需要;人为的规范代替了世间嘈杂的运动。然而廷臣们终于心安理得了:因为哲尔宾大王旅行归来之后,获益不浅,答应不再关心艺术、诗歌、高昂的热情,以及不能使利己主义战胜热烈情绪的一切东西。

大多数人最担心的,莫过于被当成傻瓜;他们觉得,在任何时候都显得只关心自己,较之在某一个场合上当受骗,前者远不如后者滑稽可笑。不停地将一切个人打算变成玩笑,这当然是有才智的,而且是对才智的巧妙运用;因为总会有足够的才智使世界继续运转,但真正高尚的性格,甚至于有关的回忆,总有一天会完全消失的。

在蒂克的喜剧中有一种来自人物性格的快乐,这种快乐并不表现为风趣的警句。这种快乐中的想象成分同开玩笑是分不开的;但也有时,这种想象成分本身就消除了喜剧性,而在观众只想发现变成了情节的笑料之处,却恢复了抒情的诗意。对于德国人来说,困难莫过于避免在一切作品中进行朦胧的沉思默想。然而喜剧以至一般戏剧都不适于此,因为在一切感受中,沉思默想正是最孤独的感受。即使最亲近的人的心灵,也很难将这种感受传达给它;更何况要叫聚集在一起的观众也有同感呢?

在隐喻式的剧本中,应当提到《感情的胜利》①,那是歌德的一出小型喜剧,他在剧中巧妙地表现了双重的可笑:既有装腔作势的热情,又在实际上毫无用处。剧中的主要人物似乎热衷于一切需要强烈想象和深刻心灵的思想;而实际上他不过是一位教养很好、很讲礼貌、很服从礼仪的王公。他想把一种做作的感情同这一切混杂在一起;但那种做作的行为又不停地暴露出来。他自以为爱那浓密的森林,皎洁的月光,繁星闪烁的夜色。但因为他又怕冷又怕累,便叫人做了所有这些东西的布景;他外出旅行时,后面总要跟着一辆大车,一站一站地运载那些大自然的美景。

这位多情的王公自以为爱上了一个女人,别人盛赞她的智慧和才华。这个女人为了考验他,便用一个戴着面纱的模特儿来代替自己,它当然从来也不说不妥帖的话;而且它的沉默被当成既是高尚趣味的含蓄,又是温柔的心灵在作忧郁的沉思。②

王公对于这位理想的伴侣十分满意,便向模特儿求婚;只到最后,他才发现自己是多么不幸,竟选择了一只真正的玩偶做妻子!而他的宫廷却为他准备了那么多的女人,她们早就兼备了

---

① 《感情的胜利》,歌德在魏玛居留初期的作品,约于一七八〇年写成。这一类作品缺乏趣味,又不自然,歌德没有继续写下去。
② 斯太尔夫人借用这个题材,于一八一〇年至一八一一年冬季在日内瓦写了一部小型喜剧,题名即《模特儿》,收入她的全集第十七卷。

那模特儿的各种优点。

  然而我们不能否认:仅仅靠这些机智的思想,还不足以构成优秀的喜剧;而作为喜剧作家,法国人比所有其他民族要高明一些。由于他们对人的了解,以及善于运用这种知识,就使他们在喜剧创作方面遥遥领先。但或许有时应当期望:即使在莫里哀最优秀的喜剧中,最好能减少一点理智的讥讽,而使想象占有更多的位置。在他的喜剧中,《唐璜》是最接近德国体制的。一个使人战栗的奇迹导致最滑稽的场景,而想象力的最大效果同最有兴趣的细致的玩笑交织在一起。这个风趣而富有诗意的题材取自西班牙人的作品。在法国,大胆的构思是很少见的;人们在文学方面愿意稳妥地进行工作;但由于某种巧合促成作者去冒风险时,趣味便极为巧妙地引导着胆识前进;由此,外国人的发明经过法国人加工,几乎总能形成一部杰作。①

---

  ① 这大概是转弯抹角地赞扬本杰明·贡斯当改编的剧本《华伦斯坦》。

第二十七章　论朗诵

朗诵艺术①只能在事后留下一些回忆,而不能创立任何不朽的功业;因此,一般人对于它的各个方面思考得不多。平平庸庸地从事这项艺术是最轻而易举的了;但技艺高超的朗诵却也能当之无愧地激起高昂的热情。人们并不把这种效果看成一时冲动,我想其中必有缘故吧。在日常生活中,一般人很少能体验到别人的内在感情:矫揉造作、虚情假意、淡漠无情、谦卑礼让,都有可能夸张、损害、遏制或掩饰内心的感情。伟大的演员突出感情与性格中真实的表象,向我们表现人物的倾向以及真实激情的确切标志。许多人虚度了一生而不曾觉察到激情及其力量,倒是戏剧经常将人的心灵揭示出来,并使人们对内心的风暴产生神圣的恐怖感。的确,有什么言语能像音调、姿势、眼风那

---

① 我们知道,从少年时代起,日尔曼妮·内克小姐(即后来的斯太尔夫人——译注)就想从事戏剧表演。她在童年便将人物做成剪纸,让它们"演出"悲剧。她最早写下的作品也是剧本。一七八五年,她给达尔巴烈伯爵的信写道:"倘蒙垂询我在从事何种娱乐,我就要奉告,刻下正努力掌握朗诵技巧……特别排练了德·拉·哈尔普先生《麦拉尼》一剧整个角色的台词。"此后,她又师从克莱隆小姐和塔尔玛学戏。在戏剧方面崭露头角乃是她的夙愿。她在高培古堡一楼大厅里搭了一座戏台,在洛桑、日内瓦、维也纳、圣彼得堡、斯德哥尔摩的沙龙里表演节目。最难表现的角色,如伊菲格尼、赫尔苗娜、斐德尔,都没有使她望而却步。她的技巧远胜于来客的社交才华。奥·威·施莱格尔写道:"她深入角色,斗争、受难、惊讶、昏厥。凡是感动与震撼心灵的东西,她都引为切身的事情。"

样善于描绘出内心的喜怒哀乐来呢！言语不及音调的抑扬顿挫，而音调又不及面部表情的千变万化；高超的演员向我们传达的正是那无以言传的东西。

德国人与法国人戏剧体系上的差别，也表现在各自的朗诵方法上。德国人竭力模仿大自然；他们唯一的做作，就是要做作得返璞归真。但有时在艺术上也有一种做作。德国演员时而能深深打动观众；时而又使观众觉得索然无味，于是便依靠观众的耐心，并且有奏效的把握。英国人背诵起诗歌来比德国人庄严，却没有法国人，特别是法国悲剧通常要求的那种夸张。我们的体裁不能容忍平庸，我们只是通过艺术的美而返归自然。德国的二流演员是冷淡平静的；他们常常失去悲剧效果，但几乎从来不会变得可笑。德国舞台的情况同社会上一样：有的人或许会叫你感到厌倦，但也不过如此而已。但在法国舞台上，观众一旦不受感动，便会感到不耐：夸张虚假的音调使观众厌恶正在演出的悲剧；这种装腔作势的演出造成一种令人作呕的感觉，还不如演出哪怕是最庸俗的模拟喜剧呢！

在德国应当比法国更注意搞好演出用的道具，如舞台机关、布景等等，因为德国悲剧往往有赖于这一类手段。伊夫兰①在柏林集中了这方面能够要求的一切；但在维也纳，演好一场悲剧所必需的物质条件也遭到忽视。法国演员远比德国演员的记忆力好。在维也纳，提词人要提前把多数演员应说的台词告诉他们；我看见提词人从后台的一端跟到另一端，向奥瑟罗提示他在刺杀苔丝德梦娜时，应当从舞台后部背诵哪些词句。

---

① 奥古斯特·威廉·伊夫兰(1759—1814)：德国极负盛名的演员，还写过许多正剧与喜剧。斯太尔夫人根据自己的记忆比较了伽里克、塔尔马以及伊夫兰的演技，她的见证是弥足珍贵的。

魏玛的演出在各方面都有秩序得多。魏玛大公①是一位有才智的人,他同那位精通艺术的天才②共同主持演出;他们善于将趣味、优雅同大胆结合起来,借助于胆量来进行新的尝试。

在魏玛戏台上犹如在德国一切剧场中一样,由同一批演员兼演喜剧与悲剧角色。据说,这种多样性妨碍他们在任何一方面取得出类拔萃的成绩。然而戏剧方面最早的两位天才,即伽里克③与塔尔马④是兼演两种角色的。生理器官具有灵活性、能够传达完全不同的感受,这似乎是天才的标志。在虚构作品中就像在现实中一样,忧郁和快乐的源泉可能是同一的。而且,在德国,激情与玩笑在悲剧里接连出现,并经常相互交织,因此演员必须有才能兼顾两者;而德国最优秀的演员伊夫兰在这方面取得了名副其实的光辉成就。我在德国没有见过扮演高级喜剧的好演员,例如扮演侯爵、扮演狂放虚妄的角色,等等。这种角色的优雅之处,就在于意大利人所谓的潇洒(la disinvoltura),法文可以译成"无拘无束"。德国人的习惯是对一切都郑重对待,这同前述的轻松愉快恰成南辕北辙。但要想比伊夫兰的表演更加发挥特性与喜剧激情,以及对性格的刻画,那是不可能的。我想在法国戏剧界我们还没有见过像他那样丰富多彩、令

---

① 指萨克森-魏玛大公。他嘱托歌德负责领导大公国内的一切戏剧和其他文艺活动。
② 指歌德。
③ 斯太尔夫人的母亲内克夫人于一七七六年访问英国,此行公开的目的是会见英国名演员伽里克,观看他所扮演的最佳角色。内克夫人自称观看伽里克演出共十一次,并同伽氏夫妇结下了友谊。他们有书信与诗作上的往还。小日尔曼妮·内克那时十岁,但也出席了每一次有关的演出。
④ 斯太尔夫人致当时的名角塔尔马的第一封信写于一八〇七年三月;但她肯定早在这个日期之前就曾有幸会见过塔尔马。一八〇九年六月,斯太尔夫人专程前往里昂会见这位名家,并同他一起朗诵拉辛的诗句。她想争取塔尔马来高培剧场演出,引以为最大的夙愿,但对方谨慎地拒绝了。

人惊羡的才华,也没有见过一位演员如此突出地表现自然的缺点与可笑。喜剧中有一些既定的模式,如吝啬的父亲、放荡不羁的儿子、狡黠欺诈的仆人、受骗上当的保护人;但伊夫兰扮演的角色——按照他对这些角色的理解——不能纳入这些模式中的任何一个,而要按照它们的本名历历数来。因为他们每一个人彼此间大不相同,而伊夫兰扮演其中每一个角色都如鱼得水、运用自如。

我认为,他表演悲剧的方法也是极富效果的。他扮演华伦斯坦的美好角色时,台词念得沉静纯朴,使人永志而不忘。① 他给人的印象是逐步形成的:你先还以为他那种表面的冷淡永远也不可能打动观众的心灵;但越朝下看,情绪就越高涨。由于在总的音调里有一种高尚的宁静感,能使所有的妙处都显示出来,并在激情中保持每个人物性格的色彩,所以最无关紧要的一句台词也能产生很大的力量。

伊夫兰在戏剧艺术理论上同在实践上一样高超,曾就朗诵发表过好几部极富才思的著作。他先勾画出了德国戏剧历史的几个不同时代:先是死板呆滞地抄袭法国舞台上的一切;然后是正剧中泪水汪汪的多愁善感,但那种平淡无奇的自然,使人们连朗诵诗歌的才具都忘记得一干二净;最后是回到诗歌与想象,而现在想象成了德国的普遍兴趣所在。可以说,每个音调、每个姿势,伊夫兰无不从哲学和艺术上为之找到根据。

他串演的某一个人物,使他能对喜剧演技发表最精湛的见解:这是一位老人,他突然抛弃了旧日的情感以及日常生活习惯,接受了下一代的服饰与见解。这个人物的性格并无恶意;但

---

① 斯太尔夫人曾说,她看见过上演《华伦斯坦》的序幕,可能是在一八〇三年十二月她到达魏玛之后不久。

虚荣心使他迷途失径，造成的后果同本性邪恶并无差别。他放任亲生女儿办了一桩毫无感情可言而又默默无闻的婚事，然后又突然建议她离婚。他手持拐杖，挂着温文尔雅的微笑，两腿摇摇晃晃，建议女儿中断那最神圣的关系，但矫揉造作的优雅中渗透着龙钟老态，表面上的漫不经心掩盖着山穷水尽的窘相，这些精微之处伊夫兰都敏锐而机智地掌握了。

在谈到席勒笔下强盗头子的弟弟弗朗茨·穆尔时，伊夫兰研究了如何扮演坏蛋的问题。他说："演员应当努力使观众感到人物是出于什么动机才变成现在这样；是什么境遇使他的心灵堕落了；演员还应当多少成为他所表演的性格的辩护士。"的确，即使在坏蛋的行径中，也只有通过层次的展开才有真实性，才能使人感到：若不是逐步堕落，也绝不会变成坏蛋的。

伊夫兰还提到：德国过去一位大名鼎鼎的演员艾克霍夫①在上演《爱米丽雅·迦洛蒂》这个剧本时所产生的奇妙印象。奥多阿从亲王情妇口里听说女儿的荣誉受到了威胁；由于他并不敬重这个女人，这时想向她掩饰内心的愤懑和痛苦，他的两手就不知不觉地去抓帽子上的羽毛，那动作像一种痉挛，产生了可怕的效果。艾克霍夫之后的演员也亦步亦趋、如法炮制，然而虽然抓得落羽满地，却没有人屑于一顾。因为真正的激情并不能使任何动作一概具有动人心魄的、崇高的真实性。

伊夫兰关于手势的理论是很高明的。他讥诮那像风车一样转动不已的手臂，指出那只能用来进行道德说教；他认为，一般说来，少量离身体较近的手势，能较好地表达真实的感受。但在这里正如在许多其他方面一样，才能包括完全不同的两个组成部分：一部分来自诗的热情，另一部分来自观察力。哪一种占统

---

① 康拉德·艾克霍夫（1720—1778）：演员兼剧作家。

治地位，则看剧本或角色的性质而定。优雅和美感所启迪的手势，与刻画人物的手势并不相同。诗所表现的是总体的完美，而不是特殊的行为方式或特殊的感觉方式。悲剧演员的艺术，就在于通过其姿态表现诗意美的形象，但又不能忽略种种性格之间的差别：整个艺术领域便在于理想与自然的结合。

我看两位名诗人奥·威·施莱格尔和魏尔纳演出剧本《二月二十四日》，印象尤深的是他们的朗诵方式。他们提前开始酝酿效果，如果劈头几行诗句便有人鼓掌，他们反而会非常恼火。他们头脑里始终有一种整体感，如果细节的成功损害了整体感，他们便会认为是一种错误。施莱格尔在魏尔纳剧中的表演，使我发现了一个剧中人的含意，而那是我在阅读剧本时几乎不曾注意到的。一个正派人在七岁上——即还不知犯罪为何事时——犯下了一桩罪行，剧本写出了他的清白无辜，他的不幸；他虽然问心无愧，但思绪总是不宁。我判断眼前的这个人物，就像在日常生活里深入观察一个人的性格一样，通过无意中反映他本来面目的动作、眼风、音调来了解他。我们大多数法国演员不会显得对自己表演的内容无所知觉的样子；恰恰相反，他们所运用的一切手段，都含有一种精心雕琢的成分，而且事先估计得出会有怎样的效果。

受到所有德国人盛赞的演员施罗德①，最不能忍受别人品头评足说：你某个时刻演得好，或者你某几行诗朗诵得好。他总是这样问别人："我是否演好了这个角色？我是否充当好了那个人物？"的确，每当他换演一个角色时，他的才华似乎就变换

---

① 弗里德里希·路德维希·施罗德(1744—1816)：演员兼剧作家，一七七一年至一七九八年间，任汉堡剧院院长达二十七年之久，并专长扮演莎士比亚剧中人物。奥·威·施莱格尔对他很敬重，蒂克为他的戏剧集写了序言，但他的剧本只有在他自演时才能获得成功。

了一种性质。法国人不敢学他的样子,用日常谈心的语调来诵读悲剧。在亚历山大体十二音节诗句中,有一种总的色彩、一种约定俗成的音调,那是必须谨守不违的;而最冲动的动作,也应以此为依据,这种依据竟成了艺术的必要前提。一般法国演员是追求掌声的,他们差不多每念一句诗都可以当之无愧地得到喝彩;德国演员却只企望在剧本结束时获得掌声,他们也多半只能在结尾时如愿以偿。

德国剧本中场景、局面都是丰富多样的,这就必然促成演员的才华极富变幻。其中无声表演的作用更大了;观众的耐心使演员可以运用许多细节,从而使激情变得比较自然。法国演员的技巧几乎全在朗诵;在德国,朗诵固然是主要技巧,但辅佐的办法却很多,常常不怎么需要说话就能够感动观众。

《李尔王》译成德语后,由施罗德扮演主角。他在昏睡之中被抬上了舞台;据说当他还没有醒来,还没有倾诉痛苦的时候,这种不幸的、老年的沉睡即已使观众泪水盈眶。他的小女儿科第丽霞因为不愿意抛弃他而惨遭杀害,他抱着她的遗体登上了舞台;这时,悲痛欲绝的心情赋予他力量,任何场面也没有这样美好。支撑着他的是最后一丝疑问:科第丽霞是否还存有一息。年迈体衰的他,不能相信这样一个风华正茂的姑娘竟这样夭折了。这位风烛残年的老人的强烈痛苦,使观众产生一种痛彻肺腑的感动。

一般德国演员确有的缺点是,他们不大运用在德国十分普及的绘画知识:他们的姿态谈不上优美;他们质朴到极点就常常变成了笨拙;他们在举止的高贵优雅方面,几乎从来也不能与法国演员相提并论。但一个时期以来,德国有一些女演员研究了姿态的艺术,在这方面大有长进,因为这种优美在舞台上是不可或缺的。在德国,只有在每幕戏终了时观众才鼓掌,他们很少从中间打断演员,向他表示佩服。德国人喜欢静悄悄地领略受到感动的滋味,而认为吵吵嚷嚷地表示欣赏是一种扰乱秩序的不文明行为。但这对德国演员来说却是一种额外的困难;由于朗诵时没有观众的鼓励,就要求有发挥才华的巨大毅力。戏剧是一种完全依靠激情的艺术,聚集一堂的观众能给你以强有力的刺戟,这是任何东西都不能替代的。

一个好演员在排练一本戏的时候,由于有长期的实践经验,可以借助原来的渠道,运用原来的方法,而用不着观众重新给予鼓舞。然而最初的灵感几乎总是来自观众。值得注意的是这样一种奇特的对照:在美术创作中,由于创作过程要求孤独与深思熟虑,如果想到了观众——只有自尊心才会使你朝这方面想——便会失去自然质朴的东西。但在即席创作的艺术中,特别是在朗诵中,掌声对心灵的作用不亚于隆隆战鼓声的激励。这令人陶醉的声音使血液奔腾得更酣畅,它所满足的并不是那种冷酷的虚荣心。

在法国,如果出现一个天才,不管他从事什么职业,他几乎总可以达到前人所未及的完善程度。因为他结合了两个因素——一是使他不落一般窠臼的敢作敢为精神;一是趣味得当的感觉。只要才华的特色不受影响,保持这后一点也是至关紧要的。因此,我认为可以把塔尔马当作一个典范,即将大胆与分寸、自然与尊严结合起来的典范。他掌握了各种艺术的秘诀:他的姿态使人想起优美的古代雕像;他的服饰在一切动作中,都无意间有恰到好处的折纹,似乎他曾有工夫安安静静地加以整饬。他的表情,他的眼风,都足供所有的画家仔细研究。有时他出场时两眼半张半阖,但突然间激越的情感使他的眼睛喷射出强烈的光焰,似乎能照亮整个戏台。

他一开口,台词的意义还未及打动人心,那声音就已经使观众心荡神摇。有时悲剧里也偶尔出现描写风景的诗句,他能使观众体会到其中的诗情画意,犹如品达亲自出场朗诵他的诗作。别的演员需要一些时间才能打动观众,他们的从容不迫也确有好处;但在塔尔马的声音里却有一种无以言状的魔力,一发出头几个音调,就能得到观众心声的共鸣。音乐、绘画、雕塑、诗歌,特别是心灵语言——他就是依靠这种种手段的魅力,在观众身上施展出慷慨或可怕的激情的威风。

他对角色的构思,表现出他对人物的心灵有多么深切的了解!他通过音调与表情,成为这些人物再创造的作者。当俄狄浦斯告诉若卡斯特他怎样杀死了素不相识的拉于斯时,台词是这样开始的:"那时我又年轻又潇洒。"①在他之前的演员都以为应当突出表现"潇洒"二字,在台上故意翘首远望,借以示意。塔尔马与众不同,他感到骄傲的俄狄浦斯对往事的千般回忆都已成悔恨,便用怯生生的声音来诵读这句话,因为这是对于一去不复返的自信心的追思。俄狄浦斯正在对自己的身世产生顾虑,福尔巴斯却从科林斯来了:俄狄浦斯要求同他作一次秘密谈话。塔尔马以前的演员都急忙转向随从,并以庄严的手势将他们喝退;塔尔马却定睛凝视着福尔巴斯,他时刻盯着他,那颤动的手做了个手势,示意周围的人退避。他纵然一言不发,但那茫然若失的动作却暴露出他心神不宁。到最后一幕,他在离开若卡斯特时喊出一声——

不错,拉于斯是我的父亲,而我是您的儿子!

这时观众仿佛看见泰纳尔深渊张开血盆大口,命运之神阴险狠

---

① 《俄狄浦斯》,伏尔泰写的悲剧,一七一八年十一月十八日首次演出。"那时我又年轻又潇洒"一句并不是俄狄浦斯同若卡斯特对话的第一句,而是第二十八句(第四幕第一场)。

毒,正将凡人推进深渊。

在《安德罗马克》中,赫尔苗娜怪罪俄瑞斯忒斯未经她认可便杀了皮鲁斯,这时俄瑞斯忒斯回答:

> 不正是你自己,
> 方才在这里赐他一死吗?

据说当勒坎①朗诵这句诗时,在每个字上都用力气,似乎是在向赫尔苗娜提示,她当初如何向他下达了处死皮鲁斯的命令。如果这是针对一位法官,那倒很好;但这里是自己心爱的女人,那么唯一充满他心灵的感情,则应当是一种由于发现她残暴不义而产生的绝望之情。塔尔马是这样设计这场戏的②:从俄瑞斯忒斯的内心迸发出一声呼号,他说头几个字时铿锵有力,但越往下说越泄气;他两臂下垂,面色铁青,像死神一样;他似乎渐渐失去了说话的气力,观众却越来越激动。

塔尔马朗读下面这段独白的方式真是妙不可言。俄瑞斯忒斯念到

> 我违心地杀害了一位
> 我所衷心崇敬的国王

这几句诗,心如刀割,痛感自己的清白无辜。这就激起一种连天才的拉辛也始料不及的怜悯。几乎凡是名演员都曾试图表达俄瑞斯忒斯的狂热;而正是在这里,高尚的手势与表情大大有助于增进悲痛欲绝的效果。这痛苦唯其是表现为美好性格的镇静与尊严,其力量也就分外炽烈可怕。

---

① 勒坎(1728—1778):法国演员,受伏尔泰保护;虽有生理缺陷,但演技精湛。他演出时,斯太尔夫人尚年幼,故文中所提事迹,恐系据传闻叙述。
② 据说斯太尔夫人很高兴并且能出色地扮演赫尔苗娜一角;她曾渴望能在高培古堡舞台上同塔尔马合演此戏。

在罗马历史剧中，塔尔马发挥了性质完全不同的才华，但表演得同样出色。看了他表演的暴君尼罗，对塔西陀便易于理解了；他在剧中表现出聪慧的才智；正直的心灵总是以才智来洞察犯罪的种种征候；但在某些角色中，观众一边听他念台词，一边浸沉在他表达的感情中，我觉得这时的效果尤其出色。在杜伯莱的《加斯东和巴亚尔》一剧中，他帮了巴亚尔一个大忙，把其他演员认为应当赋予角色的那种虚夸神态去掉了：于是这位加斯康尼地方的英雄，由于塔尔马的努力，在悲剧中变得如在史实中一样质朴了。他扮演这个角色时所穿的服装，他那简朴而贴近身体的手势，使人想起了古教堂里常见的骑士雕像。一个人既能很好地体验古代艺术，而又能转向中世纪的人物性格，这本领实在令人惊叹不置。

杜西①汲取了一个阿拉伯题材，写成悲剧《阿布法尔》，塔尔马有时扮演其中的法朗一角。这部悲剧有许多动人的诗句，赋予全剧以魅力。这部作品使人能欣赏到东方色彩，欣赏南亚梦幻般的忧郁——那是酷热天气在消耗而不是在美化大自然的地带的忧郁。同一个塔尔马，他曾经扮演过希腊人、罗马人以及骑士，现在却摇身一变，成了一位精力充沛、爱情炽烈的沙漠里的阿拉伯人。他的眼神迷惘，好像在逃避太阳的强烈的光芒；他的

---

① 让-弗朗索瓦·杜西（1733—1816）：诗人，首先将莎士比亚的剧作改编为法文剧本，一七七八年接替伏尔泰，入法兰西学士院。他同内克夫人及其沙龙常客过往甚密，特别同诗人托马交谊甚笃。杜西是一位非常善良、敏感而又思想自由的人。斯太尔夫人非常敬重他，一方面是由于他具有独立不羁的性格，另一方面是因为他有浓厚的家庭感情。杜西的确常将自己的感情注入悲剧作品，如关于《哈姆莱特》他就说过："我在这里刻画了我对父亲的全部尊敬与爱戴之情。"这种孝顺的心情颇能打动斯太尔夫人。与许多人相反，杜西不愿出卖诗人的灵魂，一生清贫，拒绝了波拿巴许诺的功名利禄。这也是他得到斯太尔夫人赞叹的原因。杜西也是塔尔马的朋友，后者扮演了杜西悲剧中的首批角色。

手势中巧妙地交替着慵懒与激情。有时他仿佛被命运所压倒；有时他又似乎比大自然更强有力,似乎战胜了它。他胸臆中蕴藏着一种炽热的爱情,是对一位他以为是亲妹妹的女人而发的；看他走起路来失魂落魄的样子,似乎他想躲避自己的影子；他的目光躲避他所爱的人,他的双手推开他以为终日伴随着自己的人儿。当他终于将莎莱玛搂在怀里时,他对她说:"我冷呀!"这既表达了他心灵的战栗,又说明他想掩饰内心炽烈的火焰。

杜西改编的莎士比亚剧中可能有许多缺点；但若不承认其中也有妙笔,那也很不公正。杜西的天才寓于情感之中,正是在这一点上他很了不起。塔尔马是这位高贵的老人的朋友,他正是以这样的身份来表演杜西充满才华的剧作。在法文剧本里,女巫一场改编成了叙事体裁。塔尔马力图将三女巫庸俗怪诞的语气表达出来,但在模仿时却力图保持法国戏剧所要求的尊严。

> 这些青面獠牙的怪物,口中喃喃有词,
> 她们你呼我应,彼此谈笑忘情；
> 她们轻轻来到我的身边,
> 脸上堆满狰狞可怖的笑容;
> 那神秘的手指放在唇上示意肃静。
> 我正待启口,她们却——
> 从阴暗的地方一溜烟跑出,
> 一个手持短剑,一个扶执王笏;
> 第三个浑身青紫,身缠毒蛇一条:
> 三人一起,朝着王宫飞跑狂驰。
> 她们一面远离我的所在之地,
> 一面送给我一句告别的词句:
> 你总有一天要当大王哩!
>
> (杜西改编:《麦克白》第二幕第六场)

演员朗诵这段韵文时,用的是一种低沉神秘的声音;他将手指放在嘴唇上,就像肃静的雕像那样;他的目光变得惊恐,表示脑海里留下的记忆多么可怕而又可厌。所有这些因素都结合在一起,表现一种对我国舞台来说颇为新奇的神话——那是与以前的任何传统都大不相同的。

最近,《奥瑟罗》在法国舞台上没有取得成功。① 似乎因为有了奥罗斯曼②,就难于理解奥瑟罗了。但当塔尔马演出《奥瑟罗》时,那第五幕感人至深,似乎杀人的事情历历在目。我曾亲眼看见塔尔马在家里同夫人一起朗诵那最后一幕。他夫人的音容笑貌都非常适宜于扮演苔丝德梦娜一角。塔尔马只要将手朝额前一放、眉头一皱,就活脱是那个威尼斯的摩尔人了。而恐怖就在左近攫住了他,似乎戏剧的一切幻觉包围着塔尔马。

在外国悲剧中,塔尔马扮演得最成功的是《哈姆莱特》。在法国舞台上,观众看不见哈姆莱特父亲的影子。他的显灵完全靠塔尔马的面部表情,但同样也是令人恐怖的。当在平静而忧郁的谈话中,哈姆莱特突然瞥见鬼影时,观众追随着他的每一个动作,随着他的眼神盯着那鬼影;当这样的眼神证实鬼影存在时,谁也不能对此置疑的。

第三幕幕启时,哈姆莱特独自一人出现在舞台上,他以美妙的法文诗句朗诵举世闻名的 To be or not to be(英语:活着还是死去)那段独白:

---

① 《奥瑟罗》(又名《威尼斯的摩尔人》),一七九二年首演。一八〇六年,塔尔马痛感一般悲剧作家的作品平庸之至,便想将杜西的悲剧稍加修改之后重演。但拿破仑控制的批评界由于杜西拒绝皇上的恩宠而对他不甚友好。在演出各剧中,似乎只有《哈姆莱特》较为成功。
② 奥罗斯曼是伏尔泰的悲剧《柴依尔》中的主要人物。这是一位在耶路撒冷掌权的土耳其王公,他爱上了一个基督徒女奴。他出于嫉妒而杀了她,后来发现她无辜而自刎。奥罗斯曼确与奥瑟罗有相似之处。

> 死亡,这便是沉睡,或许是苏醒——
> 或许如此。啊,这词眼令人心寒;
> 人们在坟墓面前恐惧得望而却步,
> 在这万丈深渊之前,他们倒退三步;
> 于是死而复生,对尘世倍加恋眷。①

塔尔马不做任何手势,有时只是微微摇头,表示诘问天地:"死"到底是什么含义?他巍然直立,静观默想的尊严感浸透了他的整个身心。两千名观众在席上鸦雀无声,静观着那一个人探究凡人命运的奥秘!在不远的未来,曾经存在过的一切都将不复存在;但另一些人又将遇到同样的疑问,又将同样置身于深渊之中而不知其深浅几何。

哈姆莱特要母亲在父王的骨灰盒前宣誓:说她未曾参与谋杀老王的罪行。她迟疑不决,惊慌失措,终于承认了自己犯下的弥天大罪。于是哈姆莱特抽出宝剑,父王曾要他用这宝剑刺进他母亲的胸膛;但在哈姆莱特就要下手的刹那间,他忽然动了亲子之情与恻隐之心,便转向父王的鬼影,大声喊叫:"饶恕她吧,饶恕她吧,父王呀!"那声音之中似乎包容了大自然惠予人类的一切激情;他扑倒在昏厥过去的母亲跟前,道出了两句蕴藏着无穷无尽怜悯之情的诗句:

> 您的罪您是极恶之罪,
> 但上天的恩惠却更加宏伟。

最后,我们想到塔尔马时不可能忘记《曼琉斯》②一剧。这

---

① 见杜西改编的《哈姆莱特》四幕一场。改动甚大,与莎士比亚同名剧三幕一场的独白大不相同。
② 《曼琉斯·卡皮托利努斯》,悲剧诗人安东·德拉·弗斯(1653—1708)的平庸之作。本剧写于一六九八年,取材于一六八二年在伦敦上演之《威尼斯叛乱》。

个剧本的舞台效果有限:它取材于奥特威的《威尼斯得救记》①,但移植进了罗马的历史题材。曼琉斯阴谋反对罗马元老院。他把这个秘密告诉了他十五年来一直宠幸的塞维利乌斯;他的其他朋友对此举能否成功都心存疑惧,因为塞维利乌斯对妻子感情深厚,甚至有几分惧内;而她正是罗马执政官的女儿。叛乱者的顾虑终于变成现实:塞维利乌斯不能向妻子隐瞒她老父的生命正受到威胁,这个女人便立即奔去告密。于是曼琉斯被捕,他的谋划全盘败露,元老院判决将他从专门处死犯人的罗马塔斑岩上推下。

在塔尔马担任该剧角色之前,由于剧本写得平淡,谁也没有怎么注意到曼琉斯对塞维利乌斯的炽热友情。叛乱者鲁蒂尔的一张纸条说明秘密已败露,并且是塞维利乌斯泄露的。这时曼琉斯拿着纸条出场了。那位犯了罪的朋友已深自内疚,曼琉斯挨近他,出示那张揭发他的墨迹,并嚷道:"你还有什么可说的?"我询问过所有听到过这句台词的观众,哪里见到过比这时的表情、音调更能激起种种复杂感情的?那是一种愤恨,但由于内心的怜悯而有所缓冲;那是一种愤慨,由于友情却时而更强烈,时而有所削弱;怎样才能表达如此错综复杂的心情呢——除了用那甚至用不着言语的、心灵对心灵的声音?曼琉斯抽出宝剑来要杀塞维利乌斯;他的手寻找对方的心房,等找到时却又战栗不已:在漫长的岁月中,塞维利乌斯一直是他心爱的高足弟子,这段记忆就像一层泪水筑成的云雾,在复仇的心情与这位故旧之间立下了屏障。

一般人很少说到此剧的第五幕;但塔尔马在这一幕或许比

---

① 《威尼斯得救记》,又名《阴谋败露记》,托马斯·奥特威著,全集发表于一七五七年,斯太尔夫人藏书中有此书。

第四幕中表演得更出色。塞维利乌斯为了赎罪,为了拯救曼琉斯已竭尽一切努力。他在内心深处决定,如果曼琉斯活不成,他自己也准备与他同归于尽。塞维利乌斯的悔恨减轻了曼琉斯的痛苦;但曼琉斯不敢对塞维利乌斯表示原谅他那可怕的背叛。他只是悄悄抓起塞维利乌斯的手,将它挪近自己胸口。他那无意识的动作还在寻找那有罪的朋友,他还想在诀别之前同他拥抱一下。在剧本中,没有任何东西,或几乎没有任何东西表示出这颗敏感的心的无穷之美——它不顾那破坏了友谊的背叛,对长期的友情仍然矢志不渝。在英文原作中,彼得与杰菲尔这两个人物极为有力地表现了这个场面。塔尔马给《曼琉斯》一剧以它所欠缺的力量;他以真切的表演,表现出友谊的威力,这实在应当归功于他的才华。炽热的感情可以转化为对心爱者的仇恨。但当友谊是以心灵神圣的关系来维系的时候,甚至于罪愆也不足以破坏它;人们期待着对方悔过,犹如期待久别之后的重逢一样。

我稍为仔细地议论了一番塔尔马,我想这不算离题。这位艺术家给予法国悲剧以独特的风格和平实自然的特色;而这两点正是德国人对法国悲剧的不满,无论有无道理。他在演出的各类剧本中,善于刻画异国的风土人情;没有一个演员能像他那样以最简约的方法,取得这么大的效果。他的朗诵将莎士比亚与拉辛巧妙地结合到了一处。既然演员能通过表演将两者糅合得巧夺天工,那么剧作家又为什么不能在创作中这样做呢?

第二十八章　论小说

在所有的虚构作品中,小说是最容易的一种,近代各国作家试笔之多,莫过于在这方面了。可以说,小说在现实生活与想象生活之间起着过渡作用。每个人的故事就是一部小说,它同印刷出来的小说颇为相像;在个人的故事方面,本人的记忆常常起着小说里构思的作用。人们将小说同诗歌、历史、哲学结合起来,想借以抬高小说的地位;但我觉得这是败坏小说。道德观点和热情洋溢的雄辩可以纳入小说,但对高潮场面的兴趣应当是小说的首要动力,那是任何东西都绝不能取代的。如果说一切演出的剧本不可缺少的条件是戏剧效果,那么,同样无疑的是:倘使一部小说不能引起强烈的好奇心,那它就绝不是一部好作品,也不是成功的幻想故事。企图用富有智趣的枝蔓来弥补是徒劳无益的;读者期待得到乐趣,结果却大失所望,这样造成的厌倦是分外难耐的。

德国发表了许许多多爱情小说,结果使清朗的月色、深夜幽谷竖琴的低诉等等使心灵陶醉的手法,多多少少变成了笑料。但我们身上确有一种自然倾向,乐于读这类轻松的东西;企图反对这种倾向是无补于事的,天才正应当去把握这种倾向。爱上了别人和被别人爱,这是多么美好的事,这种生活的讴歌可以无穷无尽地延续,也不致使人们的心灵感到厌倦。这就如同一支歌曲,又经过华美的音节加工,人们便乐于重新唱出它的主调来。但我绝不讳言:即使最纯洁的小说,也不免有坏作用。小说将情感上最深沉的秘密向我们做了过多的宣泄。我们不会再有什么感受是不曾在书本上谈到过的;所有心灵的纱幕都已经被撕破。古人绝不用自己的心灵做幻想的题材;他们总是保留着一个神圣的殿堂,即使自己的目光也不忍对之环顾扫视。但无论怎么说吧,既有了小说这种体裁,那么便应当有能引起兴趣的东西。正如西塞罗在论及演说家必须有动作时所说:这是必需、必需而又必需的条件。

像英国人一样,德国人在描写家庭生活的小说方面也是多产的。英国小说对风俗习惯的描写比较高雅;在德国小说里就五花八门了。在英国,尽管个性是独立的,但毕竟有一种上流社会培育的一般修养;而在德国,这方面没有任何公认的东西。好几部描写感情与习俗的小说值得一提,它们在文学作品中的地位犹如正剧在戏剧中的地位一样;但无与伦比的一部小说是《少年维特之烦恼》:这本书说明,当歌德的天才产生激情时,它能写出多么美妙的作品来。据说他本人现在对这部青年时代的作品评价不高;他那时有一种狂放的想象力,使他几乎对自杀也抱着热情,现在看起来这大约是不可取的了。人们还很年轻的时候,身心的颓败还毫无痕迹,便把坟墓也当成不过是一种富有诗意的形象,是一种长眠,而眠床周围跪满着为我们洒泪哭泣的人。从中年时代起,就已经不是那么回事了,便开始懂得为什么宗教——这心灵的科学——将自杀与谋杀的恶行相提并论。

然而歌德如果低估了《少年维特之烦恼》所表现的杰出才能,那他就错了。他所描绘的不仅是爱情的苦恼,而且是本世纪想象力的种种痼疾:头脑里充满了各种思想,但却不能变成有意志的行动;生活本身比古代人远为单调,但内心生活却反而动荡得多,这就使人产生一种昏眩的感觉,犹如来到了悬崖的边缘;而在对万丈深渊长时间静观默想之后,由于疲惫就有可能失足落入这深渊。这种对心灵焦躁的描写,其效果是颇富哲理性的;歌德却在这种描写中巧妙地结合进了情节简单而兴味盎然的故事。既然在一切科学中,都认为必须用外界标记来打动视觉,那么为了在心灵上镌刻伟大的思想,不是当然也要唤起兴趣才行吗?

书信体裁的小说总是感情多于情节。古代人断然想象不出用这种形式来讲故事。只是到了近两个世纪,哲学才相当深入到我们的心灵中来,所以在作品中分析我们的感受才这样重要。这种构思小说的方法当然不如单纯叙事那样富有诗意,但现在人类思想所渴求的,已经是对内心世界的见解,而不是编撰得天衣无缝的故事情节。这种倾向起源于人类在精神上的巨变:人现在一般越发倾向于反躬自省,要在心灵的最深处追求宗教、爱情与思想。

好几位德国作家写了关于鬼怪和女巫的故事,他们认为在这一类构思中才华横溢,远胜于根据普通生活情节创作的小说。如果大家听任自然天赋,那么一切就都很好了。但一般说来,神话里的事物要韵文才能表达,散文却是不够用的。当故事表现的时代与国度同我们迥然不同时,就要用诗的魅力来代替由于同我们相像而产生的乐趣。诗是一种长着羽翼的媒介,能将逝去的岁月与异国风物移入崇高的境界,从而用不胜赞叹的心情取代同情与共鸣。

德国有许多骑士小说,但应当更审慎地将它们归入古老的传统中去,现在人们正在探索这一类宝贵的源泉;有一本书叫作《英雄集》[①],其中有许多冒险故事,叙述得有力而纯朴。重要的

---

① 《英雄集》为十五世纪加斯帕尔·凡·德尔·罗恩搜集的传说故事集,一八二五年在柏林出现代版。这种中世纪文学还少为人知,奥·威·施莱格尔对此很有兴趣,一八一二年曾写信给斯太尔夫人说:"中世纪历史和古德文是我最大的兴趣所在。"

是保持原作的风格,以及古色古香的风俗习惯,而不要画蛇添足地发挥那个时代的故事——在那时,荣誉与爱情影响着人的心灵,犹如古代的宿命论一样,而不考虑行为的动机,也不容许狐疑不决。

若干时期以来,德国的哲学小说后来居上,超过了一切其他小说。但它与法国的哲学小说全然不同,不像伏尔泰那样,通过某种寓言式的情节,来表达普遍性的思想;它是关于人生的不偏不倚的描述,其中没有任何热切的利害关系与支配地位,各色人等先后达到情节的高潮,所处的环境也各个不同。作家只是在那里叙述。歌德就是这样写作《威廉·迈斯特》的,这部作品在德国备受推崇,在其他国家却默默无闻。

《威廉·迈斯特》中充满了机智风趣的争论;如果不是小说的故事情节,本可把它当成一流的哲学著作。这故事情节虽能引起兴趣,但却使读者感到失多于得;书里对社会上的某一个阶级有详尽细致的描写,这个阶级在德国比在其他国家人数众多一些,其中混杂着艺术家、演员、冒险家,以及喜爱独立生活的市民和以艺术保护者自居的大贵族:这些场面单个来看都很动人;但就整个作品来说,唯一的趣味就在于了解歌德对每个问题的见解:这部小说的主人公是一个讨厌的第三者,不知道作者为什么在读者与他自己之间安插了这么一个人物。

《威廉·迈斯特》中的人物的智趣大于意义,其情节高潮自然但不够突出;在这当中,有一段动人的插曲在书中好几处再现,它集中了歌德热烈而独特的才华所能表达的最生动活泼的东西。一位意大利姑娘,诞生于一种罪恶而可怕的爱情,而这桩爱情与一个宣誓效忠神明的男人有关。这一对情侣本已罪孽深重,结婚之后又发现彼此原来竟是亲兄妹;而这种乱伦通婚是对他们发假誓的惩罚。母亲因而失去了理智,父亲从此在世界各地奔波,犹如一位不想在任何地方栖宿的不幸的流浪汉那样。这桩可怕的情事所产生的不幸果实,自问世之日就无依无靠,终于被玩杂耍的人带走。在她十岁之前,他们都给她传授这种可怜的技艺,因为他们就是赖之以生存的:她备受虐待,引起了威廉的关切。威廉遂将这个自诞生之日便女扮男装的姑娘收容了下来。

于是在这个奇特的人物身上,童心与深邃的性格相交织,严肃与丰富的想象力相结合,有了一种异乎寻常的发展。她像意大利女子那样热情奔放,又像深思熟虑的成年人那样沉默寡言、坚持不懈,她似乎并不善于言辞。然而那寥寥数语却是庄重的,发自于远较她的年龄老练成熟的情感,即使她本人也弄不清楚这种情感的奥秘。她对威廉出于敬爱的心情而依依不舍,像一个忠实的仆人一样伺候着他;她又像一个情火旺盛的女人那样爱恋着他:她的生平是不幸的,可以说她没有领略过童年的幸福;大自然本来只赋予这样的年龄以欢乐,然而她却已经饱受苦难;因此,她的生存只系于一种爱情,她那颗心的搏动始终是为了这种爱情。

这位姑娘名叫迷娘,她像梦幻那样神秘莫测。她用极其动人的诗句表示对意大利的怀念,这诗句在德国已是妇孺皆知:"你去过那片柠檬盛开的土地吗?"等等。后来,妒忌——对于她那稚嫩的感官,这是一种过于强烈的感受——使这个可怜的孩子五内俱焚;她深深感到痛苦,然而她小小的年纪,竟没有同痛苦进行搏斗的力量。要想知道这一场景的全部效果,就得复述每一个细节。一想到这位姑娘的每个动作,就不得不为之激动。她身上有一种笔墨不能形容的令人着魔的纯朴,似乎她的思想感情像幽壑一样深刻。人们只能感到在她的心灵深处有暴风雨的轰鸣,却无从引述某一句话或某一个场面,来说明她所激起的那种无法言状的感觉。

虽然有这段美妙的插曲,我们在《威廉·迈斯特》当中仍然可以看出一时在德国新派文学中发展起来的奇怪办法:古人讲故事,甚至包括写诗,不管内容多么生动活泼,其形式总是冷静沉着的;我们已经弄明白,学习古代作家的冷静对于现代人是确有好处的。然而在想象性作品中,理论提倡的东西在实践中并不怎么成功。如果有像《伊利亚特》那样的情节,它本身就有吸引力;作者的个人感情愈是不露声色,那场景给人的印象就愈深刻些。但如果要用荷马那种不偏不倚的冷静来描绘小说的高潮场面,效果总不会是很动人的。

歌德最近发表了一部小说,题名《心心相印》,我认为,其主要不足就是上面所说的这一点。一个幸福的家庭隐退到了乡下。夫妇两人分别请来了客人,一个是自己的朋友,另一个是自己的侄女,以便共同度过这段宁静的生活。然而那位朋友却爱上了女主人,男主人则爱上了妻子的侄女。男主人想用离婚的办法使自己同所爱的人结合;那位姑娘也准备同意这样做。但不幸的事件又使她回到要守本分的思想;然而当她承认必须牺牲自己的爱情时,她不禁感到无限的悲哀,终于卧床不起;而她所爱的男人不久也跟着她离开了人世。

《心心相印》的译本在法国没有得到任何成功。因为通篇故事没有任何个性化的东西,也不知道构想出这个故事是为了说明什么问题。在德国,这种不确定的状态并不是一种缺陷:人世间的事情也常常只有不确定的结果,所以人们认为在描写人世的小说中也可以有同样的矛盾和疑问。歌德的这部作品包括了许多细致的思想与见解;但的确,故事的趣味常常淡漠了下来;在这部小说中,几乎像在日常生活中一样,漏洞破绽比比皆是。然而一部小说却不应当像一个人的回忆录:在实际发生过的事情中,一切都能引起兴趣;然而虚构的作品只有超过实际生活,才能与之争高下,也就是说它应当比实际生活更有力、更概括、更富于情节。

对男爵花园的描写以及关于男爵夫人修葺花园的叙述,就占去了全书三分之一以上的篇幅。读者很难从这里出发,去感受那悲剧性的结局:男女主人公的去世仿佛不过是偶然事件,因为读者的心灵并非早有准备,来感受并同情这不幸。这部作品是一种古怪的混合:一方面是舒适的生活,一方面却是如雷雨一样激荡的情感;极其优美有力的想象力正要接近最大的效果,却又突然放弃了它,似乎不值得产生这种效果。似乎可以说,作者对于感受激情觉得不舒服,由于心灵上的惰性,他使自己的才华欲露还敛,仿佛唯恐在感动读者时自己也感到痛苦。

更重要的问题是:这样一部作品是否道德。也就是说,读者从中得到的感受是否有助于心灵的提高。在这方面,虚构的情节并不起任何作用。人们明明知道,情节的安排取决于作者的意志;因此,情节不能唤起任何人的觉醒。一部小说的道德价值在于它所唤起的感情。无可否认,歌德这部作品对人的心灵有透彻的了解,但这种了解是令人泄气的:书里的生活无论怎样度过,似乎都是无所谓的;如果使生活的内容深化,则是阴惨悲哀的;倘能躲避这种生活,又是相当愉快的。这种生活难免有道德上的弊病——如果可能,就应当治好它,否则就应当因此而灭亡。书里有情欲,书里也有道德;有的人主张人与人之间应当你斗我、我斗你,有的人则认为不能这样。给我们讲故事的作家似乎在用不偏不倚的态度说:命运对各种看法可能提出赞成和反对的观点,对这种种论据,你们自己去观察,自己去判断吧!

然而,如果以为这种怀疑态度是受了十八世纪唯物主义倾向的影响,那就错了。歌德的见解比这深刻得多,但对灵魂也不能给予更多的安慰。在他的作品中可以看出一种傲慢的哲学,它对善与恶都说着同样的话:既然这个东西存在,那么它就应当存在。他仿佛是一个有着神思的人,凌驾于其他一切智能之上,甚至于对才华也极感厌倦,认为它过于偏倚,过于下意识。还有,这部小说尤为欠缺的是坚定而积极的宗教情感:主要人物不是接受信仰,而是较易于接受迷信;人们可以感到:在这些人物的心目中,宗教与爱情不过是逢场作戏,随着境遇的变迁而变迁。

这部作品的发展过程中,作者表现得过于优柔寡断。他刻画的形象与提出的见解只能留下动摇不定的印象;应当承认:思考得过多有时会根本动摇自身的根基;但一位像歌德那样的天才,应当作崇拜者的引路人,引导他们在坚实的道路上前进。现在已不是怀疑的时候了,已不能遇事都在天平的两端放进一些巧妙的思想;现在应当全心全意地信任、表现出热情与赞叹,这是确保心灵永恒的青春在我们身上常驻不衰的东西。这种青春是从情欲的灰烬中复兴的:它是永不枯萎的金树枝,它把女巫①引向极乐的天国。

蒂克在好几种文学体裁中都值得一提。他写过一部小说,名为《史特尔恩巴尔特的游历》②,这本书读起来很惬意,情节简单,甚至没有什么结局。但我想在任何其他作品中,都没有把艺术家的生活描写得这样妥帖的。作者将主人公安排在美好的艺术时代,假想他是拉斐尔同代人丢勒的学生。作者令他在欧洲各地旅行;由于他不是任何国家的公民,也不属于任何阶层,而是自由自在地在大自然中漫游,以便寻找灵感与楷模,所以外界事物给他一种新的乐趣;作者以动人的笔触描绘了这种乐趣。只有在德国才能好好领略这种漫游与遐想兼而有之的生涯。我

---

① 指意大利邱米市的女巫,她把特洛伊战争中的勇士伊尼阿斯引进了地狱。
② 《史特尔恩巴尔特的游历》,一七九八年在柏林出版。

们法国小说总是描写风土人情与社会关系。然而人们在漫游大地时,往往浮想联翩;这类浮想与尘世的现实利益又是毫无瓜葛的,其中自有一种幸福的秘诀。

命运几乎总是拒绝可怜的凡人那种幸福的生活——其间的事变能如我们的心愿那样相联系、发展;但孤立的印象又往往是颇为甜蜜的;然而现实——如果我们能撇开对过去的回忆与对未来的惶恐心情来考察它——仍然是人生最美好的时刻。于是就有一种颇为明智而富于诗意的哲学,富于艺术家的生平所包含的那些稍纵即逝的享乐之中。对于他来说,新的景物、使景物生辉的五光十色,即朝生暮死的事件,它们同过去与未来都没有任何关系;心灵的爱情遮没了自然的景色,在读蒂克这部小说的时候,你不禁为不知不觉发生在你身边的奇迹而惊叹不置。

作者在书中安插了一些单篇诗歌,其中有几篇是杰出的作品。如果要在法国小说当中放进韵文,它们几乎总会使兴趣中断,破坏整体的和谐。但在《史特尔恩巴尔特的游历》中却不是这样。这部小说本身就极富诗意,所以它的散文部分就像朗诵词一样,不是诗歌的后续,便是它的前奏。其中有几个诗段描绘了春回大地,犹如春天的大自然那样馥郁芬芳、令人陶醉。诗歌部分用各种方式表现了童年:将它比作人、植物,天、地,其中一切都充满了希望,仿佛诗人在歌颂人世最早的美好日月,歌颂装点这个世界的最初的鲜花。

我国有好几部用法语写的滑稽小说,其中最佳作品之一便是《吉尔·布拉斯》。我想德国似乎没有这种对世俗人情极尽嬉笑怒骂的作品。① 德国人还没有怎么建立起现实的世界,又

---

① 不知道斯太尔夫人为什么没有提到克尼格的《彼得·克劳斯历险记》,法译本又名《德国的吉尔·布拉斯》。

怎能对之进行讥讽呢？有一种性质严肃的快乐，它不是将任何事物当作笑料，而是不自觉地使人感受到乐趣，自己不笑而使别人发笑；这种快乐被英国人称为"幽默"，在德国好几部作品中也有表现，但那是几乎无法移译的。如果玩笑寓于一种哲学思想，并且这种哲学思想表达得当，如同斯威夫特的《格利佛游记》一样，那么换一种语言是没有关系的。但斯特恩的《退斯当·山笛》在法文里差不多完全失去了它的妙处。寓于语言形式的笑料对人们头脑的教益可能比思想内容大一千倍；然而如此生动、如此细致入微的感受，是不可能传达给外国人的。

　　克劳梯乌斯①是具有这种民族性快乐气质的德国作家之一，这是各种外国文学的独特领域。他出版过一个集子，其中包括各类题材的单篇作品。有几篇趣味不高雅，有几篇是无关紧要的，但书中贯穿着一种独特风格与真实性，使所有的细节都饶有兴味。这位作家的风格表面上看来是很肤浅的，有时甚至有点庸俗；但由于感情真挚，反而能深入到读者的心灵深处。他能使你哭，也能使你笑，因为他在你身上激起的是同情；他所感受的一切，你都觉得那是一位同伴与友人的感受。不可能从克劳梯乌斯的作品中作片段的截取，他的才华像一种感觉那样发挥影响，必须亲自体验过，才能发出议论。他如同那些弗兰德尔画家，时而竭力去表现大自然中最高尚的东西；或者像那个西班牙画家牟利约，他画穷人、乞丐画得惟妙惟肖，但有时——以至是不自觉地——在他们的容貌上画出了高贵深邃的表情。为了把滑稽与动人巧妙地结合起来，就必须在两方面都做到极其自然；一旦露出斧凿的痕迹，一切相互对照的东西都会显得凌乱。但

---

① 马提亚斯·克劳梯乌斯（1740—1815）：德国作家，大半生在汪兹贝克度过，曾主编一个小型文艺刊物，在本国颇受欢迎。

一位极其善良的天才能将孩稚的脸上才有的魅力好好搜集起来，能在哭泣之中表现微笑。

另一位比克劳梯乌斯晚近，而且更有名气的作家，他通过自己的创作在德国赢得了巨大的声誉。他的作品是很奇特的，或许可以妄称之为小说吧。让·保尔·利希特尔肯定有本领写出对外国人如同对德国人一样有吸引力的作品来；然而他所发表的任何作品都不能逾越德国的国境。欣赏他的人说这正是由于他的才华独特；我却认为，这同他的优缺点都有关系。在现代，需要有欧洲精神。德国人过于鼓励德国作家像流浪汉那样大胆；这种品质尽管无拘无束，但仍然不免有些矫揉造作。德·朗伯特侯爵夫人对儿子说过："孩子，不要去做那些你觉得其乐无穷的蠢事！"我们也可以吁请让·保尔只有在不得已时才变得稀奇古怪：人们无意之中说出的话总是符合天性的；但如果自然的特色受到蓄意出奇制胜的奢望破坏，那么读者甚至连真切的成分也不能充分享受——因为他还记得或担心某些成分是不真实的。

然而在让·保尔的作品中却有极可赞叹的妙处。但他描述顺序以及交代背景都欠佳，所以即使最能发人深思的天才笔触，也都消融在整体的凌乱之中了。应当从两个不同的角度来看待让·保尔的作品：一方面是开开玩笑的成分，另一方面却是很严肃的成分，他老是将这两方面混淆在一起。他观察人类心灵的方法是极细致、极愉快的；但他对人类心灵的了解仅限于德国小城市能达到的范围。而在这类世俗描绘中，常常有些成分在我们这个时代是过于天真了。对于道德感情的精微观察多少使人想起神仙故事中一个诨名"顺风耳"的人物，据说他听得见植物生长的声音。斯特恩在这方面同让·保尔颇为相似。但让·保尔在作品的严肃和诗意两方面比斯特恩高明得多；斯特恩开起玩笑来却要高雅一些,可以看出:他所生活的社会阶层相互间的关系比较广泛、风雅一些。

让·保尔作品中的思想如果加以辑录,倒是一部好作品。但可以从阅读中发现,他有一种奇特的习惯,即搜罗各种比喻与隐喻,从默默无闻的古书中搜罗,从科学著作中搜罗……总之是到处搜罗。他据此所作的比较总是颇为巧妙的;但如果需要钻研、需要聚精会神才能抓住笑话的含意,那么久而久之,大概也只有德国人才愿意这样发笑,也只有他们愿意付出这等艰辛,像对待有教育意义的东西那样对待消遣性的东西。

总之,这里有许多新鲜思想;如果能穷根究底,对人们是很有教益的。但作者忘记了应当使这些思想宝藏富有特色。法国人的快乐来自社交精神;意大利人的快乐来自想象力;英国人的快乐来自个性奇特;而德国人的快乐则富于哲理色彩。与其说他们是同人开玩笑,倒不如说是同事情或书本开玩笑。他们头脑里有一大堆混乱的知识,以独立奇幻的想象进行形形色色的组合,有时很独特,有时很含混,但始终使人感到他们的才思与心灵都很活泼。

让·保尔的思想常常同蒙田相仿佛。古代法国作家一般同德国人的姻缘比同路易十四时代的法国作家还要多。法国文学正是从路易十四时代开始,转向了古典主义方向。

保尔·利希特尔在作品的严肃部分常常是很高超的。但他的语言始终是忧郁的,有时搞得使人不胜疲劳。如果想象力使我们在朦胧中久久摇摆,就会弄得我们眼前的五颜六色都混成一团,事物的轮廓也不清楚了;从读过的书中留下的只是模糊的反响,而不是确切的记忆。让·保尔的感觉能使心灵感动,但却不能对它有多少补益。他的风格里的诗意,如同口琴吹出的声音,开头很动人,但很快就令人头痛了。因为这声音激起的感情没有一定的对象。人们在枯燥冷漠的性格面前把敏感说成了病态,这是对冷淡性格的过分偏爱;而敏感在所有的精神能力中是最有力的,正是它激发起为别人献身的意志和力量。

　　让·保尔小说中动人的插曲很多。他的小说几乎总是仅仅出自一种微不足道的由头,借以突出那些插曲。我只举三个随手拈来的例子,用以说明全貌。一位英国绅士由于得了白内障而双目失明。于是一只眼睛动了手术,但手术失败,以致这只眼睛完全坏了。他的儿子悄悄到一位眼科医生那里学习,经过一年,被认为可以动手术,以挽救父亲仅剩的那只眼睛。① 父亲并不知道儿子的意图,以为要把命运交给一个陌生人,便以坚强的毅力,准备迎接那可能使他终生在黑暗中度过的时刻;他甚至求人把儿子送出家门,以免他目睹这紧要的场面而不能自制。儿子却不声不响地走到父亲身旁,他的手倒并不战栗,因为这场面过于强烈,已不足以用一般的激动来说明。儿子聚精会神,心中毫无杂念;正由于他怀着一往情深,便具有超人的智慧。万一他的希望落空,一定会觉得精神恍惚的。但手术终于成功了!父亲在重见光明的刹那间,看见手操造福之刀的不是别人,正是自己的亲儿子!

　　同一作者的另一部小说②的情节也很动人。一位年轻的盲人求别人向他描绘落日时的瑰丽景色;他感觉得到,空气中有一种柔和纯净的光辉,好像一位老友在向他告别。被询问的人向他描绘了大自然有多么美好,并在描绘中羼入一种忧郁的色调,

---

① 故事采自《赫斯培鲁斯》,一七九五年出版。
② 斯太尔夫人在提到关于盲人的这另一部小说时,似乎完全凭记忆引用。她不仅弄不清楚这是让·保尔·利希特尔的哪一部作品,而且把人物的性别也弄错了。事实上是《蒂坦》中的一位盲眼少女,请求别人将夕阳西下的景致描绘给她听。

这对那位不幸的盲人是一种安慰。他不断地提到那人间奇迹的源泉即神明,把一切都归于这种精神上的视力——而盲人或许比普通人更能亲切地感受到它。描述者帮助这位盲人用心灵去体验双目所看不见的东西。

最后,我不揣冒昧地试译一段文字。这段文字虽然有些古怪,却能反映出让·保尔的天才。

法国作家皮埃尔·贝尔在一本书里说过:"无神论不应免除对于永恒痛苦的恐惧。"这是一个伟大的思想,足供我们长期思考。让·保尔的《梦》(将在后文引用),可以认为是通过情节来表现这一思想。

这一段幻觉有点像发烧时的梦呓,而且也应当这样看。从想象以外的任何角度来判断,它都是颇堪非议的。

让·保尔说:"这篇故事写得很大胆,那是出自它的宗旨。如果有朝一日我的心灵也变得相当不幸,以至于枯竭,甚至肯定上帝存在的感情都已泯灭,那么我也要来重读这些篇章;我会受到深刻的感动,我会在其中获得自我拯救并恢复自我信念。少数人满不在乎地否认上帝的存在,也有些人满不在乎地认可上帝存在。有的人在相信上帝二十年之后,到了第二十一年才逢到那庄严的时刻,不胜兴奋地发现这信仰的丰富含义,发现这热力的源泉喷涌出了多么滋养生命的热能。"

一 场 梦

童年时期,大人告诉我们:在子夜将临时,睡意逼近我们的心灵;梦幻变得格外阴森可怖;死者复生,站在孤独的教堂里,模仿活人的虔诚行为;这时,我们因为死者而对死亡深感恐惧。当黑夜临近时,我们将目光从教堂及教堂的黑色玻璃窗上移开。在那心灵憩息的轻浅的夜里,童年时期的恐怖——不是那时的乐趣——重插双翅,来到我们身边翱翔。啊!别将星星点点的火光熄灭;让我们的梦幻,即使最阴暗的梦幻继续下去吧。这些梦幻比我们的现实生活更甜美,把我们带回了生活的河流仍然映照天国景物的岁月。

某个夏夜,我躺在一座小山顶上,渐渐入睡,梦见自己半夜在一座坟场中醒来。钟敲十一响。所有坟墓的墓门都虚掩着;教堂的铁门仿佛被一只看不见的大手操纵着,吱吱哑哑地开而复闭。我看见墙上许多人影穿梭往来,却并不是物体映照的结果:另一些青灰色的影子在空中腾跃,而待在棺材里安眠的却只有儿童。空中似乎有一团灰色、沉浊而又闷人的云霭,一个庞大无比的鬼影在那里压迫这团云霭,将它抽成一根根长条。在我身体的上方只听见远远传来雪崩般的巨响;在我脚下轰鸣着大地震的第一声撞击。整个教堂在摇晃;震耳欲聋的巨响划破了长空,怎样也无法协调和谐。苍白的闪电投下了灰色的幽影。我惊慌得想在教堂里找一个栖身之所:教堂阴森森的门前放着两条吐着毒焰的怪蛇。

于是我在素不相识的幢幢鬼影中间前进;在他们身上留下了古代的印迹。所有的鬼影都朝着空荡的祭坛拥挤;只有他们的胸膛还在吸气,还在急骤地起伏。只有一个最近埋葬的死者,还静卧在尸布上,他的心还没有在胸腔里再度搏动;幸福的梦境使他的脸上微露笑意。但一个活着的人走近这位死者的身旁,现在他也苏醒了,不再微笑,而要竭力睁开沉重的眼皮。他的眼眶里却什么也没有;他的心窝里只有深深的伤痕。他举起手来,合掌祈祷。但突然间他伸长了手臂,一直伸到脱离身躯,而合拢的双手也跌落在地上。

　　教堂的拱顶上悬挂着永恒的时钟。那里既没有数字也没有时针,仅有一只黑色的手缓缓转着圈子。死者竭力想从中看出时间来。

　　这时从高处降临到祭坛上一副开朗、高贵、端庄的容颜,上面弥留着永远悲哀的印记。死者齐声呼喊:"哦基督哟!难道竟没有上帝吗?"基督回答:"没有。"于是鬼影都猛烈地颤抖起来。于是基督又说:"我走遍了全世界,高升到太阳之上,那里竟也没有上帝;我降临到世界的末端,凝视着万丈深渊,高喊:'圣父啊!你在哪里呢?'但我只听见淅沥沥的雨声落向深渊;只有那毫无拘束的永恒的暴风雨在回我的话。然后我又举目望天,只瞥见一条空荡的、黑色的、高深莫测的轨迹。永恒在混沌之上长眠,吞噬着混沌,逐渐消磨着自身;请你们起劲地发出摧人心肝的痛苦哀诉吧;让尖叫的声音驱散鬼影吧。结局就是这样。"

　　鬼影都觉得万分沮丧,便像寒气凝冻的白雾似的消失了。不一会儿教堂里便空空如也了。但突然出现了一幕可怕的景象:死去的孩子也在坟地里苏醒了,也奔来向着祭坛上庄严的面容膜拜,口里还喃喃有词:"耶稣,我们竟没有圣父吗?"基督听了顿时泪如雨下,说:"我们都是孤儿,我同你们一样也没有父亲啊。"话音刚落,教堂崩毁了,孩子们被压在废墟之下,整个广袤的世界也在我面前倒塌了。

对这一段故事我就不加评论了。它的效果完全听任读者去想象。其中表现出的沉郁的才华给我留下至深的印象,我觉得它很美:因为它将失去了上帝的人感受到的极度恐怖移出了坟墓。

　　如果要分析德国一切富有才智而又动人的小说,那就永无终止的时候了。特别是拉封丹①的小说,每个人都至少兴致勃勃地读过一次;这些作品一般说来细节比主题思想的构思更有意思。创新是越来越罕见了,而且写风俗人情的小说很难使外国读者也满意。研究德国文学的一大好处是可以从中感觉到一种竞赛的力量;应当从德国文学中寻找帮助自己进行创作的力量,而不是寻找可供移植到异乡异土去的现成作品。

---

① 奥古斯特·拉封丹(1758—1831):生于布伦瑞克,在该地担任过教授;一七九二年在军中当牧师,去法国打仗,后来成为牧师会会员,卒于哈尔。他写了很多平淡无奇的小说,总数在一百五十种以上,当时颇获成功。

第二十九章 论德国的历史学家，特别是约·封·米勒[*]

在文学领域中，历史是同公共事务知识最接近的一门；一位伟大的历史学家几乎就是一位政治家；如果自己不能在一定程度上领导政治事件，就很难对这类事件作出恰当的判断。所以人们发现大多数历史学家都有能力参与本国的政务，而写下的内容多半就是他们自己一旦当政要做的事情。古代历史学家被认为是人中俊杰，没有比那时代的杰出人物更能影响本国命运的了。英国历史学家则处于二流地位；在那里，享受尊荣的是国家，而不是某个具体人物，因此，英国历史学家比古代历史学家更具有哲学家色彩，但却不那么富于戏剧性。在英国，普遍性的思想比个人重要。在意大利，历史学家之中只有马基雅维利一人能从普遍的观点，然而又以令人敬畏的态度考虑本国的事件；其他一切历史学家都是从本城本地的角度来看待全世界：这种爱国主义无论多么狭隘，还是使意大

---

[*] 约翰·封·米勒(1752—1809)：著名瑞士历史学家，同斯太尔夫人关系密切，同她有大量书信往来；夫人的藏书中包括米勒的全部著作。但这位夫人批评他意志薄弱，竟不顾政治信念而追求名位。米勒确曾在去世前不久奉拿破仑之命任威斯特发利王国国务秘书。他以学识渊博闻名天下，但他的政治活动则引起非议。

利人①的作品饶有兴趣并且生动活泼。人们早就注意到,在法国,回忆录比历史的价值要大得多。过去是宫廷阴谋摆布着法兰西王国的命运,因此个人的轶事就自然蕴藏着历史的秘密。

至于德国的历史学家,则应当从文学的角度来研究他们。这个国家的政治生命至此为止还不够强大,不足以在这方面赋予作者以民族性格。影响人类思想历史方面产品的因素,仅仅是每个人的特殊才具,以及撰写历史的一般技巧。我认为,德国发表的历史著作似可归纳为三大类:学术性历史、哲学性历史和古典式历史。最后这一类的含义只是指按古人的方式叙事。

德国的学术性历史学家为数众多,例如乌斯古、肖弗林、施罗策、伽特烈、施密特等。他们进行了广泛的研究,为我们写了许多作品,而对于善钻研的人来说,这些著作已可谓包罗万象;但这类著作只能供查阅参考之用;如果作者的本意只是要那些想写历史的天才免于操劳,那么,他们的工作便最值得尊敬,也是用意最善的了。

席勒是哲学性历史学家的领袖。② 换句话说,这些史学家把事实当成佐证其见解的论据。荷兰革命史读起来就像一篇热情澎湃而饶有兴味的辩护词。三十年战争期间是德意志民族表现得最强大有力的时代之一。席勒研究历史时充

---

① 德·西斯蒙第先生将意大利各共和国的局部利益与全人类关心的重大问题联系起来,使他的作品读来富有意义。(作者注)
西蒙德·德·西斯蒙第(1773—1842):瑞士历史学家兼经济学家,著有《意大利各共和国史》,是作者的好友。
② 席勒在悲剧《唐·卡洛斯》获得成功之后首次发表历史研究著作,即一七八八年出版的《尼德兰独立史》。不久,他担任耶拿大学历史教授,发表了优秀的开课演说:《什么是世界史?什么是世界史的研究对象?》,一七九一年又发表《三十年战争史》。他的名著《华伦斯坦》即受这部史书启示。一八〇三年出版了《三十年战争史》的法译本。

满了爱国主义感情,充满了对智慧与自由的热爱——因为自由激励着他的灵魂与才干。他对主要历史人物的描绘实在高妙;他的所有见解都是高尚灵魂静观理想的产物。但德国人怪席勒没有追根究底地研究史实;他以罕见的才能从事着多种职业,实在有些应接不暇,因此他的历史缺乏渊博的学识基础。我常有机会指出:正是德国人首先感觉到想象力能从渊博的学识中大获收益;只有细节丰富的史实才能使历史绘声绘色、生动活泼。表面的知识至多只能成为推理与思考的一种托词。

席勒的历史写于十八世纪,那个时代的人把一切统统变成了论战武器;他的文风也多少带有论战性,而那时的大多数作品莫不如此。但由于著书的初衷是提倡自由与容忍精神,而与此相关的做法与感情又像席勒那样高尚,所以作品总不失为优秀之作;当然,或许可以期望其中的事实与见解部分更为广泛一些,那自然更加理想了。①

形成奇特对照的是:席勒这位伟大的戏剧家在叙述史实时放进了过多的哲学,亦即过多的一般性概念;而米勒这位最博学的史家却在描写事件与人物时,表明他不啻一位诗人。在《瑞士历史》中,应对学者与才华横溢的作家这两个方面予以区别:我觉得只有这样,对米勒的评价才能不失之于偏颇。他的学问浩瀚如海洋,真是前所未见;他在这方面的能力实在令人吃惊。真无法理解,一个人的头脑里怎能装得下如此无穷无尽的史实与年代。人类已知的六千年历史井然有序地排列在他的记忆中;他的钻研又非常深刻,对史实有如亲身经历的事情那样记忆

---

① 哲学史家中还有黑伦,他最近发表了《十字军东征研究》,该书知识渊博,推理严密,故立论也极为公允。(作者注)

清晰。可以说没有一个瑞士村庄、一家瑞士贵族的掌故是他不了如指掌的。某日,有人同他打赌,当场考问他布盖地方①担任郡主的伯爵后裔都有哪些人,他立即倒背如流,只是记不清楚:在一长串名单中,有一位当年是摄政郡主呢,还是正式执政的郡主;为此,他还郑重其事地自悔记忆力太差!古代的天才人物并不一定必须从事这样渊博的研究,而研究的内容又因岁月的久远有增无已;他们的想象力并未因研究而操劳不尽。而在今日,就必须付出更大的代价,才能取得出色的成就。为了掌握研究的命题,便不得不付出极大的劳动,对此我们不能不肃然起敬。

对米勒一生的评价尽管众说纷纭,但他的逝世却是不可弥补的损失。当一位如此博大精深的才子溘然长逝时,大家觉得失去的不仅仅是一个普通的人。

可以认为米勒是德国真正的古典历史学家。他一般是通过原文阅读希腊拉丁著作;他在文艺方面也造诣颇深,将它用到历史研究中来。他那广阔无边的渊博学识,不仅无损于他天赋的生动活泼作风,而且变成了他的想象力借以飞跃的某种基础;他所描写的事物真实生动,那正是凭借了细心忠实的态度。他非常善于运用渊博的学识,却不大懂得有时要超脱一些。他的史书写得过长②,从全局来看,概括得不够。为了使叙事生动,细节固不可少;但所叙事件应当经过选择,认定是值得一叙的。

米勒的著作是雄辩有力的编年史。但如果各国历史都这样撰写,那么人类的生命就会耗尽在阅读关于自身的典籍上了。因此,倘使米勒当年不曾为自己的知识渊博所诱惑,那倒未始不是一件颇堪庆幸的事情。然而读者如果善于利用,也就能抽出

---

① 布盖是萨窝亚的一个地方,历史上曾列为小省建制,属于勃艮第区治下,位置在今艾因省、罗纳省之间,一六〇一年割让给法国。

② 《瑞士联邦史》共发表了十二册,但只写到了十五世纪。

时间来读一读米勒的史学名著,这总是一大快事。该书的前言是雄辩术的杰作。没有人能像米勒那样在著作中表现出这样强有力的爱国主义;现在他离开了我们,应当以他的著作为唯一根据来评价他。

他像画家那样描绘了瑞士联邦历史上的大事所发生的场所。给一个国家作史,却不曾亲临其境,这就未免不妥。花草树木,景物环境,就如同一幅画的背景;如果不将人们周围的外在事物予以表现,那么史实叙述得再好,也不具备完整的真实性。

米勒的渊博知识使他对每一件史实过于重视;但如果有关的事件确实值得借助于想象来恢复历史面貌,那么这种渊博是大有裨益的。在这种情况下,米勒叙述得津津有味,令人颇有恍如隔日发生的事情之感;他还善于使史实具有当前时事那种趣味。在历史中犹如在虚构的故事中一样,应当尽可能为读者创造机会,使他们得到预感事变进程性质的乐趣。读者对于听别人说的东西很快就会厌倦;但对自己发现的事物却总是喜不自胜;文学就好比现实生活中的兴趣,如果作者善于以叙述唤起不安与期待之感的话。读者的判断往往只是根据一句话、一个情节,它突然使你对某个人物,甚或一个民族、一个时代的精神获得了解。

米勒著作中关于卢特里起义①的叙述引起了异乎寻常的兴趣。这里本来是一片宁静的山谷;居民本来也是秉性平和而又宁静的。但他们却决心采取人类良智所决定采取的最危险的行动。关于起义的讨论是冷静的,宣誓结盟是庄严肃穆的,执行起义计划则充满了热情,人的意志不可逆转,但是外界的景致却可以千变万化,米勒把它们描写得多么美好啊!这里,只有形象才

---

① 参见席勒剧作《威廉·退尔》。

能产生思想：这一事件的英雄人物如同该史书的作者一样，完全为事件的壮丽伟大所吸引，他们头脑里没有任何一般性概念，没有任何个人见解损害叙事的美以及起义行动的坚毅果敢。

在格朗松战役①中，勃艮第公爵攻打了势孤力单的瑞士各州军队；在叙述这次战役时，简单的一笔就生动地描绘出了那个时代及其习俗。"大胆查理"占据了高地，自以为已控制住了远处平原上隐约可见的军队；突然，在旭日方升的片刻间，他瞥见前面的瑞士人一律跪倒在地。那其实是瑞士人遵照先辈的习俗，在战斗前祈求万物之主的保佑；但勃艮第人误以为他们这样下跪是表示放下武器，竟欢呼起胜利来。突然间，这些基督教徒在祈祷的鼓舞下，又重新挺立，朝着敌人猛冲，最终赢得了胜利——以虔诚的热情换取来的胜利。米勒的史书里常常出现这一类情况。即使他叙述的事情本身并不动人，他的语言却能使读者心荡神摇：他的文风之中有某种肃穆、高贵、严厉的东西，足以强烈地唤起对昔日的追忆。

但米勒首先是一个富于变化的人；他的才华虽然可以表现为各种形式，却丝毫没有虚假之处。他就是他所表现出来的那个样子；不过他不能永远保持在一成不变的思想状态中，外界的情况对他是有影响的。他对读者的想象之所以有吸引力，首先是由于他的文笔丰富多彩；他善于恰当地运用古字，从而给人一种日耳曼式的忠诚感，使读者产生信任。但他有时却想兼得塔西陀式的精练和中世纪的天真无邪，这就未免欠妥了：两者是相互矛盾的。甚至可以说，只有米勒才因使用古德语的表达方法而获成功；任何其他人这样用则无异于矫揉造作。在古代作家

---

① 格朗松，纽沙都湖滨的瑞士城市，在莫拉附近，是古代格朗松男爵家族的居住地。一四七六年"大胆查理"在此被瑞士人击败。

中,只有萨卢斯特考虑过使用既往时代的形式与词汇;一般说来,这类模仿同自然呵成的风格是背道而驰的。但由于米勒对中世纪的编年史了如指掌,便情不自禁地用那种风格进行写作。他的表达方式要想达到他所预期的效果,便必须是十分真切的。

读米勒作品的时候,很容易认为他具有深切体会的那些品德中,必然也有一些是他本人所具备的。至少,最近才公开发表的他那份遗嘱,证明他是多么无私。他没有遗下什么家产,却要求后人卖掉他的手稿来抵债。他又说:如果得来的钱足以偿清债务,他便大胆地动用他的钟表,送给自己的仆人做纪念。他写道:"他为这钟表上弦上了二十年,现在能拿去做纪念,当不会无动于衷吧!"这样一位极有才华的人却如此清贫,这个事实对他的一生总是一个极好的说明:他本可以只用上那使他闻名于世的才智的千分之一,使牟取利益的种种精打细算获得成功。他将自己的智能用来对历史上的荣誉表示崇敬,这是多么美好啊!对抱有不同凡俗的生活旨趣的人,大家总是十分景仰的。

第三十章　赫尔德[*]

德国文人在许多方面是开明社会所能产生的最可尊敬的集合体,而赫尔德在这些人当中又处于突出的地位:由于他的灵魂、天才与道德,他的一生称得上光辉灿烂。对于他的著作,可以从历史、文学与神学三方面来探讨。他曾大力钻研古代文化,特别是东方语言。他的《历史哲学》①一书可能是写得最优美动人的德语著作。关于罗马兴衰的原因,这本书不像孟德斯鸠的作品那样富有深邃的政治见解;但由于赫尔德致力于研究最远古时代的特征,或许他最擅长的本领即想象,尤其能帮助人们了解那个遥远的时代。必须有这把火炬,方能在黑暗里行进:赫尔德笔下关于波斯波里斯及巴比伦的篇章,以及关于希伯来及埃及人②的篇章,读起来真是津津有味。读者仿佛在一位历史诗人导游之下漫步于古代世界;这位诗人用教鞭指点着古代的废

---

* 赫尔德(1744—1803):一七六四年曾为康德的学生,后在里加大学任教。他兼有日耳曼文化与斯拉夫文化,才思敏捷,特别适于促进各民族间的交往。一七六九年旅居法国,研究法国文学;但他认为法国文学过于做作,仿效法国文学的作品尤不可取。在斯特拉斯堡遇见青年歌德,并说服他:只有坚持民族特性,方能有独创性的作品。一七七六年应歌德之请来魏玛;一八〇三年十二月十八日去世。

① 该书全名为《关于人类历史哲学之我见》,一七八七至一七九一年在里加出版,共四卷。

② 见上述著作第三卷:关于中国见第五页;希腊见第一三一至二三〇页;埃及见第一一一页;希伯来人见第八六页;巴比伦见第六三页。

墟,接着便以一种魔力使倒塌的屋宇兀然突立于漫游者的眼前。

在德国,人们甚至要求最有才华的人也具有渊博的学识;以致有人竟批评赫尔德的知识不够深入。但我们感到非同寻常的,却正是他的见多识广;他什么语言都懂;大家一致公认他的著作中,最充分地表现出对外国细致了解的,是《论希伯来诗歌》。谁也不曾像他这样出色地表现了这个预言家式的民族的天才——对于希伯来人来说,诗的灵感便是同天神的密切关系。这个民族的流浪生活,他们的风俗习惯,他们的思考能力,他们惯用的形象——这一切,赫尔德都以惊人的才智一一予以指出。他以最巧妙的比喻,竭力说明希伯来人的每一首诗歌都是对称的;说明不同的说法反复表现着同样的感情、同样的形象,每个诗章都能证明这一点。有时,他将这种严整的格律比作美女发间佩戴的两行珍珠。他说:"艺术与大自然都是丰富多彩的,它们之间总是保持着相当大的共性。"除非能用原文阅读希伯来人的颂歌,否则对其妙处不可能比赫尔德领会得更深。赫尔德的想象力在西方的环境之内感到局促狭隘,他喜欢呼吸亚洲的芬芳,将心灵采集的清香灌注进了自己的著作。

他第一个在德国介绍了西班牙与葡萄牙的诗歌;后来,威·施莱格尔的译文又将这些诗篇德国化了。赫尔德还出了一部题为《民歌选》的集子,收入了零散的恋歌及其他诗歌,特别富于民族特色,反映了各民族人民的想象力。可以通过这本集子研究自然状态的诗歌,即人类文明前的诗歌。文明化了的文学很快就变得矫揉造作,所以有时不妨回到一切诗歌的本源上去,即回到人类尚未分析宇宙及自身时,从大自然获得的印象上去。①

---

① 赫尔德是一个伟大思想运动的创始人,这一运动后来由浪漫主义进一步加以发展。它认为语言、神话、法律和诗歌都是人民才智的自发产物。《德意志论》一书出版时,这种理论在法国还不闻名,正由于如本章所载的这类论述,《德意志论》一书便赢得了"浪漫派圣经"这样的声誉。

德语的灵活性使它成为唯一能将各国人民语言的天真色彩移译过来的语言；如果没有这种天真色彩，我们就不能获得关于民间诗歌的任何印象。① 这些诗歌中的词汇自身便有一种优雅，像我们亲眼看见的一朵鲜花那样动人，像我们童年亲耳聆听的歌曲一样难以忘怀；这些奇特的印象不仅包含了艺术的秘密，而且包含了心灵的秘密，因为艺术的源泉正是心灵。在文学方面，德国人要一直分析到最细致的感觉，到精微的、不容言语表达的妙处；或许可以责怪他们在一切方面都过分努力，想使人们了解那些无法言传的东西。

我将在本书第四部分来谈赫尔德的神学著作。历史和文学常常也同神学交织在一起。像赫尔德这样诚心诚意的天才，既在他的一切思想中羼进了宗教因素，也在宗教中羼进了他的全部思想。有人说他的著作像一席生动活泼的谈话：的确，他的作品不采取一般书籍的系统形式。柏拉图就是在学士院的拱门下、在花园里，向弟子们阐述精神世界的体制的。在赫尔德的作品中也可看到才子的不拘一格的作风，这种人总是急于朝着新思想迈进。所谓"很像样子的书"，乃是近代的发明。印刷技术的发现要求分章分节，要求做提要，总之，要有一整套逻辑系统。大部分古人的哲学著作是一些论述或对话录，后人将它想象为书面谈话。即使蒙田②，也听任自己的思想自然发展。的确，要能做到这样放任自由，就必须确有胜人一筹的地方：严整的秩序可以弥补贫乏于万一；而如果本来就平庸还要听任它自流，通常只能使读者退回原地，外加一种疲劳困顿的感觉。但一位天才

---

① 从一七七〇年在斯特拉斯堡开始，赫尔德和歌德便对民歌发生兴趣。赫尔德搜集了许多民歌、颂歌，在莱比锡出版了《民歌选》专集（1778—1779）。后该书收入赫氏全集时，改称为《人民之声集》，自更富有意义了。
② 参见第一一九页注①。

如果以平易自然的面貌出现,则会更有兴味,他的作品看起来就像即席之作,而无雕琢斧凿的痕迹。

　　据说赫尔德的谈吐高雅、引人入胜;从他的书看来,此说想必可信。没有谁比他为人更好的了,不仅作品中历历可见,而且他的旧友也众口一词如此称道。文学才能唤起素昧平生的人对我们产生感情,这不啻天意所赐,而我们正是在尘世采摘那最甜美的硕果。

第三十一章　论德国文学的宝藏及其最负盛名的批评家奥·威·施莱格尔*和弗·施莱格尔**

在前述关于德国文学的介绍中,作者力图指出哪些是主要作品;但还有一批为数众多的作家,作品的名气稍逊于前者,对作者的荣誉倒无甚紧要,但对读者仍有教益。这一类作品,就只

---

*　奥古斯特·威廉·施莱格尔(1767—1845):一八〇三年十二月,他在柏林遇见斯太尔夫人,时已闻名全国,并被认为是德国新文学流派的宗师之一。斯太尔夫人当即聘请他做其子女的家庭教师。他很快成为夫人的知己及主要文学顾问,常随同她返高培居住,曾同往意大利游历,并在维也纳和法国勾留。在《德意志论》一书横遭攻讦之后,施莱格尔被迫离去,在伯尔尼度过了一八一一年全年及一八一二年的岁首。后他又陪同斯太尔夫人流亡俄罗斯,逃难瑞典。夫人隐居英国之后,施莱格尔投奔贝尔纳多特,并在摄政王参谋部中任职,在第六次联军中一直随军作战。一八一四年五月,在巴黎与斯太尔夫人重逢,自此形影相随,直到夫人一八一七年逝世。前后累计,施莱格尔在斯太尔夫人身边服务达十四年,成为其最忠实亲信之一,后来并继续同夫人的子女保持友谊。

**　弗里德里希·施莱格尔(1772—1829):奥·威·施莱格尔之弟。初与乃兄密切合作,共创《雅典娜神殿》杂志,后渐与其兄疏远,尤在一八〇八年改皈天主教之后。但自一八〇四年春季开始,由其兄介绍在高培与斯太尔夫人相识,并于一八〇八年及一八一二年在维也纳与夫人再次相会。后《德意志论》一书遭到查禁销毁,但斯太尔夫人保得原著手稿,经奥·威·施莱格尔携带至奥地利,交由在维也纳担任公职的弗里德里希保管,使该书免于厄运。

斯太尔夫人常责备弗里德里希在政治、文学、宗教等方面见解偏颇。关于施莱格尔兄弟,德国有专著可供参考。

好割爱不提了。

关于美术的论著、哲学著作以及杂家著作,虽非纯属文学作品,但亦不妨列入文艺宝藏之中。德国的思想、知识宝藏极为丰富,欧洲其他各国可以长期尽情取用。

作诗的才具虽是天赋的,但德意志土地培育的对大自然、艺术与哲学的热爱,却也能够巧加促进。恕我斗胆认为,凡想在历史、哲学、古代社会研究等方面进行严肃工作的人,都不可不熟读德国有关作家的论著。①

法国可以为有一大批第一流的、知识渊博的学者而感到骄傲;但在那里,知识却很少同哲学上的睿智相结合。在德国,两者现在已几乎不可分割。有人为无知作辩解,称之为优雅气质的必要条件,并列举一长串实例,以证明可以毫无文化教养而达到才智出众。但这类论者却忘了一条:那些人曾深入研究过世态人情,正是在这方面他们自有主见。但如果这些世态人情方面的学者不懂装懂,对文学也来品头论足,那就未免令人厌烦,正像市民对宫廷秘事也要说三道四一样。

我开始学习德语的时候,就像是走进了一个新的世界,那里的一切光彩夺目,而在此之前我对同样的事物却只有朦胧的感受。一个时期以来,法国人大抵只看看回忆录和小说之类,他们没有能力阅读比较严肃的作品,这不能完全归咎于生性轻佻,而是由于大革命中的种种事变对习俗颇多影响,人们只重视了解事件和人物罢了。在德国论述最抽象题材的书籍中,却可以产生一种意趣,使你向往小说中的佳品,即探索小

---

① 斯太尔夫人在一八〇二年八月一日致友人信中说:"我同你一样认为,人类的智慧似乎从一个国家向另一个国家流荡,但当今却留驻在德国了。我正在用心学习德语,认定只有这样才能获得新鲜的思想与深刻的感情。"

说关于我们自身心理的描写。德国文学的特点就是把什么都归之于内心世界；而又因为内心世界神秘莫测，便引起无穷的兴味与遐想。

凡属文艺得以强劲有力、自由自在发展的国度①，都将哲学列入文艺的范围。我在专谈哲学之前，先要说一说文艺王国的立法者——文艺批评。这是德国文学中最深入发展的领域。如同某些城市里医生竟比病人还多一样，有时德国文学批评家居然比作家多。莱辛是德国散文文风的奠基人，他的分析自成体系，简直可以看作单独的作品。

德国各种文艺样式最伟大的作家，如康德、歌德、米勒，都在报纸上开辟了对已出著作的"述评"栏，这些述评含有最深刻的哲学理论和真切的知识。在较年轻的作家中，席勒和施莱格尔兄弟看来比所有其他批评家都远为高明。在康德的门徒中，席勒首先将康氏哲学运用于文学。的确，根据灵魂来判断外在事物，或者根据外在事物来了解灵魂深处的秘密，这个过程与前大不相同，将使一切都受到影响。席勒写过两篇论文，《论天真》与《论多愁善感》，对于两种不同的才能——即毫不自觉的才能与自我欣赏的才能——作了精辟的分析。但在他关于优美和尊严的论文以及《美学》信札中，亦即关于美的定义的理论中，形而上学的成分却太多了。

艺术的乐趣是人人可以感受到的，谈论这个问题，总得以这种感受为根据，而不能采取抽象的形式；抽象的形式反而会使感受的踪迹全无。席勒从事文艺是依靠自己的才能，从事哲学则是依靠自己对思辨的癖好，而他的散文作品则处于两个领域之间。他一而再、再而三地侵犯两者之中最高级的一个。他经常

---

① 这句话暗指拿破仑政权对文学批评和文学家的奴役压制政策。

重提理论中最抽象的东西,并无视实用,认为那是他所提出的原则的无益后果。

对杰出的作品作生动活泼的描绘远胜于一般概念(它们肤浅地涉猎一切,但却不能确切说明其中任何一个主题),能使文艺批评变得饶有兴味。可以这样说:形而上学是关于一成不变的科学;但是,一切纳入时间赓续的东西,只能以事实与思维作为经纬来解释:德国人想在各方面都达到全能理论,而不论具体情况如何。由于这是不可能的事情,当然就不应当因为怕限制思想而放弃事实。在理论上如在实践上一样,只有借助于实例才能将教条印入人们的记忆。

某些德国著作中的精华,并不像花朵里的精华那样将最沁人心脾的芬芳提炼到了一处。可以说恰恰相反,它只是生气勃勃的激情留下的冷冰冰的残余。可以从这些作品中提取许多有意义的看法,但这些观点却是彼此渗透的。作者拼命要将思想向前推进,结果把读者引入了这样的境地:思想实在过于精微,以致无法加以传达。

奥·威·施莱格尔的著作不像席勒的著作那样抽象。由于他在文学方面知识有限,即使对本国文学也知之甚少,于是他就一再谈论实用的一面,对各国语言和诗歌进行相互比较,从中得到莫大的乐趣。这种普遍性的观点几乎可以看作放之四海而皆准,除去它间或受到偏颇之见影响的时候①;不过这种偏见尚不属武断,我在后文中要说明其发展过程和宗旨。然而,有些问题毫无此种偏见的影响,我自然要先说这一面。

---

① 斯太尔夫人不同意施莱格尔对法国文学的某些非议。她喜欢朗读,也喜欢听别人朗读高乃依和拉辛的诗。她不能容忍外国人在这方面的批评意见。

威廉·施莱格尔在维也纳开设了一项戏剧文学课程①,其内容遍及古希腊到如今在戏剧方面的全部光辉成就。该课程并不是枯燥无味地罗列所有作者的成就,而是以诗人的想象去捕捉每一类型作品的精华。读者可以感到,为此必须进行非同寻常的研究。但这部著作的博学多闻并不溢于言表,只是作者对有关杰作如数家珍,这才显出他见多识广。全书卷帙不算浩繁,却足够读者尽情享用作者毕生的劳作:他的每个观点、对作家的每句评语,都是美妙而又中肯、准确而又生动的。威廉·施莱格尔掌握了评论诗歌杰作的艺术,如同评论大自然的胜景一般;他还善于用浓艳的笔墨来描绘这些杰作,却并不因此而损害基本构图的逼真。这是因为——恕笔者一再强调——想象力同真实性并无矛盾,却比其他一切智力都更善于衬托出真实性。相反,凡借口真实性来开脱夸大其词的形容或模糊含混的词语的,大都属于毫无理智,其程度同他们的诗意贫乏也不相上下。

在威·施莱格尔的课程里,对悲剧和喜剧的要义作了富于

---

① 奥古斯特·威廉·施莱格尔在同谢林决裂以后,就在柏林定居。一八〇一到一八〇四年间,他接连在三个冬天开设文学课程,其内容实已孕育着此后浪漫派革命的全部内容。这一套课程是施莱格尔不朽业绩的基础。一八〇八年三至四月,他同斯太尔夫人旅居维也纳时,又再次发挥了课程的主要论点。一八〇八年八月三日,他在一封信中自述:"我有理由对维也纳比对任何其他德国城市感到满意。由于几位开明作家的斡旋,我获准开设一项课程,这是当局给予特别信任的表示。来上课的听众达二百五十人之多,几乎都是高等贵族、宫廷人士、国务大臣、将军,以及十八位亲王夫人和许多聪明漂亮的贵妇人。但更值得珍惜的是,这些听众都十分忠实而又聚精会神,他们的确能受到雄辩力与诗意的感染……"从本书提到的材料看来,斯太尔夫人似乎只听了施莱格尔的一节课,乍看起来未免有点异乎寻常。或许这是由于夫人积极参与了备课,课上所有的论点她都一清二楚,觉得并无必要再去公开听讲。本书所引各段取自该课程的第十六讲。《戏剧文学课程》一书于一八〇八到一八一一年间在海德堡刊印,法译者为斯太尔夫人的表妹。

哲理深度的分析。这一类功绩在德国著述家中倒不乏先例;但能唤起对所推崇的天才如此深刻的激情,这才是施莱格尔的独到之处。一般来说,施莱格尔主张言简意赅,甚至提倡某种粗犷的情趣。但在论及南欧各国人民时,他却打破了这条常规通例。他对南欧人爱用双关语和绮语(concetti)并无非议之意;他固然厌恶社交场合造成的矫揉造作,但在诗歌里,由想象力的奔腾驰骋所产生的工巧却博得他的好评,犹如他酷爱大自然的五色缤纷和芬芳四溢一样。施莱格尔本已因翻译莎士比亚戏剧①而荣获盛名,这时又对卡尔德隆一往情深,不过这种热情与对莎翁的兴趣又大不相同②:莎翁在谙识人心方面深沉之极,而卡尔德隆则温情脉脉,沉湎于生活之美,对信念的真诚笃信不移,礼赞道德的光辉——但这种道德又染有南国明媚阳光的色彩。

　　施莱格尔公开讲课时,笔者适巧也在维也纳。本来,由于授课的宗旨在于教育,笔者不过期待从中汲取才智、教养而已。待到耳闻这位雄辩的批评家如演说家一般滔滔不绝时,我也不禁为之神往了。他远远不拘泥于作家有这样那样的缺点——此类作风是一种永远有效的养料,足以滋补由嫉妒产生的平庸——而是全力以赴地再生那创造性的天才。

　　西班牙文学很少为人知晓,但在我聆听的那一节课上,它却成为精彩篇章的主题。威·施莱格尔给我们描绘了这个充满骑

---

① 奥·威·施莱格尔自一七九七年起着手将莎士比亚的著作译为德文。自此至一八〇一年间,他译成十六个剧本。由于环境的限制,这项工作一度中断,一八〇九年起才恢复进行。一八〇九年夏季在致高培古堡斯太尔夫人的一封信中,他说自己正准备译出《理查三世》,该剧果然在一八一〇年出版。

② 当奥·威·施莱格尔在柏林授课并同斯太尔夫人相识时,他正兴致勃勃地研究西班牙戏剧,认为在其中发现了同莎翁巨著同样有价值的复兴因素。

士精神的国度,在那里,游侠与诗人二而为一、一而为二。他举艾尔西拉伯爵为例:

"这位诗人在帐篷下书写他的阿拉乌堪纳诗篇,有时在海洋的岸边,有时又在柯尔底亚尔山脚下,不断地奋笔疾书,同时还要对反叛的野蛮人作战。伽西亚斯是印加人的后裔,他在迦太基人的废墟上吟诗,在攻打突尼斯时捐躯。塞万提斯在莱邦特战役中受了重伤。洛佩斯·德·维加奇迹般地逃避了无敌舰队的覆灭。至于卡尔德隆,则作为一名勇敢的战士,在佛兰德斯和意大利战役时在军中服役。

"西班牙的宗教与战争尤其不可分割;正是西班牙,以再接再厉的战斗,把摩尔人赶出了祖国大地;可以说西班牙人是欧洲基督教的先驱;他们战胜了阿拉伯人,征服了一座又一座的教堂,他们的每一个宗教行动也就是夺得一件战利品;那不断取胜的宗教信念有时发展到狂热的程度,并同荣誉感相结合,使他们具有无比的威武与庄严。于是,这种肃穆庄重而又浮想联翩的特性,这种甚至颇为欢快的气氛——它丝毫也不影响一切真实爱情的严肃性——在充满了想象与诗意的西班牙文学中,就屡见不鲜了。西班牙文学的三大主题是宗教、爱情与赫赫战功。在发现新大陆的时代,西半球的宝藏对于丰富人们想象力的辅佐,并不亚于国库获得的进益;而在诗歌王国里,正如同在查理五世的帝国里一样,太阳是永不没落的。"

威·施莱格尔的听众深受这幅生动图景的感染。他那优美动听的德语,又给那些铿锵有力、朗朗上口的西班牙姓名平添了深刻的思想和栩栩如生的词语。一当读者念出西班牙人的姓名时,他们的想象力就立刻驰骋空间,仿佛那格林纳达王国的柑橘树、那摩尔王的豪华宫殿,都历历呈现在眼帘。

威·施莱格尔对于诗歌的论述,可以同温克尔曼关于雕塑的描写相媲美；也只有这样,当一个文艺批评家才显得体面。那些以批评为职业的人已是为数众多,足以指出一切理应避免的错误与疏忽；但天才的赞美者最接近天才之处,乃是具有认识天才、欣赏天才的力量。

弗里德里希·施莱格尔专门从事哲学研究,不像他的长兄那样埋头于文学。不过,他就希腊罗马人的智慧修养写了一本专著,以精练的篇幅,荟萃了第一流的场景描述和研究成果。弗·施莱格尔是思想独特的德国名流之一,但他并不迷信这使他获得重大成就的独特思想,而是用广泛的研究来说明他的观点：如果不是悉心研究了前人的遗产,他决不单凭个人观点讲话——这是尊重人类的表现。在人类智慧的宝库里,德国人不啻是一批产业主：与之相较,那些故步自封、只相信天赋的人,不过是一群无产者而已。

在公正地承认了施莱格尔兄弟的罕见才能之后,应当研究一下人们常常责怪他们所抱的偏见。毫无疑问,偏见在他们有些著作中是在所难免的。他们显然热衷于中世纪,赞同中世纪的观念。白璧无瑕的游侠精神、无限虔诚的宗教信念,以及信手拈来的诗歌,在他们心目中都不可分割地联结在一起,于是他们便致力于一切能把人的思想、灵魂朝这方面引导的事情。威·施莱格尔在好几部著作中表示了对中世纪的赞美,在这两节诗中表现得尤为突出,兹引述如下：

"在那个伟大的时代,欧洲是统一的。在这块畅行无阻的国土上,滋育着崇高的思想,它指引着人们生前死后的一举一动。同样的游侠精神把战士变成了并肩战斗的战友：他们为了保卫共同的信念而武装起来；共同的爱情鼓舞着大家的斗志；而讴歌这种联合的诗歌则以不同的语言礼赞着共同的情感。

"啊！古代崇高的力量烟消云散了：我们的时代发明了一

种狭隘的智慧,而弱者不能想象的东西在他们看来都不过是些幻觉;然而以凡人的心去从事天启的事业,那是绝不会成功的。哎呀!我们的时代再也不懂什么是信念,什么是爱情;那么,它又怎样能够保持对未来的希望呢?"

倾向性如此明显的见解,当然不会不影响到对艺术作品评价的公正恰当:无疑,正如我在本书中一再指出的,近代文学应当以我们的历史和信仰为基础;然而不能因此就认为中世纪的文学创作便真是佳品。这些作品纯朴有力,具有忠实纯洁的特点,这是饶有兴味的;在关于古代的知识、文明的进步方面,给我们带来了不容轻视的好处。不应当使艺术后退,而应当将不同时代人类智慧发展得来的品质,尽可能汇集起来。

人们严厉责怪施莱格尔兄弟未能公允评价法国文学。然而没有一个作家像他们那样热情洋溢地论及我国的行吟诗人,论及那种在欧洲绝无仅有的游侠精神——它把智慧与忠诚、优美与坦率、勇气与快乐、最动人的纯朴与最富于智慧的天真无邪,高度结合到了一处。然而德国的批评家却声称:在路易十四朝廷治下,法兰西性格的特点消失了。他们认为:在所谓古典主义时期,文学虽然正规化了,然而却失去了独创性。他们特别卖力而又振振有词地攻讦我们那些大诗人。这些批评家总的精神同当年卢梭写信评论法国音乐一样。卢梭认为鲁莉与拉莫装腔作势,而德国批评家以为法国悲剧具有相同的毛病。他们声称:同一种艺术趣味使人在绘画中偏爱柯瓦佩和布歇,在雕塑中偏爱贝尔宁骑士,从而妨碍了诗歌激情的奔放驰骋,而唯有这种激情才能使人享受到天仙般的乐趣;他们还想把高乃依的两行名诗运用到我们对艺术的观点和趣味上来:

奥东向公主大献殷勤,
这不是钟情而是耍小聪明。

然而，威·施莱格尔却尊重我国大多数名作家。不过他竭力想证明：从十七世纪中叶起，装腔作势的风格就在全欧占据了统治地位，这种倾向摒弃了文艺复兴时期作家、艺术家那种无所畏惧的一腔热情。在表现路易十四的画幅和浮雕中，他有时像朱庇特，有时像赫拉克勒斯，全身裸露，或者仅仅披戴狮皮，但总是头顶那套长长的假发。新派作家认为可以用这套长发来形容十七世纪艺术的容貌——那里总有一些繁文缛节的礼数，是虚假的国运昌隆造成的。

这种看法值得研究，尽管可以提出无数理由来反对它。但有一点总是确定无疑的：德国严厉而明智的批评家们已经达到了目的，他们比所有作家（可从莱辛算起）都更有力地促成在德国模仿法国文学是不入时尚的这个局面。但另一方面，由于对法国式的趣味避之唯恐不及，也就不能充分改进德国式的趣味；他们常常仅仅因为某个正确看法是由法国作家提出的，便将它全盘抛弃。

德国人不懂得怎样出一部书，他们很少讲究秩序和方法——这本可使思想在读者脑海里井然有序。法国人对德国人的这个缺点感到厌倦，这并不是因为他们缺乏耐心，而是由于他们头脑清晰。德国诗歌中的想象，写得不是那么清楚明了，而想象的含糊说明了思想的晦涩。还有，有几部自称为滑稽作品的著作，其玩笑开得稀奇古怪而又俗不可耐，这种趣味不高的现象并不是由于追求自然，而是由于力量上的装腔作势同优雅方面的装腔作势至少同样可笑。有个德国人从窗子里跳出去，边跳边喊："我这下可是生龙活虎哩！"彼此习惯了，就好办了：要借法国的高尚趣味，来反对少数德国人精力过剩的夸张；又要借助于德国人的深沉多思，来反对少数法国人教条式的轻薄。

各民族之间要互相借鉴。谁要是自我剥夺本来可以互相借鉴的智慧,谁就要犯错误。一个民族同另一个民族之间的差别,其中有某些奇特的因素起作用:如气候、自然面貌、语言、政府,特别是历史事件(比任何其他因素都更强有力),它们都有助于这些差别的形成。任何人不管多么高明,都无法猜测在另一片土地上生活、呼吸着另一方空气的人脑子里自然发展着什么。所以不管在任何国家,总以对外国的思想采取欢迎态度为宜;因为,在这一类事情里,好客的态度对于当地的主人是大有裨益的。

第三十二章 论德国的艺术

一般说来，德国人的艺术构思比艺术实践高明；他们一有所感，便能发挥出一大套思想。他们对于神秘大肆称道，但目的是要将神秘揭示出来给人看；在德国，若要证明某种东西是独到的，大家会不厌其详地向你阐释它的来由，否则就不行。这对艺术来说，尤其是一大障碍，因为艺术里的一切都凭感觉。还没有感觉就先进入分析，事后再说应当放弃分析也是徒然，因为已经尝了科学之树的禁果，于是对才华的天真无邪便无从感受。①

这当然不是说，我在艺术上就主张无知——那正是我在文学方面一贯痛加指责的；然而要区别是研究艺术实践，还是仅仅研究关于才华的理论。后一种研究倘使过了头，便会堵塞发明创造；因为脑子里记住了对每件杰作所说的话，反而会感到惶惑，总觉得在自己和所要描画的对象之间，横陈着无数有关绘画与雕刻、理想与现实的宏论，于是艺术家再也不能同大自然独处了。当然，种种宏论的宗旨不外乎激发鼓励；但鼓励过甚，便会

---

① 斯太尔夫人曾在《关于德国的日记》中写道："……除去少数例外，不能说德国人有艺术方面的天才；他们的房屋布置得了无情趣，公共建筑毫不高明；哥特式建筑在各地相袭成风。在德国，人们爱艺术如同爱哲学那样，并不想付诸实际。屋子里弄得琳琅满目，包括各种各样的绘画：如古代名流派的，古希腊优雅的形象，意大利雄伟的建筑……但屋内的陈设却往往搞得一点趣味也没有……"

使天才感到不胜其烦,正如同束缚过甚会使天才泯灭一样。在有关想象力的诸事中,须将约束与奖掖巧妙地结合起来;大约在数百年之内还不能结合得恰到好处,使人类的才智如鲜花那样盛开怒放。

在宗教改革时期之前,德国有一个绘画流派,连意大利画派也不能等闲视之。阿尔贝·丢勒、卢卡·克拉那赫、荷尔拜因在绘画方法上同拉斐尔、佩鲁吉诺、安德烈·曼特尼亚的前驱是有姻缘的。荷尔拜因较接近达·芬奇;而一般说来德国人的作品比意大利人要僵硬一些,但面部同样富于表情,同样静默深沉。十五世纪的画家对艺术手段的知识有限,但他们的作品却洋溢着动人的诚挚与纯朴。他们没有博取宏伟效果的奢望,而只有一种内心的激动——一切有才华的人都在寻找一种语言将它表达出来,以免在天年将尽时犹未能将心灵的感受向同代人倾诉。

十四五世纪绘画作品中,衣纹还是僵直的,发式也很呆板,人物的姿势非常简单;但面部表情却有一种颇堪玩味的因素。以基督教为题材的作品,其效果与圣诗相仿,在圣诗中诗意与虔诚极其优美地交织在一起。

在绘画的第二个也是最美妙的时期,画家保持了中世纪的纯真,并将艺术的全部光辉融于其中:对德国人来说,没有可以与利昂十世时代相比拟的时期。约十七世纪末至十八世纪中叶,几乎所有国家的艺术都奇怪地没落了;趣味已堕落成矫揉造作;这时温克尔曼不仅对本国,而且对欧洲各国发挥了最大的影响:他的著作将所有的艺术想象都转移到对古代艺术品的研究与欣赏上来。由于他对雕塑比对绘画远为精通,他竟导致画家将着色的雕像搬进了画幅,而不去从各方面表现生动活泼的大自然。绘画接近雕塑的结果是丢弃了它自身的大部分魅力;绘画需要幻觉,而雕塑的外形轮廓分明、一成不变,两者恰恰是背道而驰的。由于画家只能通过雕像来认识古代的美,便以雕像来做唯一的范本,这样就产生了与现代作家的"古典文学作品"同一类的毛病,即不是从自己的灵感中汲取艺术效果。

德国画家门格斯在关于他本人艺术的著作中表明他是一位富于哲理的思想家:他是温克尔曼的好友,同温克尔曼一样对古代文化赞不绝口;但在温克尔曼著作影响下成长的那些画家有一些通病,门格斯却多半能够避免,那些画家大抵只满足于照抄古代的艺术珍品。门格斯也曾以柯勒乔为楷模,而柯勒乔是一切画家中离雕塑最远的,他的作品通过明暗对比使观众感受到美妙朦胧的旋律。

德国画家差不多都采纳了温克尔曼的见解,直到新文学流派①的影响扩大到了艺术方面。歌德的才智表现在各方面,他在作品中表明,他远较温克尔曼更能切实把握绘画的特质;但他同温克尔曼一样认为基督教题材不适用于艺术,便想再次唤起对神话的热情;但这种尝试是不可能成功的。或许在艺术方面,我们既不能做基督教徒,又不能做异教徒;但如果人类创造性的想象力终于复苏,那是绝不会借着模仿古人来表现自己的。②

新流派在艺术上鼓吹同在文学上类似的体制,公然宣布基督教是近代人类天才的源泉③;这一派作家重新描述了哥特式

---

① 斯太尔夫人在这里是指《雅典娜神殿》派,而不是比它早三十年的狂飙突进派。

② 这句话是针对接近拿破仑帝制的那个文艺流派的。这里斯太尔夫人故意不提夏多布里昂及其《基督教的本质》,而该书正符合此处所提及的类型。

③ 新的艺术圣经是蒂克一七九七年出版的《一个爱好艺术的僧侣的衷心倾诉》,其中尽情抒发了这一派的理论。

建筑中与基督教徒宗教感情的共同点。这倒不是说,近代人类还应当建筑哥特式教堂;无论艺术或大自然都不会自我重复:在目前这个使所有才人①噤若寒蝉的时期,最重要的事情莫过于摧毁对一切中世纪观念蓄意表示的蔑视;当然我们不宜采纳中世纪的观念,然而把任何独到的东西一律视为野蛮,这对天才的发挥肯定是极为不利的。

我在论及德国时已说过:优秀的近代建筑太少了。一般在北方只能见到哥特式的建筑;这类建筑本已使心灵进入一种境界,大自然与诗又对这种境界起着推波助澜的作用。德国作家戈列斯②曾对一座古老的教堂作过有趣的描写:"有的骑士形象合掌跪在墓前,他们头上悬挂着一些亚洲艺术珍品,仿佛是无声的证人,证明死者曾到圣地朝拜。教堂半圆形的拱门以其阴影护佑着安息的死者;你仿佛走进了一片森林,死神使林中的枝叶都僵直不动——既不能摇曳,又不能激荡,任凭流光如黑夜的疾风那样吹进它们广漠的怀抱。管风琴庄严的声音在教堂里回荡;青铜字母的碑文在经年累月的潮气侵蚀下已是斑斑驳驳,却仍然隐约标志着英武的壮举——它们在长时间里是光辉灿烂的现实,此刻却正变成新的寓言故事。"

在德国,研究艺术的结果是,对作家的议论超过对艺术家的议论。在各方面,德国人的理论都比实践高明;而北方的环境对直观艺术极为不利,可以说,天赋给北方人以思考能力,是为了叫他到南方去充当旁观者。

德国有许多画廊与私人藏画,大概表明社会各阶层都热爱

---

① 这显然是指所有受拿破仑帝制统治的国家里被压抑的那些作家。
② 让-约瑟夫·戈列斯(1776—1848)曾主张莱茵各省成立共和与法国合并,后大力掀起反拿破仑的运动。他还致力于恢复德国民间文学,与弗·施莱格尔相交,并研究亚洲神话。

艺术吧。① 在豪门贵族与第一流的文人家里，往往珍藏着古代杰作的优秀复制品；在这方面，歌德之家颇为突出：他不仅追求着观赏大师们的雕塑和油画所产生的乐趣，而且相信心灵与才华会从中得到启示。他曾说过："如果眼前有奥林匹斯山的朱庇特头像，我自己也会变得更好一些。"有好几位优秀的画家在德累斯顿定居；德累斯顿画廊的杰作有助于激发才华与相互竞赛。仅仅是拉斐尔笔下的圣母②——有两个孩子在景仰她——便已是艺术的无价之宝。在圣母的容颜中有一种高尚纯洁的情操，体现了宗教的理想与灵魂的内在力量。这幅画的人物面貌的完美只是一种象征；衣裾很长，这是一种羞答答的含蓄，促使观众的注意力集中到面部；整个面部的表情比它的细节更值得赞叹，仿佛是借助尘世的美来表达至高无上的美。圣母怀里的基督至多只有两岁；但在这位天神孩稚的面容上，画家却善于刻画出雄劲的力量。画幅下端小天使的眼神美妙极了；如同天国的憨厚一样，只有这个年龄的天真无邪才保持着魅力。他们看见光辉耀眼的圣母而产生的惊异之感与成年人的惊诧毫不相同；他们似乎无限信任和崇拜圣母，因为他们认出了她也是方才告别的天国里的一员。

柯勒乔的《夜》仅次于拉斐尔的圣母，而同为德累斯顿画廊的最上品。人们常常表现牧童对基督崇拜的题材；但就绘画造成的快感而言，题材的新颖几乎毫无作用，所以柯勒乔的画幅仅

---

① 见《关于德国的日记》："……我看了好几处优秀的藏画，包括油画和素描。这类珍藏在德国甚多。德国人收集优秀版本与优秀雕刻所花的钱远胜于法国人。这个国家的书商也多半是有识之士，他们对我说：德国售出的高价雕刻作品集与作品选，远远多于法国……"

② 这是一幅非常有名的画，全名是《圣-西斯庭的圣母》，为拉斐尔在一五一五年前后所作。

靠构思方法就足以博得赞赏：圣子是在夜间，坐在圣母的双膝上接受不胜惊羡的牧人的顶礼膜拜。圣人头上的光环发出的光芒有某种崇高感；画幅背景里的人物远离圣子，安排在暗处，可以说这幽暗象征着显灵启迪之前的人生。

在德累斯顿画廊现代画家的作品中，我还记得一幅但丁的头像，有点像杰拉尔①的佳作《峨相》。这种相似妙极了。但丁与峨相可以穿过岁月与云雾，携起手来共同前进了。

哈特曼②有一幅画，表现玛格黛莲和两个名叫玛丽的女人一同造访耶稣基督之墓；一位天使出现在她们面前，报告说基督复活了。那空空如也的棺木、三位把目光举向天国的美女——她们的本意是到阴暗的墓地寻人，却在云端里瞥见了他——构成一幅别致的戏剧性画面。

另一位德国画家席克，现居罗马，曾作画表现洪水之后诺亚的第一次祭供：自然景色经过洪水的沐浴显得更有朝气，更新鲜活泼；各种动物似乎同这位主人及其儿女混得十分熟悉，因为他们一起度过了洪水猛发的大灾大难。绿油油的草木，花朵与天空都以鲜明自然的色泽画出，表现出东方风物给人的印象。另有几位画家也曾试笔，想如席克一样在绘画中采用新法，这方法与其说是新东西，还不如说是文学诗学中翻新的花样。然而艺术是需要富有的；而在德国，巨额财富分散在各个城市。而且，到目前为止，德国真正的进步就在于能按古代大师作品的精神来感受、抄袭而已；至于独到的特征，那还不怎么明显。

---

① 杰拉尔的《峨相》是一幅未完成的巨作，创作时间是一八〇八年，现存于斯德哥尔摩。

② 克里斯琴-斐迪南·哈特曼（1774—1842）：德国画家，生于斯图加特，一七九四年在罗马习画，一八二三年任德累斯顿美术学院院长。自一八〇三年起，他即在该院任教。《基督墓前三玛丽》为其最佳作品之一。

德国人搞雕塑不是那么有成绩,首先因为德国不出产能使杰作永垂青史的材料——大理石;其次因为他们不大具备举止态度的优雅,那是要借助体操或舞蹈才能较好掌握的。但有一位丹麦人托瓦尔森①,他在德国受到教育,目下却在罗马与坎诺瓦②相匹敌;他的《贾逊》像品达所形容的那样,是最美的美男子。他左臂上有一撮金羊毛,手持一根长矛;英雄的特征是寓力量于静止。

我已说过,由于舞蹈完全遭到忽视,雕塑一般说来就会蒙受损失。在舞蹈艺术方面,德国唯一的奇迹是伊达·布朗:这个姑娘的社会环境决定了她不能过艺术家的生活;她从天赋和母亲那里获得了不可思议的才华,用简朴的姿势表现出最动人的场景、最优美的人像;她的舞蹈是一系列倏忽即逝的杰作,观众真想将每个动作永远记载下来;的确,伊达的母亲事先以想象设计了女儿在观众眼前表达的情节。布朗夫人的诗情画意引导人们在艺术与大自然中发现千千万万新奇的珍宝,那正是漫不经心者的目光视而不见的。我看过还是孩子的伊达表演阿尔苔准备点燃那炭火——那正是她儿子麦莱阿格尔生命之所系;她以无言的动作表演了母亲的痛苦、斗争和可怕的决心;她那生动活泼的目光固然帮助人们了解她内心发生的事情;但她掌握了使姿态千变万化的艺术,并对她所穿戴的红袍作种种艺术处理,这至少也同她的面部表情一样富于效果;她常常久久地耽于一种姿态,而每一次,一位画家都不会比她的即兴表演有更美妙的发明。她的这种才能是无与伦比的。然而我认为德国人在哑剧舞

---

① 巴泰尔米·托瓦尔森(1770—1844):丹麦雕刻家,是哥本哈根一位水手的儿子,其父善刻船头木雕。托瓦尔森被送往罗马,即因其巨像《贾逊》而一举成名,斯太尔夫人于一八〇五年曾在罗马亲见此作。

② 坎诺瓦(1757—1822):意大利雕塑家,新古典主义代表人物。

蹈方面更有成就,而不是像法国舞蹈那样全靠身段的优美、灵活取胜。

德国人擅长器乐。① 器乐需要有知识,表演器乐需要有耐心,而这些都是德国人天赋的品德。他们的作曲家想象力丰富而多变幻,其成就可谓硕果累累。我对他们作为音乐家的天才只有一条异议,就是在作品里放进了过多的才智,他们对创作的成品思考得太多了。在艺术中,需要本能更甚于需要思想;德国作曲家过于严格遵守歌词的意义;对于喜爱歌词超过喜爱乐曲的人来说,这诚然是一大优点;何况谁也不能否认,歌词的含义与乐曲的表现之间如不协调,毕竟是一种令人不快的事情。但那些意大利人——他们是真正自然界的音乐家——却只求乐曲与歌词大体协调。在恋歌与通俗喜剧中,音乐的成分不多,可以使少量的乐曲从属于文字;但在旋律效果为主的艺术形式中,应当通过直接的感受,径直诉诸心灵才是。

那些不太喜欢绘画作品本身的人,对每幅画的题材寄予莫大的重视;他们想从中得到如同戏剧场景那样的效果:音乐的道理也是如此;当人们对音乐的感觉微乎其微时,便要求它忠于歌词的每个细节。但当音乐打动人们心灵深处时,一切对非音乐成分的注意都会成为可厌的分神;只要诗与音乐之间并无对立,便可全心全意欣赏艺术,艺术总应当高于其他因素。因为艺术使我们沉入甜蜜的梦境,使文字能够表达的思想都化为乌有;音乐既然唤醒我们一种无涯无尽的感触,那么一切倾向于使旋律

---

① 以下关于音乐的议论似乎大部得自斯太尔夫人于一八〇八年在维也纳的印象。她在此行中欣赏了莫扎特、海顿和葛吕克的主要作品。值得注意的是她没有提到贝多芬,而贝氏在一八〇八年已完成半数以上的作品。在整理本书各次文稿时,亦未能发现关于法、德音乐的比较研究,据说她在维也纳时曾向莫·奥唐纳口授这方面的论述。

的对象个性化的东西,都会削弱音乐效果。

德国人颇为正当地将葛吕克①列入天才一类;他非常美妙地使乐曲与文字结合起来,在好几部歌剧中,他的音乐表现堪与创作原剧的诗人媲美。阿尔赛斯特决心为阿德美特而献身;这个悄悄献给天神的祭祀使她的丈夫生命复得;这时庆祝国王康复的欢快音乐与王后(她被迫离开国王)压在心底的哀叹恰成尖锐的对照,产生了巨大的悲剧效果。《在陶里斯的伊菲格尼》中的俄瑞斯忒斯说:"我的灵魂恢复了平静。"他所唱的曲子也是表达这种感情的;但这阕曲子的伴奏却显得阴郁惶惑。乐师们对这种对比感到惊奇,在演奏时想把伴奏弄得柔和些,葛吕克感到愤慨,便对他们嚷道:"不要相信俄瑞斯忒斯,他说他心里平静,其实是撒谎!"普桑画了一幅牧女载舞图,但在背景上却勾勒了一位少女之墓,墓上刻着"我从前也活在阿卡迪亚"这句话。② 这种构思是有思想的,正如葛吕克巧妙的音乐设计一样;但艺术高于思想——它的语言是色彩、形状或声音。如果能想象出我们的心灵在听到台词之前会得到什么印象,那就能更好地设计绘画和音乐的效果。在一切音乐家中,显出最有才智将乐曲与台词糅合在一起的,或许要数莫扎特了。他在歌剧特别是《唐璜》中,表现了戏剧场面的一切层次;歌的部分充满了快乐情调,伴奏部分却又奇特又强烈,似乎是要指明该剧古怪沉郁的主题。音乐家与诗人这种精辟的结合也能产生一种乐趣,其源泉是思考,并不属于艺术美的范畴。

在维也纳,我听了海顿的圣乐《创造》:四百名乐师同时演奏,那是同庆祝的内容相得益彰的一个盛大节目;但即使是海

---

① 斯太尔夫人童年时代就曾听说过葛吕克派同(意大利作曲家)比契尼一派之间著名的争论。内克夫人沙龙的常客都同情葛吕克。
② 即名画《阿卡迪亚的牧人》,现藏卢浮宫。

顿,也有时因思想而损抑才华。当唱词唱到"上帝要光明出现,光明便出现了"一句时,乐器先是柔和地演奏,几乎听不见;然后突然同时迸发,真是震耳欲聋。一位有才之士打趣说:"光明一出现,便只得堵上耳朵!"

在《创造》的另几部分,同样有过于追求思想的毛病。当蛇被创造时,音乐便拖着长音;一到百鸟鸣啭时,音乐又顿时变得很华丽。在海顿的《四季》中,这种比附就更多了。这种人为的效果可称为音乐上的"绮语"(concetti);当然,某些谐音的配搭可用以象征大自然的美妙现象,但这类近似点绝不等于机械模仿,模仿不过是人为的一种游戏。艺术自身是否真正相像,以及艺术与自然界是否相像,取决于它们以各种手段在我们心灵中激起的是否同一类情感。

艺术上的模仿与表现是截然不同的两回事:我想,大家一般都认为模仿性的音乐是不好的;但即使对表现性音乐也有两种不同的看法——一种人要把乐曲看成是歌词的移译;另一种是意大利人,他们以在剧本的场景与乐曲的意图间保持一般性的关系为满足,他们所追求的,乃是仅仅在艺术本身寻找艺术乐趣。德国人的音乐比意大利人的音乐富于变幻,或许也正因为如此而逊色于意大利人;思想被迫去追求变化多端,而其所以如此,正是由于思想贫乏;但艺术如同感情一样,有一种令人神往的单调,人们正是要将这种单调的东西转化为永恒的片刻。

德国的教堂音乐不如意大利那样优美,因为器乐总是压倒了一切。谁要是在罗马听到过纯粹声乐演唱的圣诗《悲悯篇》,那么就会觉得所有的器乐演奏,包括德累斯顿教堂的演奏,都是世俗气味十足。德累斯顿乐队在宗教仪式中也使用提琴和小号,那音乐听起来尚武色彩超过了宗教色彩:它激起的强烈感受与教堂的肃穆幽静恰成对照,给人以不愉快的感觉。在坟墓附近不应使生命活跃;军乐能促使人们献出生命,而不能促使他们摆脱尘世。

  维也纳教堂的音乐也值得称赞。维也纳人最欣赏的艺术便是音乐;音乐使他们有希望有朝一日变成诗人。虽然他们的趣味有些平庸,但喜欢音乐的人都会不自觉地热心于音乐所唤起的一切。我在维也纳听了莫扎特去世前几天写的《安魂曲》,他出殡时,在教堂里就唱了这支曲子。对于那样的场合,曲调不够庄严,而且其中正如莫扎特的一切作品那样,有一些取巧的地方;然而,还有什么比这更动人的呢？一位才华高超的人,感悟到自己即将离开人世,又将永垂不朽,而以这样的作品来为他本人的殡葬志哀！应当以一个人生平的纪念物来装饰墓茔。把军人用过的武器挂在他的墓前吧,而在艺术家遗骨长眠的殿堂里,艺术珍品则能创造出一种令人肃然起敬的气氛。

"外国文艺理论丛书"书目

第 一 辑

书 名	作 者	译 者
柏拉图文艺对话集	〔古希腊〕柏拉图	朱光潜
诗学	〔古希腊〕亚理斯多德	罗念生
古代印度文艺理论文选	〔印度〕婆罗多牟尼 等	金克木
诗的艺术(增补本)	〔法〕布瓦洛	范希衡
艺术哲学	〔法〕丹纳	傅雷
福楼拜文学书简	〔法〕福楼拜	丁世中 刘方
波德莱尔美学论文选	〔法〕波德莱尔	郭宏安
驳圣伯夫	〔法〕普鲁斯特	沈志明
拉奥孔(插图本)	〔德〕莱辛	朱光潜
歌德谈话录(插图本)	〔德〕爱克曼	朱光潜
审美教育书简	〔德〕席勒	冯至 范大灿
悲剧的诞生	〔德〕尼采	赵登荣
艺术与现实的审美关系	〔俄〕车尔尼雪夫斯基	周扬
卢那察尔斯基论文学	〔苏联〕卢那察尔斯基	蒋路
小说神髓	〔日〕坪内逍遥	刘振瀛

第 二 辑

狄德罗美学论文选	〔法〕狄德罗	张冠尧 等

书　名	作　者	译　者
雨果论文学	〔法〕雨果	柳鸣九
德国的文学与艺术	〔法〕德·斯太尔夫人	丁世中
萨特文论选	〔法〕让-保尔·萨特	施康强
论浪漫派	〔德〕海涅	张玉书
新科学	〔意〕维柯	朱光潜
美学原理 美学纲要	〔意〕克罗齐	朱光潜　等
托尔斯泰论文艺	〔俄〕列夫·托尔斯泰	陈　燊　等
别林斯基文学论文选	〔俄〕别林斯基	满　涛